O MORRO DOS VENTOS UIVANTES

Título original: *Wuthering Heights*. Publicado pela primeira vez em 1847. Traduzido com base na 1ª edição.

Grafia conforme o novo Acordo Ortográfico da Língua Portuguesa.

1ª edição, 2025.

Editores: Jair Lot Vieira e Maíra Lot Vieira Micales
Coordenação editorial: Karine Moreto de Almeida
Produção editorial: Richard Sanches
Edição de textos: Marta Almeida de Sá
Assistente editorial: Thiago Santos
Preparação de texto: Thiago de Christo
Revisão: Fernanda Godoy Tarcinalli
Diagramação: Mioloteca
Capa: Studio Mandragora

Dados Internacionais de Catalogação na Publicação (CIP)
(Câmara Brasileira do Livro, SP, Brasil)

Brontë, Emily, 1818-1848.
O Morro dos Ventos Uivantes / Emily Brontë ; tradução Alexandre Barbosa de Souza. – São Paulo : Via Leitura, 2025.

Título original: *Wuthering Heights*

ISBN 978-65-87034-67-6 (impresso)
ISBN 978-65-87034-68-3 (e-pub)

1. Romance inglês I. Título.

25-284549 CDD-823

Índice para catálogo sistemático:
1. Romances : Literatura inglesa 823

Eliete Marques da Silva - Bibliotecária - CRB-8/9380

EDITORA AFILIADA

VIA LEITURA

São Paulo: (11) 3107-7050 • Bauru: (14) 3234-4121
www.vialeitura.com.br • edipro@edipro.com.br
@editoraedipro @editoraedipro

O livro é a porta que se abre para a realização do homem.

Jair Lot Vieira

EMILY BRONTË

O Morro dos Ventos Uivantes

Tradução
Alexandre Barbosa de Souza
Foi editor da Biblioteca Azul, da Cosac Naify e da Editora 34.
É responsável pela tradução brasileira de grandes clássicos,
como *Moby Dick* e *Alice através do espelho.*
Para a Via Leitura, traduziu *1984* e *A revolução dos bichos,*
de George Orwell, *O retrato de Dorian Gray,* de Oscar Wilde,
Walden, de Henry David Thoreau, entre outros.

VIA LEITURA

Capítulo I

1801 — Acabo de voltar de uma visita ao meu senhorio — o solitário vizinho com quem devo ter problemas. Esta é certamente uma bela região! Em toda a Inglaterra, não creio que poderia ter me fixado em local tão completamente apartado do bulício da sociedade. Um perfeito Paraíso para um misantropo — e o senhor Heathcliff e eu somos o par ideal para dividir essa desolação entre nós. Que sujeito notável! Ele nem imagina como me senti tocado ao contemplar seus olhos negros desconfiados se retraírem embaixo das sobrancelhas no momento em que cheguei a cavalo e ao ver seus dedos se abrigarem ainda mais fundo nos bolsos do colete, com obsessiva determinação, assim que anunciei meu nome.

— Senhor Heathcliff? — eu disse.

Um meneio foi a resposta.

— Senhor Lockwood, seu inquilino, senhor. Tenho a honra de visitá-lo o mais cedo possível após minha chegada para manifestar a esperança de não lhe haver causado nenhuma inconveniência ao insistir na ocupação de Thrushcross Grange. Ontem, fiquei sabendo que o senhor vem considerando...

— Thrushcross Grange é minha propriedade, senhor — ele interrompeu, piscando. — Não permitirei que ninguém me cause nenhuma inconveniência, se puder evitar... Entre!

Esse "entre" foi proferido entre dentes cerrados, e mais pareceu um "Vá para o Inferno!"; nem mesmo o portão sobre o qual ele se inclinava refletiu algum movimento de simpatia às palavras. E creio que essa circunstância me fez decidir aceitar o convite; fiquei interessado em conhecer um homem que parecia mais exageradamente reservado do que eu.

Quando ele notou o peito do meu cavalo quase empurrando o portão, estendeu a mão para abrir a corrente e, então, de súbito, me conduziu pelo caminho calçado, chamando, ao penetrarmos o pátio:

— Joseph, leve o cavalo do senhor Lockwood; e traga vinho.

"Eis toda a criadagem da casa", foi o que me sugeriu essa ordem dupla. "Não é à toa que a grama esteja alta entre as pedras do calçamento e que os bois sejam os únicos a aparar as sebes", pensei.

Joseph era um homem maduro; não, um velho, muito velho, talvez, embora sadio e musculoso.

— Que Deus ajude! — ele monologou baixinho, em um tom irritadiço de desagrado, enquanto levava meu cavalo, mas olhava-me com expressão tão amarga que me compadeci. Ele devia precisar de auxílio divino para digerir seu jantar; minha vinda inesperada não deveria ter nenhuma relação com sua interjeição piedosa.

Wuthering Heights é o nome da residência do senhor Heathcliff. "Wuthering"[1] tem um significado regional típico, descritivo do tumulto atmosférico a que a casa fica exposta durante as tempestades. A bem dizer, deve haver ali uma ventilação pura, envolvente, o tempo inteiro: pela inclinação excessiva dos pequenos abetos nos fundos da casa e pela faixa de espinheiros esquálidos estendendo seus galhos todos para um lado, como se suplicassem esmolas do Sol, pode-se imaginar a força do vento norte soprando naquele aclive. Felizmente, o arquiteto teve a prudência de fortalecer a estrutura da casa: as janelas estreitas são profundas na fachada, e grandes pedras protuberantes protegem os cantos.

Antes de cruzar o umbral, parei para admirar a quantidade de entalhes grotescos sobre o frontão e especialmente em volta da porta principal, acima dos quais, em meio a uma selvageria de grifos esboroados e garotinhos desavergonhados, distingui a data "1500" e o nome "Hareton Earnshaw". Eu teria feito algum comentário e pedido uma breve história do lugar ao ríspido proprietário, mas sua atitude à porta parecia exigir de mim a rápida entrada ou uma partida imediata, e eu não queria agravar sua impaciência antes de inspecionar o *penetralium*.

Um degrau nos levou à sala de estar da família, sem nenhum saguão ou corredor introdutório: aqui é o que chamam de "a casa" propriamente. Inclui sala e cozinha, em geral, mas creio que a cozinha inteira em Wuthering Heights tenha sido forçada a recuar para outro ambiente; pelo menos, ouvi um rumor de línguas e um fragor de utensílios culinários bem mais para dentro e não observei nenhum sinal de fritura, fervura ou assado na imensa lareira, nem notei nenhum brilho de caçarola de cobre ou escorredor de estanho nas paredes. Parte do espaço, de fato, refletia de forma esplêndida tanto a luz quanto o calor de fileiras de imensos pratos de peltre, intercalados com jarros e canecas de prata, em prateleiras e mais prateleiras de um vasto móvel alto de

1 . Uivando. (N.E.)

carvalho. Esse alcançava o teto, que jamais fora revestido: sua inteira anatomia ficava nua, exposta aos olhos dos curiosos, exceto onde uma estante de madeira repleta de bolos de aveia e cachos de pernis de boi, cordeiro e presunto a ocultava. Acima da lareira havia diversas armas antigas, vilanescas, e um par de pistolas de pederneira; e, como ornamento, três latas de mantimentos alegremente pintadas dispostas sobre o console. O piso era liso, de pedra branca; as cadeiras, de espaldar alto, estruturas primitivas, pintadas de verde: uma ou duas pretas e pesadas espreitavam na sombra. Em um arco embaixo do guarda-louça repousava uma enorme *pointer* castanho-avermelhada, enxameada de filhotes esganiçados; e outros cães assombravam outros recessos.

Os aposentos e a mobília não seriam nada de extraordinário se pertencessem a um singelo fazendeiro nortista, de semblante obstinado e membros vigorosos ressaltados por culotes e botas altas. Um sujeito assim, sentado em sua poltrona, com sua caneca de cerveja espumante em sua mesa redonda, você encontra em qualquer lugar, em um raio de aproximadamente dez quilômetros, nessas serras, na hora certa, depois do jantar. Mas o senhor Heathcliff forma um contraste singular com seu lar e esse estilo de vida. Ele é, por seu aspecto, um forasteiro de pele escura e, nos trajes e nos modos, um cavalheiro. Isto é, tão cavalheiro quanto muitos dos proprietários de terras: um pouco desmazelado, talvez, embora não pareça omisso nessa negligência, por possuir uma figura ereta e um belo porte, e um tanto taciturno. Possivelmente, algumas pessoas desconfiariam que haveria nele um certo grau de orgulho mal-educado, mas um pendor simpático dentro de mim me dizia que não era nada disso: sei, por instinto, que sua reserva se origina de uma aversão a demonstrações sentimentais chamativas — a manifestações de mútua gentileza. Ele amará e odiará disfarçadamente e considerará uma espécie de impertinência ser amado ou odiado em troca. Não, estou indo depressa demais: transfiro meus próprios atributos a ele com excessiva liberalidade. O senhor Heathcliff pode ter motivos muito distintos dos meus para esconder a mão quando encontra um futuro conhecido. Espero que seja devido à minha constituição quase peculiar: minha querida mãe costumava dizer que eu jamais teria um lar confortável, o que, no verão passado, eu me provei perfeitamente indigno de ter de fato.

Quando passei um mês de bom tempo no litoral, vi-me lançado na companhia de uma criatura fascinante: uma verdadeira deusa aos meus olhos, enquanto ela nem reparava em mim. Jamais "confessei meu amor" com palavras; ainda assim, se os olhares falam uma língua, qualquer idiota teria adivinhado que eu estava completamente apaixonado; ela, enfim, me compreendeu e olhou de volta — o mais doce olhar imaginável. E o que foi que eu fiz? Confesso envergonhado: eu me encolhi petrificado dentro de mim mesmo, como um caracol; a cada olhar de relance, me retraía, mais frio e mais distante; até que, por fim, a pobre inocente se viu levada a duvidar dos próprios sentidos e, atordoada com a confusão de um suposto equívoco, convenceu a mãe a partirem às pressas.

Por essa curiosa guinada da vontade, ganhei a reputação de uma insensibilidade deliberada; de que forma tão imerecida, somente eu posso avaliar.

Sentei-me na extremidade da pedra da lareira oposta àquela para a qual meu senhorio se dirigia e preenchi um intervalo de silêncio tentando acariciar a mãe dos cãezinhos, que os deixara e estava farejando como uma loba a parte de trás das minhas pernas, com o lábio superior arreganhado e os dentes brancos salivando de vontade de morder. Meu afago provocou um rosnado longo, gutural.

— Melhor deixar a cachorra em paz — rugiu em uníssono o senhor Heathcliff, impedindo demonstrações mais ferozes com um chute. — Ela não está acostumada a ser mimada, não foi criada para ser um bicho de estimação.

Então, caminhando de forma pesada até uma porta lateral, tornou a berrar:

— Joseph!

Joseph resmungou algo das profundezas do porão, mas não deu sinal de estar subindo, de modo que o patrão desceu até ele, deixando-me *vis-à-vis* com a cadela beligerante e um par de pastores soturnos e desgrenhados, que dividiam com ela uma estrita vigilância de todos os meus movimentos.

Sem desejar entrar em contato com suas presas, fiquei sentado, quieto. Porém, imaginando a dificuldade que teriam de compreender insultos tácitos, ocorreu-me a ideia infeliz de piscar e fazer caretas para o trio, e alguma alteração da minha fisionomia irritou tanto a madame que ela, de súbito, saltou furiosa e subiu no meu colo. Empurrei-a de volta e me apressei em posicionar a mesa entre nós. Esse procedimento despertou a colmeia: meia dúzia de demônios quadrúpedes, de diversos tamanhos e idades, saíram de seus antros ocultos e vieram ao centro comum. Senti meus calcanhares e as abas da casaca serem objetos de assaltos peculiares; e, afastando os combatentes mais parrudos do modo mais eficaz que pude com um atiçador, fui obrigado a pedir, em voz alta, a ajuda de alguém da casa para restabelecer a paz.

O senhor Heathcliff e seu criado subiram os degraus da escada do porão com uma fleugma irritante: não creio que tenham se movido um segundo mais depressa do que de costume, embora houvesse uma absoluta tempestade de angústias e latidos ao redor da lareira. Felizmente, alguém que estava na cozinha foi mais solícito: uma senhora robusta, de saia arregaçada, braços nus e faces cor de fogo entrou correndo no meio de nós acenando com uma frigideira, e usou essa arma, e sua língua, com tamanha determinação que a tempestade passou de maneira mágica e apenas ela permaneceu, arfante como o mar depois da ventania, quando o patrão entrou em cena.

— Que diabos está acontecendo aqui? — ele perguntou, olhando para mim de um modo que mal pude suportar depois daquele tratamento inóspito.

— Diabos, de fato! — murmurei. — Os porcos possuídos do Evangelho não deviam ter espíritos piores do que os desses seus animais, senhor. Foi como deixar um estrangeiro com um bando de tigres!

— Eles não mexem com quem não mexe em nada — ele observou, colocando a garrafa na minha frente e devolvendo a mesa ao seu lugar. — É bom que os cachorros sejam vigilantes. Aceita uma taça de vinho?

— Não, obrigado.

— Morderam?

— Se eu tivesse sido mordido, teria deixado a marca do meu anel no que me mordesse.

O semblante de Heathcliff relaxou com um sorriso.

— Venha, vamos — ele disse. — O senhor está muito aflito, Lockwood. Aqui, um pouco de vinho. As visitas são tão raras nesta casa que eu e os cachorros, tendo a admitir, mal sabemos como recebê-las. À sua saúde, senhor!

Fiz uma mesura e devolvi a saudação, começando a perceber que seria tolice ficar com rancor pelo mau comportamento de uma matilha de cães; além disso, eu não queria que o sujeito se divertisse ainda mais à minha custa, uma vez que seu humor parecia ter mudado. Ele — provavelmente levado por considerações prudentes sobre a insensatez que seria ofender um bom inquilino — relaxou um pouco em seu estilo de cortar os pronomes e os verbos auxiliares e passou a falar sobre algo que supunha ser do meu interesse — um discurso sobre as vantagens e desvantagens do meu atual endereço.

Achei Heathcliff muito inteligente nos tópicos que abordamos, e, antes de voltar para casa, me senti encorajado a oferecer outra visita no dia seguinte.

Evidentemente, ele não desejava que eu repetisse a intrusão. Eu repetirei, mesmo assim. É impressionante como me sinto sociável comparado a ele.

Capítulo II

A tarde de ontem ficou enevoada e fria. Estava quase decidido a passá-la diante do fogo do escritório, em vez de vadear na charneca e na lama até Wuthering Heights.

Após o almoço, contudo (N.B.: almoço entre meio-dia e uma hora; a governanta, uma verdadeira matrona, incluída no aluguel como parte da casa, não conseguia, ou não queria, compreender meu pedido para ser servido às cinco), depois de subir a escada com essa intenção preguiçosa, vi, ao entrar no quarto, uma criada ajoelhada, cercada de escovas e baldes de carvão, levantando uma poeira infernal enquanto apagava as chamas com montes de cinzas. Esse espetáculo me fez recuar no mesmo instante. Peguei a cartola e, caminhando cerca de sete quilômetros, cheguei diante do portão de Heathcliff a tempo de escapar dos primeiros flocos delicados de uma nevasca.

Naquela colina erma, a terra era dura, com uma crosta negra congelada, e o ar me fez tremer o corpo inteiro. Não conseguindo abrir a corrente, pulei o portão; atravessei correndo pelas pedras o caminho bordejado de arbustos de groselha desgrenhados e, ao chegar à porta, bati em vão para ser admitido, até que os nós dos meus dedos ficaram dormentes e os cães uivaram.

"Malditos moradores!", esbravejei mentalmente, "vocês merecem o perpétuo isolamento da sua espécie por sua inospitalidade rude. Eu, pelo menos, não deixaria minha porta trancada durante o dia. Não me importo... vou entrar!"

Assim decidido, agarrei a aldrava e a sacudi com veemência. O rosto avinagrado de Joseph projetou-se em uma janela redonda do celeiro.

— Que você quer aqui? — ele berrou. — O patrão está lá no cercado. Dê a volta no celeiro se quiser falar com ele.

— Ninguém em casa pode abrir a porta? — entoei em resposta.

— Ninguém, só a senhora; e ela não vai abrir nem se o senhor continuar fazendo esse estardalhaço até anoitecer.

— Por quê? Você não pode dizer a ela quem sou eu, Joseph?

— Não! Eu não quero nada com isso — resmungou com um aceno de cabeça, sumindo.

A neve começou a ficar espessa. Agarrei a maçaneta para fazer outra tentativa; então, um rapaz sem casaco e com um forcado no ombro apareceu no quintal. Ele fez sinal para que o seguisse, e, depois de passarmos por uma lavanderia e uma área pavimentada com um depósito de carvão, uma bomba e um pombal, chegamos, enfim, ao imenso, aquecido e agitado cômodo onde eu fora recebido na primeira vez em que lá estive.

O ambiente estava deliciosamente iluminado pela radiância de um fogaréu imenso, feito com carvão, turfa e lenha; e, perto da mesa, posta para uma farta refeição vespertina, tive o prazer de observar a "senhora", indivíduo de cuja existência eu jamais suspeitara previamente.

Fiz uma mesura e aguardei, pensando que ela me convidaria para me sentar. Ela olhou para mim, recostando-se na cadeira, e permaneceu imóvel e muda.

— Tempo feio! — comentei. — Receio, senhora Heathcliff, que sua porta tenha sofrido as consequências da demora dos criados em me atenderem. Tive muita dificuldade para me fazer ouvir.

Ela nem abriu a boca. Encarei-a — ela me encarou de volta; de todo modo, ela mantinha seus olhos em mim com indiferença, desinteressada, algo extremamente constrangedor e desagradável.

— Sente-se — disse o rapaz de modo ríspido. — Ele já vem.

Obedeci e gaguejei, e chamei a cadela vilã, Juno, que mal se dignou, nesta segunda visita, a mover a ponta da cauda em sinal de que havia me reconhecido.

— Belo animal! — recomecei. — A senhora pretende doar os filhotes, madame?

— Não são meus — disse a anfitriã, de modo mais repelente do que se a pergunta fosse feita ao próprio Heathcliff.

— Ah, a senhora prefere esses? — continuei, virando-me para uma obscura almofada coberta de algo que parecia ser gatos.

— Preferência estranha… — ela comentou com desdém.

Para meu desgosto, era uma pilha de coelhos mortos. Gaguejei mais uma vez e me aproximei da lareira, repetindo meu comentário sobre o mau tempo.

— O senhor não devia ter saído de casa — ela disse, levantando-se para alcançar duas das latas de mantimentos pintadas sobre o console da lareira.

Sua posição, antes, estava protegida da luz; agora, podia ter clareza do conjunto de sua figura e seu semblante. Era esguia e aparentemente recém-saída da adolescência: uma forma admirável, e o rostinho mais delicado que já tive o prazer de contemplar; feições miúdas, muito clara; cachos loiríssimos, ou até dourados, pendendo sobre o pescoço gracioso; e olhos que, se fossem gentis, teriam sido irresistíveis. Para a sorte do meu coração suscetível, o único sentimento que demonstravam pairava entre o desdém e uma espécie de desespero, anormal de modo singular naquele ambiente.

As latas de mantimentos ficavam quase fora de seu alcance, então, ensaiei um movimento para ajudá-la; ela se virou para mim como um avarento se viraria para alguém que tentasse auxiliá-lo a contar seu ouro.

— Não quero sua ajuda — ela vociferou. — Eu consigo sozinha.

— Perdão! — apressei-me a responder.

— O senhor foi convidado para o chá? — ela perguntou, amarrando um avental sobre o elegante vestido preto e parando com uma colher cheia de folhas secas sobre o bule.

— Eu aceitaria de bom grado uma xícara — respondi.

— O senhor foi convidado? — ela repetiu.

— Não — eu disse, com um meio-sorriso. — A senhora é a pessoa certa para me convidar.

Ela guardou o chá de volta, com colher e tudo, e retomou sua cadeira com gestos furiosos; seu cenho se franziu, e o rubro lábio inferior se projetou, como numa criança prestes a chorar.

Nesse meio-tempo, o rapaz havia posto sobre a parte de cima do corpo um traje definitivamente desmazelado e, erguendo-se diante do clarão, olhou para mim de soslaio, dando-me a impressão de que havia uma rixa mortal a ser vingada entre nós. Comecei a duvidar de que ele era, mesmo, um empregado; a roupa e a fala eram ambas rudes, inteiramente desprovidas da superioridade observável no senhor e na senhora Heathcliff; tinha grossos cachos castanhos desgrenhados e despenteados, as suíças se alastravam com selvageria ursina sobre as faces, e suas mãos eram bronzeadas como as de um lavrador comum; ainda assim, sua atitude era desenvolta, quase arrogante; e ele não demonstrava nenhuma assiduidade doméstica nas atenções à dona da casa.

Na ausência de provas claras de sua condição, considerei melhor desviar minha atenção daquela curiosa conduta. Cinco minutos depois, Heathcliff entrou, e senti minha incômoda situação aliviar-se um pouco.

— Conforme o prometido, veja o senhor, estou aqui de novo! — exclamei, fingindo entusiasmo. — E receio que ficarei meia hora aqui retido pelas intempéries, se o senhor puder me dar abrigo neste meio-tempo.

— Meia hora? — ele disse, sacudindo flocos brancos das roupas. — Pelo visto, o senhor escolheu o auge de uma nevasca para perambular por aí. Sabe o risco que corre de se perder nessas charnecas? Até pessoas que as conhecem às vezes erram os caminhos em noites assim, e posso garantir que não há nenhuma perspectiva de mudança à vista.

— Talvez algum empregado seu possa me guiar e ficar hospedado em Grange comigo até amanhã. O senhor poderia me ceder um dos rapazes?

— Não, não poderia.

— Oh, é mesmo?! Bem, sendo assim, deverei confiar na minha própria sagacidade.

— Humpf!

— Está fazendo chá? — perguntou o rapaz do casaco desmazelado, deslocando seu olhar feroz de mim para a jovem senhora.

— Para *ele* também? — ela perguntou, recorrendo a Heathcliff.

— Você pode, por favor, aprontar logo isso?! — ele proferiu em resposta, e de modo tão selvagem que tive um sobressalto. O tom em que as palavras foram ditas revelava uma índole genuinamente má. Não me senti mais inclinado a considerar Heathcliff um grande sujeito.

Quando a infusão ficou pronta, ele me convidou.

— Ora, senhor, aproxime sua cadeira.

E todos nós, inclusive o rústico rapaz, nos aproximamos da mesa. Um silêncio austero prevaleceu enquanto esperávamos a refeição.

Pensei comigo: se fui o causador da nuvem, meu dever era tentar dissipá-la. Eles não poderiam ser tão tristonhos e taciturnos no dia a dia, e era impossível, por mais mal-humorados que pudessem ser, que aquela carranca universal que exibiam fosse um semblante cotidiano.

— É estranho... — comecei, no intervalo entre engolir uma xícara e receber outra. — É estranho como o costume é capaz de moldar nossos gostos e nossas ideias... Muitos não poderiam imaginar a existência da felicidade em uma vida tão completamente exilada do mundo como o senhor vive, senhor Heathcliff; no entanto, arrisco-me a dizer que, cercado por sua família, e com sua afável senhora como gênio a presidir seu lar e seu coração...

— Minha afável senhora! — ele interrompeu, com escárnio quase diabólico no rosto. — Onde está ela, a minha afável senhora?

— A senhora Heathcliff, sua esposa, quero dizer...

— Bem, sim... Oh, o senhor quer dizer que o espírito dela assumiu o posto de anjo da guarda e protege a fortuna de Wuthering Heights mesmo depois que seu corpo se foi? É isso?

Percebendo meu equívoco, tentei corrigi-lo. Eu podia ter notado que a disparidade de idade entre as partes era grande demais para que fossem marido e mulher. Um tinha cerca de quarenta, uma fase de vigor mental em que o homem raramente alimenta a ilusão de se casar por amor com uma garota; esse sonho se reserva ao consolo de nossos anos de declínio. A outra não aparentava nem dezessete.

Então, tudo ficou claro para mim: "Este palhaço ao meu lado, bebendo chá em uma bacia e comendo pão com as mãos sujas, talvez seja o marido dela. Heathcliff Júnior, é claro. Eis a consequência de se viver como uma enterrada viva: ela foi lançada nas mãos daquele brutamontes por pura ignorância da existência de indivíduos melhores! Que pena... É preciso tomar o cuidado de não a fazer lamentar sua escolha."

Essa última reflexão talvez pareça presunção minha; não era. Meu vizinho beirava o repulsivo; quanto ao meu próprio caso, eu sabia, por experiência, ser razoavelmente bem-apessoado.

— A senhora Heathcliff é minha nora — disse Heathcliff, corroborando minha hipótese. Ele se virou, enquanto falava, com uma expressão peculiar na direção dela: um olhar de ódio; a não ser que ele tivesse um conjunto de músculos faciais perversos, que não traduzia, como os de outras pessoas, a linguagem de sua alma.

— Ah, certamente, entendi agora... O senhor é o afortunado possuidor dessa fada-madrinha — comentei, virando-me para meu vizinho.

Isso foi ainda pior. O rapaz ficou vermelho e cerrou o punho, com toda a aparência de um ataque meditado. Mas parece ter se recomposto e sufocou a tormenta com uma imprecação brutal, resmungada contra mim, que, contudo, tomei o cuidado de ignorar.

— O senhor faz conjecturas infelizes — observou meu anfitrião. — Nenhum de nós tem o privilégio de possuir sua fada-madrinha; o marido dela morreu. Eu disse que ela era minha nora, portanto, ela foi casada com meu filho.

— E este rapaz...

— Não é meu filho, lhe asseguro.

Heathcliff sorriu outra vez, como se fosse um chiste ousado demais atribuir a ele a paternidade daquele urso.

— Meu nome é Hareton Earnshaw — rosnou o outro —, e aconselho que o senhor o respeite!

— Não demonstrei nenhum desrespeito — respondi, rindo por dentro da dignidade com que ele se apresentou.

Ele fixou seus olhos em mim por mais tempo do que eu gostaria de devolver o olhar; não queria me sentir tentado a estapear suas orelhas nem tornar minha hilaridade audível. Comecei a me sentir totalmente deslocado naquele círculo familiar. A desoladora atmosfera espiritual superou, e mais do que neutralizou, o conforto físico iluminado à minha volta, então, resolvi ser cauteloso ao me aventurar debaixo daquele teto uma terceira vez.

Encerrada a tarefa de comer, e sem que ninguém proferisse uma palavra de conversa sociável, aproximei-me da janela para examinar o tempo lá fora.

Avistei uma paisagem tristonha: a noite escura caindo prematuramente, e o céu e as serras mesclados em um mesmo turbilhão amargo de vento e neve sufocante.

— Não creio que seja possível para mim voltar para casa agora sem um guia — não pude evitar de exclamar. — As estradas já devem estar todas cobertas de neve, e, se estiverem limpas, eu mal conseguiria distinguir meio metro à minha frente.

— Hareton, leve essas doze ovelhas para o alpendre do celeiro. Elas ficarão cobertas de neve se passarem a noite inteira no cercado; e proteja com um tapume — disse Heathcliff.

— Como farei? — continuei, com crescente irritação.

Não houve resposta à minha pergunta; então, olhando para os lados, vi apenas Joseph trazendo um balde de mingau para os cães e a senhora Heathcliff inclinada diante do fogo, divertindo-se a queimar um feixe de fósforos que havia caído do console da lareira quando ela devolvera a lata de chá ao seu lugar. O primeiro, quando depôs seu fardo, examinou criticamente o recinto e, com voz esganiçada, arranhou o seguinte:

— Não sei como consegue ficar aí sem fazer nada quando todos os outros foram embora! Mas você não é ninguém, nem adianta falar. Nunca vai tomar jeito e deixar de maldade, como sua mãe, antes!

Imaginei, por um instante, que essa peça de eloquência fosse dirigida a mim, e, suficientemente enfurecido, avancei contra o velho patife com intenção de chutá-lo porta afora. A senhora Heathcliff, contudo, deteve-me com sua resposta.

— Seu velho hipócrita escandaloso! Você não tem medo de que o diabo lhe carregue quando menciona o nome dele? Estou avisando, não me provoque, ou desejarei que você suma como um favor especial!

Pare! Veja só isso, Joseph... — ela continuou, tirando um livro alto e escuro da estante. — Vou lhe mostrar como progredi na Arte Negra. Logo espero conseguir que a casa se limpe sozinha. A novilha vermelha não morreu por acaso, e é muito difícil que o seu reumatismo se deva à divina providência!

— Oh, desgraçada, desgraçada! — engasgou-se o velho. — Que o Senhor nos livre de todo mal!

— Não, maldito! Você é um renegado. Afaste-se, ou vou feri-lo seriamente! Vou fazer modelos de cera e argila de todos vocês! E o primeiro que ultrapassar os limites será... não vou dizer o que acontecerá, mas você vai ver! Vá de vez! Estou falando com você!

A pequena feiticeira exibia uma malignidade fingida em seus belos olhos, e Joseph, trêmulo de sincero horror, saiu correndo, rezando e vociferando "desgraçada" pelo caminho. Pensei que a conduta da moça fosse motivada por uma espécie de jocosidade sombria, e, agora que estávamos sozinhos, tentei fazer com que ela se interessasse pela minha aflição.

— Senhora Heathcliff — eu disse de um modo sincero —, perdoe-me o incômodo. Presumo que me auxiliará, porque, com esse rosto, tenho certeza de que a senhora só pode ter um bom coração. Indique-me alguns pontos de referência para que eu encontre o caminho de volta para casa. Não faço ideia de como chegar lá. É como se a senhora tivesse de se guiar sozinha para ir a Londres!

— Volte pelo caminho por onde veio — ela respondeu, aconchegando-se na cadeira, com uma vela e o livro elevado aberto diante de si. — É um pequeno conselho, mas é o melhor que posso dar.

— Então, se a senhora ficar sabendo que fui encontrado morto em um pântano ou em uma vala cheia de neve, a sua consciência não sussurrará que isso é, em parte, culpa sua?

— Como assim? Não posso acompanhá-lo. Eles não me deixariam chegar nem ao muro do jardim.

— *Você*?! Eu não pediria nem que a senhora cruzasse esta porta, para minha conveniência, em uma noite como esta — exclamei. — Quero que a senhora me *diga* qual o caminho, não que me *mostre*, ou que a senhora convença o senhor Heathcliff a me conceder um guia.

— Quem? Aqui só moramos eu, ele, Earnshaw, Zillah e Joseph. Quem o senhor prefere?

— Não há nenhum menino na fazenda?

— Não, somos apenas nós.

O que significa que sou obrigado a ficar.

— Isso o senhor resolve com seu anfitrião. Não tenho nada com isso.

— Espero que lhe sirva de lição para não fazer mais viagens arriscadas nessas colinas — ressoou a voz austera de Heathcliff da entrada da cozinha. — Quanto a ficar aqui, não tenho acomodação para visitas. O senhor terá de dividir uma cama com Hareton ou Joseph, se não se incomodar.

— Posso dormir numa cadeira nesta sala — respondi.

— Não, não! Um forasteiro é um forasteiro, seja ele rico ou pobre. Não me convém permitir a ninguém o controle do centro da casa enquanto estou desguarnecido! — disse o tratante infeliz.

Com esse insulto, minha paciência se esgotou. Proferi uma expressão de asco e passei por ele sem me despedir, em direção ao quintal, trombando em Earnshaw na minha afobação. Estava tão escuro que não conseguia enxergar uma saída dali; e, enquanto perambulei a esmo, ouvi outra amostra da civilidade do comportamento deles uns com os outros.

A princípio, o rapaz se mostrou disposto a me ajudar.

— Vou com ele até o parque — ele disse.

— Você vai com ele é para o inferno! — exclamou o patrão, ou qualquer que fosse a relação deles. — E quem vai cuidar dos cavalos?

— A vida de um homem é mais importante do que uma noite sem aveia para os cavalos. Alguém precisa ir junto — murmurou a senhora Heathcliff, com mais gentileza do que eu esperava.

— Não é você quem decide! — retrucou Hareton. — Se você dá valor a ele, é melhor ficar calada.

— Então, espero que o fantasma dele venha assombrá-los, e espero que o senhor Heathcliff nunca mais consiga outro inquilino até Grange virar uma ruína — ela respondeu de uma forma brusca.

— Ouçam, ouçam, ela está rogando praga! — resmungou Joseph na direção para a qual eu me dirigia.

Ele estava sentado ao alcance dos ouvidos, ordenhando as vacas à luz de uma lanterna, que agarrei sem cerimônia, e, avisando que a devolveria na manhã seguinte, corri até o portão mais próximo.

— Patrão, patrão, ele está roubando a lanterna! — berrou o ancião, perseguindo minha retirada. — Ei, Gnasher! Ei, cão! Ei, Wolf, pega, pega!

Quando abriu a portinha, dois monstros peludos saltaram no meu pescoço, derrubando-me e apagando a luz, enquanto as gargalhadas mescladas de Heathcliff e Hareton puseram a pedra angular sobre minha raiva e minha humilhação.

Por sorte, os animais pareciam mais inclinados a esticar as patas, bocejar e balançar o rabo do que a me devorar vivo; mas não aceitaram minha ressurreição, e fui obrigado a ficar deitado até seus donos malignos se darem ao trabalho de me salvar. Então, sem cartola e tremendo de raiva, ordenei que aqueles celerados me deixassem ir embora — diante do perigo de me manterem ali mais um minuto sequer — com diversas ameaças incoerentes de retaliação que, em sua indefinida profundidade de virulência, lembraram um Rei Lear.

A veemência da minha agitação acarretou um copioso sangramento do nariz, e ainda assim Heathcliff riu, e ainda assim esbravejei. Não sei como essa cena se concluiria não fosse a presença ali de uma pessoa mais racional do que eu e mais benevolente do que meu anfitrião. Era Zillah, a robusta governanta, que, enfim, apareceu para perguntar sobre a natureza daquela balbúrdia. Ela pensou que estivessem me agredindo e, não ousando atacar o patrão, virou sua artilharia vocal contra o canalha mais jovem.

— Bem, senhor Earnshaw — ela exclamou —, eu me pergunto o que o senhor vai fazer da próxima vez. Vamos matar gente na porta da nossa casa? Vejo que esta família nunca deixa de me surpreender. Olha só! Pobre rapaz, ele está quase sufocado! Calma, calma... O senhor não pode ir assim. Vamos entrar, vou limpar esse nariz. Pronto, fique parado.

Depois de proferir essas palavras, ela de repente jogou um copo de água gelada no meu pescoço e me puxou para dentro da cozinha. O senhor Heathcliff veio a seguir, com sua alacridade acidental expirando rapidamente em seu habitual enfado.

Eu me sentia extremamente mal, tonto, desfalecendo; e assim fui compelido, forçosamente, a aceitar hospedagem naquela casa. Ele mandou Zillah me servir um copo de conhaque, e então passei para a sala interna. Enquanto ela se condoía da minha lamentável tribulação, e tendo obedecido a suas ordens, com o que de certa forma revivi, conduziu-me até a cama.

Capítulo III

Enquanto subia a escada da frente, ela me recomendou que escondesse a vela e não fizesse nenhum barulho, pois o patrão tinha uma ideia peculiar sobre o quarto onde ela me instalaria e jamais havia permitido de bom grado que alguém ali se hospedasse.

Perguntei o motivo.

Respondeu-me que não sabia; ela só estava ali fazia um ou dois anos, e aquelas pessoas tinham tantas bizarrices que ela nem podia, a princípio, se permitir ser intrometida.

Estupefato demais para ser curioso, por meu lado, tranquei a porta e procurei a cama. A mobília consistia unicamente em uma cadeira, um guarda-roupa e um grande armário de carvalho com quadrados recortados mais próximos ao topo, lembrando janelas de carruagem.

Ao me aproximar dessa estrutura, olhei dentro e percebi que se tratava de um tipo singular e antiquado de sofá, muito provavelmente desenhado para satisfazer à necessidade de cada membro da família de ter um quarto só para si. Na verdade, o móvel formava um pequeno recinto, e o recuo de uma janela, que fechava o perímetro, servia de mesa.

Afastei as folhas das portas de correr, entrei com minha luz, tornei a fechá-las e me senti a salvo da vigilância de Heathcliff e de todos os demais.

O recuo da janela, onde coloquei minha vela, tinha alguns poucos livros mofados empilhados a um canto e estava coberto de escritos raspados na tinta. Esses escritos, contudo, não passavam de um mesmo nome repetido em todos os tipos de caracteres, grandes e pequenos — *Catherine Earnshaw*, aqui e ali transformados em *Catherine Heathcliff* e, em seguida, outra vez, em *Catherine Linton*.

Com enfadonha indiferença, apoiei a cabeça na janela e continuei a soletrar Catherine Earnshaw — Heathcliff — Linton até meus olhos se fecharem, porém eles mal haviam descansado cinco minutos quando um brilho de letras brancas começou a se manifestar no escuro, vívido como espectros — o ar se infestou de Catherines; e, ao me levantar para espantar o nome intrusivo, descobri que minha vela estava inclinada sobre um dos antigos volumes, perfumando o ambiente com um odor de couro de bezerro tostado.

Afastei a vela e, muito incomodado pelo frio e por uma náusea incessante, sentei-me na cama e abri o tomo chamuscado sobre o joelho.

Era uma Bíblia, em tipos finos, e com um cheiro terrivelmente bolorento: a folha de rosto trazia a inscrição "Catherine Earnshaw, seu livro" e uma data de cerca de um quarto de século atrás.

Fechei o livro e peguei outro e mais outro, até ter examinado todos. A biblioteca de Catherine era seleta, e seu estado de dilapidação provava ter sido bem usada, embora com propósito nada legítimo: mal havia um capítulo que tivesse escapado de um comentário a tinta e bico de pena — ao menos pareciam comentários — cobrindo cada porção de espaço em branco que o impressor deixara.

Alguns eram sentenças isoladas, outras partes assumiam a forma de um diário regular, garatujado[2] em uma caligrafia imatura, infantil. No alto de uma página avulsa (um verdadeiro tesouro, provavelmente, ao ser encontrada pela primeira vez), fiquei muito impressionado ao contemplar uma excelente caricatura de meu amigo Joseph — rude, porém vigorosamente esboçada.

Um imediato interesse se acendeu dentro de mim pela desconhecida Catherine, e comecei ali a decifrar seus hieróglifos desbotados.

"Domingo medonho", começava o parágrafo seguinte. "Queria que meu pai voltasse. Hindley é um substituto detestável, sua conduta com Heathcliff é atroz. H. e eu vamos nos rebelar; demos nosso primeiro passo esta noite.

Choveu forte o dia inteiro; não pudemos ir à igreja, de modo que Joseph precisou juntar uma congregação no sótão; e, enquanto Hindley e a esposa se refestelavam lá embaixo diante de um fogo confortável, sem fazer nada além de ficar lendo suas bíblias, eu terei de pagar por isso. Heathcliff, eu e o pobre menino lavrador recebemos ordem para pegar nossos livros de oração e subir: fomos enfileirados sobre um saco de milho, gemendo e tremendo de frio, na esperança de que Joseph também tremesse de frio, de modo que nos fizesse uma homilia breve, para seu próprio bem. Doce ilusão! O serviço durou precisamente três horas; e, no entanto, meu irmão teve a audácia de exclamar, quando nos viu descendo:

— Como assim, já? Nas tardes de domingo, costumávamos ter permissão para brincar, se não fizéssemos muito barulho. Agora, qualquer risadinha é o suficiente para nos colocarem de castigo num canto.

— Vocês se esquecem do seu patrão aqui — disse o tirano. — Vou destruir o primeiro a me tirar do sério! Faço questão da mais perfeita

2. Escrito com uma letra ruim, ininteligível, malfeita. (N.E.)

sobriedade e silêncio. Oh, céus! Era você? Frances, querida, puxe o cabelo dele quando passar lá: ouvi que ele estalou os dedos.

Frances puxou os cabelos dele com força e depois foi se sentar no colo do marido, e ali ficavam eles, como dois bebês, beijando-se e falando absurdos durante horas — uma conversa mole de nos causar vergonha.

Nós tivemos de nos aconchegar como pudemos no arco do armário. Eu havia acabado de amarrar nossos aventais e pendurá-los como uma cortina quando Joseph chegou, vindo de uma tarefa nos estábulos. Ele arrancou meu artesanato, estapeou minhas orelhas e grasnou:

— O patrão acabou de ser enterrado, e o domingo nem terminou, e o som da palavra entrou por um ouvido e saiu pelo outro! Que vergonha! Sentem-se, crianças! Há muitos livros bons para quem quer ler. Fiquem aí e pensem nas suas almas!

Dizendo isso, ele nos obrigou a ajustar nossa posição de tal modo que pudéssemos receber do fogo distante um raio de luz difusa para enxergar o texto do volume que ele nos entregou.

Não suportei essa tarefa. Peguei meu livro surrado pela seixa e atirei-o na casa do cachorro, jurando odiar livros piedosos.

Heathcliff chutou o dele para o mesmo lugar.

Então houve um rebuliço!

— Patrão Hindley! — berrou nosso capelão. — Patrão, vem ver! A senhorita Cathy rasgou a capa do *Elmo da Salvação*, e Heathcliff meteu os pés na primeira parte do *Caminho da Perdição*! Eu me assusto de o senhor deixar pra lá. Arre! O velho patrão os açoitaria como se deve, mas ele morreu!

Hindley subiu correndo de seu paraíso diante da lareira e, agarrando um de nós pelo colarinho e outro pelo braço, atirou-nos na cozinha dos fundos, onde Joseph afirmava que 'o velho Tinhoso' nos pegaria vivos com toda certeza: e assim, com essa perspectiva reconfortante, cada um de nós foi para um canto esperar pela visita.

Peguei este livro e um tinteiro de uma estante, e deixei entreaberta a porta para ter luz, e tive tempo de escrever isto em vinte minutos; mas meu companheiro está impaciente e propôs que nos apropriássemos da capa da mulher da leiteria e fugíssemos pela charneca cobertos com ela. Uma sugestão simpática. E então, se o velho tratante chegar, talvez acredite que sua profecia se realizou. Não ficaríamos mais molhados ou mais gelados na chuva do que estamos aqui."

Suponho que Catherine tenha realizado seu projeto, pois a frase seguinte abordava outro assunto: ela ficou lacrimosa.

"Eu nem sonhava que Hindley me faria chorar tanto assim!", ela escreveu. "Minha cabeça está doendo a ponto de não conseguir mantê-la no travesseiro; e, mesmo assim, não posso desistir. Pobre Heathcliff! Hindley disse que ele é um vagabundo, e não permite que ele se sente mais conosco nem para comer; e disse também que não podemos mais brincar juntos, e ameaçou mandá-lo embora de casa se o desobedecermos.

Ele culpa nosso pai (como ousa?) por ter tratado H. com muita liberdade, e jurou que o rebaixará à sua devida posição..."

Comecei a pegar no sono sobre a página na penumbra: meus olhos divagaram do manuscrito para o texto impresso. Notei um título ornamentado impresso em vermelho: "Setenta vezes sete, e o primeiro pecado do septuagésimo primeiro septeto. Um discurso piedoso do reverendo Jabez Branderham, na Capela de Gimmerden Sough". E enquanto eu estava, semiconsciente, revirando meu cérebro na tentativa de adivinhar o que Jabez Branderham faria com esse tema, recostei-me de volta na cama e adormeci.

Ai, o efeito do chá ruim e um temperamento pior! O que mais poderia ter me feito passar uma noite tão terrível? Não me lembro de outra com que possa comparar o sofrimento.

Comecei a sonhar quase antes mesmo de perder a consciência do lugar onde estava. Pensei que fosse de manhã, e que eu estava a caminho de casa, levando Joseph como guia. A neve tinha metros de profundidade em nosso caminho e, enquanto chafurdávamos, meu companheiro me aborrecia com constantes censuras por eu não ter levado um cajado de peregrino, dizendo que eu jamais poderia ter saído de casa sem um cajado de peregrino, e presunçosamente exibia uma clava pesada, que entendi ser o dele.

Por um momento, considerei absurdo que eu devesse precisar de uma arma daquelas para ser admitido na minha própria residência. Então uma nova ideia me ocorreu como um raio. Eu não estava indo para casa: estávamos viajando para ouvir o famoso Jabez Branderham pregar, a partir do texto "Setenta vezes sete". Joseph, ou eu, ou o pregador, um de nós teria cometido o "primeiro pecado do septuagésimo primeiro septeto" e seria exposto ao público e excomungado.

Chegamos à capela. Em minhas caminhadas, eu havia, de fato, passado duas ou três vezes por ela; ficava em uma espécie de vazio entre duas colinas: um vazio elevado, perto de um pântano cujas exalações turfadas se dizia serem capazes de embalsamar os raros cadáveres ali depositados. O telhado ainda estava intacto até então, mas, como o estipêndio do clérigo era de apenas vinte libras por ano e uma casa com dois cômodos, com a ameaça de que esses se reduzissem de uma hora para outra a um só, nenhum clérigo se incumbiria dos deveres de pastor: especialmente quando se sabe que seu rebanho preferiria deixá-lo morrer à míngua a aumentar-lhe a renda em um centavo extraído do bolso. No entanto, no meu sonho, Jabez dispunha de uma congregação numerosa e atenta; e ele pregou. Bom Deus! Que sermão! Foi dividido em *quatrocentas e noventa* partes, cada uma delas como um discurso próprio proferido do púlpito, e cada uma discutindo um pecado de forma isolada! Onde os pesquisou, eu não saberia dizer. Ele interpretava as frases de um modo particular, e aparentemente era necessário que o irmão pecasse um pecado diferente a cada ocasião.

Pecados dos tipos mais curiosos: transgressões bizarras que até então eu nunca imaginara.

Oh, como fui ficando farto... Como me contorci, e bocejei, e peguei no sono, e revivi! Como me belisquei e me espetei, e esfreguei os olhos, e me levantei, e tornei a me sentar, e cutuquei Joseph para que me dissesse se aquilo *algum dia* chegaria ao fim.

Fui condenado a ouvir o sermão inteiro: enfim, ele chegou ao "Primeiro pecado do septuagésimo primeiro septeto". Nessa hora, uma súbita inspiração desceu sobre mim; fui levado a me levantar e denunciar Jabez Branderham como o pecador do pecado para qual nenhum cristão terá perdão.

— Senhor! — exclamei. — Aqui sentado entre essas quatro paredes, de uma vez só, suportei e perdoei os quatrocentos e noventa tópicos do seu discurso. Setenta vezes sete vezes apanhei minha cartola e estive prestes a ir embora; setenta vezes sete vezes o senhor absurdamente me obrigou a retomar meu assento. A quadringentésima nonagésima primeira é demais. Colegas mártires, para cima dele! Tragam-no aqui para baixo e esmaguem-no até que ele se converta em átomos, para que não saiba nem de onde veio!

— *Tu és o Homem!* — exclamou Jabez, após uma pausa solene, inclinando-se sobre sua almofada. — Setenta vezes sete vezes contorceste boquiaberto teu semblante, setenta vezes sete vezes me aconselhei com minha alma. Eis a fraqueza humana; e isso também pode ser absolvido! O primeiro do septuagésimo primeiro septeto chegou. Irmãos, executem sobre ele o julgamento escrito. Tal honra possuem todos os santos d'Ele!

Com essas palavras conclusivas, toda a assembleia, erguendo cajados de peregrino, rapidamente me bloqueou; e eu, não tendo nenhuma arma para erguer em defesa própria, comecei a lutar contra Joseph, meu agressor mais próximo e mais feroz, para tomar a dele. Na confluência da multidão, diversos cajados se cruzaram; golpes dirigidos contra mim acertaram outras cabeças. Agora a capela inteira ressoava com cajadadas e contracajadadas: cada mão se voltou contra o vizinho; e Branderham, sem querer permanecer ocioso, extravasou seu entusiasmo com uma saraivada de batidas retumbantes nas pranchas do púlpito, que ecoaram com nitidez inusitada e, por fim, para meu imensurável alívio, acabaram por me despertar.

E o que havia sugerido esse tremendo tumulto? O que havia feito o papel de Jabez na confusão? Meramente um galho de abeto que tocava minha janela quando a ventania passava gemendo e roçava as pinhas secas contra as treliças!

Fiquei escutando em dúvida por um instante; detectei a perturbação, então me virei e cochilei, e tornei a sonhar: se isso é possível, um sonho ainda mais desagradável do que o outro.

Dessa vez, lembro que estava deitado no armário de carvalho e escutei distintamente a lufada de vento e a nevasca; ouvi também o abeto repetir seu som provocante e atribuí o som à causa correta: mas o som me irritou tanto que decidi silenciá-lo, se possível; e pensei que deveria me levantar e tentar desenganchá-lo da janela. O gancho era soldado no grampo: uma circunstância observada por mim quando acordado, porém esquecida no sonho.

— Preciso parar com isso mesmo assim! — murmurei, quebrando o vidro com os nós dos dedos e esticando um braço para agarrar o galho inoportuno; em vez disso, meus dedos se fecharam sobre os dedos de uma mãozinha gelada!

O intenso horror do pesadelo me sobrepujou: tentei retirar o braço, mas a mão gelada o segurou, e uma voz muito melancólica soluçou:

— Deixe-me entrar, deixe-me entrar!

— Quem é você? — perguntei, fazendo força para me desvencilhar enquanto isso.

— Catherine Linton — a voz respondeu, trêmula (por que pensei em *Linton*, se havia lido *Earnshaw* vinte vezes para cada Linton?). — Voltei para casa; eu tinha me perdido na charneca!

Enquanto ela falava, distingui, obscuramente, um rosto de criança olhando pela janela. O terror me tornou cruel; e, vendo que era inútil tentar expulsar a criatura, puxei seus pulsos contra o vidro quebrado e esfreguei até escorrer sangue e encharcar a roupa de cama. Ainda assim, a voz gemeu:

— Deixe-me entrar! — e continuou sua queixa tenaz, quase me enlouquecendo de medo.

— Como eu poderia?! — disse-lhe por fim. — *Você* tem de me soltar se quiser que eu a deixe entrar!

Os dedos relaxaram. Puxei os meus pelo buraco, apressadamente empilhei os livros contra a janela, formando uma pirâmide, e tampei os ouvidos para excluir aquela ladainha lastimosa.

Aparentemente os mantive tampados assim por mais de quinze minutos; no entanto, no instante em que tornei a escutar, lá estava o gemido dolente a se queixar!

— Vá embora! — berrei. — Jamais permitirei que você entre, nem que você suplique por vinte anos.

— Já faz vinte anos... — queixou-se a voz. — Há vinte anos.... Faz vinte anos que sou uma menina abandonada!

Nisso, ouvi arranhões de leve do lado de fora, e a pilha de livros se moveu como se tivesse sido empurrada para a frente.

Tentei ficar em pé, mas não consegui mover um dedo; e então gritei bem alto, em um frenesi de pavor.

Para minha perplexidade, descobri que gritar não era o ideal: passos apressados se aproximaram da porta do quarto; alguém a abriu, com mão vigorosa, e uma luz bruxuleou através dos quadrados recortados do topo da cama. Sentei-me, estremecido ainda, e enxuguei o suor da testa: o intruso aparentemente hesitou e resmungou consigo mesmo.

Por fim, ele disse, quase sussurrando, claramente sem esperar resposta:

— Alguém aí?

Considerei melhor confessar minha presença, pois reconheci a inflexão de Heathcliff e temi que, se eu ficasse calado, ele continuasse a procurar.

Com essa intenção, virei-me e abri a janela. Não esquecerei tão cedo o efeito que essa minha ação produziu.

Heathcliff parou perto da entrada, em mangas de camisa e calça, com uma vela derretendo sobre os dedos e o rosto pálido como a parede atrás dele. O primeiro rangido do carvalho o sobressaltou como um choque elétrico: a luz saltou de sua mão a quase um metro de distância, e sua agitação era tão extrema que ele mal conseguiu recolher a vela do chão.

— Sou apenas eu, seu hóspede, senhor — exclamei, no intuito de poupá-lo da humilhação de expor ainda mais sua covardia. — Tive a infelicidade de gritar enquanto dormia, devido a um pesadelo assustador. Lamento havê-lo incomodado.

— Oh, Deus o livre, senhor Lockwood! Eu mandei o senhor ficar... — começou meu anfitrião depondo a vela sobre uma cadeira, ao ver que era impossível para ele segurá-la sem tremer.

— E quem mostrou este quarto ao senhor? — ele prosseguiu, cravando as unhas nas palmas das mãos e rangendo os dentes para conter a convulsão da mandíbula. — Quem foi? Minha vontade é demitir essa pessoa agora mesmo!

— Foi sua empregada, Zillah — respondi, atirando-me no chão e rapidamente retomando meu traje. — Eu não me incomodaria se o senhor o fizesse, senhor Heathcliff; ela merece muito. Suponho que ela quisesse mais uma prova de que o lugar é assombrado, à minha custa. Bem, de fato é, está infestado de fantasmas e demônios! O senhor está certo em trancá-lo, isso eu lhe garanto. Ninguém irá agradecê-lo por cochilar neste antro!

— O que o senhor quer dizer com isso? — perguntou Heathcliff. — E o que o senhor está fazendo? Vá se deitar e espere a noite passar, já que o senhor *está* aqui; mas, por tudo o que é mais sagrado!, não faça mais aquele barulho horrendo. Não há nada que o justifique, a não ser que estivessem cortando a sua garganta!

— Se aquela diabinha entrasse pela janela, provavelmente teria me estrangulado! — devolvi. — Não vou suportar novamente a perseguição de seus hospitaleiros ancestrais. Acaso o reverendo Jabez Branderham não era seu parente pelo lado materno? E aquela sirigaita, Catherine Linton, ou Earnshaw, ou seja lá como se chamasse? Ela deve ter sido uma criança trocada, uma pequena alma cruel! Ela me disse que tem errado sobre a Terra nos últimos vinte anos: sem dúvida, um justo castigo por transgressões mortais!

Mal proferi essas palavras quando me lembrei da associação do nome de Heathcliff ao de Catherine no livro, o que havia escapado completamente da minha memória até ser, dessa forma, despertado. Enrubesci diante da minha falta de consideração; mas, sem demonstrar consciência da ofensa, apressei-me em agregar:

— A verdade, senhor, é que passei a primeira parte da noite... — aqui, parei novamente; estava prestes a dizer "folheando aqueles velhos volumes", o que teria revelado meu conhecimento dos conteúdos, escritos e impressos, de modo que, corrigindo-me, prossegui: — ... soletrando o nome raspado no recuo da janela. Uma ocupação monótona, calculada para me adormecer, como contar ou...

— O que o senhor *pretende* falando assim *comigo*?! — estrondeou Heathcliff com veemência selvagem. — Como... como você *ousa*, embaixo do meu próprio teto? Deus! Ele deve estar louco de falar assim! — e bateu na própria testa com raiva.

Fiquei sem saber se me ressentia desse linguajar ou prosseguia em minha explanação; mas ele parecia tão fortemente abalado que tive pena e passei a contar meus sonhos, afirmando que nunca tinha ouvido o nome de "Catherine Linton" antes, mas que sua leitura repetidas vezes produzira uma impressão que se personificara quando minha imaginação já não estava mais sob controle.

Heathcliff aos poucos se recostou no espaldar da cama enquanto eu falava; enfim, sentou-se quase oculto atrás do móvel. Imaginei, no entanto, por sua respiração irregular e entrecortada, que ele se esforçava para dominar um excesso de violenta emoção.

Sem querer demonstrar que eu havia percebido seu conflito, continuei minha toalete um tanto ruidosamente, olhei para o meu relógio e monologuei sobre a extensão daquela noite:

— Não são nem três horas ainda! Eu seria capaz de jurar que já eram seis. O tempo estagnou aqui. Certamente fomos nos recolher às oito!

— Sempre nos deitamos às nove no inverno, e nos levantamos às quatro — disse meu anfitrião, suprimindo um gemido e, como supus pelo movimento da sombra de seu braço, enxugando uma lágrima dos olhos.

— Senhor Lockwood — ele acrescentou —, o senhor pode ir para o meu quarto. Apenas ficará no caminho dos outros descendo assim tão cedo, e o seu berro infantil espantou meu sono para o inferno.

— O meu também — respondi. — Vou caminhar pelo pátio até amanhecer, e depois vou embora; e o senhor não precisará mais temer outra intrusão minha. Agora estou completamente curado da ideia de procurar prazer na sociedade, seja na província ou na cidade. Um homem sensato deve encontrar companhia suficiente em si mesmo.

— Adorável companhia! — resmungou Heathcliff. — Leve esta vela e vá aonde quiser. Logo me juntarei ao senhor. Mas não vá para o pátio, pois os cachorros estão soltos e, dentro de casa... Juno fica vigiando e... não, o senhor só pode perambular nas escadas e nos corredores. Mas, ora, vá de uma vez! Volto em dois minutos!

Obedeci, no que tange a sair do quarto, mas ignorava aonde dariam aqueles corredores estreitos, então parei; e testemunhei, involuntariamente, uma prova de superstição da parte do meu senhorio que desmentia, estranhamente, sua aparente sensatez.

Ele se sentou na cama e escancarou a treliça, e explodiu, ao abrir a janela, apaixonadamente em uma incontrolável torrente de lágrimas.

— Entre! entre! — ele soluçou. — Cathy, venha. Oh, venha... *só* mais uma vez! Oh!, querida do meu coração!, ouça-me só mais *esta* vez, Catherine, uma última vez!

O espectro demonstrou o capricho comum dos espectros, não deu sinal de existência, mas a neve e o vento rodopiaram loucamente, chegando até onde eu estava e apagando a vela.

Havia tanta angústia na explosão de tristeza que acompanhou esse arroubo que a compaixão me fez relevar o desvario e me retirar, um tanto irritado por ter escutado tudo aquilo e um tanto contrariado por ter relatado meu ridículo pesadelo, causa daquela agonia; embora o *porquê* dela estivesse além da minha compreensão.

Desci com cuidado até o andar de baixo e me vi na cozinha dos fundos, onde um resto de brasas compactadas me permitiu acender novamente a vela.

Nada se movia, exceto um gato cinzento, rajado, que saiu do meio das cinzas e me saudou com um miado queixoso.

Dois bancos, com forma de seções de círculo, praticamente circundavam a lareira. Sobre um deles me deitei, e Grimalkin subiu no outro. Estávamos ambos pegando no sono antes que alguém invadisse nosso refúgio quando veio Joseph, baixando uma escada de madeira que sumia no teto, através de um alçapão: para subir até seu sótão, supus.

Ele lançou um olhar sinistro para a pequena vela que eu conseguira acender enfiando-a pela grade da lareira, empurrou o gato de seu promontório e, colocando-se no lugar vago, começou a operação de encher um cachimbo de três polegadas com tabaco. Era evidente que minha presença em seu santuário foi considerada uma prova de impudência vergonhosa demais para ser comentada. De maneira silenciosa, ele levou o cachimbo aos lábios, cruzou os braços e baforou.

Deixei-o desfrutar desse luxo à vontade; e, depois de tragar seu último anel de fumaça e soltar um profundo suspiro, ele se levantou e partiu de forma tão solene quanto viera.

Um passo mais elástico veio em seguida; e então abri a boca para um "bom dia", mas tornei a fechá-la, deixando a saudação incompleta, pois Hareton Earnshaw estava realizando sua oração *sotto voce*, em uma série de imprecações contra cada objeto em que tocava, enquanto revirava um canto em busca de uma pá ou uma enxada para cavar através da neve. Ele olhou de relance por cima do banco, dilatando as narinas, e não quis tampouco trocar civilidades comigo ou com meu companheiro felino.

Imaginei, por esses preparativos, que meu egresso seria permitido, e, deixando aquele assento duro, ensejei acompanhá-lo. Ele notou meu movimento e apontou com a pá para uma porta interna, intimando com um som inarticulado que aquela era a direção que eu deveria seguir se quisesse mudar de ambiente.

A porta abriu para dentro da casa, onde as mulheres já estavam de pé: Zillah estimulava labaredas chaminé acima com um fole colossal, e a senhora Heathcliff, ajoelhada diante da lareira, lia um livro à luz do fogo.

Ela mantinha a mão interposta entre o calor da lareira e os olhos, e parecia absorta nessa ocupação, desistindo apenas para ralhar com a empregada por cobri-la de fagulhas ou para afastar o cão, de quando em quando, que roçava o focinho em seu rosto com excessiva intimidade.

Fiquei surpreso ao ver ali também Heathcliff. Ele estava parado de pé diante do fogo, de costas para mim, encerrando uma cena tempestuosa com a pobre Zillah, que a todo instante interrompia seu trabalho para puxar a ponta do avental e soltar um gemido indignado.

— E você, sua inútil...?! — ele explodiu quando entrei, virando-se para a nora e empregando um epíteto inofensivo como "pata" ou "ovelha", mas que geralmente é representado por reticências.

— Aí está você, sempre com seus truques de preguiçosa! O restante das pessoas faz por merecer o pão, você vive às custas da minha caridade! Leve esse lixo que tem nas mãos para fora daqui e encontre algo para fazer. Você me paga pela praga de tê-la para sempre diante dos meus olhos. Está me ouvindo, sua maldita sirigaita?

— Vou levar meu lixo, mesmo porque você pode me obrigar se eu me recusar — respondeu a jovem dama, fechando o livro e atirando-o na cadeira. — Mas não farei nada, mesmo que você esbraveje até cair a língua, além daquilo que me aprouver!

Heathcliff levantou a mão, e a moça recuou a uma distância mais segura, por certo ciente de seu peso.

Sem desejar ser entretido por uma briga de cão e gato, avancei bruscamente, como se quisesse compartilhar do calor da lareira, e inocente de qualquer conhecimento da disputa interrompida. Ambos tiveram decoro suficiente para suspender ulteriores hostilidades: Heathcliff pôs os punhos, para evitar a tentação, dentro dos bolsos; a senhora Heathcliff franziu o lábio e foi até uma cadeira mais distante, onde manteve a palavra, fazendo papel de estátua pelo resto da minha estada, que não durou muito.

Declinei o convite para o desjejum, e, ao primeiro clarão da aurora, aproveitei a oportunidade e escapei para o ar livre, agora claro, imóvel, frio e impalpável como o gelo.

Meu senhorio me mandou parar antes que eu chegasse ao final do jardim e se ofereceu para me acompanhar na travessia da charneca. Foi bom que o tenha feito, pois toda a vertente da colina era um único oceano branco e ondulado, cujas cristas e quedas não indicavam aclives e declives correspondentes do terreno: muitas valas, ao menos, estavam cheias até o topo, e fileiras inteiras de montículos, rejeitos das pedreiras, borravam o mapa que minha caminhada de ontem deixara traçado em minha mente.

Eu havia notado, de um dos lados da estrada, a intervalos de cinco ou seis metros, pedras eretas formando uma linha que continuava ao longo de toda a extensão daquele ermo: haviam sido erguidas e caiadas para servir de guia no escuro e também para quando uma nevasca como essa confundisse os pântanos profundos de cada lado com o caminho mais firme: porém, com exceção de um ou outro ponto de sujeira aqui e ali, todos os vestígios da existência desses marcos haviam desaparecido: e amiúde meu companheiro precisou me alertar para me desviar, para a direita ou para a esquerda, quando eu imaginava estar seguindo, corretamente, as curvas do caminho.

Trocamos poucas palavras, e ele parou na entrada de Thrushcross Park dizendo que eu não teria como errar a partir dali. Nosso adeus se limitou a uma mesura apressada, e então segui em frente, confiando em meus próprios recursos, pois o alojamento do porteiro nunca foi ocupado, como até hoje.

A distância do portão até a casa era de cerca de três quilômetros; creio que percorri quatro, perdido entre as árvores e afundando até o pescoço na neve: apuro que apenas aqueles que o experimentaram são capazes de avaliar. De qualquer modo, quaisquer que fossem minhas errâncias, o relógio bateu doze quando entrei na casa; o que resultou exatamente em uma hora para cada um quilômetro e meio do trajeto usual desde Wuthering Heights.

Minha mobília humana e seus satélites correram para me receber, um tumulto exclamando que haviam desistido completamente de mim: todos conjecturaram que eu devia ter sucumbido na noite passada e se perguntavam como fariam a busca por meu cadáver.

Pedi que se calassem, agora que haviam me visto de volta, e, entorpecido até o coração, arrastei-me escada acima, onde, depois de vestir roupas secas e caminhar em círculos por trinta ou quarenta minutos para me reaquecer, encerrei-me em meu escritório, fraco como um gatinho: quase fraco demais para desfrutar do fogo revigorante e do café fumegante que a empregada preparou para me recompor.

Capítulo IV

Como somos cataventos volúveis! Eu, que decidira me manter independente de todo intercurso social, e agradecera à minha boa estrela por, enfim, ter pousado em um lugar onde o convívio era quase impraticável — eu, débil desgraçado, depois de travar até o crepúsculo uma batalha contra a melancolia e a solidão, fui finalmente compelido a baixar minha bandeira, e, sob o pretexto de obter informações sobre as necessidades domésticas, pedi à senhora Dean, quando ela trouxe o jantar, que se sentasse comigo enquanto eu comia, na esperança sincera de que ela se revelasse uma verdadeira bisbilhoteira e me despertasse animação ou me embalasse o sono com sua conversa.

— A senhora vive aqui faz um tempo considerável — comecei. — A senhora disse dezesseis anos, não?

— Dezoito, senhor. Vim quando a senhora casou, para cuidar dela; depois que ela morreu, o patrão me conservou como governanta.

— Ah, sim.

Seguiu-se uma pausa. Receei que ela não fosse bisbilhoteira afinal, a não ser sobre os próprios assuntos, e esses pouco me interessavam.

No entanto, depois de pensar por um momento, com um punho em cada joelho e uma nuvem de meditação sobre seu semblante rubicundo, ela proferiu:

— Ah, as coisas mudaram muito de lá para cá!

— Sim — comentei —, imagino que a senhora tenha visto muitas alterações, não?

— Vi, sim; e problemas também — ela disse.

"Oh, vou mudar a conversa para a família do meu senhorio", pensei comigo. "Um bom assunto para começar! E aquela bela mocinha viúva? Eu gostaria de saber a história dela: se ela nasceu na região ou, como é mais provável, se era uma forasteira que o certamente nativo não reconheceria como parente."

Com esse intuito, perguntei à senhora Dean por que Heathcliff deixara Thrushcross Grange e preferira viver naquela situação e naquela residência tão inferiores.

— Ele não é rico o suficiente para manter a propriedade em bom estado? — indaguei.

— Rico, senhor?! — ela devolveu. — Ele tem uma fortuna que ninguém sabe de onde vem, e a cada ano aumenta. Sim, sim, ele é rico o suficiente para viver numa casa melhor que aquela, mas ele é praticamente... um unha de fome; e, se ele tivesse intenção de mudar para Thrushcross Grange, assim que soubesse de um bom inquilino interessado ele não deixaria passar a oportunidade de ganhar mais algumas centenas de libras. É estranho que haja gente tão gananciosa quando vive sozinha no mundo!

— Parece que ele teve um filho...

— Sim, teve um; ele morreu.

— E aquela mocinha, a senhora Heathcliff, é a viúva?

— Sim.

— De onde ela veio?

— Ora, senhor, ela é a filha do meu falecido patrão. Catherine Linton era o nome de solteira. Eu cuidei dela, pobrezinha! Eu queria que o senhor Heathcliff se mudasse para cá, e assim nós duas poderíamos ficar juntas de novo...

— Ora! Catherine Linton?! — exclamei, atônito, mas um minuto de reflexão me convenceu de que não se tratava da minha Catherine fantasmagórica. — Então — continuei —, o sobrenome do meu antecessor era Linton?

— Era.

— E quem é aquele Earnshaw, Hareton Earnshaw, que mora com o senhor Heathcliff? Eles são parentes?

— Não, ele é sobrinho da falecida senhora Linton.

— Então ele é primo da mocinha?

— É, e o marido dela também era primo dela: um pelo lado da mãe, outro pelo lado do pai. Heathcliff se casou com a irmã do senhor Linton.

— Vi que a casa de Wuthering Heights tem o nome Earnshaw esculpido na entrada. A família é antiga?

— Muito antiga, senhor, e Hareton é o último dela, assim como a senhorita Cathy é a última de nós; quero dizer, dos Lintons. O senhor esteve em Wuthering Heights? Desculpe perguntar, mas eu gostaria de saber como ela está!

— A senhora Heathcliff? Ela parecia muito bem, e é muito linda, embora, creio eu, não muito feliz.

— Oh, minha querida! Não é para menos... E o que o senhor achou do patrão?

— Um sujeito um tanto rude, senhora Dean. Não é esse o caráter dele?

— Rude como um serrote e duro como basalto! Quanto menos o senhor conviver com ele, melhor.

— Ele deve ter tido altos e baixos na vida para ser assim tão grosseiro. A senhora sabe algo da história dele?

— Ele é maluco, senhor. Eu sei tudo a respeito dele, exceto onde ele nasceu, quem eram seus pais e como ele obteve sua fortuna a princípio. E Hareton foi excluído como uma ave sem penas! O infeliz rapaz é o único em toda essa paróquia que não precisa adivinhar como foi trapaceado.

— Bem, senhora Dean, seria muita bondade sua me contar algo sobre meus vizinhos. Sinto que não conseguirei dormir se for para a cama, então, faça a gentileza de se sentar e conversar comigo por uma hora.

— Oh, certamente, senhor! Só vou buscar a costura e posso conversar o tempo que o senhor quiser. Mas o senhor pegou um resfriado, notei que está tremendo, e vai precisar de um pouco de mingau para isso passar.

A valorosa mulher apressou-se em sair, e me agachei mais perto do fogo; minha cabeça estava quente, e o resto do corpo, gelado. Além do mais, eu estava excitado, quase à beira de um ataque de loucura, através dos meus nervos e do meu cérebro. Isso fez com que eu me sentisse não incomodado, mas temeroso (como ainda estou) de efeitos mais graves dos incidentes de hoje e de ontem.

Logo ela voltou trazendo uma terrina fumegante e um cesto de costura; e, deixando a primeira na tampa do fogão, aproximou sua cadeira, evidentemente contente ao me ver tão sociável.

— Antes de vir morar aqui — ela começou, sem esperar outro pedido para contar sua história —, eu estava quase sempre em Wuthering Heights; porque minha mãe havia cuidado do senhor Hindley Earnshaw, que era o pai de Hareton, e me acostumei a brincar com as crianças. Eu também tinha tarefas, ajudava a fazer o feno e ficava ali na fazenda esperando alguém me mandar fazer alguma coisa.

Numa bela manhã de verão, que foi no início da colheita, eu me lembro bem, o senhor Earnshaw, o antigo patrão, desceu vestido para uma viagem; e, depois de dizer ao Joseph o que devia ser feito durante o dia, ele se virou para Hindley, Cathy e para mim, pois eu estava comendo mingau com eles, e disse ao filho:

— Agora, meu bom rapaz, estou indo para Liverpool, o que você quer que eu traga? Pode escolher o que quiser, contanto que seja pequeno, pois estarei a pé na ida e na volta, cerca de cem quilômetros cada trecho; é muita estrada!

Hindley pediu uma rabeca, e então ele perguntou à senhorita Cathy, que devia ter no máximo seis anos de idade, mas já montava todos os cavalos do estábulo, e ela pediu um chicote.

Ele não se esqueceu de mim, pois tinha um bom coração, embora fosse bastante severo às vezes. Ele prometeu me trazer um saco de maçãs e peras, e então beijou as crianças, disse adeus e partiu.

Para nós, os três dias de sua ausência pareceram demorar demais, e muitas vezes a pequena Cathy perguntou quando ele voltaria para casa. A senhora Earnshaw esperava o marido para o jantar na terceira noite, e ela deixou o jantar servido por horas e horas. Não houve nenhum sinal de sua chegada, contudo, e por fim as crianças se cansaram de correr até o portão para olhar. Então escureceu; a senhora quis colocá-los para dormir, mas eles imploraram, tristonhos, para que ela permitisse que esperassem acordados; e, por volta das onze da noite, a porta se abriu silenciosamente, e o patrão entrou. Ele se atirou na cadeira, rindo e gemendo, e mandou as crianças se afastarem, pois ele estava quase morto. Ele disse que nunca mais caminharia tanto, nem pela unificação da coroa.

— Para, no final, chegar quase morto de cansaço! — ele disse, abrindo o sobretudo, que ele segurava nos braços como uma trouxa. — Veja, mulher! Nunca fiquei tão exausto por nada na vida: mas você há de recebê-lo como um presente de Deus, embora ele seja escuro como se tivesse vindo do diabo.

Nós nos aproximamos, e, por cima da cabeça da senhorita Cathy, pude ver uma criança suja, esfarrapada, de cabelos negros: grande o suficiente para andar e falar. Na verdade, o rosto dele parecia mais velho que o rosto da Catherine, mas, quando foi posto de pé, ele simplesmente olhou ao redor e repetiu várias e várias vezes umas coisas que ninguém conseguiu entender. Fiquei assustada, e a senhora Earnshaw parecia prestes a jogar a criança porta afora. Ela se levantou depressa e perguntou o que ele tinha na cabeça de trazer aquele menino cigano para dentro de casa, sendo que já tinham as próprias crianças para criar e cuidar, o que ele pretendia com aquilo e se ele havia enlouquecido.

O patrão tentou explicar o caso, mas estava realmente quase morto de fadiga, e a única coisa que ele conseguiu contar, em meio aos impropérios da esposa, foi uma história de como havia visto o menino morrendo de fome, e sem casa, e como se fosse mudo, nas ruas de Liverpool, onde ele o recolheu e perguntou pelos pais da criança. Ninguém sabia a quem a criança pertencia, ele contou, e, como o tempo e o dinheiro dele eram limitados, ele achou melhor trazê-lo logo para casa do que ter despesas inúteis por lá: porque ele estava decidido a não deixar o menino ali onde o encontrou.

Bem, a conclusão foi que minha patroa resmungou até se acalmar, e o senhor Earnshaw me mandou dar banho no menino, e dar roupas limpas para ele, e deixar que ele dormisse com as crianças.

Hindley e Cathy se contentaram em olhar e ouvir até a paz ser restaurada. Então, ambos começaram a procurar nos bolsos do pai os presentes que ele havia prometido. O primeiro já era um menino de catorze anos, mas, quando encontrou os pedaços da rabeca esmigalhada dentro do sobretudo, chorou de soluçar; e Cathy, quando soube que o pai havia perdido seu chicote ao socorrer o menino desconhecido, demonstrou seu humor sorrindo e cuspindo na criaturazinha estúpida, recebendo, por isso, um tapa firme do pai, para aprender a ter bons modos.

As crianças se recusaram terminantemente a aceitar o menino na mesma cama, ou até no mesmo quarto, e eu não era mais sensata que elas, de modo que pus o menino no patamar da escada na esperança de que ele estivesse morto no dia seguinte. Por acaso, ou talvez atraído pela voz dele, o menino engatinhou até a porta do senhor Earnshaw, e o patrão o encontrou ao sair do quarto. Ele perguntou como o menino tinha ido parar lá, e fui obrigada a confessar: como recompensa pela minha covardia e desumanidade, fui mandada embora da casa.

Assim foi a chegada de Heathcliff na família. Quando voltei alguns dias depois, pois não considerei meu banimento perpétuo, descobri que eles o haviam batizado "Heathcliff": era o nome de um filho que havia morrido na infância e que tem lhe servido desde então, tanto como nome de batismo quanto como sobrenome.

A senhorita Cathy e ele então ficaram muito próximos, mas Hindley o odiava, e, verdade seja dita, eu também; e nós o atormentamos e nos comportamos vergonhosamente com ele, pois eu não era madura o bastante para perceber minha injustiça, e a patroa nunca disse nada para defendê-lo quando via que ele estava sendo maltratado.

Ele parecia ser uma criança taciturna, paciente; empedernida, talvez, pelos maus-tratos: suportava os golpes de Hindley sem piscar ou derramar uma lágrima, e meus beliscões só lhe faziam respirar fundo e abrir os olhos, como se ele tivesse se machucado sozinho por acidente e ninguém tivesse culpa.

Essa tolerância deixou o velho Earnshaw furioso quando descobriu que o filho perseguia o pobre menino sem pai, como ele o chamava. Ele se apegou estranhamente a Heathcliff, acreditando em tudo o que o menino dizia (nesse sentido, ele falava pouquíssimo, e geralmente a verdade) e mimando-o muito mais do que à própria Cathy, que era maliciosa e caprichosa demais para ser sua favorita.

Desde o início, então, ele gerou um sentimento ruim dentro da casa; e, com a morte da senhora Earnshaw, que aconteceu menos de dois anos depois, o jovem patrão aprendeu a considerar o pai um opressor, em vez de um amigo, e Heathcliff, um usurpador da afeição do pai e de seus próprios privilégios; e ele cresceu amargurado e remoendo essas injúrias.

Por algum tempo, simpatizei com Hindley, mas, quando as crianças pegaram sarampo, e precisei cuidar delas e assumir os encargos de uma mulher adulta, mudei de ideia. Heathcliff estava perigosamente doente, e, enquanto ele ficou de cama, no pior da doença, estive sempre ao seu lado: imagino que ele tenha sentido que eu fui muito boa para ele e não tinha consciência de que eu era obrigada a ficar ali. No entanto, devo dizer, foi a criança mais silenciosa de quem já cuidei na vida. A diferença entre ele e as outras me obrigou a ser menos parcial. Cathy e o irmão me atormentavam terrivelmente: *ele* era dócil como um cordeiro, embora a dureza, e não a gentileza, fizesse com que ele desse pouco trabalho.

Ele melhorou, e o médico disse que foi em grande parte graças a mim, e elogiou os meus cuidados. Fiquei lisonjeada com esse elogio, e amoleci em relação ao menino que o tinha motivado, e Hindley perdeu sua última aliada: ainda assim, não me senti capaz de mimar Heathcliff, e muitas vezes me perguntei o que meu patrão via nele para admirar tanto aquele menino taciturno, que jamais, até onde me lembro, recompensou sua bondade com qualquer sinal de gratidão. Ele não era insolente com o benfeitor, apenas insensível, embora soubesse perfeitamente do poder que tinha sobre seu coração e fosse consciente de que bastava ele falar para que todos na casa fossem obrigados a se curvar aos seus desejos.

Por exemplo, lembro que um dia o senhor Earnshaw comprou dois potros em uma feira paroquial e deu um para cada rapaz. Heathcliff escolheu o mais bonito, mas o potro logo ficou manco, e, quando ele descobriu, disse a Hindley:

— Você tem que trocar de cavalo comigo; não gostei do meu. Se você não trocar, vou contar ao seu pai das três vezes em que você me bateu esta semana e vou mostrar a ele o meu braço, que está roxo até o ombro.

Hindley pôs a língua para fora e lhe estapeou as orelhas.

— Melhor eu contar de uma vez — Heathcliff insistiu, escapando para o alpendre (estavam no estábulo). — Você vai ter que trocar; e, se eu contar sobre essas agressões, você as receberá de volta com juros.

— Fora daqui, seu cão! — exclamou Hindley, o ameaçando com um peso de ferro usado para pesar batatas e feno.

— Atire — ele respondeu e ficou parado —, e eu vou contar que você se gabou de que me expulsará de casa assim que ele morrer, e nós veremos se ele não expulsará você no mesmo instante.

Hindley atirou o peso e acertou o peito do outro, que caiu para trás, mas tornou a se levantar imediatamente, ofegante e pálido; e, se eu não tivesse impedido, ele teria ido contar ao patrão e se vingaria plenamente, deixando que a condição dele o favorecesse e intimando o causador dela.

— Fique então com meu potro, cigano! — disse o jovem Earnshaw. — E vou rezar para que ele quebre o seu pescoço. Pegue-o, e maldito seja, seu intruso indigente! E pode adular meu pai para ficar com tudo o que ele tem, e só depois mostre a ele o que você é, demônio de Satanás. E leve o potro, espero que ele arranque o seu cérebro com um coice!

Heathcliff foi soltar o animal e trocá-lo para sua própria baia. Ele estava dando a volta quando Hindley terminou sua fala chutando-o para baixo das patas do potro e depois correu o mais depressa que conseguiu, sem parar para avaliar se as suas preces seriam atendidas.

Fiquei surpresa ao ver a frieza com que o menino se recompôs e prosseguiu com sua intenção, trocando as selas e tudo; e, então, se sentou em um fardo de feno para esperar passar o mal-estar que o golpe violento ocasionara antes de voltar para casa.

Facilmente eu o convenci a me permitir colocar a culpa de seus ferimentos no cavalo: ele pouco se importou com a história que seria contada, contanto que ele tivesse o que queria. Ele se queixava tão raramente desse tipo de abuso que realmente pensei que ele não fosse vingativo: eu estava completamente enganada, como o senhor verá.

Capítulo V

Com o passar do tempo, o senhor Earnshaw começou a esmorecer. Ele sempre fora ativo e saudável, mas sua força o deixou num instante; e, depois que se confinou no canto da lareira, foi ficando cada vez mais irritado. Qualquer ninharia o contrariava, e qualquer suspeita de desdém diante de sua autoridade o levava quase a ter um surto.

Esse comportamento se notava sobretudo quando alguém tentava se impor sobre seu favorito ou dominá-lo: ele era dolorosamente cioso de que nada de mal fosse dito a respeito dele; parecia possuído pela ideia de que, como ele mesmo gostava de Heathcliff, todos o odiavam e desejavam maltratá-lo.

Isso era uma desvantagem para o rapaz, pois os mais amáveis de nós não queríamos irritar o patrão, de modo que alimentamos a parcialidade dele; e esse alimento nutriu o orgulho e os maus humores do menino. Ainda assim, isso se tornou, de certo modo, necessário: duas ou três vezes, uma manifestação de desdém da parte de Hindley, enquanto o pai estava próximo, despertou a fúria do velho, que pegou a bengala para bater nele e estremeceu de raiva por não conseguir.

Enfim, nosso vigário (tínhamos um vigário, na época, que ganhava a vida ensinando aos pequenos Lintons e Earnshaws e lavrando sozinho seu pequeno pedaço de terra) aconselhou que o rapaz fosse enviado à universidade, e o senhor Earnshaw concordou, embora com o espírito pesado, pois ele disse:

— Hindley era uma nulidade, e jamais prosperaria onde quer que fosse.

Esperei ardorosamente que tivéssemos paz a partir desse dia. Doía-me pensar que o patrão vivesse sofrendo por sua própria boa ação. Imaginei que o descontentamento da idade e da doença tivesse origem nas desavenças familiares, como ele mesmo dizia que tinha: realmente, o senhor sabe, isso era nítido em sua saúde debilitada.

Talvez tenhamos nos dado razoavelmente bem, não obstante, com exceção de duas pessoas, a senhorita Cathy e Joseph, o empregado: o senhor o conheceu, imagino, lá em cima. Ele era, e provavelmente ainda é, o fariseu mais enfadonho, falso moralista, que já vasculhou uma Bíblia para amealhar promessas para si e lançar maldições aos vizinhos. Com seu talento para passar sermão e fazer discursos piedosos, ele conseguiu causar uma grande impressão no senhor Earnshaw; e, quanto mais fraco o patrão ficava, mais influência ele ganhava.

Ele era incansável em deixá-lo preocupado com questões da alma, e sobre a disciplina rígida com as crianças. Ele o encorajava a considerar Hindley um celerado; e, noite após noite, regularmente resmungava uma longa ladainha de histórias contra Heathcliff e Catherine: sempre no intuito de bajular a fraqueza de Earnshaw, fazendo pesar a culpa mais pesada na menina.

Certamente ela se valia de artimanhas como nunca vi uma criança fazer antes; e ela esgotava nossa paciência mais de cinquenta vezes por dia: da hora em que ela descia a escada até a hora de se deitar, não tínhamos um minuto de segurança de que ela não aprontaria alguma travessura. Seus humores estavam sempre aflorados, sua língua, sempre em movimento, cantando, rindo e xingando todo mundo que não fizesse como ela. Era uma menina indomável, terrível, mas com os olhos mais singelos, o sorriso mais doce e os pés mais leves da paróquia: e, afinal, creio que ela não tivesse nenhuma má-intenção, pois, embora ela fizesse você chorar seriamente, era raro que deixasse você sozinha, e obrigava você a ficar quieta para que pudesse consolá-la.

Ela gostava demais de Heathcliff. O maior castigo que podíamos inventar para ela era mantê-la separada dele: no entanto, ela era a mais repreendida, mais do que qualquer um de nós, por causa dele. Nas brincadeiras, ela gostava demais de fazer o papel de senhorinha, usando as mãos à vontade e dando ordem a seus companheiros: ela fazia o mesmo comigo, mas eu não aceitava receber tapas e ordens, e deixava isso bem claro para ela.

Ora, o senhor Earnshaw não entendia as brincadeiras dos filhos: ele sempre foi estrito e grave com eles; e Catherine, por sua vez, não fazia ideia do motivo de o pai se tornar mais carrancudo e menos paciente ao adoecer do que quando estava saudável.

As respostas rabugentas do pai passaram a despertar nela um prazer perverso em provocá-lo. Ela nunca estava mais feliz do que quando todos nós a repreendíamos ao mesmo tempo, e ela nos desafiava com seu olhar ousado, atrevido, e suas palavras na ponta da língua, ridicularizando as maldições religiosas de Joseph, me atiçando e fazendo justamente aquilo que o pai mais odiava: mostrando como sua insolência fingida, que o pai julgava real, tinha mais poder sobre Heathcliff do que a bondade dele; como o menino fazia sempre o que *ela* queria, e o que *ele* queria, apenas quando lhe aprouvesse.

Depois de se comportar da pior forma possível o dia inteiro, ela às vezes vinha carinhosa tentar fazer as pazes à noite.

— Não, Cathy — o velho diria —, não consigo te amar, és pior que o teu irmão. Vai, faz tuas orações, menina, e pede a Deus o perdão. Não acredito que tua mãe e eu tenhamos que lamentar a criação que te demos!

Isso a fazia chorar, a princípio; e então essa reiterada repulsa a endurecia, e ela ria se eu dizia para ela se arrepender de seus erros e implorar para ser perdoada.

Mas o dia chegou, enfim, que encerrou as atribulações do senhor Earnshaw sobre a Terra. Ele morreu pacificamente em sua poltrona numa noite de outubro, sentado diante da lareira.

Uma ventania forte varreu a casa, e rugiu na chaminé: soou selvagem e tempestuosa, mas não estava frio, e estávamos todos juntos — eu, um pouco afastada da lareira, ocupada com meu tricô, e Joseph lendo sua Bíblia perto da mesa (pois os empregados geralmente se sentavam à mesa da casa na época, depois de terminado o serviço). A senhorita Cathy tinha estado doente, e por isso estava calada; ela estava encostada no joelho do pai, e Heathcliff estava deitado no chão com a cabeça no colo dela.

Lembro que o patrão, antes de pegar no sono, acariciando os belos cabelos dela (era um prazer raro para ele ver a filha sendo gentil), disse:

— Por que não podes ser sempre uma boa menina, Cathy?

E ela ergueu o rosto para olhar para ele, riu, e respondeu:

— Por que o senhor não pode ser sempre um bom homem, pai?

Mas, assim que notou que ele ficara novamente aborrecido, ela beijou sua mão e disse que iria cantar para ele dormir. Ela começou a cantar bem baixinho, até que os dedos dele se soltaram dos dela e a cabeça dele pendeu sobre o peito. Então eu disse para ela parar, e não se mexer, com receio de acordá-lo. Ficamos todos mudos como camundongos por meia hora, e teríamos ficado mais, não fosse Joseph, tendo terminado seu capítulo, ter se levantado e dito que precisava acordar o patrão para rezar e subir para o quarto. Ele se aproximou e o chamou pelo nome, e tocou seu ombro; mas o patrão não se mexeu: então ele trouxe a vela e olhou bem para ele.

Pensei que havia algo errado quando ele abaixou a vela; e, pegando uma criança em cada braço, sussurrou para "subirem, sem fazer barulho, que podiam rezar sozinhos aquela noite, que ele tinha algo a fazer".

— Vou primeiro dar boa-noite ao pai — disse Catherine, colocando os braços em volta do pescoço dele antes que pudéssemos impedi-la.

A coitadinha descobriu logo a perda. Ela berrou:

— Oh, ele está morto, Heathcliff! Ele morreu!

E ambos deram um grito de partir o coração.

Juntei meu pranto ao deles, alto e amargo, mas Joseph perguntou o que tínhamos na cabeça de fazer aquela barulheira por alguém que agora era um santo no céu.

Ele me mandou vestir a capa e correr até Gimmerton e chamar o médico e o pastor. Não consegui entender a utilidade de nenhum dos dois na ocasião. No entanto, fui, através do vento e da chuva, e trouxe um, o médico, na volta comigo; o outro disse que viria na manhã seguinte.

Deixando Joseph explicar a situação, corri para o quarto das crianças: a porta estava entreaberta, vi que não haviam se deitado ainda, embora passasse da meia-noite; mas estavam mais calmos, e não precisaram de mim para confortá-los. As pequenas almas se consolavam mutuamente com pensamentos melhores do que teriam me ocorrido: nenhum pastor no mundo imaginaria o céu de modo tão belo quanto aqueles dois em sua conversa inocente; e, enquanto eu soluçava e escutava, não pude evitar de desejar que já estivéssemos todos lá, juntos e a salvo.

Capítulo VI

— O senhor Hindley voltou para o funeral; e, algo que nos espantou, e logo se divulgou pela vizinhança inteira, trouxe consigo uma esposa.

Quem era ela, e de onde vinha, ele jamais nos informou: provavelmente, não tinha dinheiro nem sobrenome que a recomendassem, ou dificilmente ele teria ocultado do pai a união.

Ela não era alguém que perturbava a casa com sua presença. Cada objeto que ela via, desde o momento em que entrou pela porta, parecia deliciá-la, assim como qualquer circunstância à sua volta: exceto os preparativos para o enterro e a presença de pessoas de luto.

Julguei-a um tanto tola, por seu comportamento diante daquilo: ela correu para o quarto e me levou consigo, embora eu estivesse ocupada vestindo as crianças: e ali ela se sentou, trêmula e de mãos postas, perguntando repetidas vezes:

— As pessoas já foram embora?

Então ela começou a descrever com histérica emoção o efeito produzido nela pela cor preta; e sobressaltou-se, e estremeceu, e, por fim, desatou a chorar. E quando perguntei qual era o problema, respondeu que não sabia, mas que sentia muito medo de morrer!

Imaginei que seria tão pouco provável que ela estivesse prestes a morrer quanto eu. Ela era um tanto magra, mas jovem, semblante saudável, e seus olhos cintilavam com o brilho de diamantes. Notei, decerto, que, ao subir a escada, sua respiração ficara muito acelerada, e que o menor ruído súbito a deixava trêmula, e que tossia de forma preocupante às vezes: mas eu não sabia o que esses sintomas prenunciavam e não me senti inclinada a ter pena dela. Nós geralmente não simpatizamos com forasteiros por aqui, senhor Lockwood, a não ser que simpatizem conosco primeiro.

O jovem Earnshaw ficara consideravelmente transformado nos três anos de ausência. Estava mais esguio e perdera a cor, e falava e se vestia de modo muito diferente; e, no mesmo dia de seu retorno, ele disse a Joseph e a mim que dali em diante deveríamos nos mudar para a cozinha dos fundos e deixar a casa para ele. Na verdade, ele mandaria acarpetar e empapelar uma pequena saleta; mas a esposa expressara tamanho apreço pelo piso branco e a imensa lareira reluzente, e os pratos de peltre e o armário de porcelana de Delft, e o canil, e o espaço amplo que havia para se deslocarem onde costumavam ficar que ele achou desnecessária essa reforma para o conforto dela e abandonou o projeto.

Ela expressou apreço também ao encontrar uma irmã em sua nova família, e tagarelou com Catherine, e a beijou, e correu pela casa com ela, e lhe deu uma quantidade de presentes, a princípio. Sua afeição passou em pouco tempo, contudo, e, quando ela se aborreceu, Hindley se tornou tirânico. Algumas palavras da esposa demonstrando desagrado em relação a Heathcliff bastaram para despertar no marido todo o seu antigo ódio contra o menino. Ele o expulsou da companhia da família para que vivesse com os empregados, privou-o das aulas do vigário, e insistiu que, em vez disso, fosse trabalhar ao ar livre, obrigando-o a trabalhar tão duro quanto qualquer outro empregado da fazenda.

Heathcliff aceitou sua degradação muito bem a princípio, porque Cathy passou a lhe ensinar tudo o que ela aprendia e a trabalhar e brincar com ele nos campos. Ambos juraram de bom grado que cresceriam rudes como selvagens; e o jovem patrão era inteiramente negligente quanto ao comportamento deles e quanto ao que faziam, contanto que se mantivessem longe dele. Ele sequer conferia se eles iam à igreja aos domingos, apenas Joseph e o vigário repreendiam seu descuido quando os dois se ausentavam: e isso o lembraria de mandar Heathcliff ser açoitado e Catherine ficar sem jantar.

Mas uma das principais diversões deles era fugir correndo para a charneca pela manhã e ficar lá o dia inteiro, e o castigo depois virava mero motivo de riso para os dois. O vigário podia mandar Catherine decorar quantos capítulos ele quisesse, e Joseph podia açoitar Heathcliff até o braço doer; eles esqueciam tudo no minuto em que ficavam juntos outra vez: ao menos no minuto em que tramavam algum plano perverso de vingança; e muitas vezes chorei sozinha ao vê-los se tornando mais ousados a cada dia, sem que eu ousasse dizer uma sílaba com medo de perder o pequeno poder que ainda conservava sobre aquelas criaturas desamparadas.

Numa noite de domingo, calhou de estarem de castigo na sala por terem feito barulho ou alguma outra ofensa leve desse tipo; e, quando fui chamá-los para jantar, não os encontrei em parte alguma.

Procuramos na casa, de cima a baixo, e no pátio e nos estábulos: não estavam; e, por fim, Hindley, tomado de paixão, mandou passarmos o trinco nas portas e ordenou que ninguém deveria deixá-los entrar naquela noite.

Todos foram dormir; e eu, aflita demais para me deitar, abri a janela e pus a cabeça para fora para escutar, embora estivesse chovendo, decidida a admiti-los, apesar da proibição, quando eles voltassem.

Dali a pouco, distingui passos subindo a estrada, e a luz de uma lanterna cintilou através do portão.

Pus um xale na cabeça e corri para impedir que despertassem o senhor Earnshaw batendo na porta. Era Heathcliff apenas: tive um sobressalto ao vê-lo sozinho.

— Onde está a senhorita Catherine? — exclamei apressadamente. — Espero que não tenha havido nenhum acidente...

— Ela está em Thrushcross Grange — ele respondeu —, e eu teria ficado por lá também, mas não tiveram a polidez de me convidar para ficar.

— Bem, você vai pagar por isso! — eu disse. — Você só vai ficar contente quando for mandado cuidar da própria vida. O que diabos fez vocês irem até Thrushcross Grange?

— Deixe-me tirar essas roupas molhadas, e vou lhe contar tudo, Nelly — ele respondeu.

Pedi que ele tomasse cuidado para não acordar o patrão, e, enquanto ele se trocava e eu esperava para apagar a vela, ele continuou:

— Cathy e eu escapamos pela lavanderia para passear com liberdade, e, avistando luzes acesas em Grange, pensamos em ir até lá e ver se os Lintons passavam as noites de domingo tremendo de frio pelos cantos, enquanto o pai e a mãe comiam e bebiam e cantavam e davam risada, e com os olhos ardendo diante do fogo. O que você acha que eles fazem? Ou lendo sermões, e sendo catequizados pelo empregado, e postos para ler uma coluna de nomes das Escrituras se não responderem apropriadamente?

— Provavelmente não — respondi. — São boas crianças, sem dúvida, e não merecem o tratamento que vocês recebem por sua má conduta.

— Não seja hipócrita, Nelly — ele disse. — Que absurdo! Fomos correndo do alto de Heights até o parque, sem parar. Catherine ficou completamente para trás na corrida, porque estava descalça. Amanhã você terá de procurar os sapatos dela no brejo. Nós nos arrastamos através de uma brecha na sebe, subimos tateantes pelo caminho de cascalho e trepamos num vaso de flores embaixo da janela da sala deles. As luzes vinham dali; eles não haviam fechado as venezianas, e as cortinas estavam entreabertas. Ambos pudemos olhar para o interior, de pé no ressalto do porão e nos segurando no recuo da janela, e vimos... Ah! que beleza... Vimos um esplêndido ambiente acarpetado em carmesim, com poltronas cobertas de carmesim, mesas, e um teto branquíssimo bordejado de dourado, um lustre de contas de cristal pendurado por correntes de prata no centro, e tudo reluzindo com pequenos círios acesos. Os velhos senhor e senhora Linton não estavam na sala; Edgar e a irmã tinham a sala inteira só para eles. Não deveriam ser felizes? Nós nos sentiríamos no céu! E então, adivinhe o que as suas boas crianças estavam fazendo? Isabella, que creio ter onze anos, um ano mais nova que a Cathy, estava gritando do outro lado da sala, gritando como se houvesse bruxas espetando agulhas em brasa em seu corpo. Edgar estava parado diante da lareira chorando em silêncio, e no meio da mesa estava sentado um cachorrinho, agitando a pata e ganindo: que, pelas mútuas acusações que trocavam, entendemos que eles quase rasgaram ao meio. Aqueles idiotas! Aquele era o prazer deles! Brigar para saber quem ficaria com aquela pilha de pelos aquecidos. E os dois começaram a chorar porque, depois de brigarem pelo cachorro, ambos se recusavam a ficar com o bicho. Rimos abertamente daqueles mimados; nós os desprezamos! Quando você já me viu querendo tirar alguma coisa das mãos da Catherine? Ou nos viu sozinhos tentando nos entreter com berros, soluços, rolando no chão, um de cada lado da sala? Eu não trocaria, em mil vidas, minha condição aqui pela de Edgar Linton em Thrushcross Grange, contanto que eu tenha o privilégio de atirar Joseph do alto da torre e pintar a fachada da casa com o sangue de Hindley!

— Quieto, chega! — interrompi. — Você ainda não me disse, Heathcliff, por que a Catherine ficou lá.

— Eu disse que demos risada — ele respondeu. — Os Lintons nos ouviram e ao mesmo tempo dispararam como flechas até a porta; ficaram calados, e depois gritaram: "Oh, mamãe! Oh, papai! Oh, mamãe, venha cá. Oh, papai, oh!". Eles realmente uivaram algo do tipo. Nós fizemos barulhos assustadores para aterrorizá-los ainda mais, e então saímos do ressalto, porque ouvimos alguém abrir uma tramela, e sentimos que era melhor fugir logo. Peguei a mão de Cathy, e a estava puxando para ela correr quando, de repente, ela caiu no chão.

— Corre, Heathcliff, corre! — ela sussurrou. — Eles soltaram o buldogue, e ele está me prendendo!

O demônio havia mordido o tornozelo dela, Nelly: ouvi seus rosnados abomináveis. Ela não gritou. Nada disso! Ela teria desprezado gritar, mesmo que fosse furada pelos chifres de uma vaca louca. Mas eu gritei. Roguei pragas que aniquilariam qualquer demônio da cristandade; e peguei uma pedra e atirei bem na bocarra do bicho, e tentei com todas as forças enfiá-la goela abaixo do cão. Um maldito empregado veio com uma lanterna pôr fim aos berros:

— Morde, Skulker, morde!

Ele mudou de tom, porém, quando viu quem era a presa de Skulker. O cão foi puxado pelo pescoço; sua língua imensa, roxa, quinze centímetros para fora da boca, e os lábios frouxos escorrendo uma baba sanguinolenta.

O homem ergueu Cathy do chão; ela estava passando mal: não por medo, tenho certeza, mas de dor. Ele a levou para dentro da casa; fui junto, resmungando xingamentos e desejos de vingança.

— O que ele caçou, Robert? — saudou Linton da entrada.

— Skulker pegou uma garotinha, senhor — ele respondeu —, e há também um rapaz aqui — ele agregou, agarrando meu braço — que parece um baderneiro! Muito provavelmente os ladrões quiseram passá-lo pela janela para abrir as portas para o bando deles depois que todos estivéssemos dormindo, para que pudessem nos matar à vontade. Dobre essa língua, seu bandido desbocado! Você será enforcado por isso. Senhor Linton, não abaixe a arma!

— Não, não, Robert — disse o velho estúpido. — Esses patifes sabiam que ontem foi dia de pagar aluguel: eles pensaram que me pegariam de surpresa. Entre; farei uma recepção para esses dois. Pronto, John, amarre bem essa corrente. Dê um pouco de água ao Skulker, Jenny. Roubar um magistrado na própria fortaleza, e em pleno domingo! Onde vai parar essa insolência? Oh, minha querida Mary, veja! Não tenha medo, é só um menino, embora o vilão se contorça claramente em suas feições. Não seria um favor para o país enforcá-lo logo de uma vez, antes que ele demonstre sua natureza em seus atos tal como expressa no semblante?

Ele me puxou para debaixo do candelabro, e a senhora Linton posicionou os óculos sobre o nariz e ergueu as mãos horrorizada. As crianças medrosas também vieram, hesitantes, e Isabella balbuciou:

— Que criatura pavorosa! Prenda-o no porão, papai. Ele é igualzinho ao filho da cartomante que roubou o meu faisão. Não é, Edgar?

Enquanto eles me examinavam, Cathy se aproximou; ela ouviu a última frase e deu risada. Edgar Linton, depois de olhar fixa e inquisitivamente, retomou o bastante de presença de espírito para reconhecê-la. Eles nos veem na igreja, você sabe, embora seja raro que nos encontremos em outro lugar.

— Esta é a senhorita Earnshaw! — ele sussurrou para a mãe —, e veja como o Skulker a mordeu, como o pé dela está sangrando!

— Senhorita Earnshaw? Que absurdo! — exclamou a dama. — A senhorita Earnshaw andando pelos campos com um cigano! E, no entanto, meu caro, a menina está sofrendo, seguramente, e pode mancar pelo resto da vida!

— Mas que negligência culposa do irmão dela! — exclamou o senhor Linton, tirando os olhos de mim e se voltando para Catherine. — Fiquei sabendo pelo Shielders — que é o nome de um senhor vigário — que ele a deixa crescer no absoluto paganismo. Mas quem será este aqui? Onde ela arranjou tal companhia? Ah! Aposto que é a estranha aquisição que meu falecido vizinho fez em sua viagem a Liverpool: um menino lascarim ou um náufrago americano ou hispânico.

— Um menino mau, em todo caso — comentou a velha senhora —, e muito inapropriado para uma casa decente! Você reparou no linguajar dele, Linton? Estou chocada com o que minhas crianças tiveram de ouvir.

Não fique brava, Nelly, mas voltei a xingar. E então mandaram Robert me levar para fora. Eu me recusei a ir embora sem a Cathy; ele me arrastou até o jardim, empurrou a lanterna na minha mão, garantiu que o senhor Earnshaw seria informado do meu comportamento, e, ordenando que eu marchasse já dali, tornou a fechar a porta.

As cortinas ainda estavam enroladas de um dos lados, e voltei à posição em que estivera espionando; porque, se Catherine quisesse voltar, minha intenção era quebrar aqueles vidros grandes em um milhão de fragmentos, se não quisessem deixá-la sair.

Ela estava sentada calmamente no sofá. A senhora Linton tinha tirado dela a capa cinza da empregada, que havíamos tomado emprestada para nosso passeio, e balançava a cabeça e a repreendia, eu suponho: ela era uma jovem dama, e eles faziam uma distinção entre o tratamento dado a ela e a mim. Então a criada trouxe uma bacia com água quente e lavou os pés dela; e o senhor Linton preparou um copinho de *negus*,[3] e Isabella deixou um prato de bolo no colo dela, e Edgar ficou parado, boquiaberto, a uma certa distância. Em seguida, eles secaram e escovaram os belos cabelos dela, e lhe deram um par de chinelos enormes, e a levaram para perto da lareira; e eu a deixei ali, até contente naquelas circunstâncias, dividindo sua comida entre o cachorrinho e Skulker, cujo focinho ela beliscava enquanto ele comia; e acendendo uma centelha de espírito nos olhos vazios e azuis dos Lintons... pálidos reflexos do rosto encantador dela... Vi que ficaram cheios de uma estúpida

---

3. Bebida feita de vinho, geralmente vinho do Porto, acrescido de água quente, laranjas ou limões, especiarias e açúcar. (N.E.)

admiração; ela é tão incomensuravelmente superior a eles... a todo mundo na Terra, não é, Nelly?

— Isso terá mais consequências do que você imagina — respondi, cobrindo-o e apagando a vela. — Você é incorrigível, Heathcliff; e o senhor Hindley vai ter que tomar medidas extremas, você vai ver se ele não vai.

Minhas palavras se provaram mais verdadeiras do que eu desejava. A infeliz aventura deixou Earnshaw furioso. E então o senhor Linton, para apaziguar a situação, veio nos visitar na manhã seguinte, e passou tamanho sermão no jovem patrão sobre o caminho por onde conduzia sua família que ele teve que abaixar a cabeça, seriamente.

Heathcliff não foi açoitado, mas lhe disseram que, na primeira palavra que ele trocasse com a senhorita Catherine, ele seria mandado embora; e a senhora Earnshaw se encarregaria de manter a cunhada com as devidas restrições quando ela voltasse para casa, empregando arte, não força: com força teria sido impossível.

Capítulo VII

— Cathy ficou em Thrushcross Grange por cinco semanas, até o Natal. A essa altura seu tornozelo estava inteiramente curado, e sua postura havia melhorado muito. A senhora a visitou várias vezes nesse intervalo, e começou seu plano de reforma tentando despertar nela respeito próprio com roupas finas e elogios, que ela rapidamente assimilou; de modo que, em vez da pequena selvagem sem chapéu pulando pela janela para dentro de casa, e logo nos deixando sem fôlego, quem desmontou de um belo corcel negro era uma pessoa muito digna, com cachos castanhos caindo de uma cartola enfeitada de plumas e uma capa longa de linho, que ela precisava segurar com as duas mãos para conseguir se mover.

Hindley desapeou-a do cavalo, exclamando deliciado:

— Ora, Cathy, você está linda! Eu nem a teria reconhecido: agora você parece uma dama. Isabella Linton nem se compara com ela, não é mesmo, Frances?

— Isabella não tem as vantagens naturais dela — respondeu a esposa —, mas agora ela terá de se importar e não voltar a ser uma selvagem. Ellen, ajude a senhorita Catherine a desembarcar as coisas dela... Espere, querida, assim você vai desmanchar os cachos..., deixe-me desamarrar essa cartola.

Retirei a capa, e reluziu o grandioso vestido de seda, as calças brancas e os sapatos encerados; e, embora seus olhos cintilassem de alegria quando os cachorros vieram correndo lhe dar as boas-vindas, ela mal ousou tocá-los enquanto eles não bajulassem seu trajes esplêndidos.

Ela me deu um beijo delicado: eu estava coberta de farinha, pois estava fazendo o bolo de Natal, e não seria apropriado me abraçar; e então ela procurou Heathcliff. O senhor e a senhora Earnshaw ficaram assistindo aflitos a esse encontro, pensando que lhes permitiria avaliar, mais ou menos, se haveria esperança de conseguirem separar os dois amigos.

Heathcliff custou a se abrir, a princípio. Se ele já vivia sem cuidados e sem ninguém que se importasse com ele antes da ausência de Catherine, desde então tinha sido dez vezes pior.

Ninguém além de mim dizia para ele tomar banho, que ele estava sujo, uma vez por semana; e as crianças dessa idade raramente têm um prazer natural com água e sabão. Portanto, sem falar nas roupas dele, que ficavam às vezes três meses sendo usadas no serviço, na lama e na poeira, e seus cabelos grossos despenteados, a superfície do rosto e das mãos dele estava tristemente escura. Ele ficou escondido atrás do banco ao contemplar aquela brilhante e graciosa donzela entrar na casa no lugar de sua desgrenhada contraparte, como ele esperava.

— Heathcliff não está? — ela perguntou, tirando as luvas e mostrando os dedos lindamente embranquecidos de não fazer nada e ficar dentro de casa.

— Heathcliff, pode vir — exclamou o senhor Hindley, desfrutando desse constrangimento e satisfeito porque o repelente jovem maltrapilho seria obrigado a se mostrar. — Pode vir e dar as boas-vindas à senhorita Catherine, como os outros empregados.

Cathy, avistando o amigo escondido, correu para abraçá-lo; ela lhe deu sete ou oito beijos no rosto em um segundo, e então parou, e recuando, explodiu numa gargalhada, exclamando:

— Ora, como você está preto e carrancudo! E como está... engraçado e soturno! Mas digo isso só porque me acostumei com Edgar e Isabella Linton. Ora, Heathcliff, você se esqueceu de mim?

Ela tinha motivos para fazer essa pergunta, pois a vergonha e o orgulho lançaram uma dupla melancolia no semblante dele e o deixaram imóvel.

— Aperte a mão dela, Heathcliff — disse o senhor Earnshaw, em tom condescendente. — De vez em quando, você tem permissão.

— Não farei isso! — respondeu o menino, enfim abrindo a boca. — Não serei motivo de risadas. Não suportarei isso!

E ele teria saído da roda, mas a senhorita Cathy o deteve novamente.

— Não tive intenção de rir de você — ela disse —; não consegui me conter. Heathcliff, aperte a minha mão pelo menos! Por que você está assim taciturno? Foi só porque você me pareceu diferente. Se você lavar o rosto e escovar o cabelo, ficará tudo bem: mas você está tão sujo!

Ela olhou preocupada para os dedos escuros dele em sua mão, e também para o próprio vestido, que ela temia não ganhar nada em beleza no contato com as roupas dele.

— Não precisa encostar em mim! — ele respondeu, acompanhando os olhos dela e retirando a mão. — Ficarei sujo o quanto eu quiser: e eu gosto de ficar sujo, e sujo portanto serei.

Com isso ele saiu correndo impetuosamente da sala, em meio à alegria do patrão e da patroa, e deixando seriamente perturbada Catherine, que não conseguiu entender como seus comentários produziram tal exibição de mau humor.

Depois de servir como camareira para a recém-chegada e de colocar meus bolos no forno, deixando a casa e a cozinha aconchegantes com o fogo alto, apropriado para a véspera de Natal, eu me preparei para me sentar e me divertir entoando cânticos natalinos sozinha, sem me importar com as afirmações de Joseph de que eram praticamente canções profanas.

Ele havia se retirado para rezar sozinho em seu quarto, e o senhor e a senhora Earnshaw ficaram distraindo a atenção da senhorita com vários mimos comprados para dar de presente aos pequenos Lintons, em agradecimento pela gentileza.

Eles os haviam convidado para passar a manhã seguinte em Wuthering Heights, e o convite fora aceito, com uma condição: a senhora Linton implorou aos filhos para terem o cuidado de não se aproximar daquele "menino desbocado e malcriado".

Em tais circunstâncias, permaneci solitária. Senti o bom aroma das especiarias e admirei o brilho dos utensílios da cozinha, o relógio polido, decorado com azevinho, as canecas de prata enfileiradas em uma bandeja, prontas para serem cheias de *mulled ale* no jantar; e, acima de tudo, a pureza imaculada do meu cuidado particular: o assoalho esfregado e bem varrido.

Concedi o devido aplauso interior a cada objeto, e então me lembrei de como o velho Earnshaw costumava entrar quando tudo estava arrumado, e me chamava de donzela tagarela, e punha um xelim na minha mão como presente de Natal; e com isso me lembrei do carinho dele por Heathcliff e de seu receio de que o menino sofresse alguma negligência depois que a morte o levasse; e isso naturalmente me levou a considerar a situação do pobre rapaz naquele momento, e do canto passei ao pranto. Ocorreu-me logo, contudo, que faria mais sentido tentar reparar alguns dos maus-tratos sofridos por ele do que derramar lágrimas sobre esses maus-tratos: levantei-me e fui até o pátio procurá-lo.

Ele não estava longe; encontrei-o escovando o pelo lustroso do novo pônei no estábulo e alimentando outros animais, como de costume.

— Depressa com isso, Heathcliff — eu disse —, a cozinha está muito aconchegante; e Joseph já subiu. Depressa, e me deixe vesti-lo bem antes que a senhorita Cathy venha, e então vocês poderão se sentar juntos, com a lareira inteira para vocês, e ter um longa conversa até a hora de dormir.

Ele prosseguiu com sua tarefa, e em nenhum momento virou a cabeça para mim.

— Venha... Você vem? — continuei. — Fiz um bolinho para cada um, praticamente; e você vai precisar de meia hora para se arrumar.

Esperei cinco minutos, mas sem obter resposta da parte dele. Catherine jantou com o irmão e a cunhada; Joseph e eu fizemos uma refeição silenciosa, temperada com críticas de um lado e insolência do outro. O bolo e o queijo do menino ficaram na mesa a noite inteira para as fadas. Ele tratou de continuar trabalhando até nove horas, e depois caminhou calado e severo para o seu quarto.

Cathy ficou acordada até tarde, tendo uma infinidade de coisas para arrumar para a recepção de seus novos amigos. Ela entrou na cozinha uma vez para falar com seu antigo amigo, mas ele tinha saído; e ela ficou apenas o tempo de perguntar o que havia de errado com ele, e depois voltou para a sala.

Na manhã seguinte, ele acordou cedo; e, como era feriado, levou seu mau humor para a charneca, só reaparecendo quando a família foi à igreja. O jejum e a reflexão aparentemente lhe trouxeram um estado de espírito melhor. Ele ficou parado perto de mim por algum tempo e, tomando coragem, exclamou abruptamente:

— Nelly, deixe-me apresentável. Quero ficar bem.

— Já era hora, Heathcliff — eu disse. — Você deixou Catherine aflita. Ouso dizer que ela já se arrependeu de ter voltado para casa! Ficou parecendo que você está com inveja dela porque ela é mais bem-vista que você.

A ideia de *invejar* Catherine era algo incompreensível para ele, mas a ideia de afligi-la ele entendeu claramente.

— Ela disse que estava aflita? — ele perguntou, com expressão muito séria.

— Hoje ela chorou quando contei que você tinha saído outra vez.

— Bem, *eu* chorei ontem à noite — ele devolveu —, e eu tinha mais motivos para chorar do que ela.

— Sim..., o seu motivo foi ter ido dormir com o coração orgulhoso e a barriga vazia — eu disse. — Gente orgulhosa só gera tristeza para si mesma. Mas, se você ficou com vergonha do seu melindre, deve pedir perdão, com cuidado, quando ela vier. Você deve subir e oferecer um beijo, e dizer... você sabe melhor que eu o que dizer;

apenas fale com vontade, e não como se a julgasse transformada em uma desconhecida por causa de um vestido luxuoso. E agora, embora eu tenha que preparar o jantar, vou tirar um tempo para arrumá-lo tão bonito que Edgar Linton ficará parecendo um espantalho ao seu lado: e ele parece mesmo. Você é mais jovem e, ainda assim, tenho certeza, mais alto, e tem ombros duas vezes mais largos; você o derrubaria em um piscar de olhos; você não acha que é capaz?

O semblante de Heathcliff se iluminou por um momento; então tornou a se fechar, e ele suspirou.

— Mas, Nelly, mesmo que eu o derrotasse vinte vezes, isso não o tornaria menos bonito nem me tornaria mais. Queria ter cabelos loiros e pele clara, e me vestir e me comportar bem, e queria ter tido a sorte de ser rico como ele será!

— E chorar pedindo a mamãe a todo instante... — agreguei —, e tremer se um rapaz do interior levantar os punhos contra você, e ficar sentado em casa o dia inteiro por qualquer garoa. Oh, Heathcliff, você está demonstrando pobreza de espírito! Venha até o espelho e deixe-me mostrar o que você deveria almejar. Está vendo essas duas linhas entre os seus olhos; e essas sobrancelhas grossas, que, em vez de subirem arqueadas, afundam no meio; e esse par de demônios negros, tão fundos, que nunca abrem ousadamente as janelas, mas espreitam brilhantes por baixo, como espiões do diabo? Procure e aprenda a atenuar as rugas dessa sua carranca, a levantar as pálpebras com franqueza e transformar esses demônios em anjos confiantes, inocentes, que não desconfiam nem duvidam de nada, sempre enxergando um amigo onde não têm certeza de se tratar de inimigo. Não fique com a expressão de um vira-lata raivoso, que parece saber que os chutes que leva são merecidos e ainda assim odeia o mundo, assim como aquele que o chuta pelo seu sofrimento.

— Em outras palavras, devo almejar ter os grandes olhos azuis e a testa lisa de Edgar Linton — ele respondeu. — Eu almejo..., mas isso não faz com que os tenha.

— Um bom coração tornará o seu rosto bonito, meu rapaz — continuei —, mesmo que você fosse um negro comum; e um coração ruim tornará o rosto mais lindo em algo pior que feio. E agora que já terminamos de lavar, pentear e cismar, diga-me você se não acha que está lindo? Eu vou lhe dizer, acho que está. Você poderia ser um príncipe disfarçado. Quem sabe o seu pai não era o Imperador da China e a sua mãe uma rainha indiana, cada um deles capaz de comprar, com o dinheiro da semana, Wuthering Heights e Thrushcross Grange juntas? E você foi raptado por marinheiros cruéis e trazido à Inglaterra. Se eu fosse você, teria uma ideia mais elevada do meu nascimento; e pensar em quem eu seria me daria coragem e dignidade para suportar as opressões de um sitiantezinho qualquer!

De modo que continuei tagarelando; e Heathcliff aos poucos perdeu sua carranca e começou a parecer bastante simpático, quando de repente nossa conversa foi interrompida por um som estrondoso subindo pela estrada e entrando no pátio. Ele correu até a janela e eu até a porta, bem a tempo de avistar os dois Lintons descendo da carruagem da família, cobertos de capas e peles, e os Earnshaws desmontarem de seus cavalos: eles costumavam ir a cavalo à igreja no inverno. Catherine deu uma mão a cada criança, as trouxe para dentro de casa e as instalou diante do fogo, o que rapidamente fez corar seus rostos brancos.

Insisti para meu companheiro se apressar agora e demonstrar seu humor amável, e ele de bom grado obedeceu; mas quis o azar que, quando ele abriu a porta da cozinha de um lado, Hindley abriu do outro. Eles se encontraram, e o patrão, irritado ao vê-lo limpo e animado, ou, talvez, ávido para manter sua promessa à senhora Linton, empurrou-o de volta com um gesto repentino e raivosamente mandou Joseph manter o sujeito fora da sala; "Tranque-o no sótão até o final do jantar. Ele enfiaria os dedos nas tortas e roubaria as frutas se o deixássemos com eles por um minuto!"

— Não, senhor — não pude evitar responder. — Ele não vai mexer em nada, não ele; e suponho que ele tenha direito a uma parte das iguarias, como qualquer um de nós.

— Ele terá direito a uma parte da minha mão se eu o pegar aqui embaixo quando escurecer — exclamou Hindley. — Fora, vagabundo! O que foi?! Quer bancar o almofadinha? Espere até eu pôr as mãos nesses cachos elegantes... Você vai ver como vou puxá-los até alongá-los mais um pouco!

— Já estão longos o bastante — observou o jovem Linton, espiando do umbral da porta. — Eu me pergunto se esse cabelo não lhe dá dor de cabeça. É como uma crina de cavalo em cima dos olhos dele!

Ele proferiu esse comentário sem nenhuma intenção de insultar, mas a natureza violenta de Heathcliff não estava preparada para suportar a aparência de uma impertinência naquele que ele parecia odiar, desde então, como um rival. Ele pegou uma terrina de calda de maçã quente, a primeira coisa que conseguiu apanhar, e atirou-a em cheio no rosto e no pescoço da visita; que na mesma hora deu início a um lamento que trouxe Isabella e Catherine às pressas para o local.

O senhor Earnshaw agarrou logo o culpado e levou-o para o próprio quarto, onde, sem dúvida, ele ministrou um remédio brusco para arrefecer o surto de paixão, pois ele voltou vermelho e ofegante. Peguei um guardanapo, e um tanto rancorosamente limpei o nariz e a boca de Edgar, dizendo que ele merecera aquilo por se intrometer. A irmã começou a chorar, dizendo que queria ir embora, e Cathy ficou ali parada, sem saber o que fazer, corada de vergonha por tudo aquilo.

— Você não devia ter falado com ele! — ela repreendeu o jovem Linton. — Ele estava mal-humorado, e agora você estragou a visita; e ele será açoitado. Odeio quando ele é açoitado! Não vou conseguir jantar. Por que você falou com ele, Edgar?

— Eu não falei nada — soluçou o rapaz, escapando das minhas mãos e terminando o resto da limpeza com seu lenço de cambraia. — Prometi à mamãe que não diria uma palavra a ele, e não disse.

— Bem, não chore — respondeu Catherine, desdenhando —; você não foi assassinado. Não crie mais problemas; meu irmão está vindo: fique quieto! Silêncio, Isabella! *Você* também foi ferida?

— Pronto, pronto, crianças; podem se sentar! — exclamou Hindley, esbaforido. — Aquele bruto me fez transpirar. Da próxima vez, senhor Edgar, faça a justiça com suas próprias mãos. Vai lhe abrir o apetite!

O pequeno grupo retomou a serenidade diante da visão do fragrante banquete. Eles estavam famintos depois de cavalgar, e facilmente se consolaram, uma vez que nenhum dano real lhes ocorrera.

O senhor Earnshaw cortou pedaços fartos e serviu os pratos, e a senhora deixou todos contentes com uma conversa animada. Fiquei esperando atrás da cadeira dela, e me doeu ver Catherine, de olhos secos e ar indiferente, começar a cortar a asa de um ganso diante de si.

"Menina insensível", pensei comigo, "como ela esquece fácil os problemas de seu antigo colega. Não imaginava que ela fosse tão egoísta."

Ela levou o garfo aos lábios; então, o depôs no prato: suas faces coraram, e as lágrimas jorraram. Ela deixou o garfo cair no chão e rapidamente mergulhou embaixo da toalha para esconder a emoção. Não a considerei mais insensível, pois percebi que ela estivera em um purgatório o dia inteiro, esforçando-se para encontrar uma oportunidade de ficar sozinha ou de fazer uma visita a Heathcliff, que fora trancado no sótão pelo patrão: como descobri ao tentar levar a ele um pouco de comida.

Ao anoitecer, tivemos um baile. Cathy implorou para que ele fosse liberado então, pois Isabella Linton não tinha par: seu pedido foi em vão, e fui designada para suprir a lacuna.

Livramo-nos de toda tristeza na excitação do exercício, e nosso prazer foi aumentado pela chegada da banda de Gimmerton, reunindo quinze membros: trompete, trombone, clarinetes, fagotes, trompas e uma viola de gamba, além de cantores. Eles percorriam todas as casas respeitáveis, e recebiam contribuições todo Natal, e nós considerávamos um privilégio de primeira classe ouvi-los.

Depois que os cânticos natalinos de costume foram entoados, passamos às canções populares e aos trios à capela. A senhora Earnshaw adorou a música, e, portanto, eles tocaram bastante.

Catherine também adorou, mas disse que soava melhor do alto da escada e subiu no escuro: fui atrás. Eles fecharam a porta lá embaixo sem notar nossa ausência, de tão cheia de gente que a casa estava. Ela não ficou parada no topo da escada, mas continuou subindo até o sótão, onde Heathcliff estava confinado, e o chamou. Ele se recusou obstinadamente a responder por algum tempo: ela persistiu e, por fim, o persuadiu a conversar com ela através da porta.

Deixei as duas pobres criaturas falarem à vontade, até o momento em que supus que as canções fossem terminar e os cantores fariam uma pausa para beber e comer um pouco; então, subi a escada para alertá-la.

Em vez de encontrá-la do lado de fora do sótão, ouvi a voz dela lá dentro. A pequena macaca havia escalado pela claraboia de um dos sótãos, por sobre o telhado, e descido pela claraboia do outro, e foi com a máxima dificuldade que consegui convencê-la a sair de novo.

Quando ela saiu, Heathcliff veio com ela, e ela insistiu que eu o levasse para a cozinha, uma vez que meu colega empregado tinha ido à casa de um vizinho, para ficar longe do som da nossa "salmodia diabólica", como ele gostava de chamar aquilo. Eu disse a eles que não pretendia de modo algum encorajar seus truques, mas como o prisioneiro não comia nada desde o jantar de ontem, eu permitiria que enganassem o senhor Hindley só desta vez.

Ele desceu: dei-lhe um banco perto do fogo e ofereci uma quantidade de guloseimas: mas ele estava passando mal e só conseguiu comer um pouco, e minhas tentativas de entretê-lo foram desperdiçadas. Ele posicionou os dois cotovelos sobre os joelhos, e o queixo nas mãos, e ficou absorto em muda meditação. Quando perguntei o tema de seus pensamentos, ele respondeu gravemente:

— Estou tentando decidir como vou me vingar do Hindley. Não importa quanto tempo eu tenha que esperar se ao menos conseguir, enfim, me vingar. Espero que ele não morra antes que eu consiga me vingar dele!

— Que vergonha, Heathcliff! — eu disse. — Cabe a Deus castigar a pessoa cruel; cabe a nós aprender a perdoar.

— Não, Deus não terá essa satisfação, que será minha — ele devolveu. — Só gostaria de saber qual a melhor maneira! Deixe-me em paz, vou planejar melhor. Enquanto penso nisso, não sinto nenhuma dor.

Porém, senhor Lockwood, esqueci que essas histórias não devem ser divertidas para o senhor. Sinto-me mal por ter tagarelado tanto; e o seu mingau esfriou, e o senhor está quase pegando no sono! Eu poderia ter lhe contado a história de Heathcliff, que era tudo o que o senhor queria saber, com meia dúzia de palavras.

Assim se interrompendo, a governanta levantou-se e começou a guardar a costura, mas eu me senti incapaz de me mover da frente da lareira, e ainda estava muito longe de pegar no sono.

— Sente-se aí, senhora Dean! — exclamei. — Fique aí mais meia hora. A senhora fez bem em me contar a história sem pressa. Esse é o meu método favorito; e a senhora deve terminar no mesmo estilo. Estou interessado em cada um dos personagens que a senhora mencionou, mais ou menos.

— O relógio já bateu onze, senhor.

— Não importa..., não estou acostumado a ir dormir antes da meia-noite. Uma ou duas da manhã ainda é cedo para quem só se levanta às dez.

— O senhor não devia se levantar às dez. O auge da manhã já se passou muito antes das dez. Uma pessoa que às dez ainda não fez metade do serviço tem grande chance de deixar a outra metade por fazer.

— Não obstante, senhora Dean, volte para sua cadeira... porque amanhã pretendo dormir até depois do meio-dia. Estou prevendo que pegarei um resfriado persistente, no mínimo.

— Espero que não, senhor. Bem, o senhor terá que me permitir pular cerca de três anos; nesse período de tempo, a senhora Earnshaw...

— Não, não; não vou permitir nada desse tipo! A senhora sabe aquele estado de espírito experimentado quando, sentados sozinhos diante de uma gata lambendo a cria no tapete, assistimos à operação com tanta atenção que, se a gata negligencia uma orelha que seja, saímos do sério?

— Um estado de espírito terrivelmente preguiçoso, eu diria.

— Pelo contrário, um estado de espírito exaustivamente ativo. É o meu, no momento; e, portanto, continue minuciosamente. Percebo que as pessoas nesta região têm um valor maior do que o das pessoas da cidade, como o valor que uma aranha numa masmorra tem é maior do que o de uma aranha numa casa de campo para seus distintos ocupantes; e, no entanto, a atração aumentada não se deve inteiramente à situação do observador. Elas vivem de fato mais seriamente, mais dentro de si mesmas, e menos na superfície, nas coisas volúveis, frívolas, externas. Aqui consigo imaginar um amor pela vida quase possível; e eu era um descrente empedernido de qualquer amor com duração de mais de um ano. Um estado parece o de um homem faminto diante de um único prato, no qual ele pode concentrar todo seu apetite e fazer justiça ao prato; o outro, o desse mesmo homem diante de uma mesa servida por cozinheiros franceses: ele pode até extrair o mesmo prazer do conjunto, mas cada prato será um mero átomo em sua consideração e em sua lembrança.

— Oh! Aqui somos como qualquer pessoa, de qualquer parte, depois que o senhor nos conhece — observou a senhora Dean, um tanto intrigada com meu discurso.

— A senhora vai me desculpar... — respondi. — A senhora, minha boa amiga, é uma impressionante evidência contrária a essa afirmação. Com exceção de alguns poucos provincianismos de pouca importância, a senhora não tem nenhum traço dos modos que me habituei a considerar peculiares da sua classe. Tenho certeza de que a senhora pensa muito mais do que a maior parte da criadagem. A senhora foi obrigada a cultivar suas faculdades reflexivas por falta de oportunidades de dissipar a própria vida em ninharias fúteis.

A senhora Dean deu risada.

— Certamente me considero uma pessoa sensata, razoável — ela disse —; não exatamente por ter vivido sempre nessas serras e só ter visto um grupo limitado de pessoas e uma única série de ações, ano após ano; mas passei por uma disciplina aguda, que me ensinou alguma sabedoria; e, além disso, li mais do que o senhor imagina, senhor Lockwood. O senhor não encontrará um único livro nesta biblioteca que eu não tenha folheado, e absorvido alguma coisa: a não ser naquela prateleira de grego e latim, e naquela de francês; e desses, sei diferenciar uns dos outros: é o máximo que se pode esperar da filha de um homem pobre.

No entanto, se tiver que seguir com minha história no legítimo estilo bisbilhoteiro, seria melhor prosseguir; e, em vez de pular três anos, vou me contentar em passar para o verão seguinte: o verão de 1778, isto é, quase vinte e três anos atrás.

Capítulo VIII

— Na manhã de um belo dia de junho, meu primeiro bebezinho lindo, e o último da velha estirpe dos Earnshaw, nasceu.

Estávamos colhendo feno em um campo bem distante, quando a menina que geralmente nos trazia o desjejum veio correndo uma hora antes, atravessou a campina e subiu pela alameda, chamando meu nome enquanto corria.

— Oh, que criança linda! — ela ofegou. — O mais belo varão! Mas o doutor falou que a patroa está nas últimas: ele disse que ela está tuberculosa há muitos meses. Ouvi quando ele falou ao senhor Hindley: que agora não havia nada que a segurasse aqui, e que ela iria morrer antes do inverno. A senhora tem que vir agora mesmo. Você terá que cuidar do bebê, Nelly, alimentar com açúcar e leite e ficar com ele noite e dia. Queria ser você, porque o bebê será todo seu quando a patroa se for!

— Mas ela está mesmo muito doente? — perguntei, soltando o rastelo e amarrando a touca.

— Acho que sim, apesar de parecer corajosa — respondeu a menina —, e fala como se estivesse pensando em viver para ver o menino virar um homem. Ela está louca de felicidade, o bebê é uma beleza! Se eu fosse ela, decerto não morria; eu ia sarar só de olhar para o bebê, apesar do que diz o doutor Kenneth. Eu fiquei louca com ele. A dona Archer trouxe o querubinzinho para o patrão ver, na casa, e o rosto dele começava a se iluminar quando o velho agourento se aproximou e disse: "Earnshaw, é uma bênção que a sua esposa tenha sido poupada até lhe deixar este filho. Quando ela chegou aqui, eu já estava convencido de que não conseguiríamos mantê-la viva por muito tempo; e agora, devo lhe dizer, o inverno provavelmente acabará com ela. Não se abale nem se aflija muito com isso: não há o que fazer. E, além do mais, você devia ter pensado melhor antes de escolher uma moça frágil, efêmera como junco!".

— E o que o patrão respondeu? — indaguei.

— Acho que ele xingou, mas não dei importância, eu estava querendo ver logo o bebê — e ela começou a descrever de novo o bebê, embevecida.

Eu, dedicada como ela, avidamente voltei para casa depressa para admirá-lo também, embora estivesse muito triste pelo senhor Hindley. Ele só tinha espaço no coração para dois ídolos, a esposa e ele mesmo:

ambos ele mimou, e adorou apenas um, e eu não conseguia imaginar como ele faria para suportar sua perda.

Quando chegamos a Wuthering Heights, lá estava ele na porta da frente; e, quando entrei, perguntei como estava o bebê.

— Quase pronto para correr por aí, Nell! — ele respondeu, abrindo um sorriso animado.

— E a senhora? — arrisquei indagar. — O doutor falou que ela...

— Dane-se o doutor! — ele interrompeu, enrubescendo. — Frances está ótima: ela estará perfeitamente bem na próxima semana. Você vai subir? Você pode dizer que irei em seguida, se ela prometer não falar. Eu desci porque ela não parava de falar; e ela precisa... diga-lhe que o doutor Kenneth falou que ela precisa ficar quieta.

Passei o recado à senhora Earnshaw; ela parecia animada e respondeu com bom humor:

— Eu mal disse uma palavra, Ellen, e ele já saiu daqui duas vezes, chorando. Bem, diga-lhe que eu prometo não falar nada; mas isso não me impede de rir dele!

Pobre alma! Até uma semana antes de morrer, aquele coração alegre jamais a abandonou; e o marido persistiu não de forma obstinada, mas de maneira furiosa, afirmando que a saúde dela melhorava a cada dia. Quando Kenneth alertou que seus remédios eram inúteis naquele estágio da doença, e que ele não precisaria mais incorrer em despesa para tratá-la, ele respondeu:

— Eu sei disso. Ela está bem! Ela não precisa de nenhum tratamento seu! Ela nunca teve tuberculose. Era uma febre, e já passou. O pulso dela agora está tão lento quanto o meu, e o rosto também, igualmente fresco.

Ele contou à esposa a mesma história, e ela pareceu acreditar; mas uma noite, apoiando-se no ombro dele, no ato de dizer que achava que conseguiria se levantar no dia seguinte, ela teve um ataque de tosse, muito leve... Ele a levantou pelos braços; ela pôs as mãos no pescoço dele, seu semblante se transformou, e ela estava morta.

Como a menina havia previsto, o menino Hareton caiu inteiramente nas minhas mãos. O senhor Earnshaw, contanto que o visse saudável e nunca o ouvisse chorar, ficou contente, no que lhe dizia respeito. Quanto a si mesmo, ele foi ficando cada vez mais desesperado: sua tristeza era do tipo que não se lamenta. Ele nem chorava nem rezava; ele maldizia e desafiava, execrando Deus e o homem, e se entregou à inconsequente dissipação.

Os empregados não podiam suportar mais sua conduta tirânica e cruel: Joseph e eu fomos os únicos que ficamos. Não tive coragem de abandonar minha responsabilidade; e, além do mais, o senhor sabe, eu tinha sido irmã adotiva dele e perdoava seu comportamento com mais facilidade do que uma desconhecida seria capaz de fazer.

Joseph ficou para maltratar os inquilinos e empregados, e porque tinha vocação para viver onde houvesse bastante maldade para ele reprovar.

Os maus hábitos e as más companhias do patrão foram o bom exemplo para Catherine e Heathcliff. O tratamento dado a este último seria suficiente para fazer de qualquer santo um demônio. E, de fato, parecia que o rapaz *estava* possuído por algo diabólico nesse período. Ele se deliciava testemunhando Hindley se degradando para além de qualquer redenção, e se tornou a cada dia mais notável pela atroz casmurrice e ferocidade.

Eu não seria capaz de explicar nem a metade do inferno que era a nossa casa. Por fim, o vigário parou de nos visitar, e ninguém decente se aproximava de nós; talvez a única exceção fosse as visitas de Edgar Linton à senhorita Cathy. Aos quinze anos, ela era a rainha desta região; não tinha nenhuma rival à sua altura; e ela se tornou uma criatura presunçosa e obstinada! Admito que não gostei mais dela depois de passada a infância, e que a contrariei frequentemente para fazê-la descer de sua arrogância: ela nunca adquiriu aversão por mim, no entanto. Ela sempre teve uma magnífica constância em suas antigas relações: até mesmo por Heathcliff ela conservou suas afeições inalteradas; e o jovem Linton, com toda a sua superioridade, teve dificuldades para causar uma impressão igualmente profunda.

Ele era o meu falecido patrão: é dele o retrato sobre a lareira. Costumava ficar pendurado de um lado, e o da esposa, do outro; mas o dela foi removido, ou o senhor poderia ver um pouco como ela era. O senhor consegue ver?

A senhora Dean ergueu a vela, e pude discernir um rosto de feições suaves, extremamente parecido com o da jovem dama em Heights, porém mais pensativo e de expressão amistosa. Era um belo quadro. Os cabelos longos ligeiramente cacheados nas têmporas; os olhos grandes e sérios; a figura quase excessivamente graciosa. Não me espantou que Catherine Earnshaw conseguisse esquecer seu antigo amigo por um indivíduo assim. O que muito me intrigou foi como ele, com um espírito correspondente à figura, teria conseguido atrair a Catherine Earnshaw da minha imaginação.

— Um retrato muito simpático — comentei com a governanta. — É fiel?

— Sim — ela respondeu. — Mas ele era mais bonito quando estava animado; esse é o semblante quotidiano dele: faltava-lhe presença de espírito em geral.

Catherine manteve a amizade com os Lintons desde sua estada de cinco semanas entre eles; e como ela não teve nenhum estímulo para mostrar seu lado intratável na companhia deles, e tivera o bom senso de se envergonhar por ser rude ali onde experimentava aquela invariável cortesia, ela conquistou involuntariamente a velha senhora e o velho cavalheiro com sua criativa cordialidade; ganhou a admiração de Isabella, e o coração e a alma do irmão: aquisições que a princípio a lisonjearam, pois ela ficou cheia de ambição, e a levaram a adotar um caráter duplo, sem exatamente pretender enganar ninguém.

Onde ela ouvia Heathcliff ser chamado de "jovem brutamontes vulgar" e "pior que um animal", ela tomava o cuidado de não agir como ele; mas em casa ela tinha pouca inclinação a praticar uma polidez que seria motivo de risos ou a conter uma natureza desregrada quando não lhe traria nem crédito nem louvor.

O senhor Edgar quase nunca tomava coragem para visitar Wuthering Heights de um jeito aberto. Ele tinha terror da reputação de Earnshaw e esquivava-se de encontrá-lo; e, no entanto, era sempre recebido com nossos melhores esforços de civilidade: o próprio patrão evitava ofendê-lo, ciente do motivo da visita; e, se não conseguia ser gracioso, ficava fora do caminho. Creio até que sua presença lá causava desgosto em Catherine. Ela não era ardilosa, nunca bancava a coquete, e é claro que fazia objeção a que seus dois amigos se encontrassem, pois quando Heathcliff expressava desprezo por Linton na presença deste, ela não conseguia concordar por completo, como fazia na ausência dele; e quando Linton demonstrava asco e antipatia em relação a Heathcliff, ela não ousava tratar esses sentimentos dele com indiferença, como se a depreciação de seu amigo de infância não tivesse grande importância para ela.

Dei muita risada de suas perplexidades e dos problemas secretos dela, que ela em vão tentava esconder da minha zombaria. Isso parece desnaturado da minha parte: mas ela estava tão orgulhosa que realmente se tornou impossível sentir pena de suas aflições enquanto ela não fosse repreendida para ter mais humildade.

Enfim ela acabou confessando e confiando em mim. Não havia outra alma que ela consideraria como conselheira.

O senhor Hindley tinha saído de casa certa tarde, e Heathcliff resolveu se permitir uma folga por conta disso. Ele tinha completado dezesseis na época, creio, e, mesmo não sendo feio, ou deficiente no intelecto, conseguia transmitir uma impressão de repulsa interna e externa de que seu atual aspecto não conservou nenhum vestígio.

Em primeiro lugar, nessa época ele havia perdido o benefício da educação que tinha antes: o trabalho duro, contínuo, que começava cedo e terminava tarde, extinguiu toda a sua curiosidade de buscar conhecimento e todo o amor pelos livros ou pelo estudo. A noção de superioridade de sua infância, nele instilada pelos favores do falecido senhor Earnshaw, havia se apagado. Ele se esforçou por muito tempo para se manter em pé de igualdade com Catherine nos estudos dela, e desistiu, sucumbindo com remorso pungente, ainda que silencioso: mas sucumbiu completamente; e não havia nada que o convencesse a dar um passo para subir quando ele via que precisava, necessariamente, descer ainda mais baixo do que sua posição anterior. Então a aparência pessoal acompanhou a deterioração mental: ele adquiriu uma postura encurvada e uma expressão ignóbil; sua disposição naturalmente reservada foi exagerada a um excesso quase idiota de casmurrice calada; e ele sentia um prazer sombrio, aparentemente, em despertar aversão em vez de estima em seus poucos conhecidos.

Catherine e ele continuaram companheiros constantes nos momentos em que ele estava livre do trabalho; mas ele havia deixado de expressar seu apreço por ela em palavras, e se esquivava com irritada desconfiança dos carinhos da menina, como se não pudesse haver nenhuma satisfação consciente em esbanjar aqueles sinais de afeição com ele. Na ocasião referida, ele entrou em casa e anunciou sua intenção de não trabalhar, enquanto eu ajudava a senhorita Cathy a arrumar o vestido. Ela não soubera da intenção dele de tirar essa folga e, imaginando que teria a casa inteira só para si, tratou, por algum meio, de informar o senhor Edgar da ausência do irmão, e estava então se preparando para recebê-lo.

— Cathy, você tem compromisso hoje à tarde? — perguntou Heathcliff. — Você vai a algum lugar hoje?

— Não, está chovendo — ela respondeu.

— Então por que você está com esse vestido de seda? — ele disse. — Ninguém virá hoje, imagino.

— Não que eu saiba — gaguejou a senhorita —, mas você deveria estar nos campos agora, Heathcliff. Já passou uma hora; pensei que você tinha saído.

— Não é sempre que Hindley nos libera de sua maldita presença — observou o menino. — Não vou mais trabalhar hoje. Vou ficar com você.

— Oh, mas o Joseph vai contar depois — ela sugeriu. — É melhor você ir!

— Joseph foi carregar cal do outro lado de Penistone Crags, ele só volta depois que escurece, e ele não vai ficar sabendo.

Dizendo isso, ele parou diante da lareira e se sentou. Catherine refletiu por um instante, com o cenho franzido. Ela viu que era preciso preparar o terreno para uma possível intrusão.

— Isabella e Edgar Linton falaram de vir visitar hoje à tarde — ela disse, ao cabo de um minuto de silêncio. — Como está chovendo, não creio que venham; mas talvez eles apareçam, e, se eles vierem, você corre o risco de levar uma bronca por nada.

— Mande a Ellen dizer que você tem compromisso, Cathy — ele insistiu. — Não me troque por esses seus amigos lamentáveis, ridículos! Às vezes, eu tenho vontade de reclamar que eles... mas não vou...

— Que eles o quê?! — exclamou Catherine, olhando para ele com o semblante perturbado. — Oh, Nelly! — ela agregou com petulância, sacudindo a cabeça para longe das minhas mãos. — Você escovou meus cabelos e tirou todos os cachos! Já chega! Deixe-me em paz. Você tem vontade de reclamar do quê, Heathcliff?

— Nada. Apenas veja o calendário na parede — ele apontou para uma folha de papel pendurada ao lado da janela, e continuou: — As cruzes são as tardes que você passou com os Lintons, e os pontos são os que passou comigo. Você está vendo? Marquei cada dia.

— Sim... uma grande tolice. Como se eu fosse reparar! — respondeu Catherine, em tom irritadiço. — E qual é o sentido disso?

— Para mostrar que *eu* reparo — disse Heathcliff.

— E eu deveria estar sempre com você? — ela perguntou, ainda mais irritada. — A troco de quê? Sobre o que você fala? Você poderia ser mudo, ou uma criancinha de colo, considerando o que fala para me distrair, ou qualquer outra coisa da sua parte!

— Você nunca me disse que eu era calado demais ou que não gostava da minha companhia, Cathy! — exclamou Heathcliff, muito agitado.

— Não é companhia se a pessoa não sabe nada e não diz nada — ela resmungou.

Seu companheiro se levantou, mas nem teve tempo de expressar mais sentimentos, pois cascos de cavalo foram ouvidos nas pedras da entrada, e, depois de bater delicadamente à porta, o jovem Linton entrou, com o semblante iluminado de prazer com a inesperada recepção que tivera.

Sem dúvida Catherine notou a diferença entre seus amigos, pois um deles chegou quando o outro saiu. O contraste parecia o que se nota ao trocar uma desolada mina de carvão numa colina por um belo vale fértil; e a voz e o cumprimento eram tão opostos quanto a aparência. Ele tinha um modo de falar suave, baixo, e pronunciava as palavras como o senhor: menos brusco do que falamos aqui, e mais delicado.

— Não cheguei muito cedo, cheguei? — ele disse, lançando um olhar para mim; eu havia começado a enxugar os pratos e a arrumar algumas gavetas do outro lado do armário.

— Não — respondeu Catherine. — O que você está fazendo aí, Nelly?

— Meu trabalho, senhorita — respondi. (O senhor Hindley me dera ordens para sempre estar presente durante as visitas que o jovem Linton viesse fazer.)

Ela veio por trás de mim e sussurrou zangada:

— Fora daqui, você e seus panos de pó! Quando há visitas na casa, a criadagem não começa a esfregar e limpar o ambiente onde estão as visitas!

— É uma boa oportunidade, agora que o patrão saiu — respondi em voz alta. — Ele odeia quando eu fico fazendo isso na presença dele. Tenho certeza de que o senhor Edgar vai me desculpar.

— Eu *também* odeio quando você faz essas coisas na minha presença — exclamou de modo imperativo a jovem dama, sem permitir ao convidado uma oportunidade de falar; ela não havia recuperado o bom humor desde a pequena rusga com Heathcliff.

— Sinto muito, senhorita Catherine — foi minha resposta, e continuei determinada minha tarefa.

Ela, supondo que Edgar não pudesse vê-la, arrancou o pano da minha mão e me beliscou com uma demorada torção, muito maldosamente, no braço. Eu já disse que não gostava mais dela e até me deliciava em mortificar sua vaidade de quando em quando: além do mais, ela me machucou muito; de modo que me levantei sobressaltada e gritei:

— Oh, senhorita, que truque maldoso! A senhorita não tem o direito de me beliscar, e isso eu não vou suportar.

— Eu não a toquei, criatura mentirosa! — ela exclamou, com os dedos ávidos para repetir o gesto e as orelhas vermelhas de raiva. Ela nunca foi capaz de ocultar suas paixões, todo o seu semblante ficava como que em chamas.

— Então, o que é isso aqui? — devolvi, mostrando um testemunho roxo para refutá-la.

Ela bateu o pé, hesitou por um instante e, então, sem resistir, impelida pelo espírito maligno dentro de si, deu-me um tapa no rosto; um golpe ardido que encheu meus dois olhos de lágrimas.

— Catherine, meu bem! Catherine! — interveio Linton, muito chocado com a dupla infração da falsidade e da violência que seu ídolo cometera.

— Fora daqui, Ellen! — ela repetiu trêmula.

O pequeno Hareton, que me seguia a toda parte, e estava sentado perto de mim no chão, ao ver minhas lágrimas começou a chorar também, e soluçou queixas contra a "titia Cathy malvada" que atraíram a fúria da tia para sua cabecinha infeliz: ela agarrou os ombros dele e sacudiu o pobre menino até que ele ficou lívido, e Edgar instintivamente segurou as duas mãos dela para que ela soltasse a criança. Em um instante, uma das mãos dela se soltou, e o rapaz atordoado sentiu-a aplicada em sua própria orelha de um modo que não podia ser confundido com um tapa de brincadeira.

Ele recuou consternado. Peguei Hareton no colo e saí da cozinha com ele, deixando a porta entreaberta, pois tive curiosidade de assistir a como eles resolveriam aquela desavença.

O visitante insultado foi até o local onde deixara a cartola, pálido e com lábios trêmulos.

"Isso mesmo!", pensei comigo. "Aproveite o ensejo e vá embora! Foi bom para você ter um vislumbre da verdadeira disposição dela."

— Aonde você vai? — perguntou Catherine, aproximando-se da porta.

Ele se desviou e tentou passar.

— Você não pode ir agora! — ela exclamou de maneira enérgica.

— Posso e vou! — ele respondeu com a voz contida.

— Não — ela insistiu, segurando a maçaneta. — Ainda não, Edgar Linton. Sente-se! Você não vai me deixar nesse estado de espírito. Eu ficaria sofrendo a noite inteira, e não vou sofrer por sua causa!

— Como posso ficar depois de você ter me agredido? — perguntou Linton.

Catherine ficou calada.

— Fiquei com medo e com vergonha de você — ele continuou. — Não volto mais aqui!

Os olhos dela começaram a brilhar, e as pálpebras, a piscar.

— E você disse deliberadamente uma inverdade! — ele disse.

— Não disse! — ela exclamou, recuperando a fala. — Não fiz nada deliberadamente. Bem, vá, se quiser... Vá embora! E agora vou chorar... Vou chorar até adoecer!

Ela caiu de joelhos junto a uma cadeira e começou a chorar de maneira sincera e séria.

Edgar perseverou em sua resolução até chegar ao pátio; ali, ele parou. Resolvi encorajá-lo.

— A senhorita é terrivelmente geniosa, senhor — eu disse em voz alta. — Má como qualquer criança mimada. É melhor o senhor montar em seu cavalo e ir embora; do contrário, ela vai ficar doente só para nos deixar tristes.

O mocinho delicado procurou ajuda pela janela: ele tinha tanta força de vontade para ir embora quanto um gato de abandonar um rato quase morto ou um passarinho devorado pela metade.

Ah, pensei, não haverá meio de salvá-lo; ele está condenado e se apressa em busca do próprio fim!

E foi o que aconteceu: ele se virou de forma abrupta, voltou correndo para dentro da casa e fechou a porta atrás de si; e quando entrei depois de algum tempo para avisar que Earnshaw tinha voltado embriagado e irado, disposto a pôr a casa inteira abaixo (seu estado de espírito mais comum naquelas condições), vi que a desavença tivera meramente o efeito de uma intimidade maior, rompera os limites da timidez juvenil e lhes permitira abandonar o disfarce da amizade e se confessar mutuamente namorados.

A notícia da chegada do senhor Hindley levou Linton a voltar rápido para seu cavalo, e Catherine, para o quarto dela. Fui esconder o pequeno Hareton e tirar o chumbo da espingarda de caça do patrão, com a qual ele gostava de brincar em sua insana excitação, arriscando a vida de qualquer um que o provocasse ou até mesmo despertasse demais sua atenção; a ponto de me ocorrer esse plano de retirar o chumbo para que ele causasse menos estragos se chegasse a ponto de disparar a arma.

Capítulo IX

— Ele chegou, vociferando impropérios pavorosos de se ouvir, e me pegou em pleno ato de esconder seu filho no armário da cozinha. Hareton vivia impressionado, com um genuíno terror, por encontrar no pai ora o carinho de um animal selvagem, ora a fúria de um louco; pois com o primeiro corria o risco de ser esmagado e beijado até a morte, e, com a segunda, o de ser atirado no fogo ou lançado contra a parede; e o pobrezinho ficava em perfeito silêncio onde quer que eu resolvesse colocá-lo.

— Aí está você, encontrei-a enfim! — exclamou Hindley, puxando-me pela nuca, como um cachorro. — Céus! Infernos! Vocês devem ter tramado juntos de matar essa criança! Agora entendo por que ele nunca está onde eu estou. Mas, com ajuda de Satanás, vou fazer você engolir esse facão, Nelly! Não adianta dar risada; pois eu acabo de afogar o Kenneth, de ponta-cabeça, no brejo Blackhorse; e quem matou um mata dois; e quero matar alguns de vocês: não vou descansar enquanto não matar um de vocês!

— Mas não gostei da ideia do facão, senhor Hindley — respondi. — Usei-o para cortar arenques. Eu preferiria levar um tiro, se o senhor não se incomodar.

— Maldita seja! — ele disse. — Pois então vai engolir esse facão. Nenhuma lei inglesa pode impedir um homem de manter a decência em seu lar, e o meu lar é uma abominação! Abra a boca.

Ele estendeu o facão e enfiou a ponta entre os meus dentes: mas, da minha parte, nunca tive muito medo dos arroubos dele. Cuspi, e afirmei que o gosto era horrível: que não aceitaria aquilo de jeito nenhum.

— Oh! — disse ele, soltando-me —, se esse hediondo bandidinho não é o meu Hareton; com licença, Nell. Se for ele, ele merece ser esfolado vivo por não ter ido correndo me receber e por ter berrado como se eu fosse um fantasma. Filhote desnaturado, venha cá! Vou ensiná-lo a conquistar o bom coração de um pai desiludido. Ora, será que o rapaz não ficaria mais bonito com as orelhas cortadas? Os cães ficam mais ferozes, e eu adoro coisas ferozes. Traga-me a tesoura! Uma criatura feroz e bem cortada! Além do mais, é uma afetação infernal, uma arrogância diabólica, dar tanto valor às orelhas: já somos burros o bastante sem elas. Quieto, menino, quieto! Bem, bem, meu querido! Silêncio! Enxugue essas lágrimas... é uma alegria; beije-me. O quê?! Não vai? Beije-me, Hareton! Desgraçado, beije-me! Por Deus, como fui criar um monstro desse! Juro, vou quebrar o pescoço desse pirralho.

O pobre Hareton estava gritando e esperneando nos braços do pai com todas as forças, e redobrou os berros quando ele subiu as escadas e o ergueu sobre o balaústre. Gritei que o menino estava apavorado e acabaria desmaiando, e corri para salvá-lo.

Quando cheguei lá em cima, Hindley se inclinou mais sobre o balaústre para escutar algum barulho lá embaixo, quase esquecendo o que tinha nas mãos.

— Quem está aí? — ele perguntou, ouvindo alguém se aproximando do pé da escada.

Eu também me inclinei para a frente, no intuito de avisar Heathcliff, cujos passos reconheci, para não dar mais nenhum passo; e, no instante em que tirei os olhos de Hareton, ele deu um salto, livrando-se do abraço descuidado que o segurava, e caiu.

Mal tivemos tempo de sentir o calafrio de horror, quando vimos que o pobre coitado havia sido salvo. Heathcliff chegara por baixo bem no momento crítico; por um impulso natural ele deteve sua queda, e, deixando o menino de pé, olhou para cima para descobrir o causador do acidente.

Um avarento que abre mão de um bilhete de loteria premiado por cinco xelins, e descobre no dia seguinte que perdeu cinco mil libras, não exibiria um semblante mais vazio do que o dele ao contemplar a figura do senhor Earnshaw diante do balaústre. Expressava, mais claramente do que palavras seriam capazes de fazer, a mais intensa angústia de ter feito de si mesmo instrumento para evitar a própria vingança. Se estivesse escuro, ouso dizer que ele teria tentado remediar seu equívoco esmagando o crânio de Hareton no degrau; mas nós testemunhamos seu salvamento; e eu já estava lá embaixo abraçando minha preciosa carga contra o peito.

Hindley desceu mais lentamente, parecendo sóbrio e envergonhado.

— A culpa é sua, Ellen — ele disse. — Era para você mantê-lo fora do meu caminho. Você devia ter tirado ele de mim! Veja se ele se machucou.

— Machucou!? — exclamei com raiva. — Se ele não morreu, deve virar idiota quando crescer! Oh! Não sei como a mãe não se levanta da sepultura para ver como você o maltrata. Você é pior que pagão, tratando assim um filho do próprio sangue!

Ele tentou tocar o menino, que, vendo-se em meu colo, soluçou aterrorizado no mesmo instante. Quando o pai encostou um dedo nele, contudo, ele berrou de novo, mais alto do que antes, e esperneou como se estivesse sofrendo uma convulsão.

— Você não encostará nele! — continuei. — Ele te odeia. Todo mundo te odeia. Essa é a verdade! Que família feliz você tem; e a que bela situação você chegou!

— Ainda hei de chegar a uma mais bela, Nelly — gargalhou o insensato, recuperando a dureza. — Por ora, trate de sair daqui, você e ele. E esteja avisado, Heathcliff!, mantenha-se longe dos meus olhos e dos meus ouvidos. Não quero matá-lo esta noite; a não ser, talvez, se eu quiser pôr fogo na casa: mas isso cabe a mim decidir.

Enquanto dizia isso, ele tirou uma garrafa de conhaque do armário e se serviu em um copo pequeno.

— Não, não faça isso! — implorei. — Senhor Hindley, tome juízo. Tenha pena desse menino infeliz, já que o senhor não se importa consigo mesmo!

— Qualquer um cuidará dele melhor do que eu — ele respondeu.

— Tenha piedade pela sua própria alma! — eu disse, tentando arrancar o copo da mão dele.

— Eu, não! Pelo contrário, terei o maior prazer em enviar minha alma para a perdição só para punir seu Criador — exclamou o blasfemo. — Um brinde à calorosa danação da minha alma!

Ele bebeu a aguardente e nos mandou embora com impaciência, terminando a ordem com uma sequência de horríveis imprecações, sujas demais para repetir ou relembrar.

— Pena que ele não vai conseguir se matar de tanto beber — observou Heathcliff, resmungando um eco de maldições quando a porta se fechou. — Ele está fazendo o máximo para isso, mas sua constituição física o impede. O doutor Kenneth disse que aposta a égua dele como ele vai sobreviver a todos os homens deste lado de Gimmerton, e que vai morrer um pecador de cabelos brancos; a não ser que um acaso feliz extraordinário lhe ocorra.

Fui para a cozinha e me sentei para embalar meu cordeirinho até ele dormir. Heathcliff, pensei, devia ter ido ao celeiro. Depois descobri que ele só chegou até o patamar da escada, onde se atirou em um banco junto à parede, longe da lareira, e ficou ali calado.

Eu embalava Hareton no meu colo, murmurando uma canção que começava assim...

It was far in the night, and the bairnies grat,
The mither beneath the mools heard that.

[Já era madrugada, e as crianças choravam,
a mãe, nos pântanos, não se consolava.]

quando a senhorita Cathy, que escutara esses murmúrios do quarto dela, pôs a cabeça pela porta e sussurrou:

— Está sozinha, Nelly?

— Estou, senhorita — respondi.

Ela entrou e se aproximou da lareira. Eu, supondo que ela diria alguma coisa, ergui os olhos. A expressão no rosto dela parecia perturbada e aflita. Os lábios estavam entreabertos, como se ela quisesse falar, e ela respirou fundo; mas o ar escapou como um suspiro em vez de uma sentença.

Retomei minha canção; não havia esquecido sua atitude recente.

— Onde está Heathcliff? — ela disse, interrompendo-me.

— Trabalhando no estábulo — foi minha resposta.

Ele não me contradisse; talvez tivesse pegado no sono.

Seguiu-se outra longa pausa, durante a qual notei uma ou duas lágrimas escorrendo do rosto de Catherine, pingando nas pedras do piso.

"Estaria arrependida de sua conduta vergonhosa?", pensei comigo. "Isso seria novidade. Ela que se retratasse o quanto quisesse; eu não iria ajudá-la!

Não, ela desdenhava qualquer assunto que não fossem suas próprias preocupações."

— Oh, minha querida! — ela exclamou enfim. — Estou muito infeliz!

— Pena — observei. — A senhorita é difícil de agradar; tantos amigos e tão pouca atenção, e eu não sou capaz de contentá-la!

— Nelly, você pode guardar um segredo? — ela prosseguiu, ajoelhando-se ao meu lado e erguendo seus olhos cativantes para mim com aquele tipo de olhar que acaba com o mau humor, mesmo quando se tem todo o direito do mundo de senti-lo.

— Vale a pena guardá-lo? — indaguei, menos amuada.

— Sim, e está me afligindo, e preciso extravasar! Quero saber o que devo fazer. Hoje, Edgar Linton me pediu em casamento, e eu já lhe dei uma resposta. Agora, antes de eu lhe dizer se foi consentimento ou recusa, diga-me qual eu deveria ter dado.

— Realmente, senhorita Catherine, como eu posso saber? — respondi. — Sem dúvida, considerando a exibição que a senhorita fez na presença dele esta tarde, eu diria que seria prudente recusar, mas, como ele pediu sua mão depois disso, ele deve ser ou irremediavelmente estúpido ou ousadamente tolo.

— Se você diz isso, não vou dizer mais nada — ela se virou, ficando em pé com impertinência. — Eu aceitei, Nelly. Depressa, diga logo se eu errei!

— Você aceitou! Então de que adianta discutir esse assunto? Você deu sua palavra, e não pode voltar atrás.

— Mas me diga se eu devia ter aceitado. Diga! — ela exclamou, em tom irritadiço, esfregando as mãos e franzindo o cenho.

— Há muitas coisas a considerar antes de responder de maneira apropriada a essa pergunta — eu disse, de forma sentenciosa. — Primeiro e mais importante: você ama o senhor Edgar?

— Quem não amaria? Claro que amo — ela respondeu.

Então fiz com que ela passasse pelo seguinte catecismo: para uma garota de vinte e dois anos não foi nada imprudente.

— Por que você o ama, senhorita Cathy?

— Que absurdo, eu o amo... é o suficiente.

— De jeito nenhum. Você tem que dizer o porquê.

— Bem, porque ele é lindo, e uma companhia agradável.

— Péssimo! — foi meu comentário.

— E porque ele é jovem e entusiasmado.

— Péssimo ainda.

— E porque ele me ama.

— Irrelevante, mas está melhorando.

— E ele herdará uma fortuna, e eu vou gostar de ser a mulher mais importante dessa região, e terei orgulho de um marido assim.

— Pior resposta de todas! E agora me diga: como você o ama?

— Como todo mundo... Que tolice, Nelly...

— Nada disso. Responda.

— Amo o chão que ele pisa, e o ar sobre a cabeça dele, e tudo o que ele toca, e cada palavra que ele diz. Amo todos os olhares dele, e todas as atitudes dele, e ele inteiro e totalmente. Pronto!

— E por quê?

— Não... você deve estar brincando. Isso é extremamente cruel! Não é brincadeira para mim! — disse a jovem dama, contrariada e virando o rosto para o fogo.

— Estou longe de estar brincando, senhorita Catherine — respondi. — A senhorita ama o senhor Edgar porque ele é lindo, jovem, entusiasmado, rico e porque ele ama a senhorita. Este último motivo, contudo, não vale nada: você provavelmente o amaria mesmo se ele não a amasse; e, mesmo que ele a ame, você não o amaria se ele não possuísse os quatro atrativos anteriores.

— Não, com certeza, não amaria... Simplesmente teria pena dele; talvez até o odiasse se ele fosse feio e um tolo qualquer.

— Mas há muitos outros rapazes lindos e ricos no mundo; talvez até mais lindos e mais ricos do que ele... O que impede a senhorita de amá-los?

— Se existem, estão fora do meu alcance... Nunca vi outro como Edgar.

— A senhorita talvez veja alguns ainda; e ele não será sempre lindo e jovem, e talvez nem rico para sempre.

— Agora ele é; e só me preocupa o presente. Queria que você falasse racionalmente comigo.

— Bem, isso resolve a questão: se você só se preocupa com o presente, então case com o senhor Linton.

— Não quero a sua permissão para isso. Eu *vou* me casar com ele; no entanto, você ainda não me disse se eu estou certa.

— Perfeitamente certa, se o certo é a pessoa casar pensando apenas no presente. Pois então me diga por que está tão infeliz. O seu irmão ficará satisfeito... a velha senhora e o cavalheiro não farão objeção, imagino; a senhorita escapará de uma casa sem ordem, sem conforto, para uma casa rica e respeitável; e a senhorita ama Edgar, e Edgar ama a senhorita. Tudo me parece suave e tranquilo. Onde está o obstáculo?

— *Aqui*! E *aqui*! — respondeu Catherine, batendo uma mão na cabeça e outra no peito. — Onde quer que a alma viva, na minha alma e no meu coração, estou convencida de que estou errada!

— Isso é muito estranho! Não consigo entender.

— Este é o meu segredo. Mas, se você não zombar de mim, vou explicar; não consigo fazer isso claramente, mas vou lhe passar uma sensação do que estou sentindo.

Ela tornou a se sentar perto de mim: seu semblante ficou mais triste e mais grave, e suas mãos unidas tremiam.

— Nelly, você nunca tem sonhos bizarros? — ela disse, de repente, depois de alguns minutos de reflexão.

— Sim, de quando em quando — respondi.

— E eu também tenho. Tive na minha vida sonhos que nunca mais me deixaram depois de sonhados, e que transformaram as minhas ideias; eles me atravessaram como vinho na água e alteraram a cor do meu espírito. E este é um desses sonhos: vou te contar..., mas tenha o cuidado de não rir em nenhum momento.

— Oh!, não, senhorita Catherine! — exclamei. — Já somos tristes o bastante sem conjurar fantasmas e visões para nos deixar mais perplexas. Ora, vamos, seja alegre, seja você mesma! Veja o pequeno Hareton! *Ele* não está sonhando com nada de lúgubre. Veja que sorriso meigo enquanto ele dorme!

— Sim; e quanta meiguice há nos impropérios do pai viúvo dele! Você se lembra dele, ouso dizer, quando era uma criatura gorducha assim... quase tão jovem e inocente. No entanto, Nelly, você terá de me ouvir: é um sonho curto; e estou sem forças para ser alegre esta noite.

— Não vou ouvir nada, não vou! — repeti prontamente.

Na época, eu era supersticiosa em relação aos sonhos, e ainda sou; e Catherine tinha uma melancolia incomum em seu semblante que me fez temer algum elemento a partir do qual eu viesse a formar uma profecia e prever alguma catástrofe pavorosa.

Ela ficou contrariada, mas não prosseguiu. Aparentemente mudando de assunto, ela recomeçou logo a seguir:

— Se eu estivesse no céu, Nelly, seria extremamente infeliz.

— Porque você não está pronta para partir — respondi. — Todos os pecadores seriam infelizes no céu.

— Mas não é por isso. Sonhei uma vez que estava no céu.

— Eu já disse que não quero ouvir os seus sonhos, senhorita Catherine! Vou me recolher — interrompi outra vez.

Ela deu risada, e me deteve, pois ameacei me levantar da cadeira.

— Não é nada de mais! — ela exclamou. — Eu só ia dizer que o céu não parece ser o meu lugar; e meu coração se partiu de tanto chorar querendo voltar para a Terra; e os anjos ficaram tão raivosos que me expulsaram e me jogaram no meio da charneca no alto de Wuthering Heights, onde acordei soluçando de felicidade. Isso basta para explicar meu segredo. Não tenho nada de me casar com Edgar Linton, assim como não tenho nada de estar no céu; e se o homem ímpio desta casa não tivesse rebaixado tanto Heathcliff, eu não teria nem pensado nisso. Agora eu me rebaixaria se me casasse com Heathcliff... de modo que ele jamais poderá saber que eu o amo; e isso não porque ele é lindo,

Nelly, mas porque ele é mais eu do que eu mesma. Qualquer que seja a matéria da alma, a alma dele e a minha são feitas da mesma coisa, e a alma de Linton é muito diferente, como o luar do relâmpago, o gelo do fogo.

Antes que essa fala terminasse, me dei conta da presença de Heathcliff. Percebendo um ligeiro movimento, virei a cabeça e o vi se levantar do banco e sair sem fazer ruído. Ele ouvira até Catherine dizer que se casar com ele seria se rebaixar, e então não ficou ali para ouvir mais nada.

Minha companheira, sentada no chão, fora impedida pelas costas do banco de notar a presença ou a saída dele; mas eu tive um sobressalto, e lhe pedi silêncio!

— Por quê? — ela perguntou, nervosa e olhando à sua volta.

— Joseph está aqui — respondi, oportunamente ouvindo o som das rodas da carroça lá fora —, e Heathcliff chegará com ele. Não sei ao certo se ele não está atrás da porta neste exato momento.

— Oh, ele não conseguiria me ouvir pela porta! — disse ela. — Passe-me o Hareton enquanto prepara o jantar, e, quando estiver pronto, me chame para jantar com você. Quero iludir minha consciência incomodada e me convencer de que Heathcliff não faz ideia de nada disso. Ele não sabe nada dessas coisas, ou sabe? Ele nem sabe o que é se apaixonar!

— Não vejo por que ele não saberia, assim como você — devolvi —, e, se a escolhida dele for *você*, ele será a criatura mais infeliz que já existiu neste mundo! Assim que você se tornar a senhora Linton, ele perderá a amiga, e o amor, e tudo! Você já pensou em como ele fará para suportar a separação e em como suportará ser praticamente abandonado no mundo? Pois francamente, senhorita Catherine...

— Ele abandonado?! Nós separados?! — ela exclamou, em tom indignado. — Ora, quem há de nos separar? Terá o destino de Milo! Não enquanto eu viver, Ellen! Nenhuma criatura mortal jamais nos separará. Todos os Lintons da face da Terra podem derreter e sumir antes que eu me esqueça de Heathcliff. Oh, não é isso que eu quero... não é isso que eu quero dizer! Eu não serei a senhora Linton se for esse o preço exigido! Ele será tão importante para mim quanto sempre foi a vida inteira. Edgar deverá abrir mão dessa antipatia, e ao menos tolerar Heathcliff: e fará isso quando souber do meu verdadeiro sentimento por ele. Nelly, sei que agora você me acha uma egoísta miserável, mas já lhe ocorreu que, se Heathcliff e eu nos casássemos, seríamos dois mendigos? Ao passo que, se me caso com Linton, posso ajudar Heathcliff a se erguer e tirá-lo da esfera de poder do meu irmão?

— Com o dinheiro do seu marido, senhorita Catherine? — perguntei. —Talvez ele não seja tão compreensivo quanto você calcula; e, embora eu não seja ninguém para julgar, acho que esse é o pior dos motivos, desses que você deu, para se tornar esposa do jovem Linton.

— Não é — respondeu ela. — É o melhor motivo! Os outros eram pura satisfação dos meus caprichos; e pelo bem de Edgar também, para satisfazê-lo. Este é pelo bem de alguém que reúne em si mesmo os meus sentimentos por Edgar e por mim. Não consigo explicar isso, mas seguramente você, e todo mundo, conhece essa sensação de que existe ou deveria existir uma existência sua além de si mesma. De que serve a minha criação se eu existisse inteiramente contida aqui? Minhas grandes desgraças neste mundo foram as desgraças de Heathcliff, e presenciei e senti cada uma delas desde o início: minha grande ideia na vida é ele. Se tudo mais perecer, e ele permanecer, eu continuarei existindo; e se tudo o mais permanecer, e ele for aniquilado, o universo inteiro seria um grande desconhecido, do qual eu não pareceria fazer parte. Meu amor por Linton é como a folhagem na floresta: o tempo irá transformar, sei bem disso, assim como o inverno transforma as árvores. Meu amor por Heathcliff parece as rochas eternas por baixo de tudo: uma fonte de pouco prazer visível, mas necessária. Nelly, eu *sou* Heathcliff! Ele está sempre no meu pensamento, sempre: não como prazer, assim como não sou sempre um prazer para mim mesma, mas como o meu próprio ser. Portanto, nunca mais fale sobre a nossa separação... é algo impraticável e...

Ela fez uma pausa e escondeu o rosto nas dobras do meu avental, mas eu me sacudi para afastá-lo. Perdi a paciência com as loucuras dela!

— Se consigo tirar algum sentido desse seu absurdo, senhorita — eu disse —, é apenas para me convencer de que ou você ignora os deveres que assumirá ao se casar ou é uma menina cruel e sem princípios. Mas não venha me perturbar com mais segredos. Não prometo guardá-los.

— Mas nem o que eu já contei? — ela perguntou, ávida.

— Não, não prometo — repeti.

Ela estava prestes a insistir quando a entrada de Joseph encerrou nossa conversa; e Catherine mudou para sua cadeira no outro canto, e ficou com Hareton no colo enquanto eu preparava o jantar.

Depois de pronto, meu colega empregado e eu começamos a discutir sobre quem deveria levar um pouco para o senhor Hindley; e não chegamos a nenhum acordo até a comida estar quase fria. Então concordamos que esperaríamos ele pedir, se quisesse jantar, pois temíamos particularmente ficar na presença dele depois que ele passava algum tempo sozinho.

— E por que aquele coitado ainda não voltou do campo a essa hora? O que deve estar fazendo? Aquele vagabundo! — perguntou o velho, procurando Heathcliff.

— Vou chamá-lo — respondi. — Ele está no celeiro, sem dúvida.

Saí e chamei, mas não tive resposta. Na volta, sussurrei para Catherine que ele havia escutado boa parte do que ela dissera, eu tinha certeza; e contei que o vira sair da cozinha no momento em que ela se queixava da conduta do irmão em relação a ele.

Ela se pôs logo em pé como que apavorada, deixou Hareton no banco, e correu para procurar o amigo, sem se dar o tempo de considerar por que motivo estava tão alvoroçada ou como sua fala o teria afetado.

Ela se ausentou por tanto tempo que Joseph propôs que não esperássemos mais. De maneira ardilosa, ele conjecturou que eles deviam estar demorando para evitar ouvir suas longas bênçãos. Eles eram "doentes o bastante para qualquer ato sujo", ele afirmou. E por conta deles ele agregaria naquela noite uma oração especial à súplica usual de quinze minutos antes de comer, e teria acrescentado outra ao final da prece se sua jovem patroa não o tivesse abordado com uma ordem urgente de que ele devia correr para a estrada, e, aonde quer que Heathcliff estivesse perambulando, ele devia encontrá-lo e fazer com que voltasse imediatamente!

— Quero falar com ele, e *preciso* fazer isso antes de subir — ela disse. — E o portão está aberto, ele deve estar em algum lugar nos escutando; pois sei que ele não responderia mesmo que eu gritasse do alto do curral com todas as minhas forças.

Joseph se opôs a princípio; no entanto, ela estava falando sério demais para suportar ser contrariada; e, por fim, ele pôs o chapéu na cabeça, e saiu andando e resmungando.

Nesse ínterim, Catherine ficou andando em círculos, exclamando:

— Onde será que ele está...?! Onde será que ele *pode* estar?! O que foi que eu disse, Nelly? Esqueci. Será que ele se aborreceu pelo meu mau humor esta tarde? Ora! Diga-me o que foi que eu disse para magoá-lo. Queria que ele viesse. Quero que ele volte logo!

— Quanto barulho por nada! — exclamei, embora também estivesse inquieta. — Você está se apavorando por uma bobagem! Seguramente, não seria motivo de grande alarme se Heathcliff saiu para caminhar na charneca ao luar ou até mesmo se estiver deitado sozinho, amuado demais para falar conosco, no sótão do palheiro. Aposto que ele está lá espreitando. Você vai ver se não vou descobri-lo!

Saí para retomar minha busca; o resultado foi decepção, e a busca de Joseph teve o mesmo fim.

— Esse rapaz só piora! — ele observou ao voltar para dentro. — Deixou o portão escancarado, o pônei da senhorita escapou, foi até o milharal, pisoteou tudo e fugiu para a campina! De um jeito ou de outro, o patrão vai se virar no diabo amanhã, e com razão. Ele tem muita paciência com essas criaturas negligentes, imprestáveis... Ele é a paciência em pessoa! Mas ele não vai ser sempre assim... Vocês vão ver, vocês todos! Vocês não deviam tirar o patrão do sério por nada!

— Você encontrou Heathcliff, seu jumento? — interrompeu Catherine. — Você o procurou como eu mandei?

— Achei melhor procurar o cavalo — ele respondeu. — Era o mais correto. Mas não posso procurar nem cavalo nem homem numa noite dessa, negra como uma chaminé! E Heathcliff não é sujeito que vem quando *eu* assobio... Talvez ele escute melhor se *você* chamar!

Estava *de fato* muito escuro para uma noite de verão: as nuvens pareciam inclinadas a trovoadas, e eu disse que era melhor esperarmos sentados; a chegada da chuva certamente o traria de volta para casa sem mais dificuldades.

No entanto, Catherine não se deixou persuadir e se tranquilizar. Ela ficou perambulando pela propriedade, do portão até a porta, em um estado de agitação que não permitia nenhum repouso: e, por fim, assumiu uma posição permanente ao lado do muro, perto da estrada, onde, sem dar ouvidos às minhas súplicas e aos rugidos dos trovões, e ignorando as gotas enormes que começaram a se espatifar ao lado dela, ela permaneceu, chamando de quando em quando, e então apurando os ouvidos, e depois simplesmente chorando. Ela superava Hareton, ou qualquer outra criança, em matéria de acessos de choro apaixonado.

Por volta da meia-noite, enquanto esperávamos acordados, a tempestade desabou sobre Heights com toda fúria. Veio uma ventania violenta, e trovejou, e uma das duas coisas rachou uma árvore no canto da casa. Um galho imenso caiu no telhado e derrubou uma parte da chaminé, fazendo um estrondo de pedras e fuligem na lareira da cozinha.

Achamos que um raio tinha caído bem no meio da casa, e Joseph se pôs de joelhos, implorando ao Senhor que se lembrasse dos patriarcas

Noé e Ló, e, como nos tempos idos, que poupasse os justos, mas aniquilasse os ímpios. Também tive uma certa sensação de que aquilo seria um julgamento sobre nós. Jonas, a meu ver, seria o senhor Earnshaw, e bati a aldrava de sua alcova para conferir se ele ainda estava vivo. Ele respondeu em voz alta, de um modo que fez meu companheiro vociferar, mais clamorosamente do que antes, que podia se traçar uma grande diferença entre santos como ele e pecadores como seu patrão. Mas o estardalhaço passou em vinte minutos, deixando todos ilesos; com exceção de Cathy, que ficou completamente encharcada em sua obstinação de se recusar a se abrigar, de pé, sem touca ou xale, absorvendo toda a água que podia nos cabelos e nas roupas.

Ela entrou e se deitou no banco, toda ensopada como estava, virando o rosto para o encosto com as mãos postas sobre os olhos.

— Pois bem, senhorita! — exclamei, tocando seu ombro. — Você não está querendo morrer, não é? Sabe que horas são? Meia-noite e meia. Venha, vamos para a cama! Não adianta esperar mais aquele menino desmiolado: ele deve ter ido a Gimmerton, e agora ficará por lá. Ele deve estar pensando que não vamos esperar acordadas por ele até tão tarde; no mínimo, ele deve imaginar que só o senhor Hindley estaria acordado; e ele preferiria evitar que a porta fosse aberta pelo patrão.

— Não, não, ele não está em Gimmerton — disse Joseph. — Não me espantaria se ele estivesse no fundo de um pântano. Essa visitação divina não foi por nada, e eu aconselho a senhorita... você pode ser a próxima. Graças ao Céu por tudo isso! Tudo dá certo para o bem dos que foram escolhidos e retirados da imundície! Vocês sabem o que dizem as Escrituras...

E ele começou a citar diversos trechos, dando a referência dos capítulos e versículos onde poderíamos encontrá-los.

Eu, depois de implorar em vão à menina voluntariosa que se levantasse e tirasse as roupas molhadas, deixei-os, ele rezando e ela tremendo de frio, e fui para a cama com o pequeno Hareton, que dormiu depressa como se todos estivessem dormindo à sua volta. Ouvi a voz de Joseph lendo mais um pouco ainda; então distingui seus passos lentos na escada, e depois disso adormeci.

Descendo um pouco mais tarde do que de costume, notei, pelos raios de sol que penetravam pelas frestas das persianas, a senhorita Catherine ainda sentada perto da lareira. A porta também estava entreaberta, e a luz entrava pelas janelas destrancadas. Hindley havia saído, e agora estava parado de pé diante do fogo da cozinha, abatido e sonolento.

— O que te aflige, Cathy? — ele dizia quando entrei. — Parece triste como uma cachorrinha afogada. Por que você está assim molhada e pálida, menina?

— Eu me molhei — ela respondeu com relutância —, e estou com frio, só isso.

— Oh, como é malcriada! — exclamei, percebendo que o patrão estava razoavelmente sóbrio. — Ela acabou pega pela chuva de ontem à noite e aí ficou sentada a noite inteira, e não consegui convencê-la a se mexer.

O senhor Earnshaw nos encarou com surpresa.

— A noite inteira — ele repetiu. — Por que ela ficou acordada? Não deve ter sido por medo de trovão, não? A trovoada passou horas antes.

Nenhuma de nós queria mencionar a ausência de Heathcliff enquanto pudéssemos disfarçá-la; então respondi que não sabia o que ela tinha na cabeça de passar a noite em claro; e ela não disse nada.

A manhã parecia renovada e fresca; removi a treliça da janela, e então o ambiente se encheu dos aromas delicados do jardim: porém Catherine me chamou em tom irritadiço:

"Ellen, feche essa janela. Estou morrendo aqui!" — e seus dentes tiritavam quando ela se encolheu para ainda mais perto das brasas quase extintas.

— Ela está doente... — disse Hindley, sentindo o pulso dela. — Imagino que tenha sido por isso que ela não subiu para a cama. Desgraça! Não quero mais ser perturbado por doenças aqui dentro. Por que você saiu na chuva?

— Correndo atrás de rapazes, como sempre! — grasnou Joseph, aproveitando uma oportunidade com a nossa hesitação para meter sua língua maligna.

— Se eu fosse o senhor, patrão, eu batia a porta na cara deles, todos eles. Simples! Não passa um dia, quando o senhor sai, que aquele filho dos Lintons não venha xeretar aqui; e a senhorita Nelly, essa moça fina!, ela fica vigiando na cozinha para quando o senhor chegar; e o senhor entra por uma porta e ele sai pela outra; e, depois, é a vez de a nossa grande dama sair para namorar! É um belo comportamento, espreitar pelos campos, depois da meia-noite, com aquele demônio daquele cigano sujo, desgraçado, Heathcliff! Eles pensam que *eu* sou cego; mas não sou: nada disso! Já vi o jovem Linton, indo e vindo, e já vi *você* também (dirigindo seu discurso para mim), sua bruxa imprestável, desleixada, correndo de volta para casa na mesma hora que ouviu o cavalo do patrão vindo pela estrada.

— Silêncio, bisbilhoteiro! — exclamou Catherine. — Basta de insolência na minha presença! Edgar Linton veio ontem por acaso, Hindley, e fui eu quem o mandou embora, porque eu sabia que você não gostaria de encontrá-lo no estado em que você chegou.

— Você está mentindo, Cathy, sem dúvida — respondeu o irmão —, como você é simplória! Mas não me importa o Linton agora. Diga-me: você não esteve com Heathcliff ontem à noite, esteve? Diga a verdade agora. Não precisa ter medo de prejudicá-lo... Embora eu o odeie agora mais do que nunca, ele me fez um favor que tornará minha consciência mais leve quando eu quebrar o pescoço dele. Para impedir que isso aconteça, eu o mandarei embora esta manhã mesmo; e depois que ele se for, quero aconselhar vocês todos a ficarem atentos, pois este será o meu humor para lidar com o resto de vocês.

— Eu não encontrei Heathcliff ontem à noite — respondeu Catherine, começando a soluçar amargamente. — E, se você o mandar embora, eu vou com ele. Mas talvez você não tenha essa oportunidade, talvez ele já tenha ido embora. — Nesse momento, ela explodiu num pranto incontrolável, e suas últimas palavras não foram articuladas.

Hindley despejou sobre ela uma torrente de ofensas desdenhosas e a mandou para o quarto imediatamente, pois ela não deveria chorar por nada! Obriguei-a a obedecer; e jamais me esquecerei da cena que ela fez quando chegamos ao quarto dela. Fiquei aterrorizada. Pensei que ela estivesse enlouquecendo e implorei a Joseph que fosse correndo chamar o doutor.

Provou-se que era o começo de um delírio; o doutor Kenneth, assim que pôs os olhos nela, declarou-a perigosamente doente; ela estava com febre.

Ele fez nela uma sangria, e me disse para alimentá-la apenas com soro de leite e mingau; e tomar cuidado para que ela não se atirasse pela escada ou pela janela; e então ele saiu, pois tinha mais o que fazer na paróquia, onde três ou quatro quilômetros era a distância média entre cada propriedade.

Embora eu não possa dizer que tenha sido uma governanta gentil, e Joseph e o patrão não eram melhores; e embora nossa paciente fosse tão irritante e obstinada quanto possível, ela resistiu e sarou.

A velha senhora Linton veio nos visitar diversas vezes, para se certificar de tudo e deixar as coisas acertadas conosco, e distribuiu broncas e ordens a todos nós; e assim que Catherine começou a convalescer, ela insistiu em transferi-la para Thrushcross Grange, providência que nos deixou a todos muito gratos. Mas a pobre senhora teria motivos para se arrepender da generosidade: ela e o marido pegaram ambos a febre, e morreram com um intervalo de poucos dias um do outro.

Nossa jovem dama voltou para casa ainda mais insolente e mais passional, e mais arrogante do que nunca. Heathcliff nunca mais foi visto ou ouvido desde a noite do temporal, e, um belo dia, tive o azar, quando ela me provocou além da conta, de atribuir a ela a culpa do desaparecimento dele (a quem de fato pertencia essa culpa, como ela sabia muito bem). Desse período em diante, durante vários meses, ela não teve mais nenhuma comunicação comigo, a não ser como mera criada. Joseph também foi banido; ele *continuaria* falando o que pensava e passando sermão como se ela fosse ainda uma garotinha; e ela já se via como uma mulher, e nossa patroa; e julgou que sua doença recente lhe dera o direito de ser tratada com consideração. Além disso, o doutor dissera que ela não suportaria muito ser contrariada, que ela devia fazer as coisas como bem lhe aprouvesse; e se tornou simplesmente um crime aos olhos dela que qualquer um se arvorasse a se posicionar e contradizê-la.

Do senhor Earnshaw e dos amigos dele, ela se manteve apartada; e aconselhado pelo doutor Kenneth, e diante das sérias ameaças de surto que se seguiam a seus arroubos de raiva, o irmão permitiria que ela tivesse tudo o que quisesse pedir, e geralmente evitava agravar seu temperamento feroz. Ele se tornou um tanto indulgente *demais* com os caprichos dela; não por afeto, mas por orgulho. Ele desejava sinceramente que ela trouxesse honra à família pela aliança com os Lintons, e, contanto que o deixasse em paz, ela podia pisar nas nossas cabeças como se fôssemos escravos, pois ele pouco se importava!

Edgar Linton, assim como multidões antes dele e outros depois, estava apaixonado; e acreditou ser o homem mais feliz do mundo no dia em que a levou à capela de Gimmerton, três anos depois da morte do pai.

Contrariando muito minha inclinação, fui convencida a deixar Wuthering Heights e vir acompanhá-la até aqui. O pequeno Hareton estava com quase cinco anos, e eu havia acabado de começar a lhe ensinar as primeiras letras: tivemos uma triste despedida, mas as lágrimas de Catherine foram mais poderosas do que as nossas. Quando me recusei a partir, e quando ela viu que seus pedidos não me comoviam, ela começou a se lamentar para o marido e para o irmão. O primeiro me ofereceu um salário generoso; o segundo me mandou fazer logo as malas: ele não queria nenhuma mulher na casa, ele disse, agora que não havia mais a senhora da casa; e quanto a Hareton, o vigário se encarregaria dele, com o tempo. E assim não tive outra opção senão ir embora e obedecer à ordem que me foi dada... Eu disse ao patrão que ele estava se livrando de todas as pessoas decentes apenas para correr um pouco mais depressa rumo à própria ruína... Dei um beijo em Hareton, disse adeus a ele; e desde então ele se tornou um desconhecido para mim, e é muito estranho pensar nisso, mas não tenho dúvida de que ele se esqueceu completamente de Ellen Dean, e de que ele foi a coisa mais importante do mundo para ela e ela para ele!

Nesse ponto da história da governanta, ela olhou de soslaio para o relógio acima da lareira e ficou espantada ao ver o ponteiro dos minutos marcar uma e meia da manhã. Ela não quis saber de ficar nem mais um segundo. Na verdade, eu mesmo me senti disposto a postergar a continuação de sua narrativa. E agora que ela saiu e foi descansar, e meditei por mais uma ou duas horas, vou tomar coragem para ir me deitar também, apesar de uma dolorosa sensação de indolência na cabeça, nos braços e nas pernas.

Capítulo X

Que introdução encantadora para a minha vida de eremita! Torturantes quatro semanas de abalos e doenças! Oh, esses ventos desoladores, esses céus amargos do norte, e estradas intransitáveis, e médicos rurais tão demorados! E, oh, essa escassez de fisionomias humanas! E, pior de tudo, a terrível intimação do doutor Kenneth de que não devo sair de casa até a chegada da primavera!

O senhor Heathcliff acaba de me fazer a honra de uma visita. Cerca de sete dias atrás, ele me enviou um par de perdizes, as últimas da temporada. Canalha! Ele não é totalmente isento de culpa nessa minha doença; e isso eu tinha toda intenção de contar a ele. Mas, ai! Como eu poderia ofender um homem que foi caridoso o bastante para ficar uma hora ao lado da minha cama e conversar sobre outros assuntos além de drágeas e tisanas, bolhas e sanguessugas?

Isso foi um intervalo aprazível. Estou fraco demais para ler, no entanto, sinto que seria capaz de apreciar algo interessante. Por que não pedir que a senhora Dean termine sua história? Lembro-me dos principais incidentes até o ponto em que ela contou. Sim, lembro que o herói tinha fugido, e nunca mais tiveram notícias dele por três anos: e que a heroína havia se casado. Vou chamá-la; ela ficará contente de me ver capaz de conversar animadamente.

A senhora Dean chegou.

— Faltam vinte minutos, senhor, para o seu remédio — ela começou.

— Chega, leve isso para lá — respondi. — Gostaria que...

— O doutor disse que o senhor deve parar com os pós.

— É o que desejo, do fundo do coração! Não me interrompa. Venha, sente-se aqui no seu lugar. Mantenha os dedos longe dessa amarga falange de ampolas. Tire seu tricô da bolsa... Assim está bom... Agora, continue a história do senhor Heathcliff do ponto em que a senhora parou até hoje em dia. Ele terminou seus estudos na Europa e voltou um cavalheiro? Ou ele obteve uma bolsa na universidade? Ou fugiu para a América, e obteve honrarias tirando sangue de seu país de adoção? Ou fez fortuna rapidamente com as estradas inglesas?

— Talvez ele tenha exercido um pouco de todas essas vocações, senhor Lockwood; mas eu não poderia dar a minha palavra por nenhuma delas. Eu disse antes que não sabia como ele ganhou dinheiro, assim como ignoro o que ele fez para elevar seu espírito acima da selvagem ignorância em que vivia mergulhado, mas, com a sua permissão, vou contar à minha maneira, se o senhor achar interessante, e não irritante. O senhor está melhor esta manhã?

— Muito melhor.

— Que boa notícia.

Mudamos, a senhorita Catherine e eu, para Thrushcross Grange; e, para minha aprazível surpresa, ela se comportou infinitamente melhor do que eu esperava. Ela parecia quase excessivamente apaixonada pelo senhor Linton; e até pela irmã dele ela demonstrou bastante afeição. Eles eram ambos muito atenciosos com o conforto dela, certamente. Não foi o espinheiro que dobrou as madressilvas, mas as madressilvas que abraçaram o espinheiro. Não houve concessões mútuas; uma permanecia ereta, e os outros cediam; e quem é capaz de ser desagradável e mal-humorado quando não encontra nem oposição nem indiferença?

Observei que o senhor Edgar tinha um medo profundo e arraigado de perturbar seu humor. Ele escondia dela esse medo; mas se me ouvia responder rispidamente ou via algum outro empregado ficar carrancudo diante de alguma ordem imperiosa da senhora, ele demonstrava sua perturbação franzindo o cenho com um desgosto que nunca manifestava por si mesmo. Muitas vezes ele falou severamente comigo sobre meu atrevimento; e declarou que uma facada não infligiria dor pior que a que ele sentia ao ver sua senhora contrariada.

Para não desagradar um patrão gentil, aprendi a ser menos melindrosa; e, durante metade de um ano, a pólvora ficou inofensiva como se fosse areia, pois nenhum fogo se aproximou para explodi-la. Catherine tinha temporadas de melancolia e silêncio de quando em quando: elas foram respeitadas com silêncio solidário pelo marido, que as atribuía a uma alteração na constituição da esposa, produzida por sua doença perigosa, pois ela nunca sofrera depressão do ânimo antes. O retorno do sol, os raios de sol, foram bem recebidos por parte dele. Creio que posso afirmar que eles realmente tinham, então, uma profunda e crescente felicidade.

Essa felicidade acabou. Bem, no final das contas, *precisamos* pensar em nós mesmos; os brandos e generosos são apenas mais justamente egoístas do que os dominadores; e acabou quando as circunstâncias fizeram com que ambos sentissem que o interesse do outro não era a principal consideração de nenhum dos dois.

Em uma noite suave de setembro, eu estava vindo do pomar com uma cesta pesada de maçãs que eu mesma tinha colhido. Havia escurecido, e a lua apareceu acima do muro alto do pátio, fazendo com que sombras indefinidas espreitassem nos cantos das numerosas saliências da casa. Deixei o cesto na escada, ao lado da porta da cozinha, e parei para descansar e respirar um pouco mais daquele ar doce, ameno; meus olhos estavam na lua, e minhas costas, viradas para a entrada, quando ouvi uma voz atrás de mim:

— Nelly, é você?

Era uma voz grave, um tom estrangeiro; no entanto, havia algo no modo de pronunciar meu nome que me soou familiar. Eu me virei para descobrir quem tinha falado, temerosa, pois as portas estavam fechadas, e eu não tinha visto ninguém se aproximar da escada da frente.

Algo se movia no alpendre; e, chegando mais perto, distingui um homem alto de roupas escuras, de rosto e cabelos escuros. Ele se inclinou para a porta, e pôs os dedos no trinco, como se pretendesse abrir a porta do alpendre ele mesmo.

"Quem poderia ser?", pensei. "O senhor Earnshaw? Oh, não! A voz não parecia a dele."

— Esperei aqui por uma hora — ele prosseguiu, enquanto eu continuei olhando fixamente para ele —, e todo esse tempo tudo estava silencioso como a morte. Não ousei entrar sozinho. Você não está me reconhecendo? Veja, não sou nenhum desconhecido!

Um raio de luz iluminou suas feições; as faces eram pálidas, e até metade cobertas de suíças negras; as sobrancelhas baixas, os olhos profundos e singulares. Lembrei-me daqueles olhos.

— Como assim?! — exclamei, sem saber se devia considerá-lo um visitante terreno, e ergui as mãos espantada. — Ora! Você voltou? É você mesmo? É?

— Sim, Heathcliff — ele respondeu, erguendo os olhos para as janelas, que refletiam duas dezenas de luas brilhantes, mas não mostravam nenhuma luz no interior. — Eles estão em casa? Onde ela está? Nelly, você não ficou contente! Não precisa ficar tão perturbada. Onde ela está? Diga! Quero trocar uma palavra com ela… sua patroa. Vá e diga que uma pessoa de Gimmerton deseja vê-la.

— Como será que ela vai reagir? — exclamei. — O que ela fará? Se essa surpresa me deixou confusa, ela vai perder a cabeça! E você *é mesmo* Heathcliff! Mas transformado! Não, não consigo entender. Você virou soldado?

— Vá e passe o meu recado — ele interrompeu impaciente. — Enquanto isso, ficarei esperando neste inferno!

Ele abriu o trinco e entrou no alpendre; mas, quando cheguei à saleta onde estavam o senhor e a senhora Linton, não consegui me convencer a prosseguir. Por fim, decidi recorrer ao pretexto de perguntar se eles queriam que eu acendesse os candelabros, e abri a porta.

Eles estavam sentados juntos diante de uma janela cuja treliça estava aberta, e expunha, além das árvores do jardim, e da mata verde do parque, o vale de Gimmerton, com uma longa faixa de neblina serpenteando perto do cume (pois, logo que passa a capela, como o senhor deve ter notado, o córrego que sai do brejo se junta a um riacho que acompanha a curva da ravina). Wuthering Heights se erguia acima desse vapor prateado; mas nossa antiga casa ficava invisível, a casa dava para o declive do outro lado.

Tanto a sala e seus ocupantes quanto a paisagem que eles contemplavam pareciam magnificamente pacíficos. Recuei com relutância em desempenhar minha tarefa; e estava de fato prestes a sair dali sem dizer nada, depois de fazer a pergunta sobre os candelabros, quando uma sensação da minha própria insensatez me compeliu a voltar e murmurar:

— Uma pessoa de Gimmerton deseja vê-la, madame.

— O que ela quer? — perguntou a senhora Linton.

— Não perguntei — respondi.

— Bem, feche as cortinas, Nelly — ela disse —, e traga chá. Eu já volto.

Ela saiu do recinto; o senhor Edgar perguntou, despreocupadamente, quem era a visita.

— Alguém que a patroa não estava esperando encontrar — respondi. — Aquele Heathcliff... o senhor se lembra dele... que morava na casa do senhor Earnshaw.

— O quê?! O cigano? O menino do arado?! — ele exclamou. — Por que você não disse logo a Catherine que era ele?

— Silêncio! O senhor não deve chamá-lo assim, patrão — eu disse. — Ela ficaria muito triste de ouvi-lo. Ela ficou com o coração quase partido quando ele foi embora. Imagino que a volta dele será uma grande alegria para ela.

O senhor Linton caminhou até uma janela do outro lado da sala que dava para o pátio. Ele abriu a janela e pôs a cabeça para fora. Imagino que eles dois estivessem lá embaixo, pois ele rapidamente exclamou:

— Não fique aí fora, amor! Traga a visita para dentro, se for o caso.

Sem demora, ouvi o clique da fechadura, e Catherine subiu correndo, ofegante e descontrolada, excitada demais para demonstrar contentamento: a bem dizer, pelo semblante dela, era como se tivesse acontecido uma calamidade medonha.

— Oh, Edgar, Edgar! — ela arquejou, lançando os braços em torno do pescoço dele. — Oh, Edgar querido! Heathcliff voltou! Ele voltou! — E ela apertou o abraço até quase esganá-lo.

— Bem, bem — exclamou o marido, contrariado —, não precisa me estrangular por causa disso! Nunca o considerei grande coisa. Não há motivo para todo esse frenesi!

— Sei que você não gostava dele — ela respondeu, contendo um pouco a intensidade de seu contentamento. — No entanto, por mim, vocês precisam ser amigos agora. Posso chamá-lo para subir?

— Aqui — ele disse —, na nossa saleta?

— Onde mais? — ela perguntou.

Ele parecia aborrecido, e sugeriu a cozinha como um local mais apropriado para recebê-lo.

A senhora Linton olhou para o marido com uma expressão peculiar, metade irritada, metade risonha, diante da implicância dele.

— Não — ela agregou, após algum tempo —, não posso receber ninguém na cozinha. Ponha aqui duas mesas, Ellen, uma para o senhor e para a senhorita Isabella, nobres proprietários; e outra para Heathcliff e para mim, pertencentes às classes baixas. Você me faz esse favor, meu bem? Ou devo também acender o fogo em outro lugar? Se for esse o caso, basta dar as ordens. Eu desço e cuido do meu convidado. Receio que esta seja uma alegria grande demais para ser verdade!

Ela estava prestes a descer correndo outra vez, mas Edgar a deteve.

— *Você* peça para ele subir — ele disse, dirigindo-se a mim —, e, Catherine, tente ficar contente sem ser absurda. A casa inteira não precisa ser testemunha dessa sua cena, de receber um criado fugitivo como se fosse um irmão.

Desci, e encontrei Heathcliff esperando no alpendre, evidentemente aguardando o convite para entrar. Ele me acompanhou sem desperdiçar palavras, e o conduzi à presença do patrão e da patroa, cujas faces coradas traíam indícios da conversa acalorada. Mas o semblante da senhora brilhava com outro sentimento quando seu amigo apareceu na porta; ela se levantou depressa e foi na direção dele, tomou as mãos dele, e o levou até Linton; e então ela pegou os dedos relutantes de Linton e os enfiou na mão dele.

Agora, plenamente revelado pelo fogo e pelas velas, fiquei impressionada, mais do que nunca, ao contemplar a transformação de Heathcliff. Ele havia se convertido em um homem alto, atlético, bem-proporcionado; ao lado de quem meu patrão parecia bastante franzino e juvenil. Seu porte ereto sugeria a ideia de que tivesse entrado no exército. Seu semblante, muito mais velho em termos de expressividade e decisão nas feições que o do senhor Linton; parecia inteligente, e não conservava nenhum sinal de sua degradação anterior. Uma ferocidade semicivilizada espreitava ainda nas sobrancelhas baixas e nos olhos cheios de um fogo negro, mas estava dominada; e seus modos tinham até mesmo se dignificado: despojados de grosseria, porém austeros demais para serem graciosos.

A surpresa do meu patrão foi igual ou maior que a minha: ele ficou um minuto sem saber como se dirigir ao menino do arado, como ele o havia chamado. Heathcliff soltou sua mão fina e ficou olhando serenamente até que ele resolvesse falar.

— Sente-se, senhor — ele disse, enfim. — A senhora Linton, em nome dos velhos tempos, gostaria que eu lhe oferecesse uma recepção cordial; e, evidentemente, fico grato quando ocorre alguma coisa que a agrade.

— E eu também — respondeu Heathcliff —, especialmente se for alguma coisa em que eu desempenhe algum papel. Posso ficar uma ou duas horas de bom grado.

Ele se sentou de frente para Catherine, que manteve os olhos fixos nele, como se temesse que ele pudesse desaparecer se ela desviasse o olhar. Ele não levantou os olhos para ela muitas vezes; um rápido olhar de relance, de quando em quando, foi o bastante; mas esses poucos olhares refletiram, a cada vez com mais confiança, o indisfarçável prazer que ele captou dos olhos dela.

Estavam absortos demais em sua mútua felicidade para acusar qualquer constrangimento. Não era esse o caso do senhor Edgar. Ele foi ficando pálido de pura irritação, um sentimento que atingiu o clímax quando sua senhora se levantou e, atravessando o tapete, tornou a tomar as mãos de Heathcliff, e gargalhou como se estivesse fora de si.

— Amanhã pensarei que isso foi um sonho! — ela exclamou. — Não vou nem acreditar que vi, toquei e falei com você outra vez. E, no entanto, cruel Heathcliff!, você não merece essas boas-vindas. Ficar ausente e calado por três anos, sem jamais pensar em mim!

— Pensei um pouco mais do que você pensou em mim — ele murmurou. — Fiquei sabendo do seu casamento, Cathy, não faz muito tempo; e, enquanto esperava lá embaixo no pátio, pensei neste plano: ter apenas um vislumbre do seu rosto, um olhar de surpresa, e fingindo prazer; depois, acertar minhas contas com Hindley; e depois me antecipar à lei executando a mim mesmo. As suas boas-vindas afastaram essas ideias da minha cabeça; mas cuidado para não me encontrar com outro aspecto da próxima vez! Não, você não vai me expulsar nunca mais. Você realmente ficou com pena mim, não foi? Bem, havia motivo para tanto. Lutei amargamente pela vida desde a última vez em que ouvi a sua voz; e você há de me perdoar, pois lutei apenas por você!

— Catherine, a não ser que bebamos chá frio, por favor, volte para a mesa — interrompeu Linton, esforçando-se para preservar seu tom cotidiano e uma devida medida de polidez. — O senhor Heathcliff ainda tem uma longa caminhada pela frente, onde quer que ele possa se hospedar esta noite; e eu estou com sede.

Ela tomou seu lugar diante da urna; e a senhorita Isabella chegou, chamada pela sineta; então, depois de empurrar as cadeiras deles para frente, saí do recinto.

O chá não durou nem dez minutos. A xícara de Catherine nem chegou a ser servida: ela não conseguia comer ou beber. Edgar usou o pires para despejar o chá frio, e mal conseguiu engolir.

O convidado não estendeu sua estada naquela noite nem mais uma hora. Perguntei, quando ele estava saindo, se ele passaria a noite em Gimmerton.

— Não, em Wuthering Heights — ele respondeu: — O senhor Earnshaw me convidou quando fui visitá-lo esta manhã.

O senhor Earnshaw convidou *Heathcliff*! E *Heathcliff* visitou o senhor Earnshaw! Ponderei de maneira dolorosa essa sentença depois que ele foi embora. Teria ele se tornado um pouco hipócrita, e vindo para a região para fazer alguma maldade disfarçadamente? Divaguei: tive um pressentimento no fundo do coração de que teria sido melhor se ele tivesse continuado longe daqui.

No meio da noite, fui despertada do meu primeiro cochilo pela senhora Linton, que se esgueirou para dentro do meu quarto, e se sentou numa cadeira ao lado da minha cama, e puxou meu cabelo para me acordar.

— Não consigo dormir, Ellen — ela disse, à guisa de desculpa. — E quero uma criatura viva para me fazer companhia na minha felicidade!

Edgar está amuado porque estou contente com uma coisa que não é do interesse dele; ele se recusa a abrir a boca, exceto para falar mesquinharias e tolices; e ele afirmou que eu fui cruel e egoísta por querer conversar quando ele estava se sentindo tão mal e com tanto sono. Ele sempre dá um jeito de passar mal diante da menor contrariedade! Eu disse algumas frases elogiosas sobre Heathcliff, e ele, seja por uma enxaqueca ou uma pontada de inveja, começou a chorar: então eu me levantei e o deixei lá sozinho.

— Por que elogiar Heathcliff para ele? — respondi. — Desde meninos eles tinham uma aversão recíproca, e Heathcliff odiaria do mesmo jeito ouvir elogios ao outro: é da natureza humana. Deixe o senhor Linton em paz em relação a ele, a não ser que você queria promover uma disputa aberta entre os dois.

— Mas isso não é prova de uma grande fraqueza? — prosseguiu ela. — Eu não sou invejosa, nunca fico magoada com o brilho dos cabelos loiros de Isabella e a brancura de sua pele, e sua delicada elegância, e o carinho que toda a família demonstra por ela. Até você, Nelly, se ela e eu discutimos às vezes, você logo toma o partido de Isabella; e eu cedo como uma mãe tola: eu a chamo de querida e a bajulo até acalmar os ânimos dela. Apraz ao irmão nos ver em termos cordiais, e isso me apraz. Mas ele e ela são muito parecidos. São ambos crianças mimadas, e imaginam que o mundo foi feito para sua comodidade; e embora eu faça tudo para agradar os dois, também acho que um bom castigo talvez fizesse bem a ambos.

— A senhora está muito enganada, senhora Linton — eu disse. — Eles fazem tudo para agradá-la: sei bem o que aconteceria se eles não o fizessem. A senhora até faz concessões aos caprichos passageiros deles, contanto que o interesse deles seja se antecipar a todos os seus desejos. A senhora pode, contudo, acabar brigando, enfim, por algo que tenha a mesma importância para ambos os lados; e, aí, esses que a senhora chama de fracos são bem capazes de se mostrar tão obstinados quanto a senhora.

— E, aí, brigaremos até a morte, não é mesmo, Nelly? — ela respondeu, dando risada. — Não! Estou lhe dizendo, tenho tanta confiança no amor de Linton que acho que eu poderia até tentar matá-lo que ele nem desejaria retaliar.

Aconselhei-a a dar mais valor à afeição dele.

— Eu dou — ela respondeu —, mas ele não precisava recorrer a lamúrias por ninharias. Isso é infantil; e, em vez de se debulhar em lágrimas porque eu disse que Heathcliff era agora digno da consideração de todos, e que seria uma honra para o mais digno cavalheiro da região ser seu amigo, ele deveria ter concordado, e ficado satisfeito por mim. Linton precisa se acostumar com Heathcliff, e talvez até venha a gostar dele. Levando-se em conta os motivos que Heathcliff tem para fazer objeções a Linton, tenho certeza de que o comportamento de Heathcliff foi excelente!

— O que a senhora acha de ele ter ido a Wuthering Heights? — indaguei. — Ele está totalmente transformado, aparentemente: um verdadeiro cristão, oferecendo a mão direita da amizade a todos os inimigos!

— Ele me explicou — ela respondeu. — Eu estou tão espantada quanto você. Ele disse que veio saber de você notícias minhas, supondo que você ainda morasse lá; e Joseph contou a Hindley, que saiu e começou a questioná-lo sobre o que andara fazendo e como tinha vivido esse tempo; e, por fim, convidou-o para entrar. Havia algumas pessoas jogando cartas; Heathcliff se juntou a eles; meu irmão perdeu algum dinheiro para ele, e, vendo-o fartamente provido, pediu que ele voltasse à noite, ao que ele consentiu. Hindley é descuidado demais para escolher com prudência seus convivas; ele não se dá ao trabalho de refletir sobre os motivos que pode ter para desconfiar de alguém que ele mesmo ofendeu de forma vil. Porém Heathcliff afirmou que o principal motivo para retomar o contato com seu antigo perseguidor era o desejo de se instalar à distância de uma caminhada de Grange, e um apego pela casa onde nós vivemos juntos; e uma esperança semelhante de que eu tenha mais oportunidades de vê-lo lá do que teria se ele se instalasse em Gimmerton. Ele pretende oferecer generoso pagamento pela permissão de se hospedar em Heights; e sem dúvida a disposição cobiçosa de meu irmão fará com que ele aceite os temos: ele sempre foi ganancioso, embora o que ele obtenha com uma mão ele desperdice com a outra.

— É um belo lugar para um rapaz fixar residência! — eu disse. — Você não teme as consequências disso, senhora Linton?

— Não pelo meu amigo — ela respondeu —, pois sua obstinação o manterá fora de qualquer perigo; um pouco pelo Hindley, mas moralmente não há como ele ficar pior do que já está, e eu me interporei entre ele e qualquer agressão física. O acontecimento desta noite me reconciliou com Deus e a humanidade! Eu vinha vivendo em furiosa rebelião contra a providência. Oh, suportei angústias muito, muito amargas, Nelly! Se aquela criatura soubesse quão amargas, ele teria vergonha de desdenhar o fim dessas angústias com ociosa petulância. Foi apenas o carinho que sinto por ele que me levou a suportar isso sozinha: se eu tivesse expressado essa agonia com a mesma frequência com que a sentia, ele teria aprendido a ansiar por esse alívio com o mesmo ardor com que ansiei. No entanto, isso acabou, e não vou querer me vingar da insensatez dele; sinto-me capaz de suportar qualquer coisa de agora em diante! Se a coisa mais cruel do mundo bater na minha face, não só oferecerei a outra como pedirei perdão por provocar; e, como prova disso, farei as pazes com Edgar agora mesmo.

— Boa noite! Sou um anjo!

Nessa convicção autocomplacente, ela saiu; e o sucesso de sua resolução cumprida foi óbvio no dia seguinte: o senhor Linton não só renegou seu azedume (embora seu estado de espírito ainda parecesse dominado pela exuberância de vivacidade de Catherine), como não fez nenhuma objeção quando ela convenceu Isabella a irem juntas a Wuthering Heights naquela tarde; e ela o recompensou com um verão de doçuras e afeições que fizeram da casa um paraíso por vários dias; tanto o patrão quanto os empregados lucrando com esse sol perpétuo.

Heathcliff (senhor Heathcliff, eu passaria a dizer no futuro) aproveitou a liberdade de visitar Thrushcross Grange cautelosamente, a princípio: ele parecia avaliar até que ponto seu proprietário toleraria sua intrusão. Catherine também considerou prudente moderar suas expressões de prazer ao recebê-lo; e ele, gradualmente, estabeleceu seu direito de ser recebido.

Ele conservara um bocado da reserva pela qual sua infância fora notável; e essa reserva servia para reprimir todas as demonstrações sobressaltadas de sentimentos. A inquietude do meu patrão experimentou uma trégua, e circunstâncias ulteriores a desviaram para outro canal por algum tempo.

Sua nova fonte de problemas surgiu da inesperada infelicidade de Isabella Linton demonstrar uma súbita e irresistível atração pelo tolerado visitante. Ela era, na época, uma encantadora jovem dama de dezoito anos de idade; infantil nos modos, embora possuidora de uma sagacidade aguda, uma sensibilidade aguda, e um temperamento também agudo, quando irritada. O irmão, que a amava com ternura, ficou estarrecido com essa fantástica preferência. Deixando de lado o rebaixamento de uma aliança com um homem sem sobrenome, e o possível fato de que sua propriedade, na ausência de herdeiro, pudesse passar para as mãos de alguém assim, ele teve o bom senso de entender a disposição de Heathcliff: de saber que, embora seu exterior estivesse transformado, seu espírito era imutável e invariável. E ele temia aquele espírito: revoltava-o. Ele se contraiu com um mau pressentimento diante da ideia de permitir que Isabella fosse possuída por aquele espírito.

Ele teria se contraído ainda mais se soubesse que a afeição dela nascera sem ser provocada, e fora concedida sem despertar nenhum sentimento recíproco; pois, no minuto em que descobriu sua existência, ele atribuiu a culpa desse afeto a um desígnio deliberado de Heathcliff.

Todos havíamos reparado, fazia algum tempo, que a senhorita Linton andava aflita e melancólica por algum motivo. Ela ficou cada vez mais contrariada e implicante; irritando-se e provocando Catherine continuamente, sob o risco iminente de esgotar a paciência limitada da cunhada. Nós a perdoamos, em certa medida, sob o pretexto de sua saúde debilitada: ela estava definhando e empalidecendo a olhos vistos. Mas um dia, quando ela havia sido especialmente geniosa, recusando o desjejum, reclamando que os criados não faziam o que ela mandava; que a senhora não lhe permitia ser nada na casa, e que Edgar a abandonara; que ela havia apanhado um resfriado porque deixavam as portas abertas, e que nós deixamos o fogo apagar na lareira da saleta de propósito para incomodá-la; e mais uma centena de outras acusações frívolas, a senhora Linton, peremptoriamente, insistiu que ela fosse para o quarto; e, depois de ralhar de forma enérgica com ela, ameaçou chamar o médico.

A menção ao doutor Kenneth fez com que ela exclamasse, imediatamente, que sua saúde estava perfeita, e que era apenas a crueldade de Catherine que a deixava infeliz.

— Como você pode dizer que eu sou cruel, sua mimada malcriada?! — exclamou a senhora, espantada com a afirmação descabida. — Você está certamente perdendo o juízo. Quando eu fui cruel? Por favor, me diga!

— Ontem — soluçou Isabella —, e agora!

— Ontem!? — exclamou a cunhada. — Em que momento?

— Quando estávamos caminhando na charneca, você me disse para ir caminhar onde quisesse, enquanto você passeava com o senhor Heathcliff!

— E essa é a sua noção de crueldade? — disse Catherine, dando risada. — Eu não quis dizer que a sua companhia era supérflua; era indiferente se você quisesse nos acompanhar ou não; eu apenas achei que a conversa de Heathcliff não teria nenhum interesse para os seus ouvidos.

— Oh, não — chorou a jovem dama —, você queria que eu ficasse longe porque sabia que eu gostaria de estar lá!

— Será que ela está louca? — perguntou a senhora Linton, recorrendo a mim. — Vou repetir o que conversamos, palavra por palavra, Isabella; e, por favor, me diga que interesse isso podia ter para você.

— Não me importa o que vocês conversaram — ela respondeu. — Eu queria estar com...

— Com...? — disse Catherine, percebendo a hesitação da menina em completar a sentença.

— Com ele; e não quero ser sempre expulsa! — ela continuou, inflamando-se. — Cathy, você é como o cachorro na manjedoura, da fábula de Esopo, e não quer que ninguém mais seja amada além de você!

— E você é impertinente como uma macaquinha! — exclamou a senhora Linton, surpresa. — Mas não darei crédito a essa estupidez! Não é possível que você cobice a admiração de Heathcliff... que você o considere uma pessoa simpática! Espero ter entendido mal, não é, Isabella?

— Não, você não me entendeu mal — disse a menina apaixonada. — Amo Heathcliff mais do que você jamais amou Edgar; e Heathcliff talvez me ame se você o deixar em paz!

— Eu não gostaria de ser você por nada nesse mundo, então! — Catherine declarou, de maneira enfática, e ela parecia falar com sinceridade. — Nelly, ajude-me a convencê-la de que isso é loucura. Diga a ela quem é Heathcliff: uma criatura indomável, sem refinamento, sem cultivo; um deserto árido de tojo e basalto. Seria como soltar esse pequeno canário na mata em pleno inverno recomendar que você entregue seu coração a Heathcliff! Só uma deplorável ignorância do caráter dele, menina, e nada além disso, faz com que esse sonho entre na sua cabeça. Eu suplico, não imagine que ele esconda profundidades de benevolência e afeição por trás de uma superfície austera! Ele não é um diamante bruto, uma ostra rústica contendo uma pérola; ele é um homem feroz, impiedoso, uma espécie de lobo. Nunca digo a ele "deixe esse ou aquele inimigo em paz porque seria mesquinhez ou crueldade prejudicá-los"; eu digo "deixe-os em paz porque *eu* odiaria vê-los injustiçados". Ele a esmagaria como um ovo de pardal, Isabella, se a julgasse um fardo incômodo. Sei que ele não seria capaz de amar um Linton; e, no entanto, ele seria perfeitamente capaz de se casar com a sua fortuna e com a sua perspectiva de herança: a avareza está cultivando dentro dele um pecado insidioso. Eis o meu retrato da situação: eu sou tão amiga dele que, se ele pensasse seriamente em se casar com você, talvez eu devesse conter a minha língua e deixar você cair na armadilha dele.

A senhorita Linton olhou para a cunhada com indignação.

— Que vergonha! Que vergonha! — ela repetiu, raivosamente. — Você é pior do que vinte inimigas, você é a amiga venenosa!

— Ah! Então você não acredita em mim? — perguntou Catherine. — Você acha que estou falando por egoísmo maldoso?

— Tenho certeza de que sim — devolveu Isabella —, e tremo de medo de você!

— Pois bem! — exclamou a outra. — Veja por si mesma se essa é sua intenção: já expus o argumento e o submeti à sua insolência atrevida.

— E devo sofrer pelo egoísmo dela! — ela soluçou quando a senhora Linton saiu. — Tudo, tudo está contra mim: ela arruinou meu único consolo. Mas ela disse inverdades, não disse? O senhor Heathcliff não é um demônio; ele tem uma alma honrada e genuína, do contrário, como ele se lembraria dela?

— Expulse-o de seus pensamentos, senhorita — eu disse. — Ele é uma ave de mau agouro; não é seu par. A senhora Linton usou palavras fortes, e, no entanto, não posso contradizê-la. Ela conhece o coração dele melhor que eu ou do que qualquer um; e ela jamais o representaria pior que ele é. Pessoas honestas não escondem seus feitos. Como ele andou vivendo? Como ele ficou rico? Por que ele está morando em Wuthering Heights, a casa de um homem que ele abomina? Dizem que o senhor Earnshaw está cada vez pior desde a chegada dele. Eles ficam a noite inteira juntos, e Hindley tem feito empréstimos sobre a propriedade, e não faz nada além de jogar e beber: faz uma semana apenas que fiquei sabendo... foi Joseph quem me contou quando o encontrei em Gimmerton:

— Nelly — ele disse —, logo teremos um inquérito forense em casa. Um deles quase teve um dedo cortado ao tentar impedir o outro de se espetar como um bezerro. Esse é o patrão, você sabe, que está muito inclinado a comparecer diante dos grandes tribunais. Ele não está preocupado com o banco dos juízes, nem com Paulo, nem com Pedro, nem com João, nem com Mateus, com nenhum deles, ele não! Ele até gosta; ele não vê a hora de pôr seu rosto desafiador diante deles! E aquele galante do Heathcliff, veja você, esse é uma peça rara. Ele é capaz de rir e gargalhar como qualquer um das piadas do próprio diabo. Ele nunca conta nada sobre essa bela vida quando vai a Grange? É o seguinte: acordam quando o sol se põe; dados, conhaque, cortinas fechadas, e velas acesas até o meio-dia do dia seguinte; aí, o louco sobe xingando e delirando para o quarto, fazendo as pessoas decentes tamparem os ouvidos com os dedos de pura vergonha; e o canalha, ora, ele fica contando dinheiro, e come e dorme, e sai para cochichar com a esposa do vizinho. Claro que ele conta à dona Catherine como o ouro do pai dela está escorrendo para seu bolso, e o filho do pai dela galopa pela estrada da ruína enquanto ele corre na frente para abrir a porteira!

— Ora, senhorita Linton, Joseph é um velho patife, mas não é mentiroso; e, se esse relato sobre a conduta de Heathcliff for verdadeiro, a senhorita jamais pensaria em desejar um marido assim, não é mesmo?

— Você está mancomunada com todos eles, Ellen! — ela respondeu. — Não darei ouvidos às suas infâmias. Quanta maldade da senhora querer me convencer de que não existe felicidade no mundo!

Se ela acabaria superando essa fantasia sozinha ou se persistiria em alimentá-la perpetuamente, não sei dizer; ela teve pouco tempo para refletir. No dia seguinte, haveria uma conferência de juízes na cidade vizinha; meu patrão foi obrigado a comparecer; e o senhor Heathcliff, ciente de sua ausência, veio nos visitar mais cedo que de costume.

Catherine e Isabella estavam na biblioteca, ainda hostis entre si, mas em silêncio. A última, preocupada com sua recente indiscrição, e a revelação feita de seus sentimentos secretos em um surto passageiro de paixão; a primeira, em madura consideração, realmente ofendida com sua companheira; e, embora risse outra vez do atrevimento da menina, inclinou-se a mostrar que aquilo não era nada engraçado para *ela*.

Ela deu risada ao ver Heathcliff passar diante da janela. Eu estava varrendo a lareira, e notei um sorriso maldoso nos lábios dela. Isabella, absorta em suas meditações, ou em um livro, ali ficou até que a porta se abriu; e foi tarde demais para tentar escapar, o que ela teria feito de bom grado se tivesse sido possível.

— Entre, isso mesmo! — exclamou a senhora, alegremente, puxando uma cadeira para perto do fogo. — Aqui estão duas pessoas precisando tristemente de uma terceira para derreter o gelo entre elas; e você é justamente aquele de que nós duas precisávamos. Heathcliff, é com orgulho que lhe apresento, enfim, alguém que gosta de você mais do que eu. Espero que você se sinta lisonjeado. Não, não é a Nelly; não olhe para ela! Minha pobre cunhadinha sente o coração dela partir diante da mera contemplação da sua beleza física e moral. Cabe a você decidir se tornar cunhado de Edgar! Não, não, Isabella, você não vai fugir agora — ela continuou, detendo, com fingida jocosidade, a menina perplexa, que se levantara indignada. — Estávamos aqui brigando feito duas gatas por sua causa, Heathcliff; e fui praticamente derrotada em manifestações de devoção e admiração; e, além do mais, fui informada de que, se eu fizesse a gentileza de sair do caminho, minha rival, como ela mesma se considera, dispararia uma flecha na sua alma que o prenderia para sempre, e enviaria minha imagem para o esquecimento eterno!

— Catherine! — disse Isabella, invocando a dignidade dela e desistindo de tentar se desvencilhar da mão firme que a segurava. — Eu agradeceria se você se ativesse à verdade e não me difamasse, nem de brincadeira! Senhor Heathcliff, tenha a bondade de pedir a essa sua amiga que me solte: ela se esquece de que o senhor e eu não somos amigos íntimos, e o que, para ela, é divertido, para mim é mais doloroso do que posso expressar.

Como o visitante não respondeu nada, mas apenas se sentou, e pareceu totalmente indiferente aos sentimentos que ela acalentava por ele, ela se virou e sussurrou um sincero apelo de liberdade para sua algoz.

— De jeito nenhum! — exclamou a senhora Linton em resposta. — Não serei chamada de cachorra na manjedoura outra vez. Você *vai* ficar aqui; agora vejamos! Heathcliff, por que você não parece satisfeito com essa minha notícia? Isabella jurou que o amor de Edgar por mim não é nada se comparado ao que ela tem por você. Tenho certeza de que ela disse algo assim; não foi, Ellen? E ela está jejuando desde o nosso passeio de ontem, de tristeza e raiva por eu a ter dispensado da sua companhia por se tratar de algo inaceitável.

— Acho que você está mentindo sobre a vontade dela — disse Heathcliff, virando a cadeira para olhar para elas. — Ela parece querer evitar a minha companhia, pelo menos agora!

E ele olhou dura e fixamente para o objeto de seu discurso, como alguém que olhasse para um animal estranho e repulsivo: uma centopeia das Índias, por exemplo, cuja peculiaridade nos leva a examiná-la apesar da aversão que nos causa.

A pobre criatura não conseguiu suportar isso; ficou branca e vermelha em rápida sucessão; e, enquanto as lágrimas marejavam seus cílios, usou as forças de seus dedinhos para afrouxar o aperto firme de Catherine. Percebendo que, por mais depressa que conseguisse tirar um dedo de seu braço, logo outro se fechava, e que não conseguiria remover todos juntos, ela começou a recorrer às unhas; e seu gume então ornamentou a detentora com meias-luas vermelhas.

— Eis aí uma tigresa! — exclamou a senhora Linton, soltando-a, e balançando a mão de dor. — Saia daqui, pelo amor de Deus, e esconda essa sua cara de raposa! Que tolice revelar essas garras para *ele*. Você não imagina a conclusão que ele tirará disso? Veja, Heathcliff! São instrumentos capazes de matar... Você deve tomar cuidado com seus olhos.

— Eu arrancaria as unhas dos dedos dela se me ameaçassem — ele respondeu, brutalmente, quando a porta se fechou atrás dela. — Mas o que você pretendia provocando essa criatura dessa forma, Cathy? Você não estava dizendo a verdade, estava?

— Garanto que estava — ela devolveu. — Ela estava morrendo por sua causa fazia várias semanas, e delirando a seu respeito esta manhã, e despejando um dilúvio de absurdos, porque eu expus claramente para ela os seus defeitos, no intuito de mitigar essa adoração. Mas não fique mais pensando nisso; eu só queria castigar o atrevimento dela, apenas isso. Gosto demais dela, meu querido Heathcliff, para permitir que você a apanhe e a devore completamente.

— E eu a odeio demais sequer para tentar fazer isso — disse ele —, a não ser em um sentido bastante macabro. Você ficaria sabendo de coisas estranhas se eu morasse sozinho com esse rosto piegas, pálido; o mais provável seria que eu pintasse as cores do arco-íris sobre essa brancura toda e transformasse esses olhos azuis em olhos roxos, todo dia ou a cada dois dias: os olhos dela lembram odiosamente os olhos de Linton.

— Deliciosamente! — observou Catherine. — São olhos de pomba... olhos de anjo!

— Ela é a herdeira do irmão, não é? — ele perguntou, após um breve silêncio.

— Eu lamentaria se fosse — respondeu a companheira dele. — Meia dúzia de sobrinhos acabarão com o título dela, Deus queira! Esqueça um pouco esse assunto no momento: você parece disposto demais a cobiçar os bens do vizinho; lembre-se de que os bens *deste* vizinho são meus.

— Se fossem *meus*, não seriam menos seus — disse Heathcliff —, mas, embora Isabella Linton possa ser tola, não me parece nem um pouco louca; e, em suma, mudemos de assunto, como você mesma aconselhou.

De suas línguas o assunto sumiu; e, no caso de Catherine, provavelmente também de seus pensamentos. No caso do outro, tenho certeza, o assunto foi relembrado diversas vezes ao longo da tarde. Vi Heathcliff sorrir consigo mesmo, um sorriso um tanto aberto, e se deixar levar por sinistras elucubrações sempre que a senhora Linton se ausentava do recinto por alguns momentos.

Resolvi acompanhar os movimentos dele. Meu coração invariavelmente pendia para o patrão, em detrimento do partido de Catherine: com razão, imaginei, pois ele era bondoso, e confiável, e honrado, e ela... eu não poderia dizer que ela era o *oposto,* no entanto, parecia se permitir uma latitude tão ampla que eu tinha pouca fé em seus princípios, e ainda menos simpatia por seus sentimentos. Eu desejava secretamente que tivesse o efeito de libertar Wuthering Heights e Grange das mãos do senhor Heathcliff, deixando-nos como vivíamos antes da chegada dele. As visitas dele eram um pesadelo contínuo para mim; e, eu desconfiava, para o meu patrão também. A residência em Heights era uma opressão inexplicável. Senti que Deus havia abandonado uma ovelha desgarrada em suas andanças perversas, e uma besta maligna espreitava entre a ovelha e o aprisco, esperando a hora de atacar e destruir.

Capítulo XI

— Às vezes, meditando sobre essas coisas sozinha, eu me levantava subitamente aterrorizada, e punha minha touca e ia ver como estavam as coisas na fazenda. Convencera a minha consciência de que era um dever avisá-lo a respeito do que as pessoas andavam falando sobre o modo de vida dele; mas então me lembrei de seus maus hábitos confirmados e, sem esperança de ajudá-lo, evitei voltar à casa sombria, duvidando se poderia suportar ter minha palavra acreditada.

Certa vez, passei pelo velho portão, desviando de meu caminho, e segui rumo a Gimmerton. Foi por volta da época em que minha narrativa parou: uma tarde clara e gélida; o terreno nu, e a estrada dura e seca.

Cheguei a um marco de pedra onde a estrada se divide na charneca à esquerda; um pilar rústico de arenito, com as letras W. H. entalhadas na face norte; na face leste, G.; e na face sudoeste, T. G. O marco serve de sinalização para Grange, Heights e a vila.

O sol brilhou amarelo no topo cinzento da pedra, lembrando-me do verão; e não sei dizer por que, mas, de repente, uma torrente de sensações da infância jorrou em meu coração. Hindley e eu considerávamos aquele um dos nossos lugares favoritos vinte anos atrás.

Contemplei longamente aquele bloco desgastado pelo tempo; e, inclinando-me para baixo, percebi um furo perto da base ainda cheio de conchas de caramujo e seixos, que gostávamos de armazenar ali com outras coisas mais perecíveis; e, como o frescor de uma realidade, pareceu-me estar contemplando meu velho colega de brincadeiras sentado na turfa seca: sua cabeça morena, quadrada, inclinada para frente, e sua mãozinha cavando na terra com um pedaço de ardósia.

— Pobre Hindley! — exclamei de modo involuntário.

Tive um sobressalto: meus olhos físicos foram iludidos a acreditar que o menino ergueu o rosto e olhou fixamente para mim! A imagem desapareceu em um átimo; mas imediatamente senti uma vontade irresistível de estar em Heights. A superstição me instigou a ceder a esse impulso: supus que ele tivesse morrido! Pensei..., ou que morreria em breve!, supondo que aquilo fosse um sinal de morte!

Quanto mais perto da casa, mais agitada eu ficava; e, ao avistá-la, meu corpo inteiro estremeceu. A aparição havia me ultrapassado: estava me olhando através do portão. Esse foi meu primeiro pensamento ao observar um menino de cabelos desgrenhados e olhos castanhos pressionando o semblante corado contra as barras de ferro. Refletindo melhor, concluí que aquele devia ser Hareton, o *meu* Hareton, não muito transformado desde que eu o deixara, fazia dez meses.

— Deus te abençoe, querido! — exclamei, esquecendo instantaneamente meus receios insensatos. — Hareton, é a Nelly! Nelly, tua aia.

Ele recuou à distância de um braço, e pegou do chão uma pedra grande.

— Vim ver teu pai, Hareton — agreguei, imaginando, pela atitude dele, que sua Nelly, se ainda vivia na memória, não foi reconhecida na minha figura.

Ele ergueu seu míssil para lançá-lo; comecei um discurso tranquilizante, mas não consegui deter sua mão: a pedra acertou minha touca, e então se seguiu, saindo dos lábios balbuciantes do pequeno sujeito, uma fieira de impropérios, que, compreendesse ele ou não, foram proferidos com ensaiada ênfase, e distorceram suas feições de bebê em uma chocante expressão maligna.

O senhor pode ter certeza de que isso me entristeceu mais do que me enfureceu. Prestes a chorar, tirei uma laranja da bolsa e ofereci para apaziguá-lo.

Ele hesitou, e em seguida arrancou-a da minha mão, como se achasse que eu fosse apenas provocá-lo e depois frustrá-lo.

Mostrei outra laranja, mantendo-a fora de seu alcance.

— Quem lhe ensinou essas belas palavras, meu garoto? — indaguei. — O vigário?

— Dane-se o vigário, e você também! Me dá essa... — ele respondeu.

— Diga onde você aprendeu essas coisas e ganhará esta laranja — eu disse. — Quem é o seu senhor?

— O demônio do papai — foi a resposta dele.

— E o que você aprendeu com o papai? — continuei.

Ele pulou para apanhar a fruta; ergui-a mais alto.

— O que ele lhe ensinou? — perguntei.

— Nada — disse ele —, só não ficar no caminho dele. O papai não me suporta, porque eu o xingo.

— Ah! E o demônio ensinou você a xingar o papai? — comentei.

— Sim... não — ele custou a dizer.

— Quem foi, então?

— Heathcliff.

Perguntei se ele gostava do senhor Heathcliff.

— Sim! — ele respondeu de novo.

Quando eu quis saber por que ele gostava de Heathcliff, só consegui reunir algumas frases: "Não sei. Ele faz o papai pagar pelo que faz comigo!"; "Ele xinga o papai quando o papai me xinga!"; "Ele falou que eu faço o que eu quiser!".

— E o vigário não ensina a ler e escrever, então? — insisti.

— Não! Falaram que o vigário ia ter que... engolir... os dentes, se pisasse em casa. Heathcliff prometeu isso!

Pus a laranja na mão dele, e pedi que avisasse o pai que uma mulher chamada Nelly Dean estava esperando para falar com ele no portão do jardim. Ele subiu pelo caminho e entrou na casa; mas, em vez de Hindley, Heathcliff apareceu na soleira, e eu imediatamente dei meia-volta e corri pela estrada o mais depressa que consegui, sem fazer nenhuma pausa até chegar ao marco de pedra, e apavorada como se eu tivesse ressuscitado um diabrete.

Isso não teve muita relação com o caso da senhorita Isabella, exceto pelo fato de ter me instigado a montar uma vigilância mais atenta e a fazer o máximo para impedir que essa má influência se espalhasse em Grange, muito embora eu fosse despertar uma tempestade doméstica ao frustrar o prazer da senhora Linton.

Quando da visita seguinte de Heathcliff, minha jovem dama estava por acaso dando de comer aos pombos no pátio. Ela não trocara uma palavra com a cunhada por três dias; mas ela havia também parado com suas queixas irritantes, o que foi um grande consolo para nós.

Heathcliff não costumava conceder nenhuma civilidade desnecessária à senhorita Linton, isso eu sabia. Ora, assim que ele a viu, sua primeira providência foi esquadrinhar rapidamente a frente da casa. Eu estava de pé junto à janela da cozinha, mas me afastei para não ser vista. Ele então atravessou o calçamento e foi até ela, e disse alguma coisa. Ela pareceu constrangida, e fez menção de sair dali; para impedi-la, ele pôs a mão no braço dela, e ela desviou o rosto. Ele aparentemente fez alguma pergunta que ela não tinha intenção de responder. Houve outro olhar de soslaio para a casa, e, supondo que ninguém o observava, o canalha teve o atrevimento de abraçá-la.

— Judas! Traidor! — exclamei. — Será que você também é um hipócrita? Um enganador deliberado?

— Quem, Nelly? — disse a voz de Catherine atrás de mim; eu estava absorta demais na observação do par lá fora para notar sua entrada.

— O seu amigo imprestável! — respondi, me enervando. — Aquele patife dissimulado. Ah, ele nos viu agora... Aí vem ele! Será que ele terá coragem de dar uma desculpa plausível para essa demonstração de amor pela senhorita, depois de lhe dizer que a odiava?

A senhora Linton viu Isabella se desvencilhar dele, e correr para o jardim; e, um minuto depois, Heathcliff abriu a porta.

Não consegui evitar de extravasar um pouco minha indignação; porém Catherine irritadamente insistiu no silêncio, e ameaçou me expulsar da cozinha se eu ousasse ter a presunção de intrometer minha língua insolente.

— Quem escuta pensa que você é a dona da casa! — ela exclamou. — Você precisa se colocar no seu lugar! Heathcliff, o que você quer causando esse alvoroço todo? Eu já disse que você deve deixar Isabella em paz! Eu imploro, a não ser que você tenha se cansado de ser recebido aqui e deseje que Linton feche as portas da casa para você!

— Deus queira que ele não faça isso! — respondeu o vilão negro. Detestei-o nessa hora. — Deus o conserve manso e paciente! A cada dia fico mais louco de vontade de mandá-lo para o céu!

— Silêncio! — disse Catherine, fechando a porta interna. — Não me aborreça. Por que você ignorou o meu pedido? Ela se colocou no seu caminho de propósito?

— Que importância isso tem para você? — ele rosnou. — Eu tenho direito de beijá-la, se ela quiser; e você não tem direito de proibir. Não sou *seu* marido, *você* não devia ter ciúmes de mim!

— Não estou com ciúmes — respondeu a senhora. — Estou preocupada com você. Não faça essa cara; não fique com raiva de mim! Se você gosta de Isabella, case-se com ela. Mas você gosta dela? Diga a verdade, Heathcliff! Pronto, não quer responder. Tenho certeza de que você não gosta dela.

— E o senhor Linton aprovaria a irmã se casar com esse homem? — indaguei.

— O senhor Linton deveria aprovar — respondeu minha senhora, decisivamente.

— Talvez ele nem precise se dar a esse trabalho — disse Heathcliff. — Posso muito bem prescindir da aprovação dele. E quanto a você, Catherine, eu gostaria de dizer algumas palavras, agora que estamos falando disso. Quero que você tenha consciência de que eu *sei* que você me tratou de um jeito infernal. De um jeito infernal! Você está me ouvindo? E se você se gaba de eu não perceber, você é uma tola; e se você acha que eu posso ser consolado por palavras doces, você é uma idiota; e se você imagina que vou continuar a sofrer sem me vingar, vou convencê-la do contrário, muitíssimo em breve! Por ora, obrigado por me contar o segredo da sua cunhada: juro que vou tirar disso o máximo proveito. E não se meta no meu caminho!

— Que nova fase do seu caráter é essa? — exclamou a senhora Linton, espantada. — Eu tratei você infernalmente... e você vai se vingar?! Como você vai fazer isso, seu tratante ingrato? Como eu tratei você infernalmente?

— Não quero me vingar de você — respondeu Heathcliff, com menos veemência. — Não é esse o meu plano. O tirano mói seus escravos e eles não se voltam contra ele; eles esmagam quem está abaixo deles. Você pode me torturar até a morte para se divertir à minha custa, apenas permita que eu me divirta um pouco da mesma forma, e evite proferir insultos o máximo que puder. Depois de derrubar o meu palácio, não erga um barraco e complacentemente admire sua própria caridade ao me dar esse barraco para morar. Se eu achasse que você realmente deseja que eu me case com Isabella, eu cortaria a minha garganta!

— Oh, o problema é que eu *não* tenho ciúmes, é isso? — exclamou Catherine. — Bem, não vou insistir na minha sugestão de esposa: é ruim como oferecer uma alma perdida a Satanás. A sua felicidade está, como a dele, em causar infelicidade. Você está dando provas disso. Edgar se recuperou do mau humor que demonstrou com a sua chegada; eu comecei a me sentir segura e tranquila; e você, atormentado por saber que estamos em paz, parece decidido a provocar uma disputa. Dispute com Edgar, se quiser, Heathcliff, e engane a irmã; você estará usando exatamente o método mais eficiente para se vingar de mim.

A conversa acabou. A senhora Linton sentou-se diante do fogo, corada e melancólica. O estado de espírito que até então lhe servia foi ficando intratável: ela não conseguia submetê-lo nem controlá-lo. Ele ficou parado diante da lareira de braços cruzados, remoendo seus pensamentos malignos; e nessa posição os deixei e fui ver o patrão, que já se perguntava o que Catherine estaria fazendo lá embaixo por tanto tempo.

— Ellen — disse ele, quando eu entrei —, você viu a senhora?

— Sim; ela está na cozinha, senhor — respondi. — Ela ficou tristemente abalada com o comportamento do senhor Heathcliff: e, de fato, acho que está na hora de combinar as visitas dele em outros termos. Há um risco em ser brando demais, e agora as coisas chegaram a esse ponto... E relatei a cena do pátio e, o mais fielmente que minha ousadia permitiu, toda a subsequente disputa. Imaginei que a senhora Linton não sofreria grandes consequências, a não ser que ela piorasse a situação depois, tomando a defensiva de seu convidado.

Edgar Linton teve dificuldade para me escutar até o final. Suas primeiras palavras revelaram que ele não isentava de culpa a esposa.

— Isso é inaceitável! — ele exclamou. — É vergonhoso que ela o considere um amigo e me obrigue a aceitar sua companhia! Chame dois homens para me esperarem no corredor, Ellen. Catherine não ficará mais um minuto argumentando com esse bandido vil. Já a agradei o suficiente.

Ele desceu, e, mandando os empregados esperarem no corredor, foi, seguido por mim, até a cozinha. Os ocupantes haviam retomado sua raivosa discussão; a senhora Linton, ao menos, esbravejava com renovado vigor; Heathcliff estava agora diante da janela, cabisbaixo, aparentemente um tanto acovardado pelas violentas avaliações que ela fazia.

Ele viu o patrão antes dela, e fez um movimento apressado para ela se calar; que ela obedeceu, abruptamente, ao descobrir o motivo daquele gesto.

— Como é possível uma coisa dessas? — disse Linton, dirigindo-se a ela. — Qual é o seu critério de decoro para permanecer aqui, depois do linguajar oferecido por esse patife desbocado? Imagino que, por ser o estilo usual da conversa dele, você não tenha achado nada de mais: você está habituada à vileza dele, e talvez imagine que eu também vá me acostumar!

— Você estava ouvindo atrás da porta, Edgar? — perguntou a senhora, em tom particularmente calculado para provocar o marido, insinuando indiferença e desdém pela irritação dele.

Heathcliff, que havia erguido os olhos diante da primeira fala, soltou uma gargalhada de escárnio ao ouvir a segunda; de propósito, aparentemente, para chamar a atenção do senhor Linton.

Ele conseguiu; porém Edgar não tinha intenção de entretê-lo com nenhum arroubo passional.

— Até agora, tenho sido tolerante com o senhor — ele disse calmamente —, não porque eu ignorasse o seu caráter miserável, rebaixado, mas porque achava que o senhor era apenas em parte responsável por isso; e, como Catherine desejava manter o convívio com o senhor, aquiesci... estupidamente. A sua presença é um veneno moral que contaminaria até os mais virtuosos: por esse motivo, e para impedir consequências piores, negarei doravante a sua entrada nesta casa, e exijo sua partida neste instante. Três minutos a mais a tornarão involuntária e ignominiosa.

Heathcliff avaliou a altura e a largura do interlocutor com um olhar cheio de desprezo.

— Cathy, esse seu cordeirinho faz ameaças como se fosse um touro! — ele disse. — É um perigo ele rachar o crânio contra os nós dos meus dedos. Meu Deus! Senhor Linton, estou mortificado de pena, mas o senhor não é digno de ser abatido!

Meu patrão olhou de relance para o corredor, e fez sinal para eu trazer os homens: ele não tinha nenhuma intenção de correr o risco de um enfrentamento pessoal.

Obedeci ao gesto; porém, a senhora Linton, desconfiando de alguma coisa, percebeu; e quando tentei chamá-los, ela me puxou para trás, bateu a porta e passou a chave.

— Sem covardia! — ela disse, em resposta à expressão de raivosa surpresa do marido. —Se você não tem coragem de atacá-lo, peça desculpas, ou aceite apanhar. Isso vai lhe ensinar a não fingir mais valor do que você possui. Não, prefiro engolir esta chave a deixar que você a tire de mim! Que maravilhosa recompensa pela minha generosidade com vocês dois! Depois de tolerar de modo constante a natureza fraca de um e má do outro, eu recebo em agradecimento duas amostras da mais cega ingratidão, de uma estupidez absurda! Edgar, eu estava defendendo você e os seus; e quem dera Heathcliff o açoitasse até você desmaiar, por ousar pensar mal de mim!

Não foi necessário recorrer ao açoite para produzir o mesmo efeito no patrão. Ele tentou arrancar a chave das mãos de Catherine, e, por segurança, ela a atirou na parte mais quente do fogo; ao que o senhor Edgar foi tomado por um tremor nervoso, e seu semblante adquiriu uma palidez mortiça. Ele jamais conseguiria conter esse excesso de emoção: uma mescla de angústia e humilhação o dominou completamente. Ele se apoiou no espaldar de uma cadeira, e cobriu o rosto com as mãos.

— Oh, céus! Nos velhos tempos, você seria sagrado cavaleiro por isso! — exclamou a senhora Linton. — Fomos derrotados! Fomos derrotados! Heathcliff não tocaria um dedo em você, como o rei não marcharia com seu exército contra uma colônia de camundongos. Anime-se! Você não será ferido! O seu tipo não é o cordeirinho, é um filhote de lebre que não desmamou.

— Eu te desejo a felicidade dos covardes de sangue de barata, Cathy! — disse o amigo dela. — Parabéns pelo seu gosto. E foi essa criatura salivante, trêmula, que você preferiu a mim! Eu não bateria nele com meu punho, mas o chutaria com meu pé, e experimentaria considerável satisfação. Ele está chorando ou vai desmaiar de medo?

O sujeito se aproximou e empurrou a cadeira onde Linton estava apoiado. Ele deveria ter mantido a distância: meu patrão rapidamente ficou ereto, e o acertou em cheio no pescoço, um soco que teria derrubado um homem mais leve.

Ele ficou sem ar por um minuto; e enquanto ele estava sufocado, o senhor Linton saiu pela porta de trás, contornou o pátio, e dali foi até a entrada da frente.

— Pronto! Você não pode mais voltar aqui — exclamou Catherine. — Vá embora, agora; ele vai voltar com um punhado de pistolas e meia dúzia de ajudantes. Se ele nos ouviu, é claro que jamais o perdoará. Você agiu mal comigo, Heathcliff! Mas vá logo! Depressa! Eu preferiria que Edgar fosse embora em vez de você.

— Você acha que eu vou embora com esse soco ardendo na garganta? — ele esbravejou. — Com mil demônios, não! Vou esmagar as costelas dele como se fossem avelãs podres antes de sair por essa porta! Se eu não o derrubar agora, acabarei por matá-lo um dia; portanto, como você valoriza a existência dele, deixe-me pegá-lo!

— Ele não vai voltar agora — intervim, inventando uma pequena mentira. — Ali estão o cocheiro e os dois jardineiros; certamente você não vai querer ser atirado no meio da estrada por eles! Cada um está segurando um porrete; e o patrão, muito provavelmente, ficará assistindo pela janela da saleta, para ver se eles cumprem as ordens dele.

Os jardineiros e o cocheiro *estavam* de fato ali; mas Linton estava com eles. Eles já haviam entrado no pátio. Heathcliff, pensando melhor, decidiu evitar lutar contra três empregados. Ele pegou o atiçador da lareira e arrombou a fechadura da porta interna, e escapou no momento em que eles entraram em tropel.

A senhora Linton, que estava muito excitada, pediu que eu subisse com ela. Ela ignorava a minha contribuição para o distúrbio, e eu estava ansiosa para conservá-la nessa ignorância.

— Estou quase enlouquecendo, Nelly! — ela exclamou, atirando-se no sofá. — Mil martelos de ferreiro estão batendo dentro da minha cabeça! Diga para Isabella me evitar; todo esse alvoroço é por causa dela; e se ela ou qualquer outra pessoa piorarem a minha raiva agora, eu vou enlouquecer de vez. E, Nelly, diga a Edgar, se encontrá-lo esta noite, que corro o risco de ficar seriamente doente. Ele me abalou e afligiu de maneira chocante! Quero deixá-lo assustado. Além disso, ele pode vir e começar a me maltratar e a se queixar; tenho certeza de que vou devolver as acusações, e só Deus sabe como isso vai acabar! Você faria isso, minha boa Nelly? Você sabe que eu não tenho nenhuma culpa nesse assunto. O que deu nele de ficar ouvindo atrás da porta? A fala de Heathcliff foi ultrajante, depois que você nos deixou a sós; mas eu logo conseguiria fazê-lo esquecer Isabella, e o resto não seria relevante. Agora tudo deu errado; graças à vontade de um tolo de ouvir falarem mal de si, que assombra algumas pessoas como um demônio! Se Edgar não tivesse entreouvido nossa conversa, não ficaria tão mal por causa disso. Realmente, quando ele despertou em mim aquele tom insensato de desgosto, depois de eu ter repreendido Heathcliff até ficar rouca por causa *dele*, eu nem me importei mais com o que fariam um ao outro; especialmente por ter sentido que, como quer que terminasse a cena, ficaríamos separados por sabe-se lá quanto tempo! Bem, se eu não puder conservar Heathcliff como amigo..., se Edgar passar a ser sempre cruel e ciumento, vou partir o coração dos dois partindo o meu. Essa será uma maneira rápida de acabar com tudo, se eu for levada a tal extremo! Mas isso é um ato reservado para uma esperança perdida; não quero pegar Linton de surpresa com isso. Até o momento, ele tem sido discreto com receio de me provocar; você precisa fazê-lo ver o perigo de abandonar essa política, e lembrá-lo do meu temperamento passional, beirando, quando inflamado, o frenesi. Eu gostaria também que você tirasse essa apatia do seu semblante, e parecesse um pouco mais preocupada comigo.

A fleugma com que recebi essas instruções foi, sem dúvida, um tanto exasperante, pois foram proferidas com perfeita sinceridade; mas eu achava que uma pessoa capaz de prever e levar em conta o rumo dos próprios surtos passionais, de antemão, pode, fazendo valer a própria força de vontade, conseguir se controlar razoavelmente, mesmo quando sob a influência desses surtos; e eu não queria "assustar" o marido dela, como ela disse, nem multiplicar os aborrecimentos dele no intuito de servir ao egoísmo dela.

Portanto não falei nada quando encontrei o patrão vindo na direção da saleta; mas tomei a liberdade de dar meia-volta e ficar ouvindo para saber se eles retomariam a discussão.

Ele falou primeiro.

— Fique onde está, Catherine — ele disse, sem raiva na voz, mas com um desalento muito tristonho. — Eu não ficarei. Não voltei para brigar, nem para fazer as pazes. Mas só queria saber se, depois dos acontecimentos desta noite, você pretende continuar a ter intimidade com...

— Ora, tenha dó — interrompeu a senhora, batendo o pé —, tenha dó, não vamos mais falar disso agora! Seu sangue frio não pode ser convertido em febre: as suas veias estão cheias de água gelada; mas as minhas estão fervendo, e a mera visão dessa frieza as faz dançar.

— Para se livrar de mim, responda a minha pergunta — insistiu o senhor Linton. — Você *precisa* responder; e essa violência não me comove. Já vi que você é capaz de ser bastante estoica, quando lhe apraz. Você abandonará Heathcliff a partir de hoje, ou abrirá mão de mim? É impossível você ser *minha* amiga e amiga *dele* ao mesmo tempo; e eu *exijo* absolutamente que você faça essa escolha.

— Eu exijo ficar sozinha! — exclamou Catherine, furiosa. — Eu exijo! Você não está vendo que eu mal consigo parar de pé? Edgar, você... vá embora você!

Ela tocou a sineta até esta se partir com um tilintar agudo; eu entrei bem devagar. Foi o bastante para abusar da paciência de um santo, aquelas fúrias sem sentido, cruéis! Lá estava ela com a cabeça no braço do sofá, rangendo tanto os dentes que parecia querer esmigalhá-los!

O senhor Linton continuava de pé olhando para ela, subitamente compungido e temeroso. Ele me mandou trazer um pouco d'água. Ela estava sem fôlego para falar.

Eu trouxe um copo cheio; e, como ela não quis beber, espargi um pouco em seu rosto. Em poucos segundos, ela se retesou e ficou rígida, e revirou os olhos, enquanto as faces, empalidecidas e lívidas, assumiam aspecto mortiço.

Linton ficou aterrorizado.

— Não é nada para se preocupar — sussurrei. Eu não queria que ele cedesse, embora não conseguisse evitar sentir medo no fundo do coração.

— Os lábios dela estão sangrando! — ele disse, estremecendo.

— Não dê importância! — respondi, com azedume. E contei como ela havia planejado, antes de ele chegar, fingir um surto frenético.

Imprudentemente, fiz esse relato em voz alta, e ela me ouviu; pois ela se levantou: com os cabelos soltos sobre os ombros, olhos faiscantes, músculos do pescoço e dos braços ressaltados de modo sobrenatural. Imaginei que haveria ossos quebrados, no mínimo; mas ela apenas ficou olhando ferozmente para os lados por um instante, e então saiu correndo do recinto.

O patrão me mandou ir atrás dela; eu fui, até a porta do quarto: ela me impediu de entrar empurrando a porta por dentro.

Como ela não se dispôs a descer para o desjejum na manhã seguinte, fui perguntar se ela queria que eu levasse alguma coisa.

— Não! — ela respondeu, peremptoriamente.

A mesma questão foi repetida no jantar e na hora do chá, e novamente na manhã seguinte, e recebeu a mesma resposta.

O senhor Linton, por sua vez, passou todo esse tempo na biblioteca, e não perguntou sobre os afazeres da esposa. Isabella e ele conversaram por uma hora, durante a qual ele tentou extrair dela demonstrações de um sentimento de devido horror pelos avanços de Heathcliff; mas não conseguiu deduzir nada das respostas evasivas da irmã, e foi obrigado a encerrar insatisfatoriamente o interrogatório; agregando, contudo, um aviso solene, de que, se ela fosse insana a ponto de encorajar esse pretendente indigno, isso dissolveria todos os laços de relação entre ela e ele.

Capítulo XII

Enquanto a senhorita Linton perambulava macambúzia pelo parque e pelo jardim, sempre calada, e quase sempre aos prantos, e seu irmão se trancafiava entre livros que nunca abria, exaurindo-se, imagino, em uma vaga expectativa contínua de que Catherine, arrependida de sua conduta, viria espontaneamente lhe pedir perdão e tentar fazer as pazes, *ela* jejuava com pertinácia, provavelmente imaginando que, a cada refeição, Edgar fosse quase sufocar com sua ausência, e apenas o orgulho o impedisse de vir correndo e se atirar aos pés dela; eu continuei com meus afazeres domésticos, convencida de que em Grange só havia uma alma sensata entre suas paredes, e esta se abrigava no meu corpo.

Não desperdicei condolências com a senhorita, nem súplicas com a senhora; nem prestei muita atenção aos suspiros do patrão, que ansiava por ouvir ao menos o nome da dama, se não podia ouvir sua voz.

Concluí que eles viriam quando quisessem algo de mim; e embora fosse um processo lento e cansativo, comecei a ficar até contente com a alvorada discreta de seu progresso: como eu pensei que seria desde o começo.

A senhora Linton, no terceiro dia, destrancou a porta, e com a jarra e a garrafa do quarto vazias, pediu mais água, e um prato de mingau, pois ela achava que estava morrendo. Isso considerei um discurso proferido para os ouvidos de Edgar; não acreditei naquilo, de modo que guardei comigo e levei para ela um pouco de chá com torradas.

Ela comeu e bebeu avidamente, e voltou a se recostar em seu travesseiro, de mãos postas e gemendo.

— Oh, eu vou morrer — ela exclamou —, pois ninguém se importa comigo. Não devia ter comido isso.

Então, depois de algum tempo, ouvi quando ela murmurou:

— Não, não vou morrer... Ele ficaria contente. Ele não me ama coisa nenhuma, ele nem sentiria saudades de mim!

— A senhora deseja alguma coisa, madame? — indaguei, ainda conservando minha compostura, apesar do semblante estranho e macabro e dos modos exagerados dela.

— O que aquele ser apático está fazendo? — ela perguntou, afastando os cachos grossos e emaranhados do rosto exausto. — Caiu em letargia, ou estará morto?

— Nem uma coisa nem outra — respondi. — Se a senhora se refere ao senhor Linton. Creio que está até que bem, embora os estudos ocupem mais tempo do que deveriam; ele está sempre entre os livros, na falta de outra companhia.

Eu não teria falado assim se soubesse de sua verdadeira condição, mas não conseguia me livrar da ideia de que parte daquele distúrbio era fingimento.

— Entre os livros! — ela exclamou, perplexa. — E eu aqui morrendo! Eu a um passo da sepultura! Meu Deus! Ele sabe o quanto estou alterada? — ela continuou, encarando o próprio reflexo em um espelho pendurado na parede oposta. — Essa é Catherine Linton? Ele imagina que estou mentindo... que estou brincando, talvez. Você não pode informá-lo de que é pavorosamente sério? Nelly, se não for tarde demais, assim que eu souber como ele se sente, vou escolher entre duas opções: morrer logo de fome, o que não seria nenhum castigo, a não ser que ele tivesse coração, ou me recuperar, e ir embora daqui. Você está dizendo a verdade sobre ele agora? Cuidado. Será que ele sente uma indiferença absoluta pela minha vida?

— Ora, madame — respondi —, o patrão não faz ideia da sua perturbação; e evidentemente não receia que a senhora vá se deixar morrer de fome.

— Você acha que não? Você não pode dizer a ele que eu vou, sim? — ela devolveu. — Convença-o! Diga com suas próprias palavras: diga que você tem certeza de que eu vou, sim, morrer!

— Não, a senhora se esquece, senhora Linton — sugeri —, que a senhora comeu bem esta tarde, e amanhã obterá os bons efeitos da comida.

— Se eu tivesse certeza de que isso o mataria — ela interrompeu —, eu me mataria agora mesmo! Essas três últimas noites medonhas, não fechei os olhos um minuto; e, oh, quanto tormento! Estou sendo assombrada, Nelly! Mas estou começando a achar que você não gosta de mim. Que estranho! Pensei que, embora todos aqui se odeiem e se desprezem, não pudessem evitar de me amar. E todos viraram inimigos em poucas horas. *Viraram*, tenho certeza; as pessoas *aqui*. Que horror morrer cercada por esses semblantes frios! Isabella, aterrorizada e com repugnância, com medo de entrar, de tão pavoroso que seria ver Catherine falecer. E Edgar ali solenemente parado assistindo até o fim, e depois dizendo uma prece de graças a Deus por restaurar a paz em seu lar, e voltando para os *livros* dele!

O que ele tem que fazer com *livros*, por tudo o que é mais sagrado, quando eu estou morrendo?

Ela não podia suportar a ideia, que eu havia colocado na cabeça dela, da resignação filosófica do senhor Linton. Agitada, ela intensificou sua perplexidade febril às raias da loucura, e rasgou o travesseiro com os dentes; então se levantou na cama, ardendo em febre, e desejou que eu abrisse a janela. Estávamos no auge do inverno, o vento soprava forte de nordeste, e objetei.

Tanto as expressões súbitas de seu rosto como as mudanças de humor começaram a me preocupar terrivelmente; e me fizeram lembrar de seu adoecimento anterior, e da ordem do médico de que ela não devia ser contrariada.

No minuto anterior, ela era violenta; agora, apoiada em um braço, e não reparando na minha recusa em obedecê-la, ela parecia encontrar um divertimento infantil em puxar as penas dos rasgos que havia acabado de fazer, separando-as no lençol de acordo com as diferentes espécies: sua mente divagou para outras associações.

— Essa é de peru — ela murmurou consigo mesma —; e essa é de pato selvagem; e essa é de pombo. Ah, colocam penas de pombo em travesseiro... por isso, não consigo morrer! Vou jogar no chão quando for me deitar. E essa é do tetraz da charneca; e essa aqui, que eu reconheceria entre mil, é do abibe. Bela ave; circundando sobre nossas cabeças no meio da charneca. Ele queria chegar ao ninho, pois as nuvens haviam chegado até os poços, e ele sentiu a chuva chegando. Esta pena foi recolhida na charneca, a ave não foi baleada: nós vimos o ninho no inverno, cheio de pequenos esqueletos. Heathcliff armou uma arapuca em cima do ninho, e os mais velhos não arriscaram vir. Eu fiz Heathcliff prometer que nunca daria um tiro em um abibe depois disso, e ele não atirou. Sim, aqui tem mais! Será que ele atirou nos meus abibes, Nelly? Será que algumas dessas penas de abibe estão vermelhas? Deixe-me ver.

— Pare de agir como uma bebê! — interrompi, puxando o travesseiro das mãos dela e virando os rasgos para baixo, sobre o colchão, pois ela estava tirando o conteúdo aos punhados. — Deite-se e feche os olhos: você está delirando. Olha que bagunça! A penugem está voando por aí como se fosse neve.

Fiquei recolhendo penas espalhadas.

— Vejo em você, Nelly — ela continuou, em devaneios —, uma mulher envelhecida; você com cabelos grisalhos e ombros encurvados. Esta cama é a gruta das fadas embaixo de Penistone Crags, e você recolhendo pontas de flechas de elfos para ferir nossas novilhas; fingindo, enquanto estou por perto, que são apenas tufos de lã. Isso é o que será de você daqui cinquenta anos; sei que você não está assim agora. Não estou delirando, você está enganada, do contrário eu acreditaria que você é realmente essa velha encarquilhada e pensaria que estou *de fato* embaixo de Penistone Crags; e estou consciente de que já é noite, e de que há duas velas na mesa que fazem aquele armário preto brilhar como azeviche.

— Armário preto? Onde está isso? — perguntei. — Você está falando enquanto dorme!

— Ali encostado na parede, onde sempre ficou — ela respondeu. — *De fato*, parece estranho... Estou vendo um rosto ali!

— Não há nenhum armário neste quarto, e nunca houve — eu disse, retomando meu assento, abrindo a cortina para poder observá-la.

— Você não está vendo aquele rosto? — ela indagou, olhando seriamente para o espelho.

E, por mais que eu explicasse, fui incapaz de fazê-la compreender que aquele rosto era o dela mesma; de modo que fui até lá e cobri o espelho com um xale.

— O rosto continua aí atrás do xale! — ela prosseguiu, angustiada. — E acabou de se mexer. Quem é? Espero que a pessoa não venha quando você sair do quarto, Nelly! Oh! Nelly, este quarto está assombrado! Estou com medo de ficar aqui sozinha!

Tomei a mão dela na minha, e pedi que se recompusesse; pois uma sucessão de tremores convulsionava seu corpo, e ela continuava se forçando a olhar para o espelho.

— Não há ninguém ali! — insisti. — Era *você* mesma, senhora Linton; e a senhora já sabe disso.

— Eu mesma! — ela arquejou. — E o relógio está marcando meia-noite! É verdade, então! Isso é assustador!

Seus dedos agarraram as cobertas, e as puxaram sobre os olhos. Tentei furtivamente chegar à porta com intenção de chamar o marido; mas fui chamada de volta com um berro agudo: o xale se soltara da moldura do espelho.

— Ora, qual é o problema? — exclamei. — Quem é covarde, agora? Acorde! É só um espelho... o espelho, senhora Linton, e você está se enxergando nele, e ali estou eu também ao seu lado.

Trêmula e perplexa, ela me segurou apertado, mas o horror gradualmente passou e sumiu de seu semblante; a palidez dando lugar a um rubor de vergonha.

— Oh, minha cara! Pensei que estava lá em casa — ela suspirou. — Pensei estar deitada no meu quarto de Wuthering Heights. Porque estou fraca, meu cérebro ficou confuso, e eu gritei inconscientemente. Não diga nada; apenas fique aqui comigo. Estou com medo de dormir, meus sonhos me apavoram.

— Um sono profundo lhe faria bem, madame — respondi —, e espero que esse sofrimento a impeça de tentar morrer de fome outra vez.

— Oh, se ao menos eu estivesse na minha própria cama da casa antiga! — ela prosseguiu, amarga, retorcendo os dedos. — E aquele vento soando nos abetos perto da janela. Deixe-me senti-lo, vem direto da charneca; deixe-me respirá-lo mais uma vez!

Para pacificá-la, segurei a janela entreaberta por alguns segundos. Uma lufada fria penetrou; fechei a janela, e retomei meu posto.

Então ela se deitou e ficou imóvel: o rosto banhado em lágrimas. A exaustão física subjugara inteiramente seu espírito; nossa ardorosa Catherine não passava agora de uma menina chorona.

— Desde quando estou aqui no quarto? — ela perguntou, revivendo subitamente.

— Desde a noite de segunda-feira — respondi —, e hoje é quinta-feira à noite, ou sexta-feira de manhã, já a esta hora.

— O quê?! Não passou nem uma semana?! — ela exclamou. — Tão pouco tempo assim?

— Tempo suficiente para se passar a água fria e mau humor — observei.

— Bem, me pareceram horas e horas exaustivas — ela resmungou em tom de dúvida: devem ter sido mais. Lembro-me de estar na saleta depois que eles discutiram, e Edgar sendo cruelmente provocante, e vim correndo desesperada para este quarto. Assim que tranquei a porta, uma escuridão total me dominou, e caí no chão. Eu não conseguiria explicar para Edgar quão certa eu estava de ter tido um surto, ou se me tornaria uma louca furiosa, caso ele insistisse em me provocar! Perdi o controle da minha língua, ou do meu cérebro, e ele talvez nem tenha percebido a minha agonia: só me restou o bom senso de tentar escapar da presença e da voz dele. Antes que eu pudesse me recuperar o suficiente para ver e ouvir, já era de madrugada, e, Nelly, vou lhe dizer o que pensei, e o que ficou voltando à minha mente sem parar até eu começar a temer pela minha sanidade. Pensei, enquanto estava deitada ali, com a cabeça encostada na perna dessa mesa, e os olhos mal distinguindo o quadrado cinza da janela, que eu estava fechada na velha cama embutida no armário de carvalho lá de casa; e meu coração doeu com uma grande tristeza que, ao despertar, não consegui recordar. Refleti, e me afligi, tentando descobrir o que poderia ser, e, o mais estranho de tudo, os últimos sete dias da minha vida viraram uma lacuna! Não me lembro de terem existido na verdade. Eu era criança; meu pai tinha acabado de ser enterrado, e minha tristeza veio da separação que Hindley ordenara entre mim e Heathcliff. Eu fui deixada sozinha, pela primeira vez; e, acordando de um cochilo melancólico após uma noite passada aos prantos, levantei a mão para afastar a porta da cama embutida no armário: ficou presa no tampo da mesa! Eu a arrastei raspando o tapete, e então a memória se instaurou de repente: minha angústia antiga foi engolida em um paroxismo de desespero. Não sei dizer por que me senti tão desvairadamente desgraçada: deve ter sido um delírio temporário, pois mal havia motivo para tanto. Mas, suponha que aos doze anos eu tenha sido arrancada de Heights, e todas as minhas primeiras relações, e tudo o que eu tinha de meu, como Heathcliff era na época, e tenha sido convertida na senhora Linton, senhora de Thrushcross Grange e esposa de um desconhecido: uma exilada, e excluída, portanto, daquilo que havia sido o meu mundo. Você pode imaginar um vislumbre do abismo em que eu rastejei! Pode balançar a cabeça à vontade, Nelly, *você* ajudou a me desequilibrar! Você devia ter falado com o Edgar, devia mesmo, e obrigá-lo a me deixar sossegada! Oh, estou ardendo! Queria estar lá fora! Queria ser uma menina outra vez, meio selvagem e destemida, e livre; e dar risada das ofensas, e não enlouquecer por causa delas! Por que estou tão transformada? Por que meu sangue se acelera em um tumulto infernal diante de algumas poucas palavras? Tenho certeza de que eu seria outra vez eu mesma se estivesse entre as urzes daqueles morros. Abra a janela inteira agora: deixe bem aberta! Depressa, por que você não abre?

— Porque não quero que a senhora morra de frio — respondi.

— Você não quer me dar uma oportunidade de viver, isso sim — ela disse, taciturna. — No entanto, ainda não estou inválida; eu mesma posso abri-la.

E, deslizando para fora da cama antes que eu conseguisse detê-la, ela atravessou o quarto, caminhando com muita hesitação, abriu bem a janela, e se inclinou para fora, sem se importar com o ar gelado que a atravessou na altura dos ombros, cortante como uma faca.

Eu insisti, e por fim tentei obrigá-la a se recolher. Mas logo descobri que sua força delirante ultrapassava a minha (ela *estava* de fato delirando, fiquei convencida disso por seus atos e desvarios subsequentes).

Não havia lua, e tudo estava mergulhado em nebulosa escuridão: nenhuma luz cintilava de nenhuma casa, longe ou perto, todas haviam sido apagadas fazia muito tempo; e as luzes de Wuthering Heights nunca foram visíveis daqui. Ainda assim, ela afirmou estar vendo luz acesa por lá.

— Veja! — ela exclamou avidamente. — Aquele é o meu quarto com a vela acesa dentro, e as árvores balançando na frente da janela; e a outra luz é do sótão do Joseph. Joseph fica acordado até tarde, não fica? Ele está esperando que eu volte para casa, para poder trancar o portão. Bem, ele terá de esperar um bom tempo ainda. É uma viagem dura, e é preciso um coração triste para fazê-la; e precisamos passar pela Gimmerton Kirk no trajeto! Muitas vezes enfrentamos juntos os fantasmas de lá, e nos desafiávamos a ficar parados entre as sepulturas e chamávamos os fantasmas. Mas, Heathcliff, se eu o desafiar agora, você ousaria? Se você fizer isso, vou ficar com você. Não vou ficar lá deitada sozinha: vão acabar me sepultando debaixo de doze pés de terra, e derrubando a igreja em cima de mim, mas não vou descansar enquanto você não ficar comigo. Não vou descansar nunca!

Ela fez uma pausa, e retomou a fala com um sorriso estranho.

— Ele está considerando... ele preferiria que eu fosse até ele! Encontre um caminho então! Sem passar pelo cemitério da igreja. Você é lento! Fique contente, você sempre me seguiu!

Percebendo que era inútil argumentar contra a insanidade dela, eu estava pensando como alcançar algo para cobri-la, sem soltá-la (pois não podia deixá-la sozinha perto da janela aberta), quando, para minha consternação, ouvi o estalido da maçaneta, e o senhor Linton entrou. Ele havia acabado de sair da biblioteca; e, passando pelo corredor, entreouviu nossa conversa e foi atraído pela curiosidade, ou pelo medo, e veio examinar o que significava aquilo, tão tarde da noite.

— Oh, senhor! — exclamei, interrompendo a exclamação que subira aos lábios dele diante da visão com que se deparou e a atmosfera inóspita do quarto. — Minha pobre senhora está doente, e ela é mais forte que eu: não consigo controlá-la. Por favor, venha e a convença a voltar para a cama. Esqueça sua raiva, pois ela é difícil de manejar de qualquer jeito que não seja o jeito dela.

— Catherine doente? — ele disse, correndo até nós. — Feche a janela, Ellen! Catherine! O quê...

Ele se calou. A debilidade desfigurada da senhora Linton deixou-o sem fala, e ele só conseguia olhar de relance, ora para ela, ora para mim, com horrorizado assombro.

— Ela ficou aqui sozinha sofrendo — continuei —, e sem comer quase nada, e sem reclamar. Ela não deixou ninguém entrar aqui, até esta noite, de modo que não pudemos informar o senhor do estado dela, pois nós também não sabíamos; mas não há de ser nada grave.

Senti que proferi minha explanação desajeitadamente; o patrão franziu o cenho.

— Não é nada grave, ou será que é, Ellen Dean? — ele disse severamente. — Você terá de explicar melhor depois por que não me informou a respeito! — E ele tomou a esposa nos braços, e olhou para ela com angústia.

A princípio, ela não pareceu reconhecê-lo: ele estava invisível ao olhar abstraído dela. O delírio não era fixo, contudo; depois de desviar os olhos dela da contemplação da escuridão externa, aos poucos ela concentrou a atenção sobre ele, e se deu conta de quem a estava segurando.

— Ah! Você veio, é você, Edgar Linton? — ela disse, com entusiasmo raivoso. — Você é uma dessas coisas achadas quando menos se precisa delas, e que, quando precisamos, nunca encontramos! Imagino que agora teremos muitas lamentações, estou vendo que sim, mas não me afastarão do meu lar estreito lá fora: meu local de repouso, onde estarei antes do final da primavera! Lá está: não entre os Lintons, bem entendido, sob o teto da capela, mas ao ar livre, com uma lápide; e você pode se comprazer se for até lá vê-los ou se for me visitar!

— Catherine, o que você fez? — começou o patrão. — Não sou mais nada para você? Você ama aquele desgraçado do Heath...

— Silêncio! — exclamou a senhora Linton. — Silêncio, neste exato momento! Se você mencionar esse nome, encerro a questão agora mesmo pulando dessa janela! O que você toca no presente você pode ter; mas minha alma estará no alto daquele morro antes de você colocar as mãos em mim mais uma vez. Não quero você, Edgar: já não quero mais. Volte para os seus livros. Fico contente que você tenha um consolo, pois tudo o que você teve de mim se acabou.

— Ela está divagando, senhor — intervim. — Ela ficou falando absurdos sem sentido a noite inteira; mas vamos deixar que ela receba cuidados devidos, sossegadamente, e ela vai melhorar. Doravante, devemos tomar cuidado para não a contrariar.

— Não quero mais nenhum conselho seu — respondeu o senhor Linton. — Você sabia do temperamento da senhora, e você me encorajou a importuná-la. E não me avisou sobre o estado dela nesses três dias! Isso foi uma crueldade! Nem meses de doença poderiam provocar essa transformação!

Comecei a me defender, julgando ruim demais ser culpada pelos caprichos cruéis de outra pessoa.

— Eu sabia que o temperamento da senhora Linton era ser teimosa e dominadora — exclamei —, mas eu não sabia que o senhor queria alimentar esse gênio ardoroso dela! Eu não sabia que, para agradá-la, eu deveria ser conivente com o senhor Heathcliff. Cumpri meu papel de criada leal ao avisar o senhor, e recebo um salário de criada leal! Bem, isso vai me ensinar a ser mais cuidadosa da próxima vez. Da próxima vez, o senhor pode obter informações pessoalmente!

— Da próxima vez que você vier com uma história dessas, você será mandada embora, Ellen Dean — ele respondeu.

— Suponho que o senhor não queira saber de nada, senhor Linton? — eu disse. — Heathcliff tem sua permissão para cortejar a senhorita, aparecendo a cada oportunidade oferecida pela sua ausência, no intuito de envenenar a senhora contra o senhor?

Mesmo confusa como Catherine estava, seus sentidos estavam atentos à nossa conversa.

— Ah! Nelly me traiu — ela exclamou, apaixonadamente. — Nelly é minha inimiga oculta. Sua bruxa! Então você recolhe as pontas de flechas de elfos só para nos machucar! Solte-me, vou fazer com que ela se arrependa! Vou fazê-la uivar uma retratação!

Uma fúria maníaca se acendeu sob as sobrancelhas dela; ela se debateu desesperadamente para se desvencilhar dos braços de Linton. Eu não estava inclinada a prolongar a situação; e, decidida a buscar socorro médico por minha conta, saí do quarto.

Ao passar pelo jardim, no caminho da estrada, em um ponto onde há um gancho de arreio fincado no muro, vi algo branco se mover erraticamente, evidentemente movido por outra força que não era o vento. Apesar da pressa, parei para examinar aquilo, para não ficar para sempre com a impressão, na minha imaginação, de se tratar de uma criatura de outro mundo.

A surpresa e a perplexidade foram grandes ao descobrir, pelo tato, mais do que pela visão, a cachorrinha Fanny, a *springer spaniel* da senhorita Isabella, enforcada por um lenço no gancho de arreio, quase sem fôlego.

Rapidamente soltei a cadela, e a levei para o jardim. Eu tinha visto Fanny subir atrás de sua dona quando Isabella fora dormir; e me perguntei como ela teria ido parar ali, e quem seria maldoso a ponto de tratá-la assim.

Enquanto eu desatava o nó do gancho de arreio, julguei ouvir de quando em quando um galope de cavalos a uma certa distância; mas havia tantas coisas ocupando minhas reflexões que mal pensei nessa circunstância: embora fosse um som estranho, naquele lugar, às duas horas da manhã.

O senhor Kenneth estava, por sorte, saindo de casa para atender a um paciente na vila quando cheguei à rua; e meu relato da doença de Catherine Linton o induziu a me acompanhar de volta imediatamente. Ele era um homem bastante ríspido; e não teve escrúpulos de dizer que duvidava que ela sobrevivesse a esse segundo ataque; a não ser que ela se submetesse às orientações dele mais estritamente do que fizera antes.

— Nelly Dean — ele disse —, não posso evitar de imaginar que existe alguma outra causa para isso. O que andam fazendo em Grange? Aqui na vila ouvimos boatos esdrúxulos. Uma moça forte, vigorosa como Catherine, não adoece por nada; e essa família deles também não. É difícil tratá-los de febres, e coisas assim. Como começou?

— O patrão irá informar — respondi —, mas o senhor sabe da disposição violenta dos Earnshaws, e a senhora Linton supera todos eles. Posso dizer o seguinte: começou com uma discussão. Ela foi tomada, durante um arroubo de paixão, por uma espécie de surto. Isso segundo ela mesma, pelo menos: pois ela subiu correndo no auge desse surto, e se trancou no quarto. Depois disso, ela se recusou a comer, e agora alterna momentos de fervor e torpor, quase como se estivesse sonhando; ela reconhece as pessoas à sua volta, mas sua cabeça está repleta de todo tipo de ideias estranhas e ilusões.

— O senhor Linton ficará muito triste? — observou o doutor Kenneth, num tom inquisitivo.

— Triste? Ele ficará com o coração partido se acontecer alguma coisa! — respondi. —Não vá deixá-lo mais preocupado do que o necessário.

— Bem, eu avisei para ele se precaver — disse meu companheiro —, e ele arcará com as consequências de negligenciar o meu aviso! Ele não tem convivido com o senhor Heathcliff ultimamente?

— Heathcliff visita Grange com frequência — respondi —, mais porque a senhora conviveu com ele quando era um menino do que pelo patrão gostar da companhia dele. No momento, ele foi desincumbido do obséquio da visita, devido a certas aspirações presunçosas em relação à senhorita Linton manifestadas por ele. Acho difícil que ele volte a ser recebido novamente.

— E a senhorita Linton o rejeitou? — perguntou em seguida o doutor.

— Não sou confidente dela — respondi, relutante em prosseguir no assunto.

— Não, ela é astuta — ele comentou, balançando a cabeça. — Ela segue os próprios conselhos! Mas ela é uma tolinha mesmo. Sei de fonte fidedigna que ontem à noite (e que bela noite fazia!) ela e Heathcliff estavam passeando pelos campos dos fundos da sua casa por volta das duas da madrugada; e ele insistiu para ela não voltar para casa, mas simplesmente montar no cavalo dele e ir embora com ele! Meu informante disse que ela só conseguiu se livrar dele dando sua palavra de honra de que estaria pronta no próximo encontro dos dois. Quando seria esse encontro ele não conseguiu ouvir; mas avise o senhor Linton para ficar atento!

Essa notícia me encheu de novos temores; deixei Kenneth para trás, e corri a maior parte do caminho de volta. A cachorrinha ainda estava latindo no jardim. Perdi um minuto abrindo o portão para ela, mas em vez de ir até a porta da casa, ela ficou andando em círculos, farejando o gramado, e teria escapado para a estrada se eu não a tivesse apanhado e levado comigo para dentro.

Ao subir para o quarto de Isabella, minhas suspeitas foram confirmadas: estava vazio. Se eu tivesse chegado algumas horas antes, a doença da senhora Linton talvez pudesse ter detido aquele passo impensado. Mas o que poderia ser feito agora? Havia uma remota possibilidade de alcançá-los se começassem a ser perseguidos instantaneamente. *Eu* não conseguiria persegui-los, no entanto; e não ousei acordar a família, e encher a casa de confusão; ainda menos revelar o caso ao meu patrão, absorto como ele estava em sua atual calamidade, e não tendo coragem de gastar um segundo com a tristeza!

Não vi nada a fazer além de segurar minha língua e suportar que as coisas seguissem seu curso; e Kenneth tendo chegado, fui com um semblante mal recomposto para anunciá-lo.

Catherine estava deitada em um sono agitado: o marido havia conseguido atenuar os excessos de seu frenesi; ele estava agora de pé junto ao travesseiro dela, assistindo cada matiz e cada transformação de suas feições dolorosamente expressivas.

O doutor, ao examinar o caso com os próprios olhos, falou com esperança de haver um término favorável, se ao menos pudéssemos preservar em torno dela uma tranquilidade perfeita e constante. Para mim, ele explicou que o perigo ameaçador não era tanto a morte, mas uma permanente alienação do intelecto.

Não fechei os olhos essa noite, nem o senhor Linton: a bem dizer, não chegamos a ir para a cama; e os empregados acordaram muito antes do horário usual, deslocando-se pela casa com passos furtivos e trocando sussurros ao se encontrarem uns com os outros em seus afazeres. Todos estavam ativos, menos a senhorita Isabella; e começaram a notar como ela dormia profundamente; o irmão também perguntou se ela já havia se levantado, e pareceu impaciente para estar em sua presença, e magoado por ela demonstrar tão pouca preocupação com a cunhada.

Estremeci de receio que ele me mandasse chamá-la; mas fui poupada da dor de ser a primeira a proclamar sua fuga. Uma das criadas, uma menina descuidada, que havia sido mandada a Gimmerton mais cedo, subiu ofegante a escada, boquiaberta, e entrou correndo no quarto, aos prantos:

— Oh, Deus, Deus! O que ainda falta acontecer? Patrão, patrão, nossa jovem dama...

— Basta de estardalhaço! — exclamei depressa, furiosa com os modos clamorosos da menina.

— Fale mais baixo, Mary. O que aconteceu? — disse o senhor Linton. — Qual é o problema da sua jovem dama?

— Ela foi embora, ela fugiu! Aquele Heathcliff fugiu com ela! — arquejou a menina.

— Isso não é verdade! — exclamou Linton, levantando-se agitado. — Não pode ser. Quem pôs essa ideia na sua cabeça? Ellen Dean, vá buscá-la. É incrível... Não pode ser.

Enquanto falava, ele levou a empregada até a porta, e então exigiu novamente saber os motivos para aquela afirmação.

— Ora, encontrei na estrada um moço que entrega leite aqui — ela gaguejou —, e ele perguntou se estávamos com problemas em Grange. Pensei que ele estava falando da doença da patroa, de modo que respondi “sim”. Então ele disse:

— Já mandaram alguém atrás deles?

— Olhei bem para ele. Ele percebeu que eu não estava sabendo de nada, e me contou que um cavalheiro e uma dama tinham parado para consertar uma ferradura de um dos cavalos em um ferreiro, a três quilômetros de Gimmerton, não muito depois da meia-noite! E que a filha do ferreiro acordou para espiar quem era: ela logo os reconheceu. E reparou que o homem... era Heathcliff, ela tinha certeza; ele era inconfundível, aliás. Pôs uma moeda de um soberano na mão do pai dela como pagamento. A dama estava com uma capa cobrindo o rosto; mas pediu um gole d'água, e enquanto bebia, a capa desceu, e ela viu claramente quem era. Heathcliff segurou as rédeas dos dois cavalos e eles partiram, dando as costas para a vila, e cavalgaram tão depressa quanto as estradas esburacadas permitiam. A filha do ferreiro não disse nada ao pai, mas espalhou a notícia por toda Gimmerton esta manhã.

Subi correndo para verificar, por mera formalidade, o quarto de Isabella; confirmando, ao voltar, a declaração da empregada. O senhor Linton havia voltado a se sentar ao lado da cama; quando voltei, ele ergueu os olhos, leu o significado da minha expressão vaga e tornou a baixar os olhos sem dar nenhuma ordem ou sequer proferir uma palavra.

— Será que devemos tentar tomar alguma providência para alcançá-la e trazê-la de volta? — indaguei. — O que devemos fazer?

— Ela fugiu por vontade própria — respondeu o patrão. — Ela tinha direito de ir, se quisesse. Não me perturbe mais por causa dela. Doravante, ela será minha irmã apenas no nome; não porque eu vá renegá-la, mas porque ela me renegou.

E isso foi tudo o que ele disse sobre o assunto. Ele não fez mais nenhuma pergunta a respeito nem mencionou o nome dela por qualquer motivo, exceto ao me mandar enviar todos os pertences dela que estivessem na casa para seu novo lar, onde quer que fosse, quando eu soubesse o endereço.

Capítulo XIII

— Durante dois meses, os fugitivos permaneceram ausentes; nesses dois meses, a senhora Linton sofreu e dominou o pior choque daquilo que se denominava febre cerebral. Nenhuma mãe teria cuidado de uma filha única com mais devoção do que Edgar cuidou dela. Dia e noite, ele estava atento e suportando com paciência todos os aborrecimentos que os nervos irritados e a razão abalada são capazes de infligir; e, embora o doutor Kenneth tivesse dito que aquilo que ele salvava da sepultura só recompensaria seus cuidados formando uma fonte de futuras angústias constantes, que, na verdade, a saúde e a força dele estavam sendo sacrificadas para preservar uma mera ruína humana, sua gratidão e sua alegria foram ilimitadas quando a vida de Catherine foi declarada fora de risco; e, hora após hora, ele ficaria sentado ao lado dela, acompanhando o retorno gradual da saúde física, e alimentando esperanças muito otimistas com a ilusão de que a razão da esposa também retomaria o equilíbrio correto, e que ela em breve voltaria a ser a mesma de antes.

A primeira vez que ela saiu do quarto foi no início de março do ano seguinte. O senhor Linton havia posto no travesseiro dela, pela manhã, um punhado de flores de açafrão; os olhos dela, por tanto tempo alheios a qualquer brilho de prazer, viram as flores ao despertar, e reluziram deliciados quando ela as recolheu avidamente.

— Estas são as primeiras flores que abrem em Heights — ela exclamou. — Elas me lembram dos ventos suaves do degelo, e do calor dos raios de sol, e da neve quase derretida. Edgar, não está soprando o vento sul, e a neve já não está quase derretida?

— A neve por aqui está quase toda derretida, querida — respondeu o marido —, e só consigo avistar dois pontos brancos em todas as charnecas da região: o céu está azul, e as cotovias estão cantando, e todos os riachos e córregos estão bem cheios. Catherine, na primavera passada, eu estava ansioso para estar com você sob este teto; hoje, gostaria que você fosse comigo até uns três quilômetros morro acima: o ar está tão doce que sinto que irá curá-la.

— Nunca mais voltarei lá, apenas uma única vez — disse a doente —, e então você me deixará lá, lá hei de ficar para sempre. Na próxima primavera, você desejará novamente estar comigo debaixo deste teto, e olhará para trás e lembrará que foi feliz no dia de hoje.

Linton cobriu a esposa com as mais ternas caricias, e tentou animá-la com as palavras mais meigas; mas, olhando vagamente para as flores, ela deixou as lágrimas acumuladas em seus cílios escorrerem por suas faces sem se dar conta.

Nós sabíamos que ela estava realmente melhor, e, portanto, decidimos que aquele longo confinamento em um único lugar produzia boa parte daquele desalento, que poderia ser parcialmente removido por uma mudança de ares.

O patrão me disse para acender o fogo na lareira da saleta, por muitas semanas abandonada, e colocar uma espreguiçadeira ao sol junto à janela; e, depois, ele a trouxe para baixo, e ela se sentou por um bom tempo desfrutando do calor aconchegante, e, tal como esperávamos, reviveu diante dos objetos que a cercavam: que, embora conhecidos, estavam longe das entediantes associações impregnadas em seu odioso quarto de doente. Ao anoitecer, ela parecia bastante exausta; mas nenhum argumento a convenceu a voltar para seus aposentos, e precisei fazer a cama dela no sofá da saleta, até que outro cômodo pudesse ser preparado.

Para evitar a fadiga de subir e descer a escada, montamos este, onde o senhor está agora, no mesmo andar da saleta; e logo ela estava forte o suficiente para se mover de um para o outro, apoiando-se no braço de Edgar.

"Ah", pensei comigo, "ela talvez se recupere", tão bem assistida como estava. E havia um duplo motivo para desejar isso, pois da existência dela dependia outra: acalentamos a esperança de que dentro em pouco o coração do senhor Linton voltaria a se contentar, e suas terras seriam garantidas contra os avanços de um desconhecido pelo nascimento de um herdeiro.

Devo dizer que Isabella enviou ao irmão, cerca de seis semanas depois de sua partida, um breve bilhete, anunciando seu casamento com Heathcliff. O bilhete parecia seco e frio; mas, ao final, vinha rascunhado a lápis um obscuro pedido de perdão, e um apelo às boas lembranças e à reconciliação, se o procedimento dela o tivesse ofendido: afirmando que não pôde evitar na época, e, uma vez casada, ela não tinha o poder de revogar.

Linton não respondeu a esse bilhete, creio; e, dali mais uma quinzena, eu recebi uma longa carta, que considerei estranha tendo saído da pena de uma noiva logo após a lua de mel. Vou ler para o senhor: pois guardei essa carta. Qualquer relíquia dos mortos é preciosa, se eles foram valorizados em vida.

CARA ELLEN — ela começa.

Cheguei ontem à noite a Wuthering Heights, e ouvi dizer, pela primeira vez, que Catherine esteve, e ainda está, muito doente. Imagino que eu não deva escrever para ela, e que meu irmão deve estar furioso demais ou aflito demais para responder se eu escrever para ele. Ainda assim preciso escrever para alguém, e a única opção que me resta é você.

Informe Edgar que eu daria tudo no mundo para ver o rosto dele outra vez, que o meu coração voltou a Thrushcross Grange vinte e quatro horas depois que saí, e está aí neste momento, cheio de calorosos sentimentos por ele e por Catherine! *No entanto não posso seguir meu coração* (essas palavras estão sublinhadas), não é o que esperam de mim, e podem tirar as conclusões que quiserem; tomando o cuidado, contudo, de não atribuírem isso à minha pouca força de vontade ou à minha afeição deficiente.

O restante da carta é apenas para você. Quero lhe fazer duas perguntas. A primeira é: como você fazia para preservar as simpatias comuns da natureza humana quando morava aqui? Não consigo reconhecer nenhum sentimento compartilhado por aqueles à minha volta.

A segunda pergunta, tenho um grande interesse nisso; é a seguinte: o senhor Heathcliff é um ser humano? Se for, ele é louco? Se não for, ele é um demônio? Não devo revelar os motivos pelos quais faço esse interrogatório; mas eu imploro que você me explique, se puder, com o quê me casei: isto é, quando você vier me visitar; e você precisa vir, Ellen, muito em breve. Não escreva, mas venha, traga-me alguma coisa do Edgar.

Agora, você saberá como fui recebida em meu novo lar, o que fui levada a imaginar que Heights será. É para me entreter que me detenho nesses assuntos, como a falta de conforto externo: é um tema que nunca ocupa meus pensamentos, exceto no momento em que sinto falta desse tipo de conforto. Eu daria risada e dançaria de alegria se achasse que a falta de conforto fosse minha única desgraça, e as outras fossem um sonho desnaturado!

O sol se pôs atrás de Grange quando viramos para seguir pelas charnecas; com isso, julguei serem seis horas; e meu companheiro fez uma pausa de meia hora para inspecionar o parque, e os jardins, e provavelmente para se instalar da melhor maneira possível; de modo que estava escuro quando desmontamos no pátio pavimentado da sede da fazenda, e seu velho colega Joseph veio nos receber à luz de uma vela. Ele fez isso com uma cortesia que depôs a seu favor. Seu primeiro gesto foi levantar a vela à altura do meu rosto, piscar com expressão maligna, projetar o lábio inferior, e dar meia-volta.

Então ele pegou os dois cavalos, e os levou para o estábulo; reaparecendo no intuito de trancar o portão externo, como se vivêssemos em um castelo antigo.

Heathcliff esperou para falar com ele, e eu entrei na cozinha, um buraco escuro e desarrumado; ouso dizer que você nem a reconheceria, de tão transformada que estava desde o tempo em que você era a encarregada.

Diante do fogo, havia um menino brutal, de membros fortes e roupas sujas, com algo de Catherine nos olhos e na boca.

"Este deve ser o sobrinho legítimo de Edgar", refleti, "e meu, de certo modo; devo cumprimentá-lo, e, sim, devo beijá-lo. O certo é estabelecer um bom entendimento desde o início."

Aproximei-me, e, tentando tomar seu punho rechonchudo, eu disse:

— Como vai, meu querido?

Ele respondeu com um linguajar que não compreendi.

— Vamos ser amigos, você e eu, Hareton? — foi minha tentativa seguinte de conversar.

Um xingamento, e uma ameaça de atiçar Throttler contra mim se eu não "sumisse", recompensou minha perseverança.

— Ei, Throttler, rapaz! — sussurrou o pequeno desgraçado, instigando um buldogue mestiço de seu antro em um canto. — Agora, você pode atacar? — ele perguntou autoritariamente.

O amor pela vida me obrigou a aquiescer; recuei um passo para esperar os outros entrarem. O senhor Heathcliff não estava à vista; e Joseph, a quem segui até o estábulo, e a quem pedi que entrasse na casa comigo, depois de me encarar e resmungar consigo mesmo, torceu o nariz e respondeu:

— Madame! Madame! Madame! Será que algum cristão consegue entender o que a senhora diz? Amaneirando e mastigando as palavras! Como entender o que a senhora diz?

— Eu disse que queria que você entrasse comigo em casa! — exclamei, pensando que ele fosse surdo, embora bastante aborrecida com sua grosseria.

— Eu não! Tenho outra coisa para fazer — ele respondeu, e continuou seus afazeres, movendo sua mandíbula quadrada e inspecionando meu vestido e meu semblante (o primeiro elegante demais, mas o último, tenho certeza, tão tristonho quanto ele poderia desejar) com altivo desdém.

Dei a volta no pátio e, através de uma portinhola, cheguei a outra porta, na qual tomei a liberdade de bater, na esperança de que algum empregado mais gentil aparecesse.

Após um breve suspense, a porta foi aberta por um homem alto, esguio, sem lenço no pescoço, e além disso extremamente desmazelado; suas feições ficavam perdidas sob massas de cabelos desgrenhados que lhe vinham até os ombros; e os olhos *dele*, também, eram como uma versão fantasmagórica dos olhos de Catherine, com toda a beleza aniquilada.

— O que você veio fazer aqui? — ele exigiu saber, severamente. — Quem é você?

— Meu nome *era* Isabella Linton — respondi. — O senhor já me viu antes. Recentemente me casei com o senhor Heathcliff, e ele me trouxe para cá, suponho que com a permissão do senhor.

— Então ele voltou? — perguntou o eremita, com olhos faiscantes de lobo faminto.

— Sim; acabamos de chegar — eu disse —; mas ele me deixou diante da porta da cozinha; e, quando eu quis entrar, o seu filhinho estava de sentinela no local, e me espantou para fora com a ajuda de um buldogue.

— Pelo visto o vilão infernal cumpriu sua palavra! — rosnou meu futuro anfitrião, vasculhando a escuridão atrás de mim na expectativa de avistar Heathcliff; e então ele se permitiu um solilóquio de execrações e ameaças do que ele teria feito se o "demônio" o tivesse enganado.

Eu me arrependi de ter tentado essa segunda entrada, e estava quase inclinada a escapar dali antes que ele terminasse seus xingamentos, mas, antes que pudesse executar essa intenção, ele me mandou entrar, e fechou e tornou a trancar a porta.

Havia um fogo alto aceso, e essa era a única luz daquele amplo recinto, cujo piso se tornara uma massa cinzenta uniforme; e os pratos de estanho outrora brilhantes, que costumavam atrair meu olhar quando eu era criança, partilhavam uma obscuridade similar, formada de nódoas e pó.

Perguntei se podia chamar a criada, e ser levada para um quarto. O senhor Earnshaw não proferiu nenhuma resposta. Ficou andando para lá e para cá, com as mãos nos bolsos, aparentemente esquecendo a minha presença; e sua abstração era evidentemente tão profunda, e seu aspecto geral tão misantrópico, que evitei perturbá-lo novamente.

Você não há de se surpreender, Ellen, por eu me sentir particularmente desanimada, sentada aqui nessa solidão, pior que a solidão, diante dessa lareira inóspita, e me lembrar de que a uns seis quilômetros daqui está meu delicioso lar, contendo as únicas pessoas que jamais amei sobre a Terra; e é como se fosse o Atlântico a nos separar, e não esses meros seis quilômetros: eu não conseguiria transpô-los!

Questionei a mim mesma onde devo buscar consolo; e, espero que você não conte a Edgar ou a Catherine, acima de todas as tristezas, esta se ergue com proeminência: o desespero ao não encontrar ninguém que possa ou queira ser meu aliado contra Heathcliff!

Busquei abrigo em Wuthering Heights, quase contente, pois evitaria, graças a esse arranjo, ter de viver sozinha com ele; mas ele conhecia as pessoas com quem viemos morar, e não receou que fossem se intrometer.

Sentei-me e pensei por horas dolorosas; o relógio bateu oito, e nove, e meu companheiro continuou andando em círculos, cabisbaixo, e perfeitamente silencioso, exceto por um gemido ou uma interjeição amarga que lhe escapavam de quando em quando.

Apurei os ouvidos e detectei uma voz feminina na casa, e preenchi esse intervalo com atroz remorso e desolada ansiedade, que, por fim, falaram mais alto em irrefreáveis suspiros e prantos. Eu não me dei conta de que sofria tão explicitamente, até que Earnshaw parou na minha frente, em seu passo cadenciado, e me olhou fixamente com uma expressão recém-despertada de surpresa. Aproveitando que havia recuperado sua atenção, exclamei:

— Estou cansada da viagem, e quero ir me deitar! Onde está a empregada? Diga-me onde ela está, já que ela não vem!

— Não temos empregada — ele respondeu —; você deve fazer tudo sozinha!

— Então onde posso dormir? — balbuciei; já não me importando com o respeito próprio, exausta de fadiga e aflição.

— Joseph vai lhe mostrar os aposentos de Heathcliff — disse ele. — Abra aquela porta; ele está ali.

Eu estava prestes a obedecer, mas ele me deteve subitamente, e agregou no tom mais estranho:

— Faça a gentileza de fechar a porta e passar o trinco. Não se esqueça disso!

— Muito bem! — eu disse. — Mas por que, senhor Earnshaw?

Não me agradou a ideia de me trancar por vontade própria no quarto com Heathcliff.

— Veja isto aqui! — ele respondeu, sacando do colete uma pistola de formato curioso, com um canivete de mola acoplado ao cano. — É uma grande tentação para um homem desesperado, não? Não resisto a subir com isto toda noite e tentar abrir a porta dele. Se um dia encontrar essa porta aberta, ele estará perdido; faço isso, invariavelmente, mesmo que, no minuto anterior, eu tenha me lembrado de cem motivos para me conter: é algum demônio que me instiga a frustrar meus próprios planos de matá-lo. Você pode lutar quanto quiser contra esse demônio por amor; quando chegar a hora, nem todos os anjos do céu poderão salvá-lo!

Examinei inquisitivamente aquela arma. Uma ideia hedionda me ocorreu: como eu seria poderosa se possuísse um instrumento assim! Tirei-a da mão dele, e toquei a lâmina. Ele pareceu espantado com a expressão que meu rosto assumiu durante um breve segundo: não era horror, mas cobiça. Ele apanhou a pistola de volta, com ciúmes; fechou o canivete, e tornou a escondê-lo no colete.

— Não me importo se você contar a ele — disse ele. — Deixe-o de sobreaviso se quiser, cuide dele. Você já sabe os nossos termos, pelo visto: o risco que ele corre não a deixa abalada.

— O que Heathcliff fez para você? — perguntei. — Como ele o ofendeu para justificar esse ódio pavoroso? Não seria mais prudente pedir que ele vá embora da casa?

— Não! — bramiu Earnshaw. — Se ele propuser me abandonar, ele será um homem morto: convença-o a tentar fazer isso e você será uma assassina! Devo perder *tudo*, sem uma oportunidade de recuperar nada? Hareton deverá se tornar mendigo? Oh, maldição! Eu *terei* tudo de volta; e ficarei com o ouro *dele* também; e depois com o sangue dele; e o inferno terá a alma dele! O inferno ficará dez vezes mais negro com esse novo morador do que jamais foi antes!

Você me avisou, Ellen, sobre os hábitos de seu antigo patrão. Ele está claramente a um passo da loucura: ele estava, ao menos, ontem à noite. Estremeci por ficar perto dele, e julguei a taciturna grosseria do criado comparativamente agradável.

Ele então recomeçou seu passo sorumbático, e abri a trava, e escapei para a cozinha.

Joseph estava inclinado sobre o fogo, fitando uma panela grande suspensa; e havia uma tigela de madeira com mingau de aveia sobre o banco ao lado. O conteúdo da panela começou a ferver, e ele se virou para enfiar a mão na tigela; conjecturei que aquilo devia estar sendo preparado para o nosso jantar, e, faminta, concluí que devia ser comestível; então, exclamando com voz aguda:

— Deixe que *eu* faça o mingau!

Tirei a tigela do alcance dele, e comecei a tirar o chapéu e meu traje de montaria.

— O senhor Earnshaw — continuei — me disse para fazer tudo sozinha; é o que farei. Não bancarei a dama entre vocês, com receio de morrer de fome.

— Santo Deus! — ele resmungou, sentando-se e ajeitando as meias listradas do joelho ao tornozelo. — Se eu tiver que obedecer novas ordens, logo agora que me acostumei com dois patrões... Se eu tiver uma *patroa* acima de mim, provavelmente é hora de ir embora. Nunca imaginei chegar o dia em que eu teria que ir embora da velha casa; mas desconfio que está chegando!

Esses lamentos não desviaram minha intenção: fui trabalhar, abruptamente, suspirando ao lembrar um período em que tudo aquilo seria uma diversão alegre, mas obrigada a rapidamente afastar a recordação. Era um tormento evocar a felicidade passada e o perigo ainda maior de conjurar sua aparição, conforme a colher girava mais depressa, e mais depressa os punhados de aveia caíam na água.

Joseph contemplou meu estilo de culinária com indignação crescente.

— Aí está! — ele exclamou. — Hareton, você não beberá mingau esta noite; apenas bolotas do tamanho do meu punho. Aí está, outra vez! Eu jogaria a tigela inteira logo se fosse você! Pronto, separe e jogue logo o leite fora e pronto. Bate, bate. É um milagre que o fundo da tigela não rachou!

Admito que ficou *mesmo* uma mixórdia quando despejei nos pratos fundos; quatro foram oferecidos, e um galão de leite fresco foi trazido do curral, que Hareton apanhou e começou a beber e a derramar dos lábios expansivos.

Protestei, e pedi que ele bebesse seu leite em uma caneca, afirmando que agora eu não poderia beber o líquido tratado tão sordidamente. O velho cínico resolveu ficar muito ofendido com esse refinamento, garantindo-me, diversas vezes, que "o curral era tão limpo" quanto eu "e tão saudável" quanto eu, e se perguntou como eu podia ser tão arrogante. Enquanto isso, o menino asqueroso continuou bebendo do gargalo; e me olhou desafiadora e furiosamente, enquanto babava no galão.

— Jantarei em outro recinto — eu disse. — Vocês não têm algo que se possa chamar de saleta?

— *Saleta!* — ele ecoou, com escárnio. — *Saleta!* Não, nós não temos nenhuma *saleta*. Se você não gostou da nossa companhia, tem o patrão; e se não gostar da companhia do patrão, tem a nossa.

— Então vou subir — respondi. — Mostre-me um quarto.

Pus meu prato fundo em uma bandeja, e fui me servir de um pouco mais de leite.

Com altos resmungos, o sujeito se levantou, e subiu na minha frente: fomos até o sótão; ele abriu algumas portas, para verificar os cômodos, conforme passávamos.

— Aqui tem um cômodo — ele disse, por fim, escancarando uma porta que rangeu nas dobradiças. — Serve bem para comer um pouco de mingau. Tem um saco de milho ali no canto, bem, perfeitamente limpo; se estiver com receio de sujar sua roupa de seda elegante, estenda um lenço por cima do saco.

O "cômodo" era um buraco de madeira com um cheiro forte de malte e cereais; diversos sacos desses diversos artigos estavam empilhados por toda a volta, deixando um espaço amplo, sem mobília, no centro.

— Ora, meu senhor — exclamei, olhando furiosamente para ele —, isso não é lugar para dormir. Desejo ver meu quarto.

— *Quarto!* — ele repetiu, em tom de zombaria. — Você já viu todos os *quartos* que nós temos; ali adiante é o meu.

Ele apontou para o segundo desvão, diferindo do primeiro apenas pelas paredes nuas, e pela cama grande, baixa, sem dossel, coberta por uma colcha de retalhos de índigo, ao fundo.

— O que me interessa o seu? — devolvi. — Imagino que o senhor Heathcliff não esteja instalado no sótão da casa, ou está?

— Oh! Você está procurando o patrão *Heathcliff*? — exclamou ele, como se fizesse uma descoberta. — Você não podia ter dito logo? Então eu poderia ter dito, sem todo esse alarde, que essa é uma pessoa que você não poderá ver. Ele deixa a porta sempre trancada, e ninguém se mete com ele, além dele mesmo.

— Você tem uma bela casa, Joseph — não pude evitar comentar —, e os moradores são tão simpáticos... Creio que a essência concentrada de toda a loucura do mundo fez morada em meu cérebro no dia em que vinculei meu destino ao deles! No entanto, isso não vem ao caso agora. Há outros cômodos. Por tudo que é mais sagrado, depressa com isso, me arranje logo um quarto para dormir!

Ele não respondeu a essa intimação; apenas desceu a passos pesados, contrariado, os degraus de madeira, e parou diante de um aposento que, pela pausa feita e pela qualidade superior da mobília, conjecturei ser o melhor da casa.

Havia um tapete, um bom tapete, mas o padrão estava obliterado pelo pó; uma lareira, com silhuetas enquadradas no dossel, caindo aos pedaços; uma bela cama de carvalho, com amplo dossel de cortinas carmesim, de um material caro e construção moderna; mas tudo havia evidentemente experimentado maus-tratos: as saias do dossel pendiam em festões, arrancadas das argolas, e a trave de ferro que as sustentava estava torta, formando um arco de um dos lados, fazendo com que o cortinado se arrastasse no assoalho. As cadeiras também estavam danificadas, muitas delas severamente; e indentações profundas deformavam os painéis das paredes.

Eu estava tentando tomar coragem para entrar e me apossar do quarto quando meu guia insensato anunciou:

— Este é o quarto do patrão.

Meu jantar a essa altura estava frio, meu apetite passou, e minha paciência se esgotou. Insisti que me oferecesse imediatamente um lugar de resguardo e condições de repouso.

— Onde diabos haverá isso? — começou o velho religioso. — Deus abençoe! O Senhor nos perdoe! Onde *diabos* você quer ir? Sua mimada implicante. Você não é ninguém! Você já viu todos os cômodos, exceto o do Hareton. Não tem outro buraco onde se deitar em toda a casa!

Fiquei tão aborrecida que atirei a bandeja e o conteúdo no chão; e então me sentei no alto da escada, escondi o rosto nas mãos e chorei.

— Ai! Ai! Ai! — exclamou Joseph. — Muito bem, senhorita! Muito bem, senhorita! Agora, o patrão vai tropeçar na louça quebrada e vamos ouvir poucas e boas; nós vamos ver só. Sua tola inútil! Você merece passar fome até o Natal por ter jogado no chão essas dádivas preciosas de Deus por meio desses arroubos pavorosos! Porém, muito me engano ou esse gênio não vai durar muito. Você acha que *Heathcliff* vai aturar esses caprichos? Só queria que ele a pegasse fazendo essas graças. Só quero ver.

E assim ele continuou praguejando até seu antro, levando a vela consigo; e eu fiquei no escuro.

O período de reflexão que se sucedeu a essa ação tola me obrigou a admitir a necessidade de matar meu orgulho e sufocar minha ira, e tratar de remover seus efeitos.

Um socorro inesperado se apresentou na forma de Throttler, a quem reconheci então como um filhote do nosso velho Skulker: ele havia desmamado em Grange, e havia sido dado de presente por meu pai ao senhor Hindley. Acho que ele me reconheceu: ele empurrou o focinho no meu rosto à guisa de cumprimento, e então rapidamente se pôs a devorar o mingau; enquanto eu tateava, degrau por degrau, recolhendo a louça quebrada e secando os respingos de leite do balaústre com meu lenço.

Nossos esforços mal tinham acabado quando ouvi os passos de Earnshaw no corredor; meu assistente pôs o rabo entre as pernas, e se encostou na parede; eu me escondi no recuo da porta mais próxima. A tentativa do cachorro de evitá-lo foi malsucedida; como imaginei por uma agitação lá embaixo, e um ganido prolongado, piedoso. Tive melhor sorte: ele passou, entrou no quarto dele, e fechou a porta.

Imediatamente depois, Joseph subiu com Hareton, para colocá-lo na cama. Eu havia me abrigado no quarto de Hareton, e o velho, ao me ver, disse:

— Acho que tem espaço para você e para o seu orgulho, agora, na casa. Está vazia. Você pode ter a casa inteira só para você e para quem sempre o faz com tais más-companhias!

De bom grado, aproveitei essa intimação e, no minuto em que me atirei em uma poltrona, diante do fogo, minha cabeça pendeu, e adormeci.

Meu sono foi profundo e doce, embora tenha sido cedo demais. O senhor Heathcliff me despertou; ele havia acabado de entrar, e perguntou, à sua maneira amorosa, o que eu estava fazendo ali?

Contei-lhe o motivo de eu estar acordada até tão tarde — porque ele ficara com a chave do nosso quarto no bolso dele.

A palavra *nosso* constituiu uma ofensa mortal. Ele jurou que aquele quarto não era, nem jamais seria, meu; e que ele preferia... mas não repetirei aqui o linguajar dele, nem descreverei sua conduta habitual: ele é engenhoso e incansável nas tentativas de conquistar minha ojeriza! Às vezes penso nele com uma intensidade que amortece meu medo: no entanto, eu lhe asseguro, um tigre ou uma serpente venenosa não despertaria um terror igual ao que ele desperta em mim. Ele contou sobre a doença de Catherine, e acusou meu irmão de ser a causa, prometendo que eu sofreria no lugar de Edgar até que ele conseguisse apanhá-lo.

Odeio Heathcliff. Estou condenada. Como fui tola! Cuidado para não deixar escapar nenhuma palavra sobre isso na presença de ninguém em Grange. Esperarei todos os dias por você. Não me decepcione!

— ISABELLA

Capítulo XIV

Assim que terminei de ler essa epístola, fui falar com o patrão, e o informei de que a irmã havia chegado em Heights, e que me enviara uma carta expressando sua tristeza pela situação da senhora Linton e sua ardente vontade de vê-lo; com um desejo de que ele transmitisse para ela, o quanto antes, algum sinal de perdão por meu intermédio.

— Perdão!? — disse Linton. — Não tenho nada para perdoar, Ellen. Você pode ir visitá-la em Wuthering Heights esta tarde, se quiser, e dizer que não estou com *raiva*, mas com *pena* de tê-la perdido, especialmente por achar que ela nunca será feliz. No entanto, minha ida até lá está fora de questão; estamos separados eternamente; e se ela realmente quiser me agradar, que convença o vilão com quem se casou a deixar a região.

— E o senhor não escreverá nem um bilhete para ela? — perguntei, em tom suplicante.

— Não — ele respondeu. — É desnecessário. Minha comunicação com a família de Heathcliff será tão escassa quanto a dele com a minha. Não existirá!

A frieza do senhor Edgar me deixou extremamente deprimida; e em todo o caminho desde Grange fui cogitando um modo de infundir mais sentimento no que ele dissera, quando fosse relatá-lo; e um modo de abrandar sua recusa sequer de algumas poucas linhas para consolar Isabella.

Ouso dizer que ela estivera me esperando desde a manhã: eu a vi espiando pela treliça quando eu cheguei no caminho do jardim, e acenei com a cabeça para ela, mas ela recuou, como se temesse ser observada.

Entrei sem bater. Nunca vi um cenário tão lúgubre, tão sombrio como o apresentado por aquela casa outrora alegre! Devo confessar que, se eu estivesse no lugar da jovem dama, eu teria, pelo menos, varrido a lareira, e passado um pano para tirar o pó das mesas. Mas ela já estava impregnada do difuso espírito da negligência que a envolvia. Seu belo rosto estava abatido e apático; o cabelo perdera os cachos: alguns pendiam frouxos, e alguns descuidadamente se emaranhavam à volta da cabeça. Provavelmente ela não tocara no vestido desde a noite anterior.

Hindley não estava em casa. O senhor Heathcliff estava sentado à mesa, consultando alguns papéis de sua caderneta; mas ele se levantou quando apareci, perguntou como eu estava, muito amistosamente, e me ofereceu uma cadeira.

Ele era a única coisa que parecia decente ali; e pensei que ele nunca estivera com melhor aparência. As circunstâncias haviam alterado tanto as posições deles que ele certamente pareceria, aos olhos de um desconhecido, um cavalheiro nato; e a esposa, uma maltrapilha qualquer!

Ela veio avidamente me cumprimentar, e estendeu a mão, na expectativa da carta do irmão.

Balancei a cabeça. Ela não entendeu o gesto, mas me acompanhou até um aparador, onde deixei minha touca, e insistiu, aos sussurros, para eu lhe entregar logo o que havia trazido.

Heathcliff adivinhou o sentido daquelas manobras dela, e disse:

— Se você trouxe algo para Isabella, como sem dúvida você trouxe, Nelly, dê logo para ela. Não precisa fazer segredo: não temos segredos entre nós.

— Oh, eu não trouxe nada — respondi, achando melhor falar de uma vez a verdade. — Meu patrão pediu para dizer à irmã que ela não deve esperar nem cartas nem visitas dele no momento. Ele envia seu amor, madame, e votos pela sua felicidade, e seu perdão pela tristeza que a senhora ocasionou; mas ele acha que a partir de agora a casa dele e esta casa devem interromper qualquer comunicação, já que nada de bom pode resultar desse contato.

Os lábios da senhora Heathcliff estremeceram discretamente, e ela voltou à poltrona junto à janela. O marido ficou de pé diante da lareira, perto de mim, e começou a fazer perguntas sobre Catherine.

Contei a ele o tanto que julguei apropriado sobre a doença dela, e ele extraiu de mim, por acareação, a maior parte dos fatos associados à origem do padecimento.

Culpei-a, como ela merecia, por ter atraído aquilo sobre si mesma; e terminei dizendo que esperava que ele seguisse o exemplo do senhor Linton e evitasse futuras interferências com a família dele, para o bem e para o mal.

— A senhora Linton só agora está se recuperando — eu disse. — Ela nunca mais será como era antes, mas sua vida foi poupada; e se você realmente se importa com ela, evitará cruzar o caminho dela outra vez: não, você se mudará desta região; e para que você não se lamente por isso, devo informá-lo que Catherine Linton é tão diferente da sua velha amiga Catherine Earnshaw quanto essa jovem dama é diferente de mim. A aparência dela está muito transformada, o caráter, ainda mais; e a pessoa que está obrigada, por necessidade, a acompanhá-la, só sustentará doravante a afeição com a lembrança do que ela um dia foi, por um sentimento de humanidade comum, e um senso de dever!

— Isso é bem possível — comentou Heathcliff, obrigando-se a parecer calmo. — É bem possível que o seu patrão tenha apenas um sentimento de humanidade e um senso de dever para com ela. Mas você acha que eu vou deixar Catherine contar com o *dever* e a *humanidade* dele? E você acha comparável o que eu sinto por Catherine e o que ele sente por ela? Antes que você vá embora, você tem que me prometer que conseguirá marcar uma conversa minha com ela: consinta você ou recuse, eu *irei* vê-la mesmo assim! O que você me diz?

— Eu digo, senhor Heathcliff — respondi —, que o senhor não deve; que o senhor não a verá nunca por meu intermédio. Outro encontro entre o senhor e o patrão acabaria por matá-la de uma vez.

— Com sua ajuda, isso pode ser evitado — ele continuou —, e se houver o risco de tal acontecimento, se ele for a causa de agregar mais um único problema à existência dela, ora, creio que estarei justificado ao tomar atitudes extremas! Quero que você seja bastante sincera e me diga se Catherine sofreria muito com a perda dele: o medo de que ela sofra é o que me restringe. E por aí você vê a diferença entre o que sentimos: se ele estivesse no meu lugar, e eu no dele, embora eu o odeie com um ódio que transformou minha vida em fel, eu jamais ergueria a mão contra ele. Você pode não acreditar, se não quiser! Eu jamais o baniria do convívio dela enquanto ela desejasse conviver com ele. No momento em que a consideração dela por ele cessasse, eu arrancaria o coração dele do peito, e beberia o sangue dele! Mas, até lá... se você não acredita, é porque você não me conhece... até lá, eu morreria aos poucos, mas não tocaria em um fio de cabelo da cabeça dele!

— E no entanto — interrompi —, você não teve escrúpulos de arruinar completamente as esperanças de plena recuperação dela, intrometendo-se nas lembranças dela, agora que ela quase o esqueceu, e envolvendo-a em um novo tumulto de discórdia e aflição.

— Você acha que ela quase me esqueceu? — ele disse. — Oh, Nelly! Você sabe muito bem que não! Você sabe tão bem quanto eu que, para cada vez que ela pensa em Linton, ela pensa mil vezes em mim! No período mais miserável da minha vida, eu pensei nisso: e isso me assombrou na minha volta à região no verão passado; mas apenas uma confirmação dela mesma me faria admitir outra vez essa ideia horrível. E, se isso acontecesse, Linton não teria nenhuma importância, nem Hindley, nem todos os sonhos que tive na vida. Duas palavras abarcariam meu futuro: *morte* e *inferno*. A existência, depois de perdê-la, seria um inferno. Mas fui tolo de imaginar por um momento que ela valorizava a relação dela com Edgar Linton mais do que a relação dela comigo. Se ele a amasse com todas as forças de seu ser insignificante, ele não seria capaz de amá-la em oitenta anos como eu a amaria em um único dia. E Catherine tem um coração tão profundo quanto o meu: seria como tentar guardar o mar naquele cocho de cavalo ter toda a afeição dela monopolizada por ele. Bobagem! Ela gosta dele um pouco mais talvez do que gosta do cachorro ou do cavalo dela. Ele não tem em si algo para ser amado como eu: como ela pode amar nele o que ele não tem?

— Catherine e Edgar gostam um do outro tanto quanto qualquer casal — exclamou Isabella, com súbita vivacidade. — Ninguém tem o direito de falar dessa maneira, e eu não ouvirei calada meu irmão ser depreciado!

— O seu irmão gosta de você que é uma maravilha, não é? — observou Heathcliff, com escárnio. — Ele abandona você no mundo com um entusiasmo surpreendente.

— Ele não sabe o que estou sofrendo — ela respondeu. — Não contei nada disso a ele.

— Mas você deve ter contado alguma coisa: você escreveu para ele, não escreveu?

— Para avisar que me casei, escrevi. Você viu o bilhete.

— E mais nada?

— Não.

— A jovem dama parece infelizmente pior com sua mudança de condição — comentei. — Claro, no caso dela, falta-lhe o amor de alguém; quem seria, posso adivinhar; mas talvez não deva dizer.

— Eu diria que lhe falta o amor por si mesma — disse Heathcliff. — Ela degenerou nessa mera vadia! Ela se cansou de tentar me agradar extraordinariamente cedo. Talvez você nem acredite, mas, na manhã seguinte ao casamento, ela já estava chorando, querendo voltar para casa. No entanto, ela se integrará a esta casa ainda melhor não sendo excessivamente simpática, e tomarei providências para que ela não me desgrace abandonando o lar.

— Bem, senhor — devolvi —, espero que o senhor considere que a senhora Heathcliff está acostumada a ser bem tratada e atendida; e que ela foi criada como filha única, a quem todos sempre estavam prontos para servir. O senhor deve permitir que ela tenha uma criada para arrumar as coisas dela, e o senhor deve tratá-la com gentileza. Qualquer que seja a sua opinião sobre o senhor Edgar, o senhor não pode duvidar de que ela é capaz de fortes afeições, ou não teria abandonado a elegância, e o conforto, e os amigos de seu antigo lar, para se instalar de bom grado nesse ermo com o senhor.

— Ela abandonou tudo isso por uma ilusão — ele respondeu —, imaginando que eu fosse um herói de romance e esperando uma indulgência sem limites da minha devoção cavalheiresca. Mal posso considerá-la uma criatura racional, tão obstinadamente ela insistiu em formar uma noção fabulosa do meu caráter e em agir a partir de falsas impressões que ela mesma acalentara. Mas, enfim, creio que ela está começando a me conhecer: já não vejo os tolos sorrisos e trejeitos que me provocaram a princípio; e a insensata incapacidade de discernir que eu falava sério quando dei minha opinião sobre sua paixão e sobre ela mesma. Foi um maravilhoso esforço de perspicácia para ela descobrir que eu não a amava. A certa altura, achei que nenhuma lição ensinaria isso a ela! E, no entanto, com dificuldade, ela aprendeu; pois esta manhã ela anunciou, como uma informação espantosa, que eu na verdade havia conseguido fazer com que ela me odiasse! Um verdadeiro trabalho de Hércules, eu lhe garanto! Se for cumprido, hei de dar graças também. Posso confiar na sua afirmação, Isabella? Você tem certeza que me odeia? Se eu a deixar em paz metade do dia, você não virá com suspiros e lisonjas para cima de mim outra vez? Ouso dizer que ela preferiria que eu aparentasse ternura por ela na sua presença: fere a vaidade dela ter a verdade exposta. Mas não me importa que saibam que a paixão foi inteiramente de uma única parte: e eu nunca menti para ela sobre isso. Ela não poderá me acusar de demonstrar uma mínima parcela de amolecimento enganoso. A primeira coisa que ela me viu fazer ao sairmos de Grange foi enforcar a cachorrinha dela; e quando ela implorou que a salvasse, as primeiras palavras que proferi foram o desejo de enforcar cada ser vivo existente na vida dela, com exceção de um: provavelmente ela imaginou que essa exceção fosse ela mesma. Mas nenhuma brutalidade parecia lhe provocar asco: suponho que ela sinta uma admiração inata pela brutalidade, contanto que sua preciosa pessoa esteja a salvo de qualquer dano! Ora, não seria o mais profundo absurdo, uma genuína idiotice, essa lamentável, servil e mal-intencionada cadela sonhar que eu seria capaz de amá-la? Diga ao seu patrão, Nelly, que eu jamais, em toda a minha vida, conheci uma coisa tão abjeta quanto ela. Ela desonra até o nome dos Lintons; e algumas vezes até me compadeci, por pura falta de imaginação, em meus experimentos para verificar até que ponto ela suportava, mas continuava voltando, rastejando vergonhosamente! Mas diga também que ele pode sossegar seu coração fraterno e autoritário: que me manterei estritamente nos limites da lei. Evitei, até agora, dar a ela o menor motivo para exigir uma separação; e, mais do que isso, ela não poderia agradecer a ninguém por nos separar. Se ela quiser ir embora, ela pode: o incômodo da presença dela supera a satisfação derivada de atormentá-la!

— Senhor Heathcliff — eu disse —, isso é conversa de gente louca; a sua esposa, provavelmente, está convencida de que o senhor enlouqueceu; e, por esse motivo, tem suportado o senhor até o momento: mas agora que o senhor disse que ela pode ir embora, ela sem dúvida se valerá dessa permissão. A senhora não está tão enfeitiçada a ponto de permanecer com ele, madame, por vontade própria, ou está?

— Cuidado, Ellen! — respondeu Isabella, com os olhos faiscando de ira; não havia dúvida, pela expressão dos olhos dela, do pleno sucesso da tentativa do marido de se tornar detestado. — Não acredite em uma única palavra que ele diz. Ele é um demônio mentiroso! Um monstro, e não um ser humano! Ele já me disse que eu podia ir embora antes; e eu tentei, mas não ousarei tentar de novo! Ellen, apenas me prometa que você não dirá uma sílaba dessa conversa infame ao meu irmão ou à Catherine. Mesmo que ele finja outra coisa, o que ele quer é provocar Edgar até o desespero: ele já disse que se casou comigo no intuito de obter poder sobre Edgar; e ele não haverá de obtê-lo. Só se eu morrer antes disso! Só espero, rezo por isso, que ele possa esquecer sua prudência diabólica e me mate logo! O único prazer que consigo imaginar é morrer, ou vê-lo morto!

— Aí está; já é o bastante por ora! — disse Heathcliff. — Se você for chamada para testemunhar em um tribunal, você se lembrará das palavras dela, Nelly! E repare bem nesse semblante: ela está quase no ponto que eu quero. Não; você não pode ter a guarda de si própria agora, Isabella; e eu, sendo seu protetor legal, devo retê-la sob minha custódia, por mais desagradável que essa obrigação seja. Suba para o seu quarto; tenho algo a dizer a Ellen Dean em particular. Não é por aí: já para cima, estou mandando! Ora, a escada é por aqui, menina!

Ele agarrou e empurrou a esposa para fora da sala; e voltou resmungando.

— Eu não tenho nenhuma compaixão! Não tenho nenhuma compaixão! Quanto mais os vermes se retorcem, mais desejo arrancar as entranhas deles! É como uma dentição moral; e eu ranjo os dentes com mais energia conforme aumenta a dor.

— O senhor entende o significado da palavra pena? — eu disse, correndo para apanhar minha touca de volta. — Você já sentiu alguma compaixão na vida?

— Deixe aí essa touca! — ele interrompeu, percebendo minha intenção de partir. — Você ainda não vai embora. Venha aqui agora, Nelly: preciso convencê-la ou obrigá-la a me ajudar a cumprir minha determinação de me encontrar com Catherine, e sem demora. Juro que não cogito fazer nada de mal: não desejo provocar nenhum distúrbio, ou exasperar ou insultar o senhor; só desejo ouvir dela mesma como ela está, e saber por que adoeceu; e perguntar se haveria algo que eu pudesse fazer por ela. Ontem à noite estive no jardim de Grange às seis, e voltarei lá esta noite; e a cada noite assombrarei aquele lugar, e todos os dias, até encontrar uma oportunidade de entrar. Se Edgar Linton me encontrar, não hesitarei em derrubá-lo, e dar motivos suficientes para garantir sua aquiescência enquanto eu estiver lá. Se seus criados tentarem me impedir, vou ameaçá-los com estas pistolas. Mas não seria melhor evitar de entrar em contato com eles, ou com o patrão deles? E você faria isso com facilidade. Eu avisaria você quando chegasse, e você me ajudaria a entrar sem ser visto, quando ela estivesse sozinha, e vigiaria até eu ir embora, com a sua consciência tranquila: você estaria evitando escaramuças.

Recusei-me a fazer esse papel de traidora na casa de meu patrão: e, além do mais, enfatizei a crueldade e o egoísmo dele em querer destruir a tranquilidade da senhora Linton por uma satisfação própria.

— A ocorrência mais banal já a deixa dolorosamente sobressaltada — eu disse. — Ela está com os nervos à flor da pele, e não suportaria a surpresa, tenho certeza disso. Não insista, senhor! Ou serei obrigada a informar o meu patrão sobre os seus intentos; e ele tomará providências para garantir a segurança da casa e dos moradores contra essas intrusões inadmissíveis!

— Nesse caso, tomarei providências para prendê-la aqui, mulher! — exclamou Heathcliff. — Você só sairá de Wuthering Heights amanhã de manhã. É balela que Catherine não suportaria me ver; e quanto a surpreendê-la, não é minha intenção: você deve prepará-la. Pergunte a ela se eu posso ir. Você disse que ela jamais menciona o meu nome, e que nunca sou mencionado na presença dela. A quem ela diria meu nome, se sou um tema proibido na casa? Ela acha que vocês todos são espiões do marido. Oh, não tenho dúvida de que ela está no inferno vivendo com vocês! Imagino pelo silêncio dela, como em qualquer coisa, o que ela deve estar sentindo. Você diz que ela está sempre inquieta, e aparentemente aflita: isso é prova de tranquilidade? Você fala do estado de espírito perturbado dela. Como diabos poderia ser diferente nesse pavoroso isolamento em que ela está? E aquela criatura insípida, irrisória, cuidando dela por *dever* e *humanidade*! Por *compaixão* e *caridade*! É como se ele plantasse um carvalho em um vaso de flor, esperasse que a árvore prosperasse, imaginar que ele é capaz de recuperar o vigor dela no solo raso de seus cuidados! Vamos combinar o seguinte de uma vez por todas: você ficará aqui, e eu vou lá lutar para me encontrar com Catherine contra Linton e seu mordomo? Ou você será minha amiga, como sempre foi até hoje, e fará o que eu pedi? Decida-se! Pois não há motivo para eu me demorar aqui nem mais um minuto, se você persistir com essa sua má vontade obstinada!

Bem, senhor Lockwood, eu argumentei e reclamei, e recusei o pedido dele cabalmente cinquenta vezes; mas, ao fim e ao cabo, ele me obrigou a chegar a um acordo. Aceitei levar uma carta dele para minha patroa; e, se ela consentisse, prometi que o avisaria da próxima vez que Linton se ausentasse da casa, quando ele poderia vir, e entrar como bem entendesse: eu não estaria presente, e meus colegas empregados estariam igualmente fora do caminho dele.

Isso foi certo ou errado? Receio que tenha sido errado, embora oportuno. Julguei estar prevenindo outra explosão com minha concordância; e pensei também que aquilo poderia criar uma crise benéfica na doença mental de Catherine: e então me lembrei da severa reprimenda do senhor Edgar ao meu papel de portadora de histórias; e tentei afastar toda ansiedade do assunto, afirmando, reiteradamente, que essa traição da confiança, se é que merecia qualificativo tão duro, seria a última.

Não obstante, minha volta para casa foi mais triste do que minha viagem de ida; e tive ainda muitas preocupações, até conseguir me convencer a entregar a carta nas mãos da senhora Linton.

Mas aí está o doutor Kenneth; vou descer e dizer que o senhor está muito melhor. Minha história é *maçante,* como dizemos, e servirá para passar o tempo mais uma manhã.

Maçante e deprimente! Refleti quando a boa mulher desceu para receber o médico; e não exatamente do tipo que eu teria escolhido para me entreter. Mas pouco importa! Hei de extrair bons remédios das ervas amargas da senhora Dean; e, primeiramente, devo tomar cuidado com o fascínio que espreita nos olhos brilhantes de Catherine Heathcliff. Seria um caso curioso se eu entregasse o coração àquela jovem, e a filha se revelasse uma segunda edição da mãe.

Capítulo XV

Mais uma semana se passou, e estou muito mais próximo da saúde, e da primavera! Agora já ouvi toda a história do meu vizinho, em diferentes cenários, conforme a governanta encontrava tempo livre de suas ocupações mais importantes. Continuarei a narrativa nas próprias palavras dela, apenas de uma forma um pouco condensada. Ela é, no geral, uma narradora bastante justa, e não creio que eu seja capaz de melhorar seu estilo.

— Ao anoitecer — ela disse —, na noite da minha visita a Heights, eu sabia, tão bem quanto se o tivesse visto, que o senhor Heathcliff estava por perto; e evitei sair de casa, porque ainda levava a carta dele no bolso, e não queria ser ameaçada ou mais provocada por ele.

Eu havia decidido que só entregaria a carta se meu patrão estivesse ausente, pois podia imaginar como o recebimento afetaria Catherine. A consequência foi que a carta só chegou às mãos dela três dias depois. O quarto dia era um domingo, e levei a carta para o quarto dela depois que a família saiu para ir à igreja.

Havia um único empregado na casa comigo, e geralmente costumávamos trancar as portas enquanto durava o serviço religioso; mas naquele dia o tempo estava tão quente e agradável que as deixei escancaradas, e, para cumprir a palavra, como eu sabia quem estaria vindo, disse ao criado que a patroa estava com vontade de comer laranjas, e ele precisaria correr até a vila e buscar algumas, para pagar no dia seguinte. Ele saiu, e eu subi a escada.

A senhora Linton estava sentada, usando um vestido branco largo, e um xale leve sobre os ombros, no recesso da janela aberta, como de costume. Seus cabelos grossos e compridos haviam sido em parte cortados no início de sua doença, e agora ela os usava simplesmente penteados com suas tranças naturais sobre as têmporas e o pescoço. Sua aparência estava alterada, como eu dissera a Heathcliff; mas, quando ela estava calma, transparecia uma beleza sobrenatural nessa transformação.

O brilho de seus olhos havia sido substituído por uma suavidade sonhadora e melancólica; já não davam a impressão de estar olhando para os objetos à sua volta: pareciam sempre contemplar além, muito além; dir-se-ia que até para além deste mundo. Além disso, a palidez de seu rosto, seu aspecto abatido tendo desaparecido quando ela recuperou peso, e a peculiar expressão derivada de seu estado mental, embora dolorosamente sugestivos de suas causas, aumentavam o comovente interesse que ela despertava; e, invariavelmente para mim, eu sei, e para qualquer pessoa que a visse, eu diria, refutavam provas mais tangíveis de convalescença, e estampavam em seu semblante o selo de alguém condenado a perecer.

Havia um livro aberto no recesso da janela diante dela, e um vento quase imperceptível fazia eventualmente tremular as páginas. Creio que o senhor Linton havia deixado o livro ali: pois ela nunca tentava se distrair com a leitura, ou qualquer outro tipo de ocupação, e ele passava horas tentando despertar a atenção dela para algum assunto que antes havia sido do interesse dela.

Ela tinha consciência desse objetivo dele, e, quando estava de bom humor, tolerava placidamente esses esforços, só demonstrando sua inutilidade ao suprimir de quando em quando um suspiro de enfado, e detendo-o, por fim, com os mais tristes sorrisos e beijos. Outras vezes, ela virava as costas com petulância, e escondia o rosto nas mãos, ou até mesmo o empurrava com raiva; e então ele tratava de deixá-la sozinha, pois tinha certeza de não estar lhe fazendo nenhum bem.

Os sinos da capela de Gimmerton ainda estavam tocando; e o fluxo do córrego cheio, suave, no vale, chegava delicadamente aos ouvidos. Era um doce substituto para o murmúrio ainda ausente da folhagem do verão, que afogava aquela música em Grange quando as árvores ficavam repletas de folhas. Em Wuthering Heights, esse farfalhar da folhagem sempre soava nos dias silenciosos que se seguiam a um grande degelo ou a uma temporada de chuvas constantes. E em Wuthering Heights Catherine estava pensando enquanto escutava: isto é, se ela pensava ou escutava de fato alguma coisa; mas ela estava com aquele olhar vago, distante, que mencionei antes, que expressava uma falta de reconhecimento das coisas materiais, fosse pelos ouvidos, fosse pelos olhos.

— Chegou uma carta, senhora Linton — eu disse, gentilmente inserindo a carta na mão dela, que estava pousada sobre o joelho. — A senhora deve lê-la imediatamente, pois é uma carta que exige uma resposta. Posso abrir para a senhora?

— Sim — ela respondeu, sem alterar a direção de seu olhar. — Abri — ela foi muito breve.

— Agora — continuei —, leia.

Ela afastou a mão e a deixou cair. Substituí a mão no colo dela, e ela ficou parada, esperando até sentir vontade de baixar os olhos; mas esse movimento foi tão demorado que, por fim, retomei a palavra...

— Quer que eu leia, madame? É do senhor Heathcliff.

Houve um sobressalto e um lampejo perturbado de recordação, e um esforço para arranjar suas ideias. Ela ergueu a carta, e aparentemente a leu; e quando chegou à assinatura, suspirou: mas continuei achando que ela não se dera conta da importância, pois, quando perguntei qual seria sua resposta, ela meramente apontou para o nome e me olhou com uma avidez tristonha e inquisitiva.

— Bem, ele deseja vê-la — eu disse, imaginando sua necessidade de uma intérprete. — Ele está no jardim neste momento, e impaciente para saber a resposta que levarei.

Enquanto falava, vi um cachorro grande deitado na grama ensolarada erguer as orelhas, como se estivesse prestes a latir, e então tornar a abaixá-las, anunciando, pelo balanço do rabo, a aproximação de alguém que não considerava desconhecido.

A senhora Linton se inclinou para frente, e apurou os ouvidos, arfando. No minuto seguinte, passos atravessaram o corredor; a casa aberta foi uma tentação grande demais para Heathcliff resistir a entrar: provavelmente, ele supôs que eu estivesse inclinada a descumprir minha promessa, e portanto decidira confiar na própria audácia. Com extenuante avidez, Catherine olhou para a entrada do quarto. Ele não encontrou o quarto certo a princípio: ela fez menção de abrir para ele, mas ele logo acertou a porta antes que ela abrisse, e, em um passo ou dois, ele estava diante dela, e a tomou nos braços.

Ele não falou nada nem afrouxou esse abraço por cerca de cinco minutos, durante os quais ele deu nela mais beijos, arrisco dizer, do que em toda a vida dele até então: mas, se minha patroa o tivesse beijado primeiro, percebi claramente que ele mal poderia suportar, por pura agonia, olhar para o rosto dela! A mesma convicção que tive, ele a teve também, a partir do instante em que ele a contemplou, a de que não havia perspectiva de uma recuperação total para ela; ela estava condenada, fadada a morrer.

— Oh, Cathy! Oh, minha vida! Como poderei suportar isso? — foi a primeira frase que ele proferiu, em um tom que não tentava disfarçar seu desespero. E então ele olhou fixamente para ela, com tanta sinceridade que pensei que a própria intensidade daquele olhar traria lágrimas aos olhos dele; mas ardiam de angústia: não derretiam.

— E agora? — disse Catherine, recuando, e respondendo ao olhar dele com um cenho subitamente franzido: o humor dela era um cata-vento, constantemente à mercê de seus volúveis caprichos. — Você e Edgar partiram meu coração, Heathcliff! E ambos vêm lamentar esse fato aos meus ouvidos, como se vocês é que merecessem pena! Eu não terei nenhuma compaixão, eu não. Vocês me mataram; e se aproveitaram disso, eu acho. Vocês são bem fortes! Quantos anos vocês pretendem viver depois que eu morrer?

Heathcliff havia se ajoelhado para abraçá-la; ele tentou se levantar, mas ela agarrou os cabelos dele, e o manteve ajoelhado.

— Quem dera eu conseguisse segurá-lo assim — ela continuou, amarga —, até que nós dois estivéssemos mortos! Eu não me importaria com o que você sofreu. Não me importa o seu sofrimento. Por que você não deveria sofrer? Eu sofro! Você vai me esquecer? Você será feliz quando eu estiver debaixo da terra? Você dirá, vinte anos depois: "Esta é a sepultura de Catherine Earnshaw? Eu a amei muito tempo atrás e virei um desgraçado quando ela morreu, mas isso é passado. Amei muitas outras desde então. Amo meus filhos muito mais do que a amava. E, quando eu morrer, não ficarei feliz por enfim encontrá-la: ficarei triste por deixar meus filhos!". Você dirá isso, Heathcliff?

— Não me torture até que eu enlouqueça como você — exclamou ele, desvencilhando a cabeça, e rangendo os dentes.

Aqueles dois ali, para um espectador indiferente, formavam um estranho quadro. Catherine podia considerar o céu um exílio, a não ser que, com seu corpo mortal, ela se livrasse também de seu caráter moral. A expressão de seu semblante era de uma forma vingativa selvagem na brancura das faces, nos lábios pálidos e nos olhos cintilantes; e ela conservou entre os dedos cerrados uma parte dos cachos de cabelo que havia agarrado. Quanto ao companheiro dela, enquanto se erguia com uma das mãos, ele tomou o braço dela com a outra; e o tipo de gentileza dele foi tão inadequado às exigências da condição dela que, quando ele a soltou, vi quatro impressões roxas bem nítidas na pele incolor.

— Você está possuída por algum demônio? — ele prosseguiu, ferozmente. — Por que está falando assim comigo agora que está morrendo? Você não sabe que essas palavras ficarão marcadas em brasa na minha memória e me devorarão eternamente depois que você me deixar? Você sabe que é mentira dizer que a matei: e, Catherine, você sabe que é mais fácil eu me esquecer da minha própria existência do que me esquecer de você! Não basta para o seu egoísmo infernal que, enquanto você ficará em paz, eu me contorcerei nos tormentos do inferno?

— Não ficarei em paz — gemeu Catherine, lembrada da própria fraqueza física pela pulsação violenta e desigual de seu coração, que batia visível e audivelmente sob aquele excesso de agitação.

Ela não disse mais nada até que o paroxismo passasse; então ela prosseguiu, mais gentilmente...

— Não desejo que você sofra um tormento maior do que o meu, Heathcliff. Eu só queria que nós nunca nos separássemos: e se alguma palavra minha o afligir doravante, creio que sentirei a mesma aflição debaixo da terra, e, por mim, perdoe-me! Venha cá e ajoelhe-se de novo! Você nunca me fez mal na sua vida. Não, se você guardar rancor, será pior do que lembrar das minhas palavras duras! Você não vem mais? Venha!

Heathcliff parou atrás da poltrona dela, e se inclinou sobre ela, mas não a ponto de permitir que ela visse o rosto dele, que estava lívido de emoção. Ela se virou para olhar para ele; ele não permitiu: virando-se abruptamente, ele caminhou até a lareira, onde parou, calado, de costas para nós.

O olhar da senhora Linton acompanhou-o desconfiadamente: cada movimento despertava um novo sentimento dentro dela. Após uma pausa e um olhar prolongado, ela continuou; dirigindo-se a mim em tom de frustração indignada:

— Oh, você viu, Nelly, ele não cede um momento, nem para me salvar da sepultura. *É assim*! Bem, pouco importa! Esse não é o *meu* Heathcliff. Continuarei amando o meu; e o levarei comigo: ele está dentro da minha alma. E — ela agregou sonhadoramente —, o que mais me irrita é esta prisão arruinada, afinal. Estou cansada de ficar presa aqui. Estou aflita para escapar para o mundo da glória, e lá permanecer para sempre: não apenas vendo-o veladamente através das lágrimas, e ansiando por esse mundo através das muralhas de um coração dolorido, mas estando com esse mundo, e dentro desse mundo. Nelly, você se acha melhor e mais afortunada que eu; em plena saúde e força: você tem pena de mim... muito em breve isso será transformado. Eu sentirei pena de *você*. Estarei incomparavelmente além e acima de vocês todos. Será que *ele* não ficará perto de mim?! — ela prosseguiu, consigo mesma. — Pensei que ele quisesse isso. Heathcliff, meu bem! Não precisa ficar taciturno agora. Venha para mim, Heathcliff.

Em sua avidez, ela se levantou e se apoiou no braço da poltrona. Diante desse apelo sincero, ele se virou para ela, parecendo absolutamente desesperado. Os olhos dele, arregalados e marejados, por fim faiscaram ferozmente para ela; o peito dele arquejava convulsivamente. Em um instante, estavam separados, e então mal pude notar como se uniram, mas Catherine deu um salto, e ele a apanhou, e eles ficaram entrelaçados em um abraço do qual pensei que minha senhora jamais sairia com vida: a bem dizer, a mim, ela parecia totalmente insensível. Ele se atirou na poltrona mais próxima, e quando me aproximei às pressas para ver se ela tinha desmaiado, ele rosnou para mim, e espumou como um cão raivoso, e a agarrou com ganancioso ciúme. Senti como se estivesse na presença de uma criatura de outra espécie: ele parecia não estar entendendo, embora eu estivesse falando com ele; de modo que recuei, e contive a minha língua, com grande perplexidade.

Um movimento de Catherine enfim me aliviou um pouco: ela ergueu a mão para segurar na nuca dele, e puxou o rosto para perto dele; enquanto ele, por sua vez, cobrindo o rosto dela com carícias frenéticas, disse destemperadamente...

— Agora você me mostrou quão cruel tem sido: cruel e falsa. *Por que* você me despreza? *Por que* você traiu o seu próprio coração, Cathy? Não tenho nenhuma palavra de consolo. Você merece isso. Você mesma se matou. Sim, você pode me beijar, e chorar; e arrancar de mim beijos e lágrimas: serão sua ruína; serão sua maldição. Você me amou, então que *direito* você tem de me abandonar? Que direito, responda-me... Pelo pobre interesse que você tinha pelo Linton? Porque nem a desgraça, nem a degradação, nem a morte, nem nada que Deus ou Satanás pudessem infligir, nada seria capaz de nos separar. *Você*, por vontade própria, decidiu nos separar. Eu não parti o seu coração, *você* mesma o partiu; e, ao parti-lo, você partiu o meu. Tanto pior para mim que sou forte. Acaso quero viver? Que vida será essa quando você... Oh, Deus! Você gostaria de viver com a sua alma na sepultura?

— Deixe-me em paz. Deixe-me em paz — soluçou Catherine. — Se cometi um erro, estou morrendo por isso. Já basta! Você também me abandonou: mas não irei criticá-lo por isso! Eu te perdoo. Perdoe-me também!

— É duro perdoar, e olhar para esses olhos, e sentir essas mãos exauridas — ele respondeu. — Beije-me outra vez; e não me deixe ver os seus olhos! Eu perdoo o que você fez para mim. Amo *minha* algoz..., mas o *seu*?! Como eu poderia?

Eles ficaram em silêncio, seus rostos colados e ocultos um no outro, e banhados pelas lágrimas um do outro. Pelo menos, suponho que as lágrimas fossem dos dois; pois aparentemente Heathcliff era *capaz* de chorar em uma grande ocasião como essa.

Fiquei cada vez mais incomodada, nesse ínterim, pois a tarde passou depressa, e o rapaz que eu mandara à vila já estava de volta, e pude perceber, pelo brilho do sol poente no vale, um grupo se adensando do lado de fora do alpendre da capela de Gimmerton.

— Culto encerrado — anunciei. — Meu patrão estará aqui em meia hora.

Heathcliff gemeu um impropério, e puxou Catherine para mais perto: ela não se moveu.

Pouco depois, avistei o grupo da criadagem subindo a estrada na direção da cozinha. O senhor Linton não estava muito atrás; ele mesmo abriu o portão e subiu caminhando lentamente, provavelmente desfrutando da tarde adorável de aroma suave como o verão.

— Agora ele chegou — exclamei. — Por tudo que é mais sagrado, desça depressa! Você não topará com ninguém na escada da frente. Seja ligeiro; e fique escondido entre as árvores até que ele entre e feche a porta.

— Tenho que ir, Cathy — disse Heathcliff, tentando se desvencilhar dos braços da companheira. — Mas se eu estiver vivo, vejo você de novo antes de você dormir. Não me afastarei mais do que cinco metros da sua janela.

— Você não pode ir agora! — ela respondeu, abraçando-o com a máxima firmeza que suas forças permitiam. — Você não vai, eu já disse.

— Só por uma hora — ele suplicou sinceramente.

— Nem por um minuto — ela respondeu.

— Eu *preciso*; Linton já está subindo a escada — insistiu o preocupado intruso.

Ele quis se levantar, e soltar os dedos dela de uma vez. Ela os agarrou com força, ofegante: havia em seu semblante a obstinação dos loucos.

— Não! — ela berrou. — Oh, não, não vá. É a última vez! Edgar não vai nos machucar. Heathcliff, vou morrer! Eu vou morrer!

— Ora, dane-se! Aí está ele — exclamou Heathcliff, recostando-se no assento. — Silêncio, minha querida! Silêncio, silêncio, Catherine! Eu vou ficar. Se ele atirar em mim agora, morro com uma bênção nos lábios.

E lá estavam eles abraçados outra vez. Ouvi meu patrão subindo a escada; um suor frio escorreu na minha testa. Fiquei horrorizada.

— Você vai dar ouvidos aos delírios dela? — eu disse, enfático. — Ela não sabe o que diz. Você vai arruiná-la porque ela não tem juízo para se guiar? Levante-se! Você pode escapar rapidamente. Esse é o ato mais diabólico que você já cometeu. Estamos todos perdidos: patrão, patroa e empregada.

Levei a mão ao rosto, e gritei; o senhor Linton apressou o passo ao ouvir o barulho. No meio da minha agitação, fiquei francamente contente ao ver que os braços de Catherine haviam relaxado, e a cabeça dela estava abaixada.

"Ela desmaiou, ou morreu", pensei: "melhor assim. Muito melhor que esteja morta do que continuar sendo um fardo e uma causadora de desgraças para todos à sua volta."

Edgar avançou para o visitante indesejado, lívido de espanto e raiva. O que ele pretendia fazer eu não sei; no entanto, o outro interrompeu qualquer demonstração, de uma vez, depositando a forma sem vida nos braços do marido.

— Atenção! — ele disse. — A não ser que você seja um demônio, ajude-a primeiro. Depois você fala comigo!

Ele foi até a saleta e se sentou. O senhor Linton me chamou, e, com grande dificuldade, e recorrendo a diversos meios, conseguimos fazer com que ela recobrasse os sentidos; mas ela já estava totalmente atordoada; suspirava e gemia e não reconhecia ninguém. Edgar, em sua angústia pela esposa, esqueceu do odiado amigo dela. Eu não. Saí, na primeira oportunidade, e pedi que ele fosse embora, afirmando que Catherine estava melhor, e que eu lhe daria notícias pela manhã sobre como ela passou a noite.

— Não me recuso a sair da casa — ele respondeu —, mas ficarei no jardim... e, Nelly, conto com a sua palavra amanhã. Estarei debaixo daqueles lariços. Não se esqueça! Ou farei outra visita, esteja Linton presente ou não.

Ele olhou de relance pela porta entreaberta do quarto, e, confirmando ser verdade, aparentemente, o que eu dissera, livrou a casa de sua aziaga presença.

Capítulo XVI

— Por volta da meia-noite, naquela mesma noite, nasceu a Catherine que o senhor viu em Wuthering Heights: uma criança franzina, nascida de sete meses; e duas horas depois a mãe morreu, sem jamais recuperar o suficiente da consciência para sentir a falta de Heathcliff, ou reconhecer Edgar.

A desorientação deste último com sua perda é um tema doloroso demais para ser tratado aqui; as sequelas mostraram a profundidade da tristeza. Um grande acréscimo, a meu ver, foi o fato de ficar sem um herdeiro. Lamentei isso enquanto contemplava a frágil órfã; e mentalmente critiquei o velho Linton por (o que era apenas uma parcialidade natural) não deixar sua propriedade para a própria filha, em vez de para o filho.

Uma criança mal recebida, a pobre criatura! Ela podia ter chorado até morrer, e ninguém teria dado a menor importância, durante aquelas primeiras horas de existência. Redimimos a negligência depois; mas seu começo foi sem amigos, como seu fim provavelmente será.

A manhã seguinte, clara e alegre ao ar livre, entrou furtivamente amenizada pelas cortinas do quarto silencioso, e banhou o sofá e seu ocupante com um brilho suave e terno.

Edgar Linton estava com a cabeça deitada no travesseiro, e de olhos fechados. Suas feições jovens e belas estavam quase tão mortiças quanto as da forma ao seu lado, e quase tão fixas: mas o silêncio *dele* era da angústia exausta, e o *dela*, da perfeita paz. O semblante dela estava pacificado; as pálpebras, fechadas; os lábios, com a expressão de um sorriso; nenhum anjo no céu poderia ser mais belo. E eu partilhei dessa infinita calma em que ela jazia: meu espírito nunca teve sentimento mais sagrado do que quando contemplei aquela imagem inabalável do repouso divino. De um modo instintivo, ecoei as palavras que ela havia proferido algumas horas antes: "De forma incomparável, além e acima de todos nós! Seja ainda na Terra ou agora no céu, o espírito dela está em casa com Deus!".

Não sei se é uma peculiaridade minha, mas raramente sinto outra coisa além de felicidade quando estou velando um morto, se não houver alguém chorando frenética ou desesperadamente para dividir o velório comigo. Vejo um repouso que nem a Terra nem o inferno podem romper, e sinto uma garantia de um infinito desassombrado no além, da Eternidade em que os mortos entraram, onde a vida é ilimitada em sua duração; e o amor, em sua simpatia; e a alegria, em sua plenitude. Reparei nessa ocasião quanto egoísmo existe mesmo em um amor como o do senhor Linton, no tanto que ele lamentou a bendita libertação de Catherine!

Decerto alguém poderia duvidar, depois de uma existência recalcitrante e impaciente como a que ela teve, se ela mereceria o porto seguro da paz definitiva. Alguém poderia duvidar em um momento de reflexão fria; mas não ali, na presença do cadáver dela. O cadáver afirmava a própria tranquilidade, que parecia uma prova de semelhante quietude da parte de sua antiga habitante.

O senhor acredita que essas pessoas *são* felizes no outro mundo? Eu gostaria um bocado de saber.

Declinei de responder à pergunta da senhora Dean, que me pareceu um tanto heterodoxa. Ela prosseguiu:

— Repassando a trajetória de Catherine Linton, receio que não tenhamos o direito de pensar que ela esteja feliz, mas nós a deixaremos com seu Criador.

O patrão parecia estar dormindo, e arrisquei, pouco depois de amanhecer, sair furtivamente para respirar o ar puro e refrescante. A criadagem pensou que eu tinha saído para espantar o torpor da minha vigília prolongada; na realidade, meu principal motivo era encontrar o senhor Heathcliff. Se ele tivesse ficado debaixo dos lariços a noite inteira, não teria ouvido a agitação em Grange; a não ser, talvez, que houvesse notado o galope do mensageiro a caminho de Gimmerton. Se ele tivesse se aproximado, provavelmente estaria ciente, pelo movimento das luzes do lado de dentro, e pelo abrir e fechar de portas, que não estava tudo bem na casa.

Eu queria, embora temesse, encontrá-lo. Eu sabia que a notícia terrível precisava ser dada, e ansiava por transmiti-la logo; mas *como* fazê-lo eu não sabia.

Ele estava lá..., pelo menos alguns metros adiante no parque, encostado ao tronco de um velho freixo, sem cartola, e com os cabelos encharcados do orvalho que havia se acumulado nos galhos cheios de brotos, e que pingava sobre ele. Ele devia ter ficado ali parado por muito tempo naquela posição, pois vi um par de melros passando a menos de um metro dele, ocupados em construir seu ninho, e considerando a proximidade dele como a de um pedaço de madeira. Os melros fugiram voando quando me aproximei, e ele ergueu os olhos e falou:

— Ela morreu! Não esperei você vir para apurar a notícia. Tire esse seu lenço da minha frente; não fique choramingando. Malditos sejam todos vocês! Ela não precisa das *suas* lágrimas!

Eu estava chorando tanto por ele quanto por ela: às vezes temos pena de criaturas que não sentem nada por si mesmas ou pelos outros. Quando olhei para o rosto dele, a princípio, percebi que ele havia se inteirado da catástrofe; e uma ideia tola me ocorreu de que o coração dele estava apaziguado e de que ele estava rezando, porque os lábios dele se moviam e seu olhar estava voltado para o chão.

— Sim, ela morreu! — respondi, contendo os soluços e enxugando as bochechas. — Foi para o céu, espero; onde poderemos, todos nós, nos juntar a ela, se atentarmos para os sinais de advertência e abandonarmos o caminho da maldade para seguir o do bem!

— Então *ela* atentou para os sinais de advertência? — perguntou Heathcliff, tentando escarnecer. — Ela morreu como uma santa? Vamos, conte-me a verdadeira história. Como foi que...?

Ele tentou pronunciar o nome dela, mas não conseguiu; e, comprimindo os lábios, ele travou um combate silencioso com sua agonia interior, desafiando, nesse ínterim, minha simpatia com um olhar fixo, inabalável e feroz.

— Como foi que ela morreu? — ele retomou, enfim, precisando, não obstante sua resistência, de um suporte atrás de si; pois, após tanto esforço, ele tremia, de maneira involuntária, até a ponta dos dedos.

“Pobre desgraçado!”, pensei, “você tem coração e nervos como qualquer ser humano! Por que tanta angústia para os esconder? Seu orgulho não poderá cegar Deus! Você peca ao ocultá-los, até que Ele o obrigue a esse pranto de humilhação!”

— Pacificamente, como um cordeiro! — respondi, em voz alta. — Ela suspirou e se esticou como uma criança acordando, e tornou a mergulhar no sono; e cinco minutos depois senti uma pulsação fraca no peito dela, e mais nada!

— E... ela chegou a mencionar meu nome? — ele perguntou, hesitante, como se temesse que a resposta a essa pergunta fosse introduzir detalhes que ele não suportaria ouvir.

— Ela não recobrou mais os sentidos: ela não reconheceu mais ninguém depois que você saiu — eu disse. — Ela ficou ali com um doce sorriso no rosto; e seus últimos pensamentos divagaram de volta para seus aprazíveis primeiros tempos. Sua vida se fechou em um sonho delicado... Que ela possa despertar assim delicadamente no outro mundo!

— Que ela desperte em tormento! — ele exclamou, com assustadora veemência, batendo o pé, e gemendo em um súbito paroxismo de paixão desgovernada. — Ora, ela continuou mentirosa até o fim! Onde ela está? Não *lá*; não no céu; nem pereceu; onde? Oh! Você disse que não se importava com o meu sofrimento! E eu só peço uma única coisa... repetirei até minha língua endurecer... Catherine Earnshaw, que você não tenha paz enquanto eu viver; você disse que eu te matei; assombre-me, então! Os assassinados *assombram* seus assassinos, creio eu. Sei de fantasmas que vagaram pela Terra. Esteja sempre comigo. Assuma qualquer forma. Leve-me à loucura! Só não me deixe aqui neste abismo, onde não posso te encontrar! Oh, Deus! É indizível! Não posso viver sem minha vida! Não posso viver sem minha alma!

Ele bateu a cabeça contra o tronco nodoso do freixo; e, erguendo os olhos, uivou não como um homem, mas como um animal selvagem sendo aguilhoado até a morte com facas e lanças.

Notei diversas manchas de sangue na casca da árvore, e a mão dele e a testa estavam ambas sujas; provavelmente a cena que testemunhei foi uma repetição de outras realizadas durante a noite. Aquilo não me fez sentir propriamente compaixão...; aquilo me deixou horrorizada: ainda assim relutei em deixá-lo ali sozinho. Mas, no momento em que ele se recuperou o suficiente para perceber que eu o observava, ele vociferou uma ordem para que eu fosse embora, e eu a obedeci. Ele estava além da minha capacidade de acalmar ou consolar!

O funeral da senhora Linton foi marcado para a sexta-feira seguinte ao falecimento; e até lá o caixão dela ficou aberto, e coberto de flores e folhas perfumadas, na grande sala de estar. Linton passou ali dias e noites, um guardião insone. E uma circunstância ignorada por todos, menos por mim, era que Heathcliff passou suas noites, ao menos, lá fora, igualmente alheio ao repouso.

Não me comuniquei com ele; ainda assim eu sabia do seu desejo de entrar, se pudesse; e, na terça-feira, pouco depois de escurecer, quando meu patrão, por pura fadiga, foi obrigado a se retirar por algumas horas, abri uma das janelas, comovida com a perseverança dele, para que ele tivesse uma chance de conceder à imagem apagada de seu ídolo um último adeus.

Ele não deixou de aproveitar a oportunidade, de maneira muito cuidadosa e breve, para não trair sua presença com o menor ruído. Na verdade, eu não teria notado que ele estivera ali não fosse o desarranjo dos tecidos em volta do rosto do cadáver, e por observar no chão um cacho de cabelos claros, amarrado com um fio de prata; que, ao examiná-lo, confirmei ter sido tirado de um camafeu pendurado no pescoço de Catherine. Heathcliff abrira o camafeu e retirara o conteúdo, substituindo-o por um cacho de seus próprios cabelos negros. Amarrei os dois cachos, e os guardei juntos no camafeu.

O senhor Earnshaw foi, evidentemente, chamado para o funeral da irmã; ele não enviou nenhuma desculpa, mas não compareceu; de modo que, além do marido, os presentes eram apenas os moradores e os empregados. Isabella não foi convidada.

O local do sepultamento de Catherine, para surpresa de todos na vila, não foi nem a capela embaixo do monumento do mausoléu dos Lintons nem entre os túmulos de seus próprios parentes, do lado de fora. A cova foi cavada em um aclive gramado no canto do cemitério da igreja, onde o muro é tão baixo que a urze e o mirtilo da charneca já invadiram; e a turfa quase soterrou. O marido jaz hoje em dia no mesmo local; e eles têm cada um apenas uma lápide simples por cima, e um bloco cinzento comum aos pés, para marcar suas sepulturas.

Capítulo XVII

— Aquela sexta-feira foi o último dia de bom tempo que tivemos em um mês. Ao anoitecer, o tempo virou: o vento mudou de sul para nordeste, e trouxe primeiro a chuva, e depois granizo e neve.

Pela manhã, mal se podia imaginar que tivéssemos tido três semanas de verão: as prímulas e os açafrões ficaram debaixo de nevascas invernais; as cotovias se calaram, as folhas novas das primeiras árvores ficaram murchas e escuras. E lúgubre, e fria e tristonha, aquela manhã avançou! Meu patrão ficou no mesmo quarto; eu me apossei da saleta solitária, convertendo-a em quarto da criança: e ali estava eu, sentada com uma boneca chorosa no colo; embalando-a, e observando, ao mesmo tempo, os flocos ainda caindo e se acumulando diante da janela sem cortina, quando a porta se abriu, e alguém entrou, ofegante e dando risada!

Minha raiva foi maior que a minha perplexidade por um minuto. Supus ser uma das criadas, e exclamei:

— Já chega! Como você ousa demonstrar essa frivolidade aqui? O que o senhor Linton diria se ouvisse?

— Perdão! — respondeu uma voz familiar —; mas sei que Edgar está dormindo, e não pude me conter.

Dizendo isso, a pessoa se aproximou do fogo, ainda ofegante e com a mão na cintura.

— Vim correndo desde Wuthering Heights! — ela continuou, após uma pausa —; exceto pelos trechos em que escorreguei. Mal posso contar o número de tombos que levei. Oh, estou toda dolorida! Não se preocupe! Haverá uma explicação, assim que eu estiver em condições de dá-la; apenas faça a gentileza de sair e mandar a carruagem me levar a Gimmerton, e peça para uma criada ir buscar algumas roupas no meu guarda-roupa.

A intrusa era a senhora Heathcliff. Ela certamente parecia não estar brincando: o cabelo dela escorria em seus ombros, pingando neve e água; ela estava com o vestido de menina que costumava usar, apropriado mais à sua idade do que à sua posição; um vestido de gola baixa e mangas curtas; e nada sobre a cabeça ou no pescoço. O vestido era de seda leve, e se colava ao corpo com a umidade, e os pés dela estavam protegidos apenas por sandálias delicadas; acrescente-se a isso um corte profundo embaixo de uma orelha, que apenas o frio impedia que sangrasse profusamente, o rosto branco arranhado e ferido, e um porte dificilmente capaz de suportar qualquer fadiga; e o senhor pode imaginar que meu susto inicial não foi muito atenuado depois que tive a oportunidade de examiná-la.

— Minha cara jovem dama — exclamei —, não vou fazer nada disso, e não quero ouvir mais nada enquanto a senhora não tirar toda essa roupa e vestir roupas secas; e seguramente a senhora não irá a Gimmerton esta noite, de modo que é desnecessário chamar a carruagem.

— Seguramente irei — ela disse —, a pé ou a cavalo; mas não tenho objeções a me vestir decentemente. E... ah, veja como meu vestido está colado ao meu pescoço agora! O fogo deixa o vestido mais elegante.

Ela insistiu que eu cumprisse suas ordens, antes de permitir que eu a tocasse; e só depois que o cocheiro foi instruído para se aprontar, e que uma criada buscou os itens necessários, obtive seu consentimento para tratar do ferimento e ajudá-la a trocar de roupa.

— Agora, Ellen — ela disse, quando minha tarefa terminou e ela se sentou em uma espreguiçadeira diante da lareira com uma xícara de chá diante de si —, sente-se aí na minha frente e deixe o bebê de Catherine de lado: não me agrada ver essa criança! Você não deve pensar que não me importo com Catherine por ter me comportado como uma tola ao chegar: eu chorei também, amargamente: sim, mais do que qualquer pessoa com motivos para chorar. Nós nos separamos sem ter feito as pazes, você se lembra, e eu não me perdoarei nunca por isso. Mas, ainda assim, eu não iria me compadecer dele..., aquele animal embrutecido! Oh, dê-me esse atiçador! Esta é a última coisa dele que tenho comigo — ela arrancou o anel de ouro do terceiro dedo, e atirou-o no chão. — Vou destruir esse anel! — ela continuou, batendo nele com rancor infantil. — E depois vou queimar! — arrematou, recolhendo a joia destruída e atirando-a entre as brasas. — Pronto! Ele que compre outro, se me quiser de volta. Ele seria capaz de vir me buscar só para provocar Edgar. Não ousarei ficar mais, para que essa ideia não se aposse da cabeça maligna dele! E, além do mais, Edgar não tem sido uma boa pessoa, não é? E não virei implorar ajuda dele; nem quero trazer mais problemas. A necessidade me compeliu a buscar abrigo aqui; mas, se eu não soubesse que ele havia se recolhido, eu teria parado na cozinha, lavado o rosto, só me aqueceria um pouco, mandaria você trazer o que eu queria e partiria outra vez, para qualquer lugar fora do alcance do meu maldito... daquele demônio encarnado! Ah, ele estava tão furioso! Se ele tivesse me apanhado! Pena que Earnshaw não é páreo para a força dele: eu só teria fugido depois de vê-lo totalmente destruído, se Hindley tivesse sido capaz de destruí-lo!

— Bem, não fale tão depressa, senhora! — interrompi. — A senhora vai desarrumar o lenço que amarrei no seu rosto e fará o corte sangrar outra vez. Beba o seu chá, e respire fundo, e pare de rir; o riso soa tristemente inapropriado sob este teto, e na sua atual condição!

— Uma verdade indiscutível — ela respondeu. — Escute essa criança! Ela não para de chorar. Leve-a para longe de mim por uma hora; não ficarei mais do que isso.

Toquei a sineta e pedi que uma criada levasse a bebê; e então indaguei o que a fizera fugir de Wuthering Heights naquele apuro descabido, e aonde ela pretendia ir, já que se recusava a permanecer conosco.

— Eu deveria, e gostaria de ficar — ela respondeu —, para animar Edgar e cuidar da bebê, por esses dois motivos, e porque Grange é meu legítimo lar. Mas estou lhe dizendo: ele não permitiria! Você acha que ele suportaria me ver gorda e feliz? Que ele suportaria pensar que estivéssemos tranquilos e não resolveria envenenar nosso conforto? Agora, tenho a satisfação de ter certeza de que ele me detesta, a ponto de se irritar seriamente com a minha presença ao alcance dos ouvidos ou dos olhos: reparei que, quando eu chego onde ele está, os músculos de seu semblante involuntariamente se retesam em uma expressão de ódio; em parte por saber os motivos que tenho para sentir ódio dele, e em parte por uma aversão original. Essa aversão é forte o suficiente para me dar certeza de que ele não me perseguiria pela Inglaterra, supondo que eu estivesse fugindo abertamente; e portanto preciso ir para bem longe. Já me recuperei do meu desejo inicial de ser morta por ele: eu preferiria que ele mesmo se matasse! Ele extinguiu efetivamente o meu amor, e portanto estou sossegada. Ainda me lembro de como eu o amava; consigo até imaginar difusamente que ainda conseguiria amá-lo, se... não, não! Mesmo que ele tivesse me mimado, a natureza diabólica dele, de alguma forma, teria revelado sua existência. Catherine tinha um gosto terrivelmente pervertido por estimá-lo tanto, conhecendo-o tão bem. Monstro! Quem dera ele pudesse ser apagado da criação, e da minha memória!

— Silêncio, silêncio! Ele é um ser humano — eu disse. — Seja mais caridosa: há homens ainda piores que ele!

— Ele não é um ser humano — ela respondeu —, e ele não tem nenhum direito à minha caridade. Dei a ele o meu coração, e ele o tomou e o apertou até matar, e jogou de volta para mim. As pessoas sentem com o coração, Ellen: e, como ele destruiu o meu, não tenho a capacidade de sentir nada por ele. E não sentirei nem que ele fique gemendo doravante até o dia de sua morte, e chore lágrimas de sangue por Catherine! Não, não mesmo, não sentirei nada!

E aqui Isabella começou a chorar; mas, imediatamente enxugando os cílios, retomou a fala.

— Você me perguntou o que me levou a fugir, enfim? Fui obrigada a tentar fugir, porque havia conseguido elevar a raiva dele um tom acima de sua maldade. Puxar os nervos com pinças em brasa requer mais sangue frio do que um golpe na cabeça. Ele foi levado a esquecer a diabólica prudência da qual se gabava, e passou à violência assassina. Senti algum prazer ao ser capaz de exasperá-lo: essa sensação de prazer despertou meu instinto de autopreservação, de modo que me libertei praticamente; e se algum dia eu cair nas garras dele outra vez, ele que venha cobrar sua notável vingança.

Ontem, você sabe, o senhor Earnshaw devia ter comparecido ao funeral. Ele se manteve sóbrio com esse intuito..., razoavelmente sóbrio: não indo para a cama enlouquecido às seis da manhã e levantando embriagado ao meio-dia. Consequentemente, ele se levantou, com um mau humor suicida, tão apto para ir à igreja quanto para ir a um baile; e, em vez disso, ele se sentou diante do fogo e começou a virar copinhos de gim ou conhaque.

Heathcliff... estremeço ao dizer esse nome! Tem sido um desconhecido na casa desde domingo passado até hoje. Se os anjos o alimentam, ou seus equivalentes infernais, não sei dizer; mas ele não faz uma refeição conosco há quase uma semana. Ele chegou em casa de madrugada, e subiu para o quarto; trancou-se lá dentro, como se alguém sonhasse em cobiçar sua companhia! Ali ele ficou, rezando como um metodista: só que a divindade para a qual ele implora são o pó e a cinza insensíveis; e Deus, quando mencionado, confundia-se curiosamente com seu próprio pai negro! Após concluir essas preciosas preces, e elas geralmente duravam até ele ficar rouco e sua voz se estrangular na garganta, ele saía de novo; sempre diretamente rumo a Grange! Não sei por que Edgar não mandou um policial para levá-lo em custódia! Quanto a mim, mesmo triste como estava por Catherine, foi impossível evitar de considerar um feriado essa temporada de libertação da minha degradante opressão.

Recuperei meu ânimo o suficiente para conseguir ouvir os eternos sermões de Joseph sem chorar, e para me mover pela casa com passos que lembram menos uma ladra assustada do que antes. Você não imaginaria que eu fosse capaz de chorar diante de qualquer coisa que Joseph dissesse; mas ele e Hareton são companhias detestáveis. Eu prefiro me sentar com Hindley e ouvir seus pavorosos rompantes, a ficar com o "patrãozinho" e seu leal apoiador, aquele velho odioso!

Quando Heathcliff está em casa, muitas vezes sou obrigada a ir para a cozinha e ficar com a criadagem, ou morrer de fome naqueles quartos vazios e úmidos; quando ele não está, como foi o caso esta semana, pus uma mesa e uma cadeira em um canto da lareira, e não me importo com as ocupações do senhor Earnshaw; e ele não interfere nos meus afazeres. Ele está mais calmo do que costumava ser, se ninguém o provoca: mais taciturno e deprimido, e menos furioso. Joseph afirmou ter certeza de que ele está transformado: que o Senhor tocou seu coração, e que ele foi salvo "como se tivesse passado pelo fogo". Estou intrigada ao detectar indícios dessa mudança favorável: mas esse assunto não me diz respeito.

Ontem à noite me sentei no meu canto e fiquei lendo alguns livros velhos até quase meia-noite. Achei tão triste subir aquela escada, com a neve selvagem voando lá fora, e meus pensamentos ficaram voltando de modo constante para o cemitério da igreja e para a cova cavada recentemente! Mal tinha coragem de erguer os olhos da página, porque aquela cena melancólica de imediato dominava o ambiente. Hindley sentou-se diante de mim, com a cabeça apoiada na mão; talvez meditando sobre o mesmo assunto. Ele havia parado de beber até às raias da irracionalidade, e não se movera ou falara nada durante duas ou três horas. Não havia nenhum som na casa além do vento gemebundo, que balançava as janelas de quando em quando, os estalidos fracos das brasas, e o clique do meu apagador quando eu cortava, às vezes, o longo pavio da vela. Hareton e Joseph provavelmente deviam estar dormindo profundamente em suas camas. Aquilo estava muito, muito triste: e enquanto lia eu suspirava, pois parecia que toda a alegria havia desaparecido do mundo, e que jamais seria restaurada.

O silêncio doloroso foi rompido, enfim, pelo som da maçaneta da cozinha: Heathcliff havia voltado de sua vigília mais cedo do que de costume; devido, supus, à súbita tempestade.

A porta estava trancada, e ouvimos os passos dele dando a volta para entrar pela outra. Levantei-me com uma irreprimível expressão do que eu sentia nos lábios, que induziu meu companheiro, que estava olhando para a porta, a se virar e olhar para mim.

— Vou deixá-lo aí fora por cinco minutos — ele exclamou. — Você tem alguma objeção?

— Não. Por mim, você pode mantê-lo lá fora a noite inteira — respondi. — Isso! Passe a chave na porta, e feche as trancas.

Earnshaw fez isso antes que seu inquilino chegasse à porta da frente; ele então veio e trouxe sua cadeira para o outro lado da minha mesa, inclinando-se sobre ela, e procurando em meus olhos uma simpatia pelo ódio ardoroso que faiscava dos olhos dele: como ele parecia e agia como um assassino, ele não conseguiria encontrar essa simpatia; mas encontrou o suficiente para encorajá-lo a dizer.

— Você e eu — ele disse — temos, cada um, uma grande dívida a acertar com esse homem aí fora! Se não formos covardes, podemos nos associar para acertá-la agora. Você é fraca como o seu irmão? Você está disposta a levar isso até o fim, sem deixar para pagar nada depois?

— Estou cansada disso agora — respondi —, e gostaria de uma retaliação que não se voltasse contra mim, mas a traição e a violência são lanças com pontas dos dois lados; elas acabam ferindo quem delas se vale de modo ainda pior que seus inimigos.

— Traição e violência são apenas o troco para traições e violências! — exclamou Hindley. — Senhora Heathcliff, vou lhe pedir para não fazer nada; apenas fique sentada e calada. Agora, me diga, pode ser? Tenho certeza de que a senhora teria tanto prazer quanto eu em testemunhar a conclusão da existência desse demônio; ele causará a *sua* morte, se a senhora não tomar a iniciativa; e ele será a *minha* ruína. Dane-se esse vilão infernal! Ele bate na porta como se já fosse o dono da casa! Prometa-me que não dirá nada, e antes que o relógio bata as horas, faltam três minutos para uma da madrugada, a senhora será uma mulher livre!

Ele sacou do colete os implementos que descrevi na carta, e tentou apagar a vela. Arranquei a vela das mãos dele, contudo, e segurei seu braço.

— Não ficarei calada! — eu disse. — O senhor não pode tocar nele. Deixe a porta fechada, e fique quieto!

— Não! Já tomei minha decisão, e por Deus, vou executá-la! — exclamou a criatura desesperada. — Eu lhe farei uma gentileza, mesmo contrariando a sua vontade, e farei justiça a Hareton! E a senhora não precisa se dar ao trabalho de me proteger. Catherine está morta. Nenhuma pessoa viva sentiria minha falta, ou se envergonharia de mim, mesmo que eu cortasse minha garganta neste exato minuto... e chegou a hora de dar um fim nisso tudo!

Foi como se eu tivesse que lutar contra um urso ou argumentar com um lunático. O único recurso que me restou foi correr para a janela e alertar a pretendida vítima do destino que esperava por ele.

— É melhor você procurar abrigo em outro lugar esta noite! — exclamei, em tom um tanto triunfante. — O senhor Earnshaw vai atirar em você, se você continuar insistindo em entrar.

— Melhor é você abrir essa porta, sua... — ele respondeu, dirigindo-se a mim com um termo elegante que não gostaria de repetir.

— Não me meterei no assunto — tornei a insistir. — Entre e leve um tiro, se quiser. Já cumpri meu papel.

Com isso, fechei a janela e voltei ao meu lugar diante do fogo; esgotado meu estoque de hipocrisia para fingir alguma angústia pelo perigo que o ameaçava.

Earnshaw xingou-me em tom passional: afirmando que eu ainda amava aquele vilão; e me chamando de todo tipo de nomes pelo espírito vil que eu demonstrava. E eu, no segredo do meu coração (e a consciência nunca me pesou por isso), pensei que seria uma bênção para *ele* se Heathcliff pusesse fim em sua desgraça; e que bênção para *mim* se ele enviasse Heathcliff para o devido destino! Enquanto eu acalentava essas reflexões, a janela atrás de mim foi arrombada por um soco desse último, e seu semblante negro apareceu terrivelmente por ali. As barras eram estreitas demais para seus ombros passarem, e sorri, exultante em minha suposta segurança. Seus cabelos e suas roupas estavam embranquecidos de neve, e seus dentes afiados de canibal, revelados pelo frio e pela ira, brilharam através da escuridão.

— Isabella, deixe-me entrar, ou você vai se arrepender! — ele "ameaçou", como Joseph dizia.

— Não posso cometer um assassinato — respondi. — O senhor Hindley está de sentinela com uma faca e uma pistola carregada.

— Deixe-me entrar pela porta da cozinha — ele disse.

— Hindley chegará lá antes de mim — respondi. — E esse seu amor é muito fraco se não pode suportar uma breve nevasca! Fomos deixados em paz nas nossas camas enquanto a lua de verão brilhou, mas no momento em que uma tempestade de inverno volta, você já corre em busca de abrigo! Heathcliff, se eu fosse você, iria me estender sobre a sepultura dela e morreria como um cão fiel. O mundo certamente não é mais um lugar digno de se viver, não é mesmo? Você deixou distintamente gravada em mim a ideia de que Catherine era toda a alegria da sua vida: não consigo imaginar como você pensa em sobreviver à perda dela.

— Ele está aí, não está? — exclamou meu companheiro, correndo para o vão da janela. — Se eu puder esticar meu braço, posso atingi-lo!

Receio, Ellen, que você vá me considerar realmente cruel; mas você não sabe de tudo, portanto não me julgue. Eu não teria ajudado ou encorajado um atentado contra a vida *dele* por nada neste mundo. Desejar a morte dele eu desejava; e, portanto, fiquei assustadoramente decepcionada, e desanimada de terror pelas consequências do meu discurso provocador, quando ele se atirou sobre a arma de Earnshaw e a arrancou da mão dele.

A pistola disparou, e a faca, voltando-se para trás, fechou-se no pulso do próprio dono. Heathcliff puxou-a com força bruta, rasgando a carne de Hindley nesse gesto, e a guardou ensanguentada no bolso. Ele então pegou uma pedra, derrubou a divisão entre os vidros da janela, e saltou para dentro. Seu adversário havia desmaiado com a dor excessiva e o fluxo de sangue, que jorrava de uma artéria ou de uma veia grande. O facínora chutou e pisoteou, e bateu a cabeça dele várias vezes contra as pedras do piso, segurando-me com uma das mãos, nesse ínterim, para me impedir de ir chamar Joseph.

Heathcliff exerceu sobre-humana autonegação ao se abster de acabar completamente com ele; mas, ficando sem fôlego, por fim, desistiu, e arrastou o corpo aparentemente inanimado até o banco. Ali, Heathcliff rasgou a manga do paletó de Earnshaw, e fechou o ferimento com brutal rispidez; cuspindo e xingando durante a operação com a mesma energia com que o chutara antes.

Uma vez livre, não perdi tempo e fui procurar o velho criado; que, apreendendo aos poucos o teor do meu relato apressado, desceu correndo, ofegante, pois saltara dois degraus de cada vez.

— O que resta a fazer agora? O que resta a fazer agora?

— O que resta a fazer é o seguinte — vociferou Heathcliff —, o seu patrão está louco; e para que ele sobreviva mais um mês, vou interná-lo em um manicômio. E que diabos você tinha na cabeça ao me trancar para fora, seu cão desdentado? Não fique aí resmungando e murmurando. Venha, não vou ficar tratando dele. Limpe logo essa ferida; e cuidado com as fagulhas da sua vela: esse sangue é mais da metade conhaque!

— Então você estava tentando matá-lo?! — exclamou Joseph, erguendo as mãos e os olhos com horror. — Nunca vi uma coisa dessas na vida! Deus queria que...

Heathcliff empurrou-o até ele se ajoelhar no meio do sangue, e atirou-lhe uma toalha; mas em vez de começar a secar o sangue, ele juntou as mãos e se pôs a rezar, o que despertou risos em mim por sua estranha fraseologia. Eu estava em um estado de espírito que não se chocaria com nada: na verdade, estava tão imprudente como alguns malfeitores se mostram aos pés do patíbulo.

— Oh, eu me esqueci de você — disse o tirano. — Você cuidará dele. Dane-se você. E você conspirou com ele contra mim, não foi, sua víbora? Eis aí um trabalho apropriado para você!

Ele me sacudiu até meus dentes baterem, e me jogou ao lado de Joseph, que concluiu inabalavelmente suas súplicas, e então se levantou, jurando que iria imediatamente até Grange. O senhor Linton era um magistrado, e mesmo que tivesse cinquenta esposas mortas, abriria um inquérito sobre aquilo.

Ele estava tão obstinado em sua determinação que Heathcliff achou melhor extrair dos meus lábios uma recapitulação do que havia ocorrido; de pé diante de mim, arquejando de maldade, enquanto eu fazia com relutância o relato em resposta às perguntas dele.

Foi necessário um bocado de esforço para convencer o velho de que Heathcliff não era o agressor; especialmente a partir das minhas respostas arrancadas a custo. No entanto, o senhor Earnshaw logo o convenceu de que ainda estava vivo; Joseph apressou-se em servir uma dose de aguardente, e com esse auxílio seu patrão enfim retomou os movimentos e a consciência.

Heathcliff, sabendo que seu oponente ignorava o tratamento recebido enquanto estava desmaiado, disse que ele estava delirantemente embriagado; e que não toleraria mais sua conduta atroz dali em diante, mas o aconselhava a ir se deitar. Para minha alegria, ele nos deixou depois de dar esse prudente conselho, e se deitou diante da lareira. Fui para o meu quarto, espantada por ter conseguido escapar com tanta facilidade.

Esta manhã, quando desci, cerca de meia hora antes do meio-dia, o senhor Earnshaw estava sentado junto da lareira, mortalmente doente; e seu gênio mau, quase tão descarnado e horrendo, apoiado na chaminé. Nenhum dos dois parecia inclinado a almoçar, e, depois de esperar até a comida esfriar na mesa, comecei a comer sozinha.

Nada me impediu de comer vigorosamente, e experimentei uma certa sensação de satisfação e superioridade ao lançar, de quando em quando, um olhar para os meus companheiros silenciosos, e sentir o consolo de uma consciência tranquila dentro de mim.

Depois que terminei, tomei a rara liberdade de me aproximar da lareira, contornando a poltrona de Earnshaw, e ajoelhando-me naquele canto ao lado dele.

Heathcliff não olhava para mim, e ergui os olhos, e contemplei suas feições confiantes como se tivessem se convertido em pedra. Sua testa, que eu julgara um dia tão viril, e que agora considerava tão diabólica, estava sombreada por uma nuvem pesada; seus olhos de basilisco estavam quase apagados pela insônia, e talvez pelo pranto, pois seus cílios estavam úmidos: seus lábios desprovidos do feroz sarcasmo, selados em uma expressão de indizível tristeza. Se fosse outra pessoa, eu teria escondido o rosto na presença de tamanho luto. No caso *dele*, eu me senti gratificada; e, por ignóbil que pareça insultar um inimigo derrotado, não pude deixar passar a oportunidade de espetar uma seta: na fraqueza dele foi a única vez em que pude provar o prazer de pagar o mal com o mal...

— Que pecado, que pecado, senhora! — interrompi. — Parece até que a senhora nunca abriu uma Bíblia na vida. Se Deus aflige os seus inimigos, certamente isso deveria ser o bastante. É tanto cruel quanto presunçoso acrescentar a sua tortura ao castigo divino!

— Em geral, eu admito que seria, Ellen — ela continuou —, mas que desgraça infligida a Heathcliff poderia me contentar, se não tivesse uma contribuição minha? Eu preferiria até que ele sofresse *menos*, desde que fosse *eu* a causadora desse sofrimento e que ele *soubesse* disso. Oh, devo tanto a ele. Eu só poderia perdoá-lo com uma única condição: que eu possa fazer com que seja olho por olho, dente por dente. E, para cada pontada de agonia, devolver outra pontada: reduzindo Heathcliff ao meu nível. Como ele atirou a primeira pedra, que ele seja o primeiro a implorar por perdão; e então; e só então, Ellen, eu talvez pudesse demonstrar alguma generosidade. Mas é impossível me vingar totalmente, e portanto não poderei perdoá-lo. Hindley pediu um pouco de água, servi um copo, e perguntei como ele estava.

— Não tão mal quanto eu gostaria — ele respondeu. — Mas, com exceção do meu braço, cada centímetro do meu corpo está ferido como se eu tivesse lutado contra uma legião de demônios!

— Sim, não é para menos — foi meu comentário seguinte. — Catherine costumava se gabar de ser o único obstáculo entre vocês e a agressão física: ela queria dizer que certas pessoas não o machucariam por receio de ofendê-la. Ainda bem que as pessoas não voltam da tumba *de fato*, ou, ontem à noite, ela teria testemunhado uma cena repulsiva! Você não está todo ferido, e cortado no peito e nos ombros?

— Não sei dizer — ele respondeu —, mas o que você quer falar? Ele ousou me bater quando eu estava desacordado?

— Ele pisoteou e chutou o seu corpo, e bateu com a sua cabeça no chão — gemi. — E a boca dele salivou de vontade de rasgá-lo com os dentes; porque ele é apenas metade de um homem: nem isso, e o resto é um demônio.

O senhor Earnshaw ergueu os olhos, como eu, para o semblante de nosso inimigo mútuo; que, absorto em sua angústia, parecia insensível a qualquer coisa à sua volta: quanto mais tempo ele ficava ali parado, mais evidentemente suas reflexões revelavam seu negrume através das feições dele.

— Oh, se Deus me der forças para estrangulá-lo na minha agonia derradeira, eu iria para o inferno contente — gemeu o homem impaciente, contorcendo-se para se levantar, e tornando a se recostar, desesperado, convencido de sua inaptidão para o combate.

— Não, já basta que ele tenha matado um de vocês — observei em voz alta. — Em Grange, todos sabem que sua irmã estaria viva agora se não fosse pelo senhor Heathcliff. Afinal, é preferível ser odiada a ser amada por ele. Quando eu me lembro de como éramos felizes..., como Catherine era feliz antes que ele aparecesse..., tenho motivos para maldizer aquele dia.

Provavelmente, Heathcliff se apercebeu mais da verdade do que era dito do que do estado de espírito da pessoa que a dizia. Sua atenção foi despertada, reparei, pois seus olhos deixaram escapar lágrimas sobre as cinzas, e ele respirou entre suspiros asfixiados.

Olhei fixamente para ele, e gargalhei com escárnio. As janelas nubladas do inferno lampejaram por um momento na minha direção; o demônio, que em geral ficava olhando para fora, contudo, estava tão apagado e abatido que não tive medo de arriscar outra interjeição desdenhosa.

— Levante-se daí, e suma da minha frente — disse o enlutado.

Acho que ele disse essas palavras, ao menos, embora sua voz mal fosse inteligível.

— Perdão — respondi. — Mas eu também amava Catherine; e o irmão dela precisa de cuidados, que, por ela, eu mesma providenciarei. Agora que ela está morta, eu a vejo em Hindley: Hindley tem exatamente os mesmos olhos, se você não tivesse tentado arrancá-los, e deixá-los roxos e vermelhos; e se ela...

— Levante-se, sua idiota desgraçada, antes que eu a pisoteie até a morte! — ele exclamou, fazendo um movimento que provocou outro em mim.

— Mas, como eu dizia — continuei, preparando-me para fugir correndo —, se a pobre Catherine tivesse confiado em você, e tivesse assumido o ridículo, desprezível e degradante título de senhora Heathcliff, ela logo teria uma aparência similar! *Ela* não teria suportado o seu comportamento abominável em silêncio: a repulsa e o asco fatalmente ganhariam voz.

O encosto do banco e o corpo de Earnshaw se interpunham entre nós; de modo que, em vez de tentar me agarrar, ele apanhou uma faca da mesa e a atirou na minha cabeça. A faca acertou embaixo da minha orelha, e interrompeu a sentença que eu proferia; mas, ao arrancá-la, corri até a porta e proferi outra; que espero ter atingido um pouco mais profundamente do que o míssil atirado por ele.

O último vislumbre dele que captei foi um avanço furioso, impedido pelo abraço de seu anfitrião; e ambos caíram agarrados diante da lareira.

Em minha fuga pela cozinha, mandei Joseph acudir seu patrão; tropecei em Hareton, que estava enforcando uma ninhada de filhotes no encosto de uma cadeira no umbral da porta; e, sentindo-me abençoada como uma alma que escapou do purgatório, saltei, pulei, e fugi pelo declive da estrada; então, abandonando suas curvas serpenteantes, corri diretamente pela charneca, rolando em ribanceiras, e vadeando pelos charcos: precipitando-me, a bem dizer, na direção do facho de luz de Grange. E eu preferiria mil vezes ser condenada a viver eternamente nas regiões infernais a passar mais uma única noite que fosse sob o teto de Wuthering Heights...

Isabella parou de falar, e bebeu um gole de chá; então ela se levantou, e pedindo ajuda para vestir a touca, e um grande xale que eu havia trazido, e sem dar ouvidos aos meus pedidos para que ficasse mais uma hora, ela subiu em uma cadeira, beijou os retratos de Edgar e de Catherine, fez uma saudação similar para mim, e desceu até a carruagem, acompanhada por Fanny, que latiu de selvagem alegria ao recuperar sua dona. Ela foi embora na carruagem, para nunca mais voltar a essa região: mas uma correspondência regular entre ela e o meu patrão foi mantida, quando as coisas se acalmaram um pouco.

Creio que seu novo endereço era no sul, perto de Londres; lá ela teve um filho que nasceu alguns meses depois de sua fuga. Ele foi batizado Linton, e, desde o início, ela relatou se tratar de uma criatura adoentada e irritadiça.

O senhor Heathcliff, encontrando-me um dia na vila, indagou onde ela estava morando. Recusei-me a contar. Ele comentou que não tinha importância, mas que ela devia evitar procurar o irmão: que ela não deveria ficar com o irmão, se ele tivesse que sustentá-la.

Embora eu não tenha dado nenhuma informação, ele ficou sabendo, por intermédio de outras criadas, o local da residência dela e a existência do menino. Ainda assim, ele não a procurou: uma tolerância que ela poderia atribuir à aversão que ele sentia por ela, imagino. Ele me perguntava sempre da criança, quando me via; e, ao ouvir o nome do menino, sorriu sinistramente, e observou:

— Querem que eu o odeie também, é isso?

— Acho que não querem nem que você saiba nada sobre ele — respondi.

— Mas ele será meu — ele disse — quando eu quiser. Podem contar com isso!

Felizmente a mãe morreria antes que isso acontecesse; cerca de treze anos depois da morte de Catherine, quando Linton estava com doze anos, ou um pouco mais.

No dia seguinte à inesperada visita de Isabella, eu não tinha tido oportunidade de falar com meu patrão: ele evitara conversa, e não estava disposto a discutir nada. Quando consegui fazê-lo ouvir, vi que ele gostou de saber que a irmã havia abandonado o marido; que ele abominava com uma intensidade que a brandura de sua natureza mal parecia permitir. Tão profunda e sensível era sua aversão que ele evitava ir a qualquer lugar onde fosse provável ver ou ouvir a voz de Heathcliff. O luto, e mais isso tudo junto, fizeram dele um completo eremita: ele largou seu posto na magistratura, deixou até de frequentar a igreja, evitava a vila em qualquer ocasião, e levou uma vida de total reclusão dentro dos limites do parque e dos campos de sua propriedade; cuja única variação eram passeios solitários pela charneca, e visitas à sepultura da esposa, especialmente ao entardecer, ou de manhã cedo, antes que outros andarilhos saíssem de casa.

Mas ele era bom demais para ser totalmente infeliz por muito tempo. *Ele* não rogou que a alma de Catherine viesse assombrá-lo. O tempo trouxe a resignação, e uma melancolia mais doce que a alegria comum. Ele evocava a memória da esposa com um amor ardente, terno, que esperançosamente aspirava a um mundo melhor, para o qual ele não tinha dúvidas de que ela havia partido.

E ele teve também consolos e afetos terrenos. Por alguns dias, eu disse, ele pareceu não se importar com a minúscula sucessora da falecida: essa frieza derreteu tão depressa quanto as neves de abril, e antes que a criaturazinha conseguisse balbuciar uma palavra ou engatinhar, já havia cravado em seu coração o cetro de uma pequena déspota.

Foi batizada Catherine; mas ele jamais a chamaria pelo nome completo, assim como nunca chamara Catherine pelo apelido: provavelmente porque Heathcliff tinha o hábito antigo de chamá-la assim. A pequenina sempre foi Cathy: isso constituiu para ele uma distinção da mãe, e, no entanto, uma conexão com ela; e seu apego se originava da relação com ela, muito mais que do fato de ser sua filha.

Eu costumava fazer uma comparação entre ele e Hindley Earnshaw, e tinha dificuldade para me explicar satisfatoriamente por que suas condutas foram tão opostas em circunstâncias tão similares. Ambos haviam sido maridos carinhosos, e ambos muito apegados aos filhos; e eu não conseguia entender por que não tomaram ambos o mesmo caminho, para o bem ou para o mal. Mas, pensei comigo mesma, Hindley, aparentemente mais obstinado, mostrou-se tristemente um homem pior e mais fraco. Quando seu navio naufragou, o capitão abandonou o posto; e a tripulação, em vez de tentar salvar a embarcação, lançou-se ao motim e à confusão, encerrando as esperanças da nau infeliz. Linton, pelo contrário, exibiu a genuína coragem de uma alma leal e fiel: ele confiou em Deus; e Deus o consolou. Um teve esperança, e o outro, desespero: eles escolheram seus próprios fardos, e foram justamente condenados a suportá-los.

Mas, senhor Lockwood, o senhor não vai querer ouvir meus juízos morais; o senhor mesmo poderá julgar, tão bem quanto eu, todas essas coisas: ao menos, o senhor pensará ser capaz de julgá-las, o que dá na mesma.

O fim de Earnshaw foi o que se poderia esperar; logo seguiu o destino da irmã: mal se passaram seis meses entre as mortes. Nós, em Grange, não chegamos a receber um relato sucinto do estado de espírito dele antes disso; só fiquei sabendo na hora de ir ajudar nos preparativos do funeral. O doutor Kenneth veio anunciar a ocorrência ao meu patrão.

— Bem, Nelly — disse ele, chegando a cavalo no pátio certa manhã, cedo demais para não me preocupar com um instantâneo pressentimento de más notícias —, agora é a sua vez, e a minha, de ficarmos de luto. Quem você acha que partiu desta para melhor?

— Quem? — perguntei afoitamente.

— Ora, adivinhe! — ele respondeu, desmontando, e pendurando a rédea no gancho ao lado da porta. — E pode ir puxando a barra do avental para enxugar as lágrimas: tenho certeza de que você vai precisar.

— Decerto não foi o senhor Heathcliff, não?! — exclamei.

— O quê?! Você derramaria lágrimas por ele? — disse o doutor. — Não, Heathcliff é um rapaz resistente: ele está com todo viço hoje. Eu acabei de encontrá-lo. Ele vem rapidamente ganhando massa desde que perdeu sua melhor metade.

— Quem morreu afinal, senhor Kenneth? — repeti com impaciência.

— Hindley Earnshaw! O seu velho amigo Hindley — ele respondeu —, e minha língua ferina; embora ele tenha sido descontrolado demais para o meu gosto todo esse tempo. Pronto! Eu sabia que as lágrimas viriam. Mas anime-se! Ele morreu fazendo jus ao próprio caráter: bêbado como um lorde. Pobre rapaz! Eu também sinto muito. Não podemos evitar sentir a falta de um velho companheiro: embora ele fosse capaz das piores artimanhas que um homem já imaginou, e tenha agido como um canalha comigo muitas vezes. Ele tinha acabado de fazer vinte e sete anos, aparentemente; é a sua idade: quem diria que vocês nasceram no mesmo ano?

Confesso que esse golpe foi maior para mim do que o choque da morte da senhora Linton: antigas associações pairavam em torno do meu coração; sentei-me no alpendre e chorei como se tivesse perdido um parente, desejando que o doutor Kenneth pedisse para outra empregada levá-lo à presença do patrão. Não pude evitar de refletir sobre a questão: "Teria ele tido uma morte justa?". Não importava o que eu fizesse, essa ideia me incomodava: era uma ideia tão exaustivamente pertinaz que decidi pedir licença para ir a Wuthering Heights, e ajudar nos derradeiros serviços prestados ao defunto. O senhor Linton foi extremamente relutante em consentir, mas recorri com eloquência à ausência de parentes em que ele seria sepultado; e eu disse que meu antigo patrão irmão adotivo tinha direito aos meus serviços tanto quanto ele. Além disso, lembrei que o menino Hareton era sobrinho da esposa dele, e, na ausência de um parente mais próximo, ele deveria agir como seu guardião; e ele devia e precisava verificar a questão da propriedade, e cuidar dos interesses de seu falecido cunhado.

Ele se sentia incapaz de tratar dessas questões no momento, mas me mandou falar com seu advogado; e por fim me permitiu sair. O advogado dele era o mesmo de Earnshaw: fui até a vila e pedi que ele me acompanhasse. Ele balançou a cabeça, e aconselhou que deixássemos Heathcliff em paz; afirmando que, se a verdade viesse à tona, Hareton se tornaria praticamente um mendigo.

— O pai morreu com dívidas — ele disse —; toda a propriedade foi hipotecada, e a melhor coisa para o herdeiro natural seria permitir que tivesse uma oportunidade de criar alguma consideração no coração do credor, para que este se sinta inclinado a tratá-lo com alguma leniência.

Quando cheguei a Heights, expliquei que tinha ido para garantir que tudo fosse feito de um modo decente; e Joseph, que parecia bastante aflito, expressou satisfação com a minha presença. O senhor Heathcliff disse que não via necessidade; mas que eu podia ficar e organizar os preparativos para o funeral, se eu quisesse.

— O certo — ele comentou — seria enterrar o corpo desse louco na encruzilhada, sem nenhuma cerimônia. Bastou eu deixá-lo ontem dez minutos sozinho que, nesse meio-tempo, ele trancou as duas portas para me impedir de entrar, e ficou a noite inteira bebendo até morrer porque quis! Arrombamos a porta hoje cedo, pois o ouvimos relinchar como um cavalo; e lá estava ele, deitado no banco: nem que o esfolássemos e escalpelássemos teríamos conseguido acordá-lo. Chamei o doutor Kenneth, e ele veio; mas o animal já tinha virado carniça: ele já estava morto e frio, e duro; e você há de admitir que era inútil fazer muito alarde por causa dele!

O velho empregado confirmou essa declaração, mas resmungou:

— Teria sido melhor que ele mesmo tivesse ido até o doutor! Eu teria cuidado do patrão melhor que ele; e o patrão não estava morto quando eu saí, nada disso!

Insisti que o funeral fosse respeitável. O senhor Heathcliff disse que eu poderia fazer como quisesse: apenas quis me lembrar de que o dinheiro para tudo aquilo sairia do bolso dele.

Ele manteve uma postura rígida, indiferente, que não indicava nem alegria nem tristeza: se tanto, expressava uma satisfação pétrea diante de um trabalho difícil executado com sucesso. A certa altura, notei, de fato, uma espécie de exultação em seu aspecto: quando as pessoas estavam tirando o caixão da casa. Ele teve a hipocrisia de agir como um enlutado: e antes de sair na companhia de Hareton, ele sentou o menino infeliz na mesa e murmurou, com ênfase peculiar:

— Agora, meu belo rapaz, você é *meu*! E faremos tudo para que uma árvore não cresça torta como a outra, com o mesmo vento a retorcê-la!

A criatura inocente ficou contente com essa fala; ele brincou com as suíças de Heathcliff, e fez um carinho em sua bochecha; mas adivinhei o sentido daquelas palavras, e comentei acidamente:

— Esse menino deve voltar comigo a Thrushcross Grange, senhor. Nada no mundo é menos seu do que ele!

— Foi o que Linton disse? — ele perguntou.

— Claro... Ele me mandou levar o menino — respondi.

— Bem — disse o canalha —, não vamos discutir isso agora; mas estou com vontade de tentar educar uma criança; portanto avise o seu patrão que substituirei este menino pelo meu, se ele tentar tirá-lo daqui. Não pretendo deixar Hareton ir embora sem disputá-lo; mas tenho certeza de que farei o outro vir para cá! Não se esqueça de dizer isso a ele.

Essa sugestão foi o suficiente para nos deixar de mãos atadas. Repeti o teor dessa ameaça quando voltei; e Edgar Linton, pouco interessado a princípio, não falou mais em interferir. Não creio que ele poderia fazer nada, mesmo que quisesse.

O hóspede era agora o senhor de Wuthering Heights: ele se mostrou firme, e provou ao advogado, que, por sua vez, provou ao senhor Linton, que Earnshaw havia hipotecado cada metro de terra que possuía em troca de dinheiro vivo para sustentar seu vício no jogo; e ele, Heathcliff, era o credor dessa hipoteca.

Dessa maneira, Hareton, que agora deveria ser o principal cavalheiro da região, foi reduzido a um estado de completa dependência do mais inveterado inimigo de seu pai; e vive hoje em sua própria casa como um criado, privado do benefício de um salário: praticamente incapaz de se reerguer, devido à ausência de parentes e à ignorância de ter sido injustiçado.

Capítulo XVIII

— Esses doze anos — continuou a senhora Dean — seguintes a esse período sombrio foram os mais felizes da minha vida: meus maiores problemas nessa passagem foram as doenças corriqueiras da pequena senhorita, que ela teve que experimentar em comum com todas as crianças, ricas e pobres.

De resto, após os primeiros seis meses, ela cresceu como um lariço, e já era capaz de andar e falar também, à sua maneira, antes que a urze florescesse uma segunda vez sobre a sepultura da senhora Linton.

Ela era uma criatura absolutamente cativante, que trouxe luz do sol para uma casa desolada: um rosto de verdadeira beleza, com os belos olhos escuros dos Earnshaws, mas a pele clara e as feições delicadas dos Lintons, e cabelos loiros cacheados. Seu espírito era entusiasmado, mas não rude, e qualificado por um coração sensível e vigoroso até demais em suas afeições. Essa capacidade de um intenso apego lembrava a mãe, embora ainda não se parecesse com ela, pois ela era capaz de ser meiga e branda como uma pomba, e possuía uma voz delicada e uma expressão pensativa: sua raiva nunca era furiosa; seu amor, jamais feroz. Era um amor profundo e terno.

No entanto, devo admitir, ela tinha defeitos que prejudicavam seus dons. Uma propensão a ser insolente; e uma obstinação perversa, que crianças mimadas invariavelmente adquirem, sejam elas afáveis ou irritadiças. Se uma criada por acaso a contrariava, era sempre "vou contar para o papai!". E se o pai a censurava, mesmo que apenas com um olhar enviesado, parecia algo de partir o coração: não creio que ele tenha jamais dito uma palavra dura para a filha.

Ele assumiu pessoalmente a educação dela, e fez disso um divertimento. Felizmente, a curiosidade e o ágil intelecto fizeram dela uma boa aluna: ela aprendia depressa e avidamente, e correspondeu às expectativas do professor.

Até atingir a idade de treze anos, nenhuma vez ela ultrapassou os limites do parque desacompanhada. O senhor Linton raramente a levava a mais de um quilômetro e meio para fora da propriedade; mas não a confiava a ninguém. Gimmerton era um nome irrelevante aos ouvidos dela; a capela, único edifício de que ela se aproximava ou onde entrava, além da própria casa. Wuthering Heights e o senhor Heathcliff não existiam para ela: ela era uma perfeita reclusa; e, aparentemente, perfeitamente contente. Às vezes, de fato, enquanto olhava pela janela de seu quarto, ela comentava...

— Ellen, quando vou poder caminhar até o alto daquelas colinas? Queria saber o que tem do outro lado... É o mar?

— Não, senhorita Cathy — eu respondia —, são só mais colinas, como estas daqui.

— E como são aquelas pedras douradas quando se está de pé embaixo delas? — certa vez, ela perguntou.

O abrupto declive de Penistone Crags atraía particularmente sua atenção; especialmente quando o sol poente se refletia em seu cume, e toda a extensão da paisagem contígua ficava na sombra.

Expliquei que eram massas rochosas, quase sem terra nas frestas dos rochedos para alimentar uma árvore atrofiada.

— E por que ficam tão brilhantes quando está anoitecendo aqui? — ela insistiu.

— Porque lá é muito mais alto do que aqui onde estamos — respondi. — Não daria para você subir, são pedras muito altas e íngremes. No inverno, o gelo começa sempre lá, antes de chegar aqui; e no auge do verão já encontrei neve embaixo daquele oco escuro da face nordeste!

— Oh, você já esteve lá! — ela exclamou de alegria. — Então eu posso ir também, quando virar uma mulher. O papai já foi lá também, Ellen?

— O papai vai lhe dizer, senhorita — respondi rapidamente —, que não vale a pena o esforço de visitá-las. A charneca, onde você passeia com ele, é muito mais bonita; e Thrushcross Park é o lugar mais bonito do mundo.

— Mas eu já conheço o parque, e não conheço aqueles rochedos — ela murmurou consigo mesma. — E eu adoraria olhar de cima daquela pedra mais alta; a Minny, meu pônei, vai me levar lá algum dia.

Uma das criadas, mencionando Fairy Cave, a gruta das fadas, fez com que ela virasse a cabeça com o desejo de realizar esse passeio: ela insistiu com o senhor Linton a respeito disso; e ele prometeu que ela faria essa viagem quando fosse mais velha. Mas a senhorita Catherine media sua idade por meses, e...

— Já estou com idade para ir a Penistone Crags? — era a pergunta constante em seus lábios.

A estrada para lá passava perto de Wuthering Heights. Edgar não tinha coragem de passar por ali; de modo que ela recebia constantemente a mesma resposta:

— Ainda não, meu bem; ainda não.

Eu disse que a senhora Heathcliff viveu mais doze anos depois de abandonar o marido. A família dela tinha uma constituição mais delicada: ela e Edgar não tinham a mesma saúde corada que geralmente se encontra por estas bandas. Qual foi exatamente sua doença derradeira, não tenho certeza: mas posso deduzir que ambos morreram da mesma coisa, uma espécie de febre, lenta a princípio, mas incurável, e que rapidamente consumia a vida até o fim.

Ela escreveu para informar o irmão sobre a provável conclusão de uma indisposição de quatro meses que ela vinha sofrendo, e pediu para que ele viesse vê-la, se possível; pois ela tinha muitos acertos para fazer, e queria se despedir dele, e entregar Linton em segurança aos cuidados dele. A esperança dela era que Linton pudesse ficar com ele, como ele havia ficado com ela: o pai do menino, ela estava convencida, não tinha nenhuma intenção de assumir o fardo de seu sustento ou de sua educação.

Meu patrão não hesitou nem por um momento em aquiescer ao pedido dela: mesmo relutante como era em sair de casa para atender a qualquer tipo de chamado, ele partiu correndo para socorrer a irmã; deixando Catherine sob minha estrita confiança, em sua ausência, com reiteradas ordens de que ela não devia perambular para fora do parque, nem mesmo sob a minha vigilância: ele nem sequer cogitava que ela pudesse sair desacompanhada.

Ele ficou três semanas fora. Nos dois primeiros dias, a menina aos meus cuidados ficou sentada em um canto da biblioteca, triste demais para ler ou para brincar: naquele estado tranquilo, ela me deu pouquíssimo trabalho; mas esse momento foi sucedido por um intervalo de tédio impaciente e agitado; e estando eu ocupada demais, e já então velha demais para correr para cima e para baixo a entretê-la, inventei um método pelo qual ela pudesse se entreter sozinha.

Eu costumava enviá-la em jornadas pela propriedade, ora a pé, ora montada em Minny; e servia de ouvinte paciente para todas as suas aventuras reais e imaginárias quando ela voltava.

O verão brilhou em seu apogeu; e ela passou a gostar tanto desses passeios solitários que costumava ficar fora do desjejum até a hora do chá; e então as noites eram passadas recontando suas histórias fantasiosas. Eu não tinha medo de que ela ultrapassasse os limites da propriedade; porque geralmente os portões ficavam trancados, e eu achava que dificilmente ela se arriscaria sozinha, mesmo que ficassem escancarados.

Infelizmente, minha confiança se provou equivocada. Catherine veio até mim, uma manhã, às oito horas, e disse que naquele dia ela seria um mercador árabe, que atravessaria o deserto com sua caravana; e que eu devia lhe dar muitas provisões, para ela e para os animais: um cavalo, e três camelos, interpretados por um sabujo grande e uma dupla de perdigueiros. Separei um bom estoque de iguarias e pus numa cesta ao lado da sela; e ela se levantou, alegre como uma fada, protegida por seu chapéu de aba larga e pelo véu de gaze contra o sol de julho, e saiu trotando com uma risada alegre, zombando do meu conselho cauteloso de evitar galopar, e voltar cedo.

A malcriada criatura não apareceu na hora do chá. Um dos viajantes, o sabujo, sendo um cachorro velho e amante do sossego, voltou; mas nem Cathy, nem Minny, o pônei, nem os dois perdigueiros podiam ser avistados em nenhuma direção: enviei emissários por esse caminho e por aquele, e por fim fui eu mesma procurá-la a pé.

Havia um lavrador trabalhando na cerca de uma plantação, nos limites da propriedade. Indaguei se ele havia visto nossa jovem dama.

— Eu a vi esta manhã — ele respondeu. — Ela me pediu para cortar uma vara de avelaneira, e então fez seu cavalinho Galloway saltar a cerca, aqui nesse trecho mais baixo, e galopou até sumir de vista.

O senhor pode imaginar como me senti ao ouvir essa notícia. Logo me ocorreu que ela devia ter partido rumo a Penistone Crags.

— O que será dela?! — exclamei, atravessando pela brecha na cerca que o homem estava consertando e seguindo diretamente para a estrada.

Caminhei como se fosse por dinheiro, quilômetro após quilômetro, até que, depois de uma curva, avistei Heights; mas não detectei nenhum sinal de Catherine, longe ou perto.

O penhasco ficava cerca de dois quilômetros e meio além da casa do senhor Heathcliff, ou seja, cerca de seis quilômetros de Grange, de modo que comecei a temer que a noite caísse antes de eu conseguir chegar lá.

"E se ela tiver escorregado enquanto escalava entre as pedras", refleti, "e tiver morrido, ou quebrado alguns ossos?"

Meu suspense foi verdadeiramente doloroso; e, a princípio, senti um delicioso alívio ao avistar, aproximando-me da casa, Charlie, o perdigueiro mais feroz, deitado debaixo de uma janela, com a cabeça inchada e a orelha sangrando.

Abri o portão e corri para a porta, batendo veementemente para ser admitida. Uma mulher que eu conhecia, e que antes havia vivido em

Gimmerton, atendeu: ela se tornara empregada lá desde a morte do senhor Earnshaw.

— Ah — disse ela —, você veio procurar sua senhorinha! Não se assuste. Ela está aqui em segurança: mas fico contente por não ser o patrão.

— Então, ele não está em casa? — arfei, quase sem fôlego da caminhada apressada e aflita.

— Não, não — ela respondeu. — Ele e Joseph saíram, acho que não estarão de volta antes de uma ou duas horas. Entre e descanse um pouco.

Entrei e contemplei minha ovelha desgarrada sentada diante da lareira, balançando em uma cadeirinha que havia sido de sua mãe na infância. O chapéu dela estava pendurado na parede, e ela parecia perfeitamente à vontade, rindo e conversando, no melhor humor imaginável, com Hareton, na época, já um rapagão forte de dezoito anos, que olhava fixamente para ela com considerável curiosidade e perplexidade: compreendendo muito pouco da fluente sucessão de comentários e perguntas que a língua da menina não parava de despejar.

— Muito bem, senhorita! — exclamei, disfarçando minha alegria sob um semblante aborrecido. — Esse foi seu último passeio a cavalo até o seu pai voltar. Não vou deixar você sair de casa, sua menina malcriada, malcriada!

— Ah, Ellen! — ela exclamou, alegre, saltando e correndo na minha direção. — Terei uma bela história para contar hoje à noite; e agora você me encontrou. Você já estivera aqui antes?

— Ponha esse chapéu, e vamos já para casa — eu disse. — Estou terrivelmente decepcionada, senhorita Cathy; o que a senhorita fez foi extremamente errado! Não adianta fazer essa cara e choramingar agora; isso não vai compensar pelo trabalho que eu tive de atravessar a região atrás da senhorita. E pensar que o senhor Linton me encarregou de cuidar da senhorita; e a senhorita foge de casa! Isso só demonstra que a senhorita é uma raposinha, em quem ninguém nunca mais vai confiar.

— O que eu fiz? — soluçou ela, instantaneamente contida. — O papai não me mandou fazer nada: ele não vai me dar bronca, Ellen; ele nunca fica bravo como você!

— Vamos, vamos! — repeti. — Deixe-me dar o laço nessa fita. Agora, chega de petulância. Oh, que vergonha! A senhorita já está com treze anos e ainda age como um bebê!

Essa exclamação foi proferida quando ela removeu o chapéu da cabeça e correu para perto da lareira, para escapar do meu alcance.

— Não — disse a criada —, não seja tão dura com a bela mocinha, senhora Dean. Nós insistimos para que ela ficasse: ela queria voltar a cavalo, com receio de que a senhora ficasse preocupada. Hareton se ofereceu para acompanhá-la, e eu achei que ele devia mesmo: a estrada sobre as colinas é tortuosa.

Hareton, durante essa discussão, ficou parado de pé com as mãos nos bolsos, embaraçado demais para falar; embora aparentemente não tenha gostado da minha intrusão.

— Quanto tempo devo esperar? — continuei, ignorando a interferência da criada. — Vai anoitecer em dez minutos. Onde está o pônei, senhorita Cathy? E onde está Phoenix? Vou deixá-la para trás se a senhorita não se apressar; portanto faça como preferir.

— O pônei está no pátio — ela respondeu —, e Phoenix está preso ali. Ele foi mordido, e Charlie também. Eu ia contar tudo isso; mas você está de mau humor e não merece ouvir.

Recolhi seu chapéu, e me aproximei para recolocá-lo na cabeça dela; mas vendo que as pessoas da casa haviam tomado seu partido, ela começou a saltitar pela sala; e quando corri atrás dela, ela escapou feito um camundongo por cima e por baixo e por trás dos móveis, tornando ridícula minha perseguição.

Hareton e a criada deram risada, e ela se juntou a eles, e ficou ainda mais impertinente; até o ponto em que gritei, com grande irritação.

— Bem, senhorita Cathy, se a senhorita soubesse de quem é esta casa, iria embora de bom grado.

— É do *seu* pai, não é? — disse ela, virando-se para Hareton.

— Não — ele respondeu, baixando os olhos, e corando de vergonha.

Ele não conseguiu sustentar o olhar fixo dela, embora fossem olhos iguais aos seus.

— De quem é, então? Do seu patrão? — ela perguntou.

Ele ficou ainda corado, com um sentimento diferente, resmungou um impropério, e deu as costas para ela.

— Quem é o patrão dele? — continuou a insistente menina, recorrendo a mim. — Ele estava falando da "nossa casa" e "da nossa família". Achei que ele fosse o filho do dono. E em nenhum momento ele me tratou por senhorita: ele devia ter me tratado por senhorita, não devia, se ele é um criado?

Hareton ficou negro como uma nuvem de tempestade diante dessa fala infantil. Sacudi silenciosamente a menina inquisitiva, e enfim consegui prepará-la para partirmos.

— Agora, vá buscar o meu cavalo — ela disse, dirigindo-se ao parente desconhecido como se falasse com um menino dos estábulos de Grange. — E você venha comigo. Quero ver onde o caçador de *goblins* aparece no charco, e ouvir sobre as *fairishes*, como você falou: mas vá depressa! Qual é o problema? Vá buscar meu cavalo, eu já disse.

— Nem com a *sua* desgraça serei seu empregado! — rosnou o rapaz.

— Nem com a minha o *quê?* — perguntou Catherine com surpresa.

— Desgraça... sua bruxa insolente! — ele respondeu.

— Pronto, senhorita Cathy! A senhorita bem vê em que bela companhia está — intervim. — Que belas palavras para se usar diante de uma jovem dama! Eu imploro, senhorita, não discuta com ele. Vamos, nós mesmas buscamos a Minny, e vamos embora.

— Mas, Ellen — ela exclamou, com um olhar fixo de espanto —, como ele ousa falar assim comigo? Ele não tem que fazer o que eu mando? Sua criatura cruel, vou contar para o papai o que você disse... E então?!

Hareton não pareceu se importar com essa ameaça; então as lágrimas vieram aos olhos dela com indignação.

— Você, traga o pônei — ela exclamou, virando-se para a criada — e solte agora mesmo o meu cachorro!

— Com modos, senhorita — respondeu a criada em tom de repreensão. — A senhorita não perde nada sendo polida. Embora o senhor Hareton, aqui, não seja filho do patrão, ele é primo da senhorita: e eu não fui contratada para servi-la.

— *Ele*, meu primo! — exclamou Cathy, gargalhando com desprezo.

— Sim, de fato — respondeu sua repreensora.

— Oh, Ellen! Não deixe que falem assim comigo — ela prosseguiu, muito atordoada. — O papai foi buscar meu primo em Londres: meu primo é filho de um cavalheiro. Que... — Ela parou de falar, e começou a chorar imediatamente; aborrecida com a mera possibilidade de parentesco com aquele maltrapilho.

— Silêncio, silêncio! — sussurrei. — As pessoas podem ter muitos primos e de todos os tipos, senhorita Cathy, sem se tornarem piores por causa disso; só que elas não precisam ficar na companhia deles, se eles forem desagradáveis e maus.

— Ele não é... ele não é meu primo, Ellen! — ela continuou, agregando mais tristeza à reflexão, e atirando-se nos meus braços para se refugiar dessa ideia.

Fiquei muito aborrecida com ela e com a criada por suas mútuas revelações; sem ter dúvida de que a chegada iminente de Linton, comunicada pela primeira, seria relatada ao senhor Heathcliff; e sentindo a mesma certeza de que a primeira vontade de Catherine, quando o pai voltasse, seria procurar uma explicação para a afirmativa da segunda sobre seu parente mal-educado.

Hareton, recuperado do desgosto de ter sido considerado um criado, pareceu comovido com a aflição dela; e, depois de trazer o pônei até a porta, ele pegou, para apaziguá-la, um belo filhote de *terrier* de patas tortas do canil, e deixando o filhote nas mãos dela, fechou-se em copas!, pois não tinha nada para dizer.

Fazendo uma pausa em suas lamentações, ela olhou atentamente para ele com uma expressão de temor reverente e horror, então voltou a chorar.

Mal consegui conter o riso diante daquela antipatia contra o pobre rapaz; que era um jovem bem-proporcionado, atlético, de boa aparência, forte e saudável, porém trajado em roupas apropriadas aos seus afazeres na fazenda, e andando pela charneca atrás de coelhos e caça. Ainda assim, pensei ter detectado na fisionomia dele um espírito com melhores qualidades do que o do pai jamais possuiu. Boas coisas perdidas em meio a um matagal de ervas daninhas, certamente, cuja exuberância em muito superava o cultivo negligenciado; contudo, não obstante, evidência de um solo rico, que poderia dar safras luxuriantes sob outras circunstâncias mais favoráveis. O senhor Heathcliff, creio, não o maltratara fisicamente; graças à sua natureza destemida, que não oferecia nenhuma tentação a esse tipo de opressão: ele não tinha nada daquela suscetibilidade tímida que teria dado ensejo aos maus-tratos, segundo o juízo de Heathcliff. Este parecia ter canalizado sua maldade em transformar Hareton em um brutamontes: jamais lhe ensinaram a ler ou escrever; jamais fora criticado por qualquer mau costume, contanto que não irritasse seu tutor; jamais dera um único passo no caminho da virtude, nem nunca foi protegido por um único preceito contra o vício. E, pelo que ouvi, Joseph contribuiu muito para sua decadência, devido a uma obtusa parcialidade que o levou a mimá-lo e a bajulá-lo, na infância, por ser herdeiro de uma família antiga. E assim como ele se acostumara a acusar Catherine Earnshaw e Heathcliff, quando eram crianças, de fazerem o patrão perder a paciência, obrigando-o a buscar consolo na bebida, com o que ele chamava de "hábitos podres" deles, também no presente ele colocava toda culpa pelos pecados de Hareton nas costas do usurpador de sua propriedade.

Se o rapaz xingava, ele não o corrigia: por mais culpável que fosse seu comportamento. Aparentemente, era uma satisfação para Joseph assisti-lo percorrer os piores extremos: ele permitiu que o rapaz se arruinasse, que sua alma fosse abandonada à perdição; mas depois refletiu que Heathcliff devia responder por aquilo. O sangue de Hareton estaria nas mãos dele; e havia uma imensa consolação nesse pensamento.

Joseph instilou nele um orgulho de seu sobrenome, e de sua linhagem; ele teria, se tivesse ousado, alimentado o ódio entre ele e o atual proprietário de Heights: mas seu pavor desse proprietário chegava às raias da superstição; e ele confinou seus sentimentos em relação a ele a insinuações murmuradas e cominações privadas.

Não digo que eu fosse intimamente familiarizada com o modo de vida costumeiro naquela época em Wuthering Heights: só falo de ouvir dizer; pois presenciei pouca coisa. O povo da vila afirmava que o senhor Heathcliff estava *sempre por perto,* e era um cruel senhorio para seus inquilinos; mas a casa, por dentro, havia recuperado seu antigo aspecto de conforto sob administração feminina, e as cenas de rebeldia comuns no tempo de Hindley eram agora encenadas entre quatro paredes. O patrão era sorumbático demais para procurar a companhia de outras pessoas, boas ou más; e ele ainda é assim.

Isso, contudo, não ajuda a avançar minha história. A senhorita Cathy recusou a oferta de paz do *terrier,* e pediu seus próprios cães, Charlie e Phoenix. Eles vieram mancando e cabisbaixos; e fomos para casa, lamentavelmente tristes, nós quatro.

Não consegui extrair da minha jovem senhora como ela havia passado o dia; exceto que, como eu supunha, o destino de sua peregrinação fora Penistone Crags; e ela chegara sem grandes aventuras ao portão da sede da fazenda, quando Hareton por acaso estava saindo, na companhia de alguns seguidores caninos, que atacaram sua comitiva.

Os cães tiveram uma rápida escaramuça, antes que seus donos conseguissem separá-los: isso constituiu sua apresentação. Catherine disse a Hareton quem ela era, e aonde estava indo; e pediu que ele lhe mostrasse o caminho: e, por fim, persuadiu-o a acompanhá-la.

Ele abriu para ela os mistérios da gruta das fadas, e vinte outros lugares excêntricos. Mas, como estávamos brigadas, não fui agraciada com a descrição dos interessantes objetos que ela viu.

Pude apurar, contudo, que seu guia havia sido um favorito até que ela o magoou ao tratá-lo como um criado; e a criada de Heathcliff a magoou ao dizer que ele era seu primo.

Então o linguajar que ele usara com ela arranhou seu coração; ela que sempre fora "meu bem", e "querida", e "rainha", e "anjo", com todo mundo em Grange, ser insultada de modo tão chocante por um desconhecido! Ela não compreendeu aquilo; e tive muito trabalho para obter dela a promessa de que não revelaria essa ofensa ao pai.

Expliquei que ele tinha sérias objeções a todos em Heights, e como ficaria aborrecido se descobrisse que ela estivera lá; mas insisti bastante no fato de que, se ela expusesse minha negligência para com as ordens dele, talvez ele ficasse tão irritado que eu acabaria sendo demitida; e Cathy não suportaria essa possibilidade: ela deu sua palavra, e a manteve, por mim. Afinal, era uma doce menina.

Capítulo XIX

— Uma carta, em envelope de bordas negras, anunciou o dia da volta do meu patrão. Isabella havia morrido, e ele escrevia pedindo que eu preparasse o luto para sua filha, e arranjasse um quarto, ou outra acomodação, para seu jovem sobrinho.

Catherine ficou louca de alegria com a ideia de dar as boas-vindas ao pai que voltava; e se entregou às mais otimistas expectativas das inumeráveis excelências de seu "verdadeiro" primo.

A tarde da aguardada vinda do pai e do primo chegou. Desde cedo, ela ficara ocupada organizando seus pequenos afazeres; e, então, trajada em seu novo vestido preto (pobre criatura!, a morte da tia a impressionara com uma tristeza indefinida), ela me obrigou, por insistência constante, a acompanhá-la na descida até o portão para recebê-los.

— Linton é só seis meses mais novo do que eu — ela tagarelava, enquanto percorríamos sem pressa os aclives e declives da turfa musgosa, à sombra das árvores. — Que delícia será tê-lo como colega de brincadeiras! A tia Isabella enviou ao papai uma bela mecha de cabelos dele; é mais claro que o meu; mais amarelo, mas tão bonito quanto o meu. Guardei cuidadosamente em uma caixinha de vidro; e muitas vezes pensei em que prazer seria conhecer o dono daqueles cabelos. Oh! Estou tão feliz. E o papai, querido, querido papai! Venha, Ellen, vamos correr! Vem, corre!

Ela correu, e voltou e tornou a correr, muitas vezes antes que meus passos mais sóbrios chegassem ao portão, e então se sentou na ribanceira relvada à beira do caminho, e tentou esperar pacientemente; mas isso foi impossível: ela não conseguia ficar parada um minuto.

— Como estão demorando! — ela exclamou. — Ah, estou vendo uma poeira na estrada; eles estão chegando! Não! Quando eles chegarão? Será que não podemos caminhar um pouco pela estrada... cerca de um quilômetro, Ellen, só um quilômetro? Diga que sim, até aquele arvoredo de bétulas na curva da estrada!

Recusei-me enfaticamente. Por fim, seu suspense terminou: a carruagem dos viajantes apareceu na paisagem.

A senhorita Cathy gritou e estendeu os braços assim que avistou o rosto do pai olhando pela janela. Ele desceu da carruagem, quase tão ávido quanto ela; e um considerável intervalo se passou antes que eles pensassem em outra coisa além de si mesmos.

Enquanto eles trocavam carícias, espiei dentro da carruagem à procura de Linton. Ele estava dormindo a um canto, enrolado em uma capa quente, revestida de peles, como se estivéssemos no inverno. Era um menino pálido, delicado, feminil, que poderia ser confundido com um irmão caçula do meu patrão, tamanha a semelhança: mas havia uma irritabilidade doentia em seu semblante que Edgar Linton nunca teve.

Esse último me viu espiando; e, depois de apertar minha mão, aconselhou-me a fechar a porta e deixá-lo sossegado; pois a viagem o deixara exausto.

Cathy quis espiar também, mas o pai a chamou, e eles caminharam juntos pelo parque, enquanto fui na frente para orientar as criadas.

— Ora, querida — disse o senhor Linton, dirigindo-se à filha, quando pararam ao pé da escada —, o seu primo não é tão forte ou tão alegre quanto você, e ele perdeu a mãe, lembre-se disso, faz muito pouco tempo; portanto, não espere que ele queira tão cedo brincar e correr por aí com você. E não insista muito para conversar com ele: deixe que ele fique sossegado esta noite, pelo menos, pode ser?

— Sim, sim, papai — respondeu Catherine —, mas eu quero vê-lo; e ele não olhou para mim nenhuma vez ainda.

Com a carruagem parada, o menino acordou, e foi ajudado pelo tio a desembarcar.

— Esta é sua prima Cathy, Linton — ele disse, unindo as mãozinhas dos dois. — Ela já gosta de você; e tente não a deixar triste com suas lágrimas esta noite. Tente se animar agora; a viagem acabou, e você não tem nenhuma obrigação além de descansar e se divertir como quiser.

— Então me deixe dormir — respondeu o menino, recuando do cumprimento de Catherine; levando a mão aos olhos para enxugar um princípio de lágrimas.

— Venha, venha, bom menino — sussurrei, conduzindo-o para dentro. — Assim você fará sua prima chorar também. Veja como ela está triste por você!

Não sei se era tristeza por ele, mas ela estava com um semblante tão tristonho quanto o dele, e se virou de volta para o pai. Os três entraram, e subiram até a biblioteca, onde o chá já estava servido. Removi a capa e o capuz de Linton, e o levei até uma cadeira junto à mesa; porém, assim que ele se sentou, tornou a chorar. Meu patrão indagou o motivo.

— Não consigo me sentar nesta cadeira — soluçou o menino.

— Vá para o sofá, então, Ellen levará o seu chá — respondeu o tio, paciente.

Ele havia sido muito exigido, durante a viagem, fiquei convencida, a julgar por sua atitude inquieta e doentia.

Linton lentamente se arrastou da cadeira, e se deitou no sofá. Cathy levou um escabelo e a xícara para perto do primo.

A princípio, ela ficou calada; mas isso não duraria muito: ela estava decidida a fazer do menino um animal de estimação, como ela queria que ele fosse; e começou a fazer carinho nos cachos dele, e a beijar sua bochecha, e ofereceu chá no pires, como a um bebê. Isso agradou Linton, pois ele não era muito mais que um bebê: ele enxugou os olhos, que se acenderam com um sorriso passageiro.

— Oh, ele ficará muito bem — disse o patrão para mim, depois de observá-los por um minuto. — Muito bem, se ficarmos com ele, Ellen. A companhia de outra criança da mesma idade acabará instilando nele um novo espírito, e, com a vontade de ter força, ele acabará por se fortalecer.

"Sim, se conseguirmos ficar com ele!", pensei comigo mesma; e dolorosas apreensões me dominaram de que havia pouca esperança de conseguirmos. E então, pensei, como aquele menino franzino viveria em Wuthering Heights? Entre o pai e Hareton, que colegas de brincadeira, que instrutores ele teria?!

Nossas dúvidas foram logo encerradas, ainda antes do que eu esperava. Eu havia acabado de levar as crianças para o andar de cima, depois de terminado o chá, e pusera Linton para dormir, que não me deixou sair do quarto enquanto ele não dormisse; desci, e estava parada diante da mesa do corredor, acendendo uma vela para o quarto do senhor Edgar, quando uma criada saiu da cozinha e me avisou que o criado do senhor Heathcliff, Joseph, estava na porta, e desejava falar com o patrão.

— Primeiro vou perguntar o que ele quer — eu disse a ela, em considerável tremor. — Uma hora bastante inapropriada para vir incomodar os outros, e justo no momento em que voltaram de uma longa viagem. Não creio que o patrão possa recebê-lo.

Joseph já havia atravessado a cozinha enquanto eu pronunciava essas palavras, e agora se apresentava no corredor. Ele estava vestindo suas roupas de domingo, e com a expressão mais palerma e azeda, segurando a cartola numa mão e a bengala na outra, começou a limpar as botas no tapete.

— Boa noite, Joseph — eu disse, friamente. — O que o traz aqui esta noite?

— Só vou falar com o senhor Linton — ele respondeu, afastando-me com um gesto de desdém.

— O senhor Linton já está se recolhendo; a não ser que você tenha algo particular para dizer, tenho certeza de que ele não poderá recebê-lo agora — continuei. — Seria melhor você se sentar aí, e passar o recado para mim.

— Qual é o quarto dele? — insistiu o sujeito, inspecionando a série de portas fechadas.

Notei que ele estava empenhado em recusar a minha mediação, de modo que, com muita relutância, subi até a biblioteca e anunciei a inesperada visita, avisando que ele devia ser dispensado ainda aquela noite.

O senhor Linton não teve tempo de me encarregar disso, pois Joseph subiu logo atrás de mim, e, forçando sua entrada no recinto, plantou-se na extremidade da mesa, com os dois punhos sobre o castão da bengala, e começou a dizer em tom elevado, como se já esperasse oposição...

— *Heathcliff* me mandou buscar o filho, e só devo voltar com ele.

Edgar Linton ficou calado por um minuto; uma expressão de extrema tristeza dominou seu semblante: ele já sentia pena do menino por si só; mas, ao se lembrar da esperança e do receio de Isabella, e dos votos aflitos pelo futuro do filho, e da entrega da responsabilidade em suas mãos, ele lamentou amargamente a perspectiva de abrir mão do sobrinho, e procurou em seu coração uma maneira de evitar aquilo. Não havia nenhum plano: a mera exposição de um desejo de conservá-lo teria tornado o requerente ainda mais obstinado. Não havia nada a fazer senão se resignar à vontade dele. No entanto, ele não iria despertar o menino de seu sono.

— Diga ao senhor Heathcliff — ele respondeu calmamente — que seu filho será enviado a Wuthering Heights amanhã. Ele já está na cama, e cansado demais para percorrer essa distância agora. Você também pode dizer que a mãe de Linton queria que ele ficasse sob a minha guarda; e, no momento, a saúde dele é bastante precária.

— Não! — disse Joseph, batendo com a bengala no chão, e assumindo um ar autoritário. — Não! Nada disso. *Heathcliff* não quer saber da mãe, nem do senhor, mas ele vai ficar com o filho; e eu devo levá-lo comigo, como o senhor já sabe!

— Você não o levará esta noite! — respondeu de forma decidida o senhor Linton. — Vá embora imediatamente, e repita ao seu patrão o que eu disse. Ellen, abra para ele. Agora, vá...

E, ajudando o velho indignado a se erguer puxando-o pelo braço, ele o expulsou do recinto e fechou a porta.

— Muito bem! — berrou Joseph, saindo lentamente. — Amanhã ele virá pessoalmente, e o senhor tente expulsar *Heathcliff*, se tiver coragem!

Capítulo XX

— Para evitar o risco do cumprimento dessa promessa, o senhor Linton me encarregou de levar o menino para casa bem cedo, no pônei de Catherine; e, disse ele:

— Como doravante não teremos nenhuma influência sobre o destino dele, para o bem e para o mal, você não deve contar à minha filha onde ele está: ela não poderá mais se relacionar com ele, e é melhor para ela ignorar sua proximidade; para que ela não fique inquieta, e ansiosa para visitá-lo em Heights. Simplesmente diga que o pai dele, subitamente, mandou buscá-lo, e ele foi obrigado a nos deixar.

Linton ficou muito relutante ao ser acordado e tirado da cama às cinco da manhã, e espantado ao ser informado de que devia se preparar para outra viagem; mas amenizei a situação dizendo que ele iria passar algum tempo com seu pai, o senhor Heathcliff, que queria muito vê-lo, e não queria postergar esse prazer esperando até que ele se recuperasse da última viagem.

— Meu pai?! — ele gritou, com estranha perplexidade. — Mamãe nunca me disse que eu tinha pai. Onde ele mora? Prefiro ficar com meu tio.

— Ele mora não muito distante de Grange — respondi. — Logo depois daquela serra: não é longe, e você pode vir andando para cá quando estiver animado. E você devia estar contente de ir para casa, e ver seu pai. Você deve tentar amá-lo, como você amava sua mãe, e assim ele amará você também.

— Mas por que nunca ouvi falar nele antes? — perguntou Linton. — Por que mamãe e ele não moravam juntos, como as outras pessoas fazem?

— Ele tinha negócios no Norte — respondi —, e a saúde da sua mãe exigia que ela morasse no Sul.

— E por que a mamãe não me falou dele? — insistiu o menino. — Ela costumava falar do tio, e eu aprendi a amar o tio faz muito tempo. Como vou amar o papai? Eu não conheço o papai.

— Oh, todas as crianças amam os pais — eu disse. — A sua mãe talvez achasse que você fosse querer ficar com ele se ela o mencionasse com frequência. Vamos nos apressar. Uma cavalgada logo cedo em uma bela manhã é muito preferível a uma hora a mais de sono.

— E *ela* vai conosco — ele perguntou —, a menina que eu conheci ontem?

— Agora, não — respondi.

— O tio vai? — ele continuou.

— Não, eu farei companhia para você lá — eu disse.

Linton afundou no travesseiro, absorto nos próprios pensamentos.

— Não vou sem o tio — ele gritou por fim. — Não sei aonde você quer me levar.

Tentei convencê-lo da grosseria que era demonstrar relutância em conhecer seu pai; ainda assim, ele resistiu obstinadamente a qualquer progresso em sua toalete, e precisei chamar meu patrão para me ajudar a persuadi-lo a sair da cama.

A pobre criatura finalmente foi levada, com diversas promessas enganosas de que sua ausência seria breve: de que o senhor Edgar e Cathy o visitariam, e outras juras, igualmente infundadas, que inventei e reiterei, de quando em quando, ao longo de todo o trajeto.

O ar puro cheirando a urze, o sol claro e o passo gentil de Minny aliviaram o desalento dele após algum tempo. Ele começou a fazer perguntas sobre seu novo lar, e seus moradores, com mais interesse e vivacidade.

— Wuthering Heights é um lugar agradável como Thrushcross Grange? — ele indagou, virando-se para um último olhar para o vale, de onde subia uma névoa fina e se formava uma nuvem lanosa sobre as margens azuis.

— Não é tão cercada de árvores — respondi —, e não é tão grande, mas de lá você avista toda essa linda região; e o ar lá é mais saudável para você, mais fresco e mais seco. Talvez você ache a casa antiga e escura a princípio; embora seja uma casa respeitável: a segunda melhor casa da vizinhança. E você poderá fazer passeios deliciosos pela charneca. Hareton Earnshaw, ou seja, o outro primo da senhorita Cathy, e portanto também seu primo de certa forma, irá lhe mostrar os lugares mais adoráveis; e você pode levar um livro quando o tempo estiver bom, e ficar lendo no oco de uma árvore; e, de quando em quando, seu tio se juntará a você nessas caminhadas: ele costuma passear pelas colinas.

— E como é o meu pai? — ele perguntou. — Ele é moço e bonito como o tio?

— Ele é moço como seu pai — eu disse —, mas tem cabelos e olhos negros, e parece mais austero; e ele é bem mais alto e bem mais forte. A princípio, talvez ele não pareça tão gentil e bondoso, porque não é do feitio dele: ainda assim, não se esqueça, seja franco e cordial com ele;

e, naturalmente, ele gostará mais de você do que qualquer tio, pois você é filho dele.

— Cabelos e olhos negros! — espantou-se Linton. — Não consigo simpatizar com ele. Então, eu não me pareço com ele?

— Não muito — respondi; "nem um pouco", pensei, examinando com pesar a compleição branca e o porte esguio de meu companheiro, e seus grandes olhos lânguidos... os olhos da mãe, exceto por não terem, a não ser quando uma irritabilidade mórbida os iluminava, sequer um vestígio do espírito fulgurante dela.

— É muito estranho que ele nunca tenha vindo me visitar com a mamãe! — ele murmurou. — Ele já me viu alguma vez? Se ele me viu, eu devia ser um bebê. Não tenho nenhuma lembrança dele!

— Ora, senhor Linton — eu disse —, quinhentos quilômetros é uma grande distância; e dez anos de um adulto é um tempo muito diferente se comparado com o que são dez anos para o senhor. É provável que o senhor Heathcliff tenha tentado visitá-lo a cada verão, mas nunca tenha encontrado uma oportunidade conveniente; e agora é tarde demais. Não o incomode com perguntas sobre esse assunto: isso o deixará perturbado, sem necessidade.

O menino ficou totalmente absorto nas próprias cogitações pelo restante da cavalgada, até que paramos diante do portão da sede. Observei-o para captar as impressões de seu semblante. Ele examinou o frontão esculpido e as treliças rústicas, os arbustos esparsos de groselheiras e os abetos tortos, com solene atenção, e então balançou a cabeça: seus sentimentos íntimos desaprovavam inteiramente o lado de fora de sua nova morada. Mas ele teve o bom senso de protelar suas queixas: poderia haver algo que compensasse do lado de dentro.

Antes que ele desmontasse, fui na frente e abri a porta. Eram seis e meia da manhã; a família havia acabado de terminar o desjejum: a criada estava tirando a mesa e passando pano. Joseph estava de pé junto à cadeira do patrão contando alguma história sobre um cavalo manco; e Hareton se preparava para ir trabalhar no campo de feno.

— Olá, Nelly! — disse o senhor Heathcliff ao me ver. — Eu já estava com receio de ter de descer eu mesmo para buscar minha propriedade. Você trouxe, não trouxe? Vejamos o que conseguimos fazer com isso.

Ele se levantou e caminhou até a porta: Hareton e Joseph vieram atrás, boquiabertos de curiosidade. O pobre Linton olhou assustado para o rosto dos três.

— Sem dúvida — disse Joseph após grave inspeção —, ele trocou de criança, patrão, e essa é a filha dele!

Heathcliff, depois de encarar o filho, com um arroubo de perplexidade, soltou uma gargalhada de escárnio.

— Deus! Que beleza! Que coisinha adorável, encantadora! — ele exclamou. — Mas eles não o trataram à base de caracóis e coalhada, Nelly? Oh, que desgraça! Mas isso é pior do que eu imaginava… e o diabo sabe que eu não estava otimista!

Ajudei o menino trêmulo e confuso a desmontar e a entrar. Ele não entendeu inteiramente o sentido da fala do pai, nem mesmo se havia se dirigido a ele: na verdade, ele não tinha ainda certeza de que aquele desconhecido, sinistro e sarcástico, era mesmo seu pai. Mas ele se agarrou a mim com crescente tremor; e, quando o senhor Heathcliff puxou uma cadeira e disse "venha", ele escondeu o rosto no meu ombro e chorou.

— Pronto, pronto! — disse Heathcliff, esticando a mão e puxando o menino bruscamente entre seus joelhos, e então, ergueu a cabeça dele pelo queixo. — Basta dessa bobagem! Não vamos te machucar, Linton. Não é esse o teu nome? Bem se vê que é inteiramente filho da mãe! Onde está a *minha* parte, galinha lacrimosa?

Ele tirou o capuz do menino e pôs para trás seus grossos cachos loiros, apalpou os braços finos e os dedos curtos; durante esse exame, Linton parou de chorar, e levantou seus grandes olhos azuis para inspecionar seu inspetor.

— Você sabe quem eu sou? — perguntou Heathcliff, convencido de que os braços e as pernas do filho eram igualmente frágeis e débeis.

— Não — disse Linton, com um olhar vago de medo.

— Você já tinha ouvido falar de mim, eu imagino?!

— Não — ele respondeu outra vez.

— Não?! Que vergonha, a sua mãe não ter jamais despertado em você uma consideração filial por mim! Pois bem, você é meu filho, estou lhe dizendo agora; e sua mãe era uma vadia desgraçada por ter mantido você na ignorância do tipo de pai que você tinha. Agora, não pisque, e anime-se! Mas já é alguma coisa ver que você não tem sangue branco. Seja um bom rapaz; e você poderá contar comigo. Nelly, se estiver cansada, pode sentar-se; caso contrário, pode voltar para casa. Imagino que você contará tudo o que ouviu e viu por aqui àquela nulidade em Grange; e esta criatura aqui não irá sossegar enquanto você estiver por perto.

— Bem — respondi —, espero que o senhor seja bom para o menino, senhor Heathcliff, ou não o terá consigo por muito tempo; e ele é a única família sua no mundo, a única que o senhor jamais terá. Lembre-se disso.

— Eu serei *muito* bom para ele, você não precisa se preocupar — ele disse, dando risada. — Porém ninguém mais poderá ser bom para ele: exijo o monopólio da afeição por ele. E, para começar a minha gentileza, Joseph, traga o desjejum para o menino. Hareton, seu bezerro infernal, vá trabalhar. Sim, Nell — ele agregou, quando eles saíram —, meu filho será o herdeiro da sua casa, e eu não vou querer que ele morra antes de ter certeza de que eu serei o sucessor dele. Além disso, ele é *meu*, e eu desejo o triunfo de ver *meu* descendente senhor por direito das terras deles; meu filho contratando os filhos deles para arar a terra que foi dos pais deles em troca de salário. Essa é a única consideração capaz de me fazer suportar esse filhote: eu o desprezo por si mesmo, e o odeio pelas memórias que ele ressuscita! Mas essa consideração é suficiente: ele estará tão seguro comigo e será tratado tão cuidadosamente quanto seu patrão cuida dos dele. Tenho um quarto no andar de cima, mobiliado para ele em grande estilo; contratei um tutor também, que virá três vezes por semana, percorrendo cerca de trinta quilômetros de distância, para ensinar o que ele quiser aprender. Mandei Hareton obedecê-lo: e, na verdade, arranjei tudo no intuito de preservar nele o superior e o cavalheiro, acima de seus associados. Lamento, no entanto, que ele pareça merecer muito pouco todo esse esforço: se eu quisesse alguma bênção neste mundo, seria encontrar nele um objeto digno de orgulho; e estou amargamente decepcionado com esse desgraçado branco e chorão!

Enquanto ele falava, Joseph voltou com uma tigela de mingau de aveia, e a deixou diante de Linton: que recusou o prato simples com um olhar de aversão, e afirmou que não podia comer aquilo.

Vi que o velho criado compartilhava do desprezo do patrão pelo menino; embora se obrigasse a conter esse sentimento no coração, porque Heathcliff claramente queria que seus subordinados o tratassem com honras.

— Não pode comer? — repetiu ele, olhando bem para Linton, e baixando a voz a um sussurro, com receio de que os demais ouvissem. — Mas o senhor Hareton só comia isso, quando era pequeno; e o que é bom para ele é bom para você também, é o que eu acho!

— Eu *não vou* comer isso! — respondeu Linton, ríspido. — Tire isso da minha frente.

Joseph apanhou o prato com indignação e o trouxe até nós.

— Está estragada esta comida? — ele perguntou, enfiando a bandeja debaixo do nariz de Heathcliff.

— O que haveria de estragar? — ele disse.

— Ora! — respondeu Joseph. — Esse mocinho elegante diz que não pode comer isso. Mas acho que ele tem razão! A mãe dele era igualzinha; a gente era sujo demais até para debulhar o milho para fazer pão para ela.

— Não fale da mãe dele perto de mim — disse o patrão, irritado. — Sirva algo que ele possa comer, só isso. O que ele come geralmente, Nelly?

Sugeri leite ou chá fervido; e a governanta recebeu instruções para preparar.

Ora, refleti, o egoísmo do pai talvez contribuísse para o conforto do filho. Ele percebia a constituição delicada do menino, e a necessidade de tratá-lo razoavelmente. Eu consolaria o senhor Edgar informando sobre essa mudança de humor de Heathcliff.

Sem mais pretextos para me demorar, escapuli, enquanto Linton estava distraído afastando timidamente os avanços de um amistoso *sheepdog*. Mas ele estava alerta demais para ser enganado: assim que fechei a porta, ouvi um grito, e uma repetição frenética das seguintes palavras:

— Não me deixe aqui! Não vou ficar aqui! Não vou ficar aqui!

Então o trinco foi aberto e fechado: eles não o deixaram sair. Montei em Minny, e instiguei-a a trotar; e assim terminou minha breve tutela do menino.

Capítulo XXI

— Tivemos uma triste tarefa com a pequena Cathy naquele dia: ela acordou muito eufórica, ávida para se juntar ao primo, e seguiram-se lágrimas e lamentações tão passionais à notícia da partida do menino que o próprio Edgar foi obrigado a consolá-la, afirmando que ele voltaria em breve: o pai agregou, contudo, "se eu conseguir trazê-lo"; e não havia esperança de que isso fosse acontecer.

Essa promessa pouco apaziguou a filha; mas o tempo foi mais forte; e, embora ela continuasse às vezes perguntando quando Linton voltaria, antes que ela tornasse a vê-lo, as feições dele ficaram tão pálidas em sua lembrança que ela nem o reconheceria.

Quando encontrava por acaso a governanta de Wuthering Heights, comprando algo em Gimmerton, eu costumava perguntar como estava o jovem senhor; pois ele vivia quase tão recluso quanto Catherine, e nunca era visto fora de casa. Pude apurar com ela que ele continuava com saúde debilitada, e era um morador exigente. Ela disse que o senhor Heathcliff parecia antipatizar com ele, ainda mais e pior, embora tivesse alguma dificuldade de disfarçar esse desprezo: era uma antipatia com o som da voz do menino, e que impedia que ele ficasse na mesma sala mais do que alguns minutos.

Raramente eles conversavam; Linton tinha aulas e passava as tardes em um pequeno apartamento que chamavam de saleta, ou então ficava na cama o dia inteiro, pois estava constantemente tossindo, com resfriados e dores, e queixas de algum tipo.

— E nunca conheci uma criatura de coração tão fraco — acrescentou a mulher —; nem alguém tão cuidadoso consigo mesmo. Ele se queixa se deixo a janela aberta até um pouco mais tarde. "Oh!, está me matando, um sopro de ar noturno!" E ele exige que acendamos o fogo no auge do verão; o cachimbo de Joseph para ele é um veneno; e ele precisa ter sempre doces e guloseimas, e sempre leite, leite a toda hora, sem se importar como o resto de nós sofremos no inverno; e lá ele se senta, envolto em sua capa de peles, em sua poltrona, diante do fogo, com um pouco de torradas e água ou outra infusão na grelha para bebericar; e se Hareton, por compaixão, vem entretê-lo (Hareton não tem má índole, embora seja ríspido), certamente eles acabam se separando, um xingando e o outro chorando. Acredito que o patrão adoraria se Earnshaw o espancasse até virar mingau, se ele não fosse filho dele; e tenho certeza de que ele iria querer expulsá-lo de casa se soubesse metade dos cuidados que ele se dá. Mas então ele não corre esse risco: ele nunca entra na saleta, e se Linton age assim no lugar da casa onde ele está, ele o manda subir na hora.

Deduzi, a partir desse relato, que a total falta de simpatia tornara o jovem Heathcliff egoísta e desagradável, se ele já não o fosse originalmente; e meu interesse por ele, consequentemente, decaiu: embora eu continuasse comovida por uma sensação de tristeza pelo destino dele, e um desejo de que ele tivesse ficado conosco.

O senhor Edgar me encorajou a obter informações: ele pensava um bocado nele, imagino, e teria corrido alguns riscos para vê-lo; e ele me pediu um dia para perguntar à governanta se ele ia às vezes à vila?

Ela disse que ele só tinha saído duas vezes, a cavalo, para acompanhar seu pai; e, das duas vezes, ele alegou ter ficado completamente arrasado por três ou quatro dias depois disso.

Essa governanta foi embora, se bem me lembro, dois anos depois que ele chegou; e outra, que não cheguei a conhecer, foi sua sucessora; ela ainda mora lá.

O tempo passou em Grange da forma agradável de antes, até a senhorita Cathy completar dezesseis anos. No aniversário do nascimento dela, não manifestamos nenhum sinal de alegria, porque era também aniversário de morte de minha falecida senhora. O pai dela invariavelmente passava o dia sozinho na biblioteca; e caminhava, ao crepúsculo, até o cemitério da igreja de Gimmerton, onde costumava prolongar sua estada até além da meia-noite. Portanto Catherine foi deixada aos próprios recursos para se entreter.

Aquele vinte de março foi um belo dia de primavera, e quando o pai dela se retirou, minha jovem senhora desceu vestida para sair, e me disse que havia pedido ao pai para passear nos limites da charneca comigo: o senhor Linton lhe dera permissão, se fôssemos apenas até uma curta distância e voltássemos dentro de uma hora.

— Então se apresse, Ellen! — ela exclamou. — Sei aonde quero ir; onde as perdizes fizeram uma colônia: quero ver se elas já fizeram seus ninhos.

— Isso deve ser bem longe — respondi —; elas não procriam nos limites da charneca.

— Não, não é longe — ela disse. — Eu já fui uma vez com o papai bem perto de lá.

Pus minha touca e saí, sem pensar mais no assunto. Ela foi saltitando na minha frente, e depois voltou para o meu lado, e em seguida tornou a correr como um jovem galgo; e, a princípio, eu me entretive bastante ouvindo as cotovias pipilando, longe e perto, e desfrutando dos doces e calorosos raios de sol; e observando-a, meu animal de estimação e meu deleite, com seus cachos dourados voando soltos, e suas faces brilhantes, suaves e puras, em seu viço como uma rosa silvestre, e seus olhos radiantes com prazer desanuviado. Ela era uma criatura feliz, e um anjo, naquela época. É uma pena que ela não tenha conseguido ficar contente.

— Bem — eu disse —, onde estão as suas perdizes, senhorita Cathy? Já devíamos ter chegado; a cerca do parque de Grange já está muito longe.

— Oh, um pouco mais adiante, só mais um pouco adiante, Ellen — era a resposta dela, continuamente. — Vamos subir esse outeiro, passar aquela ribanceira, e quando chegarmos do outro lado encontraremos as perdizes.

Mas foram tantos outeiros e ribanceiras para subir e ultrapassar que, por fim, comecei a ficar exausta, e disse a ela que devíamos parar, e voltar por onde viemos.

Gritei para ela, que se distanciara muito à minha frente; ela não me ouviu, ou me ignorou, pois continuou seguindo em frente, e fui obrigada a ir atrás. Finalmente, ela desceu por um aclive; e, antes que eu a avistasse novamente, ela já estava três quilômetros mais perto de Wuthering Heights do que da própria casa; e vi que dois homens a abordaram, um deles me convenci de que era o senhor Heathcliff em pessoa.

Cathy havia sido flagrada em pleno ato de saquear, ou, ao menos, caçar ninhos de perdiz. Heights era terra de Heathcliff, e ele estava admoestando a larápia.

— Não peguei nem encontrei nenhuma perdiz — ela disse, enquanto eu me aproximava deles, mostrando as mãos para confirmar a declaração. — Eu não tinha intenção de levá-las; mas o papai me disse que havia muitas perdizes aqui no alto, e eu só queria ver os ovos.

Heathcliff olhou para mim de soslaio, com um sorriso maledicente, expressando que sabia de quem se tratava, e, consequentemente, sua malevolência em relação a ela, e perguntou quem era o "papai"?

— O senhor Linton, de Thrushcross Grange — ela respondeu. — Imaginei que o senhor não soubesse quem sou, ou não teria falado comigo assim.

— Então você acha que o seu papai é muito estimado e respeitado? — ele disse, sarcasticamente.

— E quem é o senhor? — indagou Catherine, olhando com curiosidade para seu interlocutor. — Esse homem eu já vi antes. Ele é seu filho?

Ela apontou para Hareton, o outro indivíduo, que só fizera ganhar volume e força nos últimos dois anos: continuava desengonçado e grosseiro como sempre.

— Senhorita Cathy — interrompi —, já se vão quase três horas, em vez de uma, desde que saímos de casa. Nós realmente precisamos voltar.

— Não, esse homem não é meu filho — respondeu Heathcliff, afastando-me. — Mas eu tenho um filho, e você também já o conheceu; e, embora a sua aia esteja com pressa, creio que seria melhor vocês duas descansarem um pouco. Vocês podem apenas contornar esse campo de urzes, e caminhar até minha casa? Vocês voltarão mais depressa descansadas; e serão bem-vindas.

Sussurrei para Catherine que ela não devia, sob nenhum pretexto, aceitar essa proposta: aquilo estava totalmente fora de questão.

— Por quê? — ela perguntou, em voz alta. — Estou cansada de correr, e o chão está úmido de orvalho: não posso me sentar aqui. Vamos, Ellen. Além do mais, ele disse que eu conheci o filho dele. Ele está enganado, creio eu; mas acho que sei onde ele mora: naquela casa que visitei quando voltava de Penistone Crags. Não é?

— É. Ora, Nelly, não diga nada, será um prazer para ela nos visitar. Hareton, vá na frente com a mocinha. Você vai caminhando comigo, Nelly.

— Não, ela não vai a lugar nenhum — exclamei, esforçando-me para soltar o braço, que ele havia agarrado: mas ela já estava quase no umbral da entrada, tendo subido a colina à máxima velocidade. O companheiro designado nem tentou acompanhá-la: ele desistiu, saiu da trilha, e desapareceu.

— Senhor Heathcliff, isso está muito errado — continuei —, o senhor sabe que não está agindo com boa intenção. E lá ela verá Linton, e tudo será reportado assim que voltarmos para casa; e eu serei a culpada.

— Eu quero que ela encontre Linton — ele respondeu. — Ele está melhor nesses últimos dias; nem sempre ele está disposto para ser visitado. E facilmente a convenceremos a manter essa visita em segredo: o que há de mau nisso?

— O mau é que o pai dela vai me odiar se souber que eu a deixei entrar na sua casa; e estou convencida de que o senhor tem má-intenção ao encorajá-la a fazer isso — respondi.

— A minha intenção é a mais honesta possível. Vou lhe dizer o meu plano geral — ele disse. — Que os dois primos possam se apaixonar, e se casar. Estou sendo generoso com o seu patrão: essa jovem larápia dele não tem nenhuma perspectiva de futuro, e se ela agir conforme os meus desígnios, ela será imediatamente colocada em meu testamento como herdeira em conjunto com Linton.

— Se Linton morrer — respondi —, e a vida dele é bastante incerta, Catherine já seria herdeira dele.

— Não, não seria — ele disse. — Não há nenhuma cláusula no testamento que garanta isso: os bens dele ficariam para mim; mas, para evitar disputas, desejo a união dos dois, e estou decidido a fazer com que isso aconteça.

— E eu estou decidida a não permitir que ela se aproxime outra vez da sua casa na minha companhia — respondi, quando chegamos ao portão, onde a senhorita Cathy nos esperava.

Heathcliff pediu que eu me calasse; e, subindo pelo caminho na nossa frente, abriu logo a porta. Minha jovem senhora olhou várias vezes para ele, como se não conseguisse decidir exatamente o que pensar dele; mas então ele sorriu ao deparar com os olhos dela, e amenizou a voz ao falar com ela; e fui tola o bastante para imaginar que a lembrança da mãe dela talvez tivesse desarmado Heathcliff de seu desejo de lhe fazer mal.

Linton estava de pé diante da lareira. Ele estivera fora, caminhando nos campos, pois estava com seu capuz, e ele pedia a Joseph que lhe trouxesse sapatos secos.

Ele estava com a altura própria da idade, faltando alguns meses para completar dezesseis. Suas feições ainda eram belas, e seus olhos e sua pele estavam mais brilhantes do que eu me lembrava, embora fosse apenas o viço temporário emprestado do ar salutar e do sol revigorante.

— Agora me diga, quem é esse? — perguntou o senhor Heathcliff, virando-se para Cathy. — Você sabe me dizer?

— O seu filho? — ela disse, examinando, desconfiadamente, primeiro um, depois o outro.

— Sim, sim — ele respondeu —, mas esta é a primeira vez que você o encontra? Pense bem! Ah! Que memória curta! Linton, você não se lembra da sua prima, que você tanto nos importunava para encontrar?

— O quê?! Linton! — exclamou Cathy, iluminando-se com alegre surpresa ao ouvir esse nome. — Esse é o pequeno Linton? Ele está mais alto do que eu! Você é mesmo o Linton?

O rapaz deu um passo à frente, e se identificou: ela o beijou ardorosamente, e eles se olharam com espanto diante da transformação que o tempo fizera na aparência de ambos.

Catherine havia atingido sua máxima altura; seu corpo era ao mesmo tempo cheio e esguio, elástico como aço, e sua aparência geral irradiava saúde e entusiasmo. A aparência e os movimentos de Linton eram muito lânguidos, e seu corpo extremamente franzino; mas havia uma graça em seus modos que mitigava esses defeitos, e o tornava não desagradável.

Depois de trocar diversas demonstrações de afeto com ele, a prima se dirigiu ao senhor Heathcliff, que estava parado perto da porta, dividindo sua atenção entre os objetos do lado de dentro e os objetos do lado de fora: fingindo, a bem dizer, observar estes, mas efetivamente reparando apenas naqueles.

— Então o senhor é meu tio! — ela exclamou, aproximando-se para cumprimentá-lo. — Eu bem que achei que tinha gostado de você, embora você tenha sido rabugento a princípio. Por que você nunca nos visitou em Grange com o Linton? Viver todos esses anos tão perto, e nunca ter nos visitado, é estranho: por que você fez isso?

— Visitei Grange uma ou duas vezes, mais do que devia, antes de você nascer — ele respondeu. — Já chega... desgraça! Se você tem beijos de sobra, beije Linton: não os desperdice comigo.

— Ellen, sua malvada! — exclamou Catherine, correndo para me atacar em seguida com seus pródigos carinhos. — Ellen, sua desalmada! Tentar me impedir de entrar! Mas no futuro farei essa caminhada todas as manhãs: posso vir, meu tio? E algumas vezes trarei o papai. O senhor não vai gostar de nos ver?

— Claro que vou — respondeu o tio, com um esgar maldisfarçado, resultante de sua profunda aversão a ambos os visitantes propostos. — Mas fique — ele continuou, virando-se para a jovem dama. — Agora que pensei nisso, é melhor que eu lhe diga de uma vez. O senhor Linton tem um preconceito contra mim: nós discutimos uma vez, com ferocidade pagã; e, se você mencionar que veio aqui, ele vetará totalmente suas futuras visitas. Portanto, você não deve mencionar esse fato, a não ser que não se importe de nunca mais ver seu primo doravante: você pode vir, se quiser, mas não deve contar a ele.

— Por que vocês discutiram? — perguntou Catherine, consideravelmente desanimada.

— Ele me achava pobre demais para se casar com a irmã dele — respondeu Heathcliff —, e ficou magoado quando eu me casei com ela. Seu orgulho ficou ferido, e ele não perdoará isso nunca.

— Isso foi errado! — disse a jovem dama. — Algum dia, vou dizer isso a ele. Mas Linton e eu não temos nenhuma participação nessa desavença. Sendo assim, eu não virei aqui; mas ele irá a Grange.

— É muito longe para mim — murmurou o primo. — Se eu andar seis quilômetros, morro. Não, venha você, senhorita Catherine, de quando em quando: não todas as manhãs, mas uma ou duas vezes por semana.

O pai lançou ao filho um olhar de amargo desprezo.

— Receio, Nelly, que meu empenho tenha sido em vão — ele murmurou para mim. — A senhorita Catherine, como o pateta a chama, irá descobri o valor dele, e o mandará para o inferno. Ora, se tivesse sido Hareton! — Saiba você que teria preferido, vinte vezes, que fosse Hareton, mesmo com toda a degradação dele. Eu teria amado esse rapaz se ele não fosse quem ele é. Mas acho que ele está imune ao amor *dela*. Eu contraporei os dois, se esse insignificante não se mostrar mais enérgico. Calculamos que esse aí mal chegará aos dezoito. Oh, maldita criatura insípida! Ele está concentrado em secar os próprios pés, e nem olha para ela.

— Linton!

— Sim, pai — respondeu o menino.

— Você não tem nada para mostrar à sua prima por aí, nenhum coelho, nenhuma toca de doninha? Leve-a até o jardim, antes de trocar de sapato; e vá ao estábulo mostrar o seu cavalo.

— Você não prefere se sentar aqui mesmo? — perguntou Linton, dirigindo-se a Cathy em um tom que expressava relutância em se mover outra vez.

— Não sei — ela respondeu, lançando um olhar ansioso para a porta, evidentemente ávida por alguma atividade.

Ele continuou sentado, e se encolheu mais perto do fogo.

Heathcliff levantou-se e foi até a cozinha, e de lá saiu para o pátio, chamando por Hareton. Hareton respondeu, e então os dois voltaram para dentro. O rapaz tinha ido se lavar, como se via pelo brilho das faces e pelo cabelo molhado.

— Oh, vou perguntar para *você*, tio — exclamou a senhorita Cathy, lembrando-se da fala da governanta. — Esse não é meu primo, é?

— Sim — ele respondeu —, ele é sobrinho da sua mãe. Você não gostou dele?

Catherine olhou espantada.

— Ele não é um rapaz bonito? — ele continuou.

O menino grosseiro ficou na ponta dos pés, e cochichou uma frase no ouvido de Heathcliff.

Ele deu risada; o semblante de Hareton se anuviou: percebi que ele era muito sensível à suspeita de desdém por parte dela, e tinha obviamente uma pálida noção de sua inferioridade. Mas seu patrão ou guardião desfez essa ruga em seu cenho ao exclamar:

— Você será nosso favorito, Hareton! Ela disse que você era... O que foi mesmo? Bem, algo bastante lisonjeiro! Ora, vá passear com ela pela fazenda. E comporte-se como um cavalheiro, não se esqueça! Não fale palavrões; e não fique encarando a dama quando ela não estiver olhando para você, e se prepare para virar o rosto quando ela estiver; e, quando você falar com ela, pronuncie as palavras lentamente, e não ponha as mãos nos bolsos. Vá, e entretenha a senhorita o melhor que puder.

Ele observou pela janela o par caminhando. Earnshaw evitava constantemente o olhar de sua companheira. Ele parecia examinar a paisagem familiar com o interesse de um forasteiro ou de um artista.

Catherine olhou furtivamente para ele, expressando um pouco de admiração. Ela então voltou sua atenção a procurar objetos que lhe parecessem curiosos, e seguiu alegremente a caminhar, entoando uma melodia para suprir a falta de assunto.

— Amarrei a língua dele — comentou Heathcliff. — Ele não arriscará dizer uma sílaba o tempo todo! Nelly, você se lembra de mim nessa idade... não, alguns anos mais novo. Eu era assim estúpido, tão "desengonçado", como diz o Joseph?

— Pior — respondi —, por ser mais taciturno, ainda por cima.

— Ele me dá um certo prazer — ele continuou, refletindo em voz alta. — Ele satisfez as minhas expectativas. Se ele fosse um tolo completo, eu não teria tanto prazer. Mas ele não é nenhum tolo; e sou capaz de simpatizar com todos os sentimentos dele, pois também os senti. Sei o que ele sofre agora, por exemplo, exatamente: mas isso é apenas o começo do que ele ainda vai sofrer. E ele jamais conseguirá emergir das profundezas da grosseria e da ignorância em que vive. Eu o conduzi mais depressa do que o canalha do pai dele me conduziu, e mais baixo; pois ele tem orgulho da própria brutalidade. Ensinei-o a desprezar tudo que não fosse animalesco como tolice e fraqueza. Você não acha que Hindley teria orgulho do filho, se pudesse vê-lo agora? Quase tanto orgulho quanto eu tenho do meu. Mas há uma diferença; um é ouro usado em calçamento de rua, e o outro é lata polida para imitar um serviço de prata. O *meu* não tem nada de valioso em si; no entanto, hei de ter o mérito de fazê-lo chegar o mais longe que um material tão pobre possa chegar. O *dele* tinha qualidades de primeira, e elas se perderam: tornaram-se pior do que imprestáveis. *Eu* não tenho nada a lamentar; *ele* teria mais motivos do que qualquer um imagina, além de mim. E o melhor de tudo é que Hareton gosta de mim de um modo irritante! Você deve admitir que superei Hindley nisso. Se o falecido vilão pudesse se levantar da sepultura para me atacar por maltratar seu filho, seria divertido ver o próprio filho indignado com o pai por atacar o único amigo que ele tem no mundo!

Heathcliff soltou uma gargalhada demoníaca ao pensar nisso. Não respondi, porque vi que ele não esperava resposta.

Nesse ínterim, nosso jovem companheiro, que estava sentado longe demais para ouvir o que dizíamos, começou a dar sinais de inquietação, provavelmente arrependido de ter se recusado a fazer companhia a Catherine por receio de uma pequena fadiga.

Seu pai notou os olhares irrequietos para a janela, e a mão indecisa buscando o capuz.

— Levante-se, menino preguiçoso! — ele exclamou, com fingido entusiasmo. — Vá atrás deles! Eles acabaram de virar ali, estão perto das colmeias.

Linton juntou suas energias, e saiu de perto da lareira. A janela estava aberta, e, quando ele saiu, ouvi Cathy perguntar a seu companheiro arisco o que significava aquela inscrição acima da porta.

Hareton olhou para cima, e coçou a cabeça como um verdadeiro palhaço.

— É alguma maldita escrita — ele respondeu. — Não consigo ler.

— Não consegue ler?! — exclamou Catherine. — Eu consigo: está escrito na nossa língua. Mas eu queria saber por que isso está escrito aí.

Linton deu risada: a primeira demonstração de alegria que ele exibiu.

— Ele não sabe ler — ele disse à prima. — Você acredita na existência de uma burrice tão colossal?

— Ele é assim mesmo? — perguntou a senhorita Cathy, séria —, ou ele é deficiente, anormal? Eu já fiz duas perguntas, e nas duas vezes ele exibiu um semblante tão estúpido que achei que ele não tinha entendido. Mal consigo compreender o que *ele* fala, aliás!

Linton repetiu a risada e olhou de forma sarcástica para Hareton, que decerto não parecia compreender claramente aquele momento.

— Não há problema nenhum, além da preguiça; não é mesmo, Earnshaw? — ele disse. — Minha prima acha que você é um idiota. Agora você está experimentando a consequência de desprezar a "leitura de livro", como você diz. Você reparou, Catherine, no pavoroso sotaque de Yorkshire dele?

— Ora, que diabo adianta isso? — rosnou Hareton, mais disposto a responder seu companheiro cotidiano. Ele estava prestes a prosseguir com o assunto, mas os dois mais jovens explodiram em um acesso de risos barulhentos: minha excitada senhorita achou muita graça ao ver que podia fazer daquela fala estranha um motivo de diversão.

— Qual a função do diabo nessa frase? — provocou Linton. — O papai mandou você não falar palavrão, e você não consegue abrir a boca sem dizer um. Agora tente se comportar como um cavalheiro, pois!

— Se você não fosse mais uma mocinha que um rapaz, eu te derrubava agora mesmo, juro; seu magricelo miserável! — devolveu o irritado campônio, recuando, enquanto seu rosto ardia com um misto de raiva e mortificação; pois ele tinha consciência de estar sendo insultado, e estava constrangido por se mostrar ofendido.

O senhor Heathcliff, tendo entreouvido a conversa, assim como eu, sorriu ao ver Hareton se retirar; mas imediatamente depois lançou um olhar de singular aversão para o par frívolo, que continuava tagarelando no umbral: o menino encontrando animação suficiente ao discutir os defeitos e as deficiências de Hareton, e relatando anedotas das coisas que ele fazia; e a menina adorando seus ditos petulantes e rancorosos, sem considerar a má-índole que revelavam. Comecei a desgostar, mais do que sentir pena de Linton, e a perdoar seu pai em certa medida por desprezá-lo.

Ficamos até entardecer: não consegui arrancar a senhorita Cathy de lá antes disso; mas felizmente meu patrão não havia saído de seus aposentos, e continuou ignorando nossa prolongada ausência.

Enquanto caminhávamos de volta para casa, eu quis esclarecer minha jovem senhora sobre o caráter das pessoas que havíamos visitado: mas ela havia enfiado na cabeça que eu tinha preconceito contra eles.

— Ah! — ela exclamou —, você sempre está do lado do papai, Ellen; você é parcial que eu sei; do contrário não teria me enganado por tantos anos com a ideia de que Linton morava muito longe daqui. Eu estou realmente muito aborrecida; só que fiquei tão contente que não parece! Mas você deve conter sua língua sobre meu tio; ele é *meu* tio, lembre-se disso; e vou reclamar com o papai por ter discutido com ele.

E então ela saiu correndo, até que eu desisti de tentar convencê-la de seu engano.

Ela não mencionou a visita naquela noite, porque não encontrou o senhor Linton. No dia seguinte, tudo veio à tona, infelizmente para mim; e ainda assim não lamentei tanto: pensei que o encargo de orientá-la e alertá-la seria cumprido com mais eficiência por ele do que por mim. Mas ele foi tímido demais ao dar motivos satisfatórios para seu desejo de que ela evitasse qualquer contato com a casa de Heights, e Catherine gostava de ter bons motivos para cada restrição que contrariasse sua vontade mal-acostumada.

— Papai! — ela exclamou, após a saudação matinal —, adivinhe quem eu vi ontem, caminhando pela charneca. Ah, papai, foi você quem começou! Você não agiu certo, agiu, dessa vez? Vi... mas, preste atenção, e você saberá como eu descobri; e Ellen, que está mancomunada com você, e no entanto fingia ficar com pena de mim, por eu continuar esperando, e sempre me frustrava pelo Linton nunca ter voltado!

Ela fez um relato fiel do passeio e das consequências; e meu patrão, embora lançasse mais de um olhar de censura para mim, não disse nada até que ela concluísse. Então ele a puxou para perto de si, e perguntou se ela sabia por que ele havia ocultado dela a proximidade da casa de Linton? Acaso ela achava que havia sido para lhe recusar um prazer que ela poderia ter impunemente?

— Foi porque você não gosta do senhor Heathcliff — ela respondeu.

— Então você acha que eu me importo mais com os meus sentimentos do que com os seus, Cathy? — ele disse. — Não, não foi porque eu não gosto do senhor Heathcliff, mas porque o senhor Heathcliff não gosta de mim; e ele é um homem muito diabólico, que sente prazer em maltratar e arruinar aqueles que ele odeia, se lhe derem a menor oportunidade. Eu sabia que você não poderia conviver com seu primo sem entrar em contato com ele; e eu sabia que ele a detestaria por minha causa; portanto, pelo seu próprio bem, e por nada mais, tomei precauções para que você nunca mais visse Linton. Minha intenção era explicar isso quando você fosse mais velha, sinto muito por ter demorado demais.

— Mas o senhor Heathcliff foi bastante cordial, papai — observou Catherine, nem um pouco convencida —; e *ele* não faz objeção aos nossos encontros: ele disse que posso ir à casa dele quando eu quiser; só não devia lhe contar, porque você tinha discutido com ele, e não o perdoaria por ele ter se casado com a tia Isabella. E você não vai perdoar. *Você* é o culpado: ele quer que *nós* sejamos amigos, pelo menos; Linton e eu; e você, não.

Meu patrão, percebendo que ela não acreditaria em sua palavra sobre a disposição maligna do marido da tia, fez um esboço apressado da conduta dele com Isabella, e do modo como Wuthering Heights se tornou propriedade dele. Ele não suportaria falar longamente sobre esse assunto; pois embora falasse muito pouco dele, ainda sentia o mesmo horror e a mesma ojeriza por seu antigo inimigo que ocupara seu coração desde a morte da senhora Linton. "Ela poderia estar viva ainda, se não fosse por ele!" era sua constante reflexão amarga; e, a seus olhos, Heathcliff era como um assassino.

A senhorita Cathy, que não estava familiarizada com maldades além dos próprios atos de desobediência, injustiça e paixão, decorrentes de seu temperamento colérico e de sua insensatez, dos quais ela se arrependia no mesmo dia em que eram cometidos, ficou espantada com aquele negror espiritual, capaz de remoer e cobrar vingança durante anos, e deliberadamente executar planos sem um momento de remorso. Ela pareceu tão profundamente impressionada e chocada com essa nova visão da natureza humana, excluída de todos os seus estudos e de todas as suas ideias até então, que o senhor Edgar julgou desnecessário continuar com o assunto. Ele meramente agregou:

— Agora você já sabe, querida, por que quis que você evitasse essa casa e essa família; e agora você pode voltar para suas antigas ocupações e diversões e não pensar mais neles.

Catherine beijou o pai, e sentou-se sossegadamente para fazer suas lições por mais duas horas, como costumava fazer; então ela o acompanhou até o pátio, e o dia inteiro se passou normalmente: mas ao anoitecer, quando ela se retirou para seus aposentos, e fui ajudá-la a se despir, encontrei-a chorando, ajoelhada ao lado da cama.

— Oh, quanta tristeza, sua menina ingênua! — exclamei. — Se você tivesse algum motivo real para chorar, teria vergonha de desperdiçar uma lágrima com essa pequena contrariedade. Você nunca teve sequer uma sombra de uma tristeza substancial, senhorita Catherine. Suponha, por um minuto, que o patrão e eu tivéssemos morrido, e você ficasse sozinha no mundo: como você se sentiria? Compare a atual situação com uma aflição como essa, e agradeça pelos amigos que tem, em vez de cobiçar mais.

— Não estou chorando por mim, Ellen — ela respondeu —, é por ele. Ele estava esperando me ver de novo amanhã, e ele vai ficar muito desapontado: e ele vai ficar me esperando, e eu não vou aparecer!

— Que absurdo! — eu disse. — Você acha que ele ficará pensando em você tanto quanto você está pensando nele? Ele não tem Hareton para lhe fazer companhia? Ninguém choraria a perda de alguém que só viu duas vezes, duas tardes. Linton acabará deduzindo o que aconteceu, e não se importará mais consigo.

— Mas não posso nem escrever um bilhete explicando por que eu não posso ir? — ela perguntou, ficando em pé. — E enviar junto esses livros que eu prometi emprestar para ele? Os livros dele não são tão bons quanto os meus, e ele queria muito esses livros, quando eu contei a ele como eram interessantes. Posso, Ellen?

— Não, não pode! Não mesmo! — respondi decidida. — Assim, ele escreveria de volta, e isso não teria mais fim. Não, senhorita Catherine, essa relação deve ser totalmente interrompida; é o que o seu papai espera que aconteça, e é o que vai acontecer.

— Mas nem um pequeno bilhete...? — ela recomeçou, com expressão suplicante.

— Silêncio! — interrompi. — Não vamos começar com os seus bilhetinhos. Já para a cama.

Ela me lançou um olhar muito insolente, tão insolente que, a princípio, nem lhe dei beijo de boa-noite: eu a cobri, e fechei a porta, com grande desgosto; mas me arrependi no meio do caminho, voltei lentamente, e, ora! Lá estava a senhorita diante da escrivaninha com um pedaço de papel e um lápis na mão, que ela escondeu, culpada, ao notar minha entrada.

— Ninguém enviará esse bilhete, Catherine — eu disse —, se você escrever; e agora vou apagar a sua vela.

Pus o apagador sobre a chama, recebendo, ao fazê-lo, um tapa na mão e um grito petulante, "sua malvada!". Então a deixei sozinha outra vez, e ela passou o trinco na porta, com um de seus piores humores, mais irritadiços.

A carta foi terminada e enviada ao destinatário por um leiteiro da vila; mas isso só fui saber mais tarde. Semanas se passaram, e Cathy retomou seu temperamento; embora tenha se tornado incrivelmente afeita a ficar sozinha pelos cantos; e muitas vezes, se eu me aproximava de repente quando ela estava lendo, ela tinha um sobressalto e se inclinava sobre o livro, evidentemente querendo escondê-lo; e reparei que havia margens de papéis avulsos aparecendo entre as páginas.

Ela tinha também um truque, que era descer bem cedo pela manhã e ficar à toa na cozinha, como se estivesse esperando a chegada de alguma coisa; e tinha uma pequena gaveta no armário da biblioteca, em que ela ficava mexendo por horas, e cuja chave ela tomava o cuidado especial de remover quando saía.

Um dia, quando ela inspecionava essa gaveta, observei que os brinquedos e as quinquilharias que antes constituíam seu conteúdo foram transmutados em folhas dobradas de papel.

Minha curiosidade e minhas suspeitas foram despertadas; decidi espiar seu misterioso tesouro; assim, à noite, quando ela e meu patrão seguramente haviam subido, procurei, e logo encontrei, entre minhas chaves da casa, uma que servisse naquela fechadura. Abri, e esvaziei o conteúdo em meu avental, e levei comigo para examinar com calma no meu quarto.

Embora eu já desconfiasse, ainda assim fiquei surpresa ao descobrir que era um maço de correspondências (quase diárias, deviam ter sido) de Linton Heathcliff: respostas a cartas enviadas por ela. As que tinham data mais antiga eram constrangidas e breves; aos poucos, contudo, expandiram-se em copiosas cartas de amor, insensatas, como a idade do autor tornava natural, embora com toques aqui e ali que julguei emprestados de fontes mais experientes.

Algumas delas me impressionaram como composições singularmente mescladas de ardor e indiferença; começando com fortes sentimentos, e concluindo no estilo afetado, palavroso, que um estudante talvez usasse com uma namorada imaginária, incorpórea.

Se agradaram Cathy, não sei; mas a mim me pareceram um lixo sem valor.

Depois de folhear o máximo delas que julguei apropriado, amarrei-as dentro de um lenço e as levei comigo, tornando a trancar a gaveta vazia.

Segundo seu costume, minha jovem senhora desceu cedo e foi até a cozinha: fiquei observando enquanto ela se aproximava da porta, até que chegou um certo garotinho; e, enquanto a empregada enchia o galão de leite, ela enfiou no bolso da jaqueta dele alguma coisa, e retirou alguma outra.

Dei a volta pelo jardim, e fiquei esperando o mensageiro; que lutou bravamente para defender sua carga, e ficamos ambos salpicados de leite; mas consegui extrair a epístola; e, ameaçando-o com sérias consequências se ele não fosse diretamente para casa, permaneci rente ao muro e abri a afetuosa composição da senhorita Cathy. Era mais singela e mais eloquente que as cartas do primo: muito bonita e muito insensata. Balancei a cabeça, e voltei meditando para dentro de casa.

O dia estando úmido, ela não podia se divertir perambulando pelo parque; assim, após concluir seus estudos pela manhã, ela recorreu à consolação de sua gaveta. O pai estava sentado lendo à mesa; e eu, de caso pensado, havia encontrado franjas desfiadas na cortina da janela, e fiquei observando atentamente os procedimentos dela.

Uma ave que volta ao ninho saqueado, onde deixara filhos piantes, não expressaria um desespero mais completo, em gritos de angústia e farfalhar de asas, do que ela com um único "Oh!" e a mudança que transfigurou seu semblante até então feliz. O senhor Linton ergueu os olhos da leitura.

— O que houve, meu bem? Você se machucou? — ele disse.

O tom e a expressão do pai confirmaram para ela que *ele* não havia sido o descobridor do tesouro.

— Não, papai! — ela disse, arfante. — Ellen! Ellen! Suba comigo. Estou passando mal!

Obedeci ao chamado, e saí da sala com ela.

— Oh, Ellen! Você está com as cartas — ela começou imediatamente, ajoelhando-se, quando ficamos sozinhas no quarto. — Oh, devolva minhas cartas, e eu nunca mais faço isso! Não conte ao papai. Você não contou ao papai, não é, Ellen? Diga que você não fez isso! Eu fui muito atrevida, mas não faço mais isso!

Com um gesto de grave severidade, mandei-a se levantar.

— Pois bem — exclamei —, senhorita Catherine, a senhorita já foi longe o bastante com isso, pelo visto: a senhorita pode muito bem se envergonhar dessas cartas! Seguramente, um belo maço de lixo, isso que a senhorita andou estudando em suas horas vagas: ora, é um material bom o suficiente para ser publicado! E o que a senhorita acha que o patrão vai pensar se eu mostrar para ele? Ainda não mostrei, mas nem sonhe que vou guardar os seus segredos ridículos. Que vergonha! E a senhorita deve ter sido quem abriu a brecha para ele escrever esses absurdos: tenho certeza de que ele não teria ousado começar.

— Não fui eu! Não fui eu! — soluçou Cathy, prestes a ter o coração partido. — Em nenhum momento pensei em amar, até que...

— *Amar*! — exclamei, com o máximo desprezo que consegui ao proferir a palavra. — *Amar*! Onde já se viu algo assim! Seria como se eu falasse em amar o moleiro que vem uma vez por ano comprar nosso milho. Que beleza de amor, de fato! E, somando as duas vezes em que a senhorita esteve com Linton, não chegam a quatro horas! Isso é puro lixo imaturo. Vou levar isso à biblioteca; e veremos o que o seu pai dirá desse *amor*.

Ela se atirou sobre suas preciosas epístolas, mas eu as ergui acima da cabeça; e então ela proferiu súplicas mais frenéticas para que eu as queimasse — que eu fizesse qualquer coisa menos mostrá-las. E sentindo-me tanto inclinada a gargalhar quanto a ralhar com ela, pois considerava aquilo pura vaidade de menina, acabei aceitando um meio-termo, e perguntei:

— Se eu concordar em queimá-las, a senhorita promete fielmente jamais enviar ou receber outra carta, nem livro (pois percebo que a senhorita enviou livros para ele), nem mechas de cabelo, nem anéis, nem mimos?

— Não enviamos mimos — exclamou Catherine, seu orgulho superando sua vergonha.

— Nem nada, então, senhorita? — eu disse. — Se a senhorita não prometer, aqui vou eu.

— Eu prometo, Ellen! — ela exclamou, agarrando meu vestido. — Oh, jogue-as no fogo, jogue, jogue!

Mas quando comecei a abrir um espaço com o atiçador, o sacrifício foi doloroso demais para ser suportado. Ela sinceramente suplicou que eu poupasse uma ou duas para ela guardar.

— Uma ou duas, Ellen, para você se lembrar de Linton?!

Abri o lenço, e comecei a despejar as cartas por um lado, e as labaredas se espiralaram na lareira.

— Vou ficar com uma, sua desgraçada cruel! — ela berrou, enfiando a mão no fogo, e retirando alguns fragmentos chamuscados, à expensa dos próprios dedos.

— Muito bem. Vou ficar com algumas para mostrar ao seu papai! — respondi, recolhendo o resto do maço no lenço, e me virando outra vez para a porta.

Ela esvaziou os pedaços enegrecidos sobre as chamas, e fez um gesto para que eu terminasse a imolação. Estava feito; revirei as cinzas, e sepultei os restos embaixo de uma pá de brasas; e ela, calada, e com uma sensação de intensa mágoa, retirou-se para seus aposentos privados. Eu desci e disse ao patrão que o mal-estar da senhorita estava quase passando, mas que eu achara melhor ela se deitar um pouco.

Ela não quis almoçar; mas voltou na hora do chá, pálida, e com os olhos vermelhos, e maravilhosamente recomposta em sua aparência externa.

Na manhã seguinte, respondi à carta com um pedaço de papel, onde escrevi "Pede-se ao jovem senhor Heathcliff que não envie mais recados à senhorita Linton, pois ela não os receberá". E, desde então, o menino do leite passou a vir com os bolsos vazios.

Capítulo XXII

— O verão foi chegando ao fim, e, ao início do outono, já havia passado o dia de São Miguel, mas a colheita estava atrasada naquele ano, e alguns dos nossos campos ainda não haviam sido limpos.

O senhor Linton e a filha costumavam caminhar entre os ceifadores; no carregamento das últimas braçadas, eles costumavam ficar até o crepúsculo, e como a noite acabou sendo fria e úmida, meu patrão apanhou um grave resfriado, que se instalou obstinadamente em seus pulmões, e o confinou dentro do quarto por todo o inverno, quase sem interrupções.

A pobre Cathy, obrigada por ameaças a interromper seu pequeno romance, ficara consideravelmente mais triste e aborrecida desde seu abandono; e o pai insistira para que ela lesse menos, e fizesse mais exercícios. Ela não tinha mais seu companheiro; considerei meu dever suprir essa ausência, o máximo possível, com a minha companhia: uma substituição ineficaz; pois eu só dispunha de duas ou três horas livres de minhas numerosas ocupações diurnas para seguir os passos dela, e assim a minha presença se tornou obviamente menos desejável que a dele.

Em uma tarde de outubro ou no início de novembro (uma tarde fresca e úmida, quando a turfa e as trilhas estavam cheias de orvalho, folhas secas, e o frio céu azul, metade oculto por nuvens, como navios cinza-escuros, rapidamente se acumulando a Oeste, e prenunciando chuva abundante), pedi à minha jovem senhora que desistisse do passeio, porque eu tinha certeza de que iria chover. Ela se recusou; e eu, contrariada, vesti a capa e peguei meu guarda-chuva para acompanhá-la em uma caminhada até os limites do parque: um trajeto formal que ela geralmente fazia quando desanimada, o que ela invariavelmente estava quando o senhor Edgar parecia pior que de costume, algo jamais admitido por ele, mas intuído por ela e por mim a partir do silêncio e da melancolia intensificados no semblante dele.

Ela prosseguiu tristemente: não havia como fugir ou saltar agora, embora o vento frio talvez a tentasse a correr. E muitas vezes, com o canto do olho, eu detectei sua mão erguida, enxugando algo na face.

Olhei para os lados para parar de pensar nela. De um lado da estrada, erguia-se uma alta ribanceira, irregular, onde avelaneiras e carvalhos retorcidos, com partes de suas raízes expostas, mantinham prumos incertos: o solo era mole demais para eles; e os ventos fortes deitaram alguns quase na horizontal. No verão, a senhorita Catherine adorava subir por esses troncos, e se sentar nos galhos, balançando a mais de seis metros do chão; e eu contente com sua agilidade e seu coração leve, infantil. Embora achasse apropriado me zangar com ela toda vez que a avistava naquelas alturas, era de um modo que ela sabia que não havia necessidade de descer. Do almoço à hora do chá, ela ficava deitada em seu berço embalado pela brisa, sem fazer mais nada além de cantar consigo mesma velhas canções, meu repertório de cantigas de infância, ou observando aves, vizinhas também inquilinas daqueles galhos, alimentando e estimulando os filhotes a voar: ou chocando em seus ninhos de olhos fechados, mescla de pensamento e sonho, mais felizes do que as palavras podem expressar.

— Veja, senhorita! — exclamei, apontando para um trecho embaixo das raízes de uma árvore torta. — O inverno ainda não chegou por aqui. Há uma florzinha ali, o último broto de uma multidão de jacintos silvestres que turvava aqueles degraus de turfa em julho com uma bruma lilás. A senhorita não quer ir até lá, e colhê-la para o papai?

Cathy contemplou por muito tempo a flor solitária em seu abrigo terroso, e respondeu, enfim:

— Não, não vou tocar nela: mas ela parece melancólica, não é, Ellen?

— Sim — comentei —, tão faminta e fraca quanto a senhorita: o seu rosto está pálido; vamos dar as mãos e correr. A senhorita está tão fraca, eu diria, que vou conseguir até acompanhar o seu ritmo.

— Não — ela repetiu, e continuou saltitante, parando de quando em quando para contemplar um pedaço de musgo, ou uma touceira de capim embranquecido, ou um fungo espalhando seu laranja claro entre pilhas de folhagens marrons; e, às vezes, sua mão se erguia até o rosto virado para o outro lado.

— Catherine, por que você está chorando, meu bem? — perguntei, aproximando-me e colocando meu braço sobre seu ombro. — Você não precisa chorar porque o papai está resfriado; dê graças por não ser nada pior.

Ela então abandonou qualquer restrição às lágrimas; sua respiração estava sufocada por soluços.

— Oh, *vai* ser algo pior — ela disse. — E o que vou fazer quando o papai e você me deixarem, e eu ficar sozinha? Não esqueço as suas palavras, Ellen; elas estão sempre nos meus ouvidos. Como a vida será transformada, que triste será o mundo, quando o papai e você tiverem morrido.

— Ninguém disse que você não pode morrer antes de nós — respondi. — Não é certo antecipar a desgraça. Nossa esperança deve ser de que ainda faltam anos e anos até que um de nós se vá: o patrão é moço, e eu sou forte, e nem cheguei aos quarenta e cinco. Minha mãe viveu até os oitenta, uma dama bem-humorada até o final. E supondo que o senhor Linton viva até os sessenta, até lá ainda faltam mais anos do que você já viveu, senhorita. E não seria tolice lamentar uma calamidade com mais de vinte anos de antecedência?

— Mas a tia Isabella era mais nova do que o papai — ela comentou, erguendo os olhos com a tímida esperança de ser mais consolada.

— A tia Isabella não tinha você e eu para cuidar dela — respondi. — Ela não era tão feliz quanto o patrão: ela não tinha tantos motivos para continuar vivendo. A única coisa que você precisa fazer é cuidar bem do seu pai, e animá-lo mostrando que você está alegre; e evitar causar angústias por qualquer motivo: não se esqueça disso, Cathy! Não vou esconder isso de você, porque você é capaz de matá-lo se for louca e impulsiva, e alimentar uma afeição tola, fantasiosa, pelo filho de uma pessoa que gostaria que seu pai morresse; e se permitir que ele descubra que você está sofrendo por uma separação que ele julgou prudente provocar.

— Eu não sofro por nada neste mundo além da doença do papai — respondeu minha companheira. — Nada me importa tanto quanto me importo com o papai. E eu jamais... jamais. Oh, jamais, enquanto conservar os sentidos, farei ou direi algo que o aborreça. Gosto mais dele do que de mim mesma, Ellen; e eu sei disso pelo seguinte: rezo toda noite para que eu sobreviva a ele; porque prefiro sofrer com sua perda a ele sofrer com a minha: isso prova que amo o papai mais do que a mim mesma.

— Belas palavras — respondi. — Mas devem ser também comprovadas na prática; e depois que ele estiver bem, lembre-se de que a senhorita não deve esquecer as resoluções tomadas nos momentos de pavor.

Enquanto conversávamos, fomos nos aproximando de uma porta que dava na estrada; e minha jovem senhora, iluminando-se novamente em um raio de sol, subiu e se sentou no alto do muro, esticando-se para apanhar alguns frutos escarlates da roseira-brava em flor, nos galhos mais altos, fazendo sombra na margem da estrada: os frutos mais baixos haviam desaparecido, mas apenas os pássaros conseguiam alcançar os mais altos, exceto da posição em que Cathy estava.

Ao se esticar para apanhar os frutos da roseira-brava, seu chapéu caiu; e, como a porta estava trancada, ela propôs descer do outro lado para recuperá-lo. Mandei Cathy tomar cuidado para não cair, e ela, agilmente, desapareceu.

Mas a volta não foi nada fácil: as pedras do muro eram lisas e bem cimentadas, e os galhos das roseiras e das amoreiras não ajudavam a tornar a subir. Eu, estupidamente, não atinei para isso até ouvi-la do outro lado rindo e exclamando:

— Ellen! Vá buscar a chave, ou terei de dar a volta correndo até a portaria. Não consigo escalar o muro deste lado!

— Fique onde está — respondi. — Estou com o molho de chaves aqui no meu bolso, talvez eu consiga abrir; do contrário, eu vou buscar.

Catherine se entreteve dançando para lá e para cá diante da porta, enquanto eu tentava todas as chaves grandes, uma após a outra. Tentei a última, e descobri que nenhuma servia; assim, repetindo meu pedido de que ela ficasse ali mesmo, eu estava prestes a voltar correndo para casa o mais depressa que conseguisse quando a aproximação de um som me deteve. Era o trote de um cavalo; a dança de Cathy também parou.

— Quem será? — sussurrei.

— Ellen, queria que você abrisse logo essa porta — sussurrou de volta minha companheira, angustiadamente.

— Olá, senhorita Linton! — exclamou uma voz grave (do cavaleiro). — Fico contente por encontrá-la. Não tenha pressa de voltar para casa, pois tenho uma explicação a pedir e obter.

— Não devo falar com o senhor, senhor Heathcliff — respondeu Catherine. — O papai disse que o senhor é um homem cruel, e que o senhor odeia a ele e a mim; e a Ellen disse a mesma coisa.

— Isso não vem ao caso — disse Heathcliff (era ele). — Eu não odeio o meu filho, creio eu; e é sobre ele que gostaria de pedir a sua atenção. Sim; você tem motivos para ficar corada. Há dois ou três meses, você não tinha o costume de escrever a Linton? Brincando de amor, não foi? Vocês dois mereceriam ser chicoteados por isso! Especialmente você, mais velha; e menos sensível, pelo visto. Estou com as suas cartas, e se você me permite a ousadia, vou enviá-las ao seu pai. Imagino que você tenha se cansado da brincadeira e desistiu, não foi isso? Bem, você abandonou Linton no Pântano do Desânimo. Ele ficou seriamente apaixonado, de fato. É verdade, tão verdade quanto eu estar aqui vivo. Ele está morrendo por você; com o coração partido pela sua inconstância: não figurativamente falando, mas realmente. Embora Hareton tenha feito chacota com ele por seis semanas, e eu tenha adotado medidas mais sérias, tentando assustá-lo com ameaças até que ele desistisse dessa idiotice, ele só tem feito piorar dia após dia; e estará debaixo da terra antes do verão, a não ser que você o recupere!

— Como o senhor é capaz de mentir tão descaradamente para essa pobre menina?! — exclamei do outro lado do muro. — Por favor, pegue seu cavalo e vá embora! Como o senhor é capaz de inventar deliberadamente essas puras falsidades? Senhorita Cathy, vou arrombar a fechadura com uma pedra: não acredite nesses absurdos vis. Você mesma viu que é impossível morrer de amor por um desconhecido.

— Eu não sabia que estávamos sendo ouvidos — resmungou o vilão detectado. — Minha valorosa senhora Dean, gosto da senhora, mas não gosto do seu jogo duplo — ele agregou em voz alta. — Como *você* foi capaz de mentir tão descaradamente a ponto de afirmar que eu odiava essa "pobre menina"? E inventar histórias de bicho-papão para afastá-la aterrorizada da minha porta? Catherine Linton (o próprio nome me aquece o coração), minha bela menina, não estarei em casa toda esta semana; vá e veja se não estou dizendo a verdade: faça isso, isso mesmo, querida! Imagine o seu pai no meu lugar, e Linton no seu; então imagine o que você acharia de um amante indiferente se ele se recusasse a dar um passo para consolá-la, se o seu próprio pai pedisse que ele desse esse passo; e não caia, por pura estupidez, no mesmo erro. Juro, pela minha alma, ele vai morrer, e ninguém além de você pode salvá-lo!

A fechadura cedeu e eu saí.

— Juro que Linton está morrendo — repetiu Heathcliff, olhando duramente para mim. — E a tristeza e a frustração estão apressando sua morte. Nelly, se você não quer deixá-la ir, vá andando você mesma para ver. Mas eu mesmo só estarei de volta na semana que vem; e acho que nem o seu patrão impedirá que ela visite o primo.

— Venha — eu disse, puxando Cathy pelo braço e forçando que ela entrasse; pois ela permaneceu parada, olhando com expressão perturbada o semblante do interlocutor, grave demais para expressar o ardil interior.

Ele aproximou o cavalo, e, inclinando-se na sela, comentou:

— Senhorita Catherine, admito que tenho pouca paciência com Linton; e Hareton e Joseph têm menos ainda. Admito que ele está cercado por gente brusca. Ele anseia por gentileza, assim como por amor; e uma palavra gentil sua seria o melhor dos remédios para ele. Não se importe com os conselhos cruéis da senhora Dean; mas seja generosa, e tente ir vê-lo. Ele sonha com a senhorita noite e dia, e nada o convence de que a senhorita não o odeia, uma vez que nem lhe escreve nem o visita.

Fechei a porta, e rolei uma pedra para ajudar a fechadura arrombada a escorá-la; e, abrindo meu guarda-chuva, puxei minha jovem dama para baixo: pois a chuva começou a cair através dos galhos rangentes das árvores, e nos alertou para evitarmos atrasos.

Nossa pressa impediu qualquer comentário sobre o encontro com Heathcliff, enquanto corríamos de volta para casa; mas adivinhei instintivamente que o coração de Catherine estava agora nebuloso de uma dupla escuridão. Suas feições estavam tão tristonhas que não pareciam suas: ela evidentemente havia considerado verdade cada sílaba do que ouvira.

O patrão havia se retirado para descansar antes de entrarmos em casa. Cathy entrou furtivamente no quarto dele para ver como ele estava; ele havia adormecido. Ela voltou, e me pediu que ficasse com ela na biblioteca. Bebemos chá; e depois ela se sentou no tapete, e me pediu para não falar nada, pois ela estava exausta.

Peguei um livro, e fingi que estava lendo. Assim que ela supôs que eu estivesse absorta na leitura, ela voltou a chorar em silêncio: aquela parecia ser, no momento, sua diversão favorita. Deixei que ela desfrutasse daquilo mais um pouco; então comecei a criticar: desdenhando e ridicularizando todas as afirmações feitas pelo senhor Heathcliff sobre o filho, como se tivesse certeza de que ela concordaria comigo. Ai! Não tive forças para desfazer o efeito que aquele relato dele havia produzido nela: era justamente o que ele pretendia.

— Talvez você tenha razão, Ellen — ela respondeu —, mas não ficarei tranquila enquanto eu não tiver certeza. E preciso dizer ao Linton que não é por minha culpa que eu não escrevi, e convencê-lo de que não vou mudar o que sinto.

De que teriam adiantado raiva e protesto contra aquela tola credulidade dela? Naquela noite, fomos dormir... brigadas; mas a manhã seguinte me viu na estrada para Wuthering Heights, ao lado do pônei onde ia montada minha jovem e obstinada patroa. Eu não podia suportar testemunhar a tristeza dela, ver seu semblante pálido, abatido, seus olhos carregados, e cedi, na vã esperança de que Linton pudesse comprovar, pela recepção que nos desse, quão pouco daquela história se baseava em fatos.

Capítulo XXIII

— A noite chuvosa dera lugar a uma manhã brumosa, mescla de geada e granizo, e torrentes temporárias cruzaram nosso caminho, gorgolejando desde as terras mais altas. Meus pés estavam inteiramente encharcados; eu estava aborrecida e desanimada; exatamente o humor apropriado para fazer as coisas desagradáveis que estava fazendo.

Entramos na sede pela cozinha, para nos assegurar de que o senhor Heathcliff realmente não estava em casa: porque eu tinha pouca fé nas próprias afirmações dele.

Joseph estava sentado no que parecia uma espécie de paraíso solitário, diante do fogo alto; uma jarra de cerveja na mesa ao lado, salpicado de migalhas de torrada de aveia; e seu cachimbo preto e curto na boca. Catherine correu para perto da lareira para se aquecer. Perguntei se o patrão estava em casa. Minha pergunta permaneceu tanto tempo sem resposta que pensei que o velho tinha ficado surdo, e repeti em voz alta.

— Nã… ão! — ele rosnou, ou mesmo gritou pelo nariz. — Nã… ão! Vocês têm que voltar para o lugar de onde vieram.

— Joseph! — exclamou uma voz petulante, simultaneamente à minha, vindo da sala. — Quantas vezes preciso chamar? A lareira da sala está quase sem brasas. Joseph! Venha já.

Vigorosas baforadas, e um olhar decidido fixo na grelha, declararam que ele não dera ouvidos ao apelo. A governanta e Hareton não estavam por perto; uma tinha ido à vila, e o outro devia estar trabalhando, provavelmente. Reconhecemos a voz de Linton, e entramos.

— Oh, espero que você morra de fome esquecido em um sótão! — disse o menino, confundindo a nossa chegada com a de seu negligente criado.

Ele parou ao observar seu erro: a prima correu para ele.

— É você, senhorita Linton? — ele disse, erguendo a cabeça do braço da grande poltrona em que estava reclinado. — Não… não me beije: fico sem fôlego. Pobre de mim! O papai disse que você viria — continuou ele, após se recuperar um pouco do abraço de Catherine; enquanto ela ficou parada com expressão muito contrita. — Você pode, por favor, fechar a porta? Você deixou aberta; e aquelas… aquelas *detestáveis* criaturas não trazem mais carvão. Está tão frio!

Revolvi as cinzas, e apanhei eu mesma um balde cheio. O inválido queixou-se de ficar coberto de cinzas; mas ele estava com uma tosse aflitiva, e parecia febril e doentio, de modo que eu não quis criticar sua atitude.

— Bem, Linton — murmurou Catherine, quando o cenho franzido dele relaxou —, você está contente em me ver? Posso fazer algo de bom para você?

— Por que você não veio antes? — ele perguntou. — Você devia ter vindo, em vez de escrever. Eu fiquei terrivelmente cansado escrevendo aquelas cartas compridas. Eu teria preferido falar com você. Agora, não consigo nem falar, nem mais nada. Onde será que a Zillah foi! Você pode (olhando para mim) ir até a cozinha e verificar?

Eu não havia recebido sequer um obrigado pelo serviço anterior; e, não desejando ficar para lá e para cá à mercê dele, respondi:

— Não tem ninguém lá, além do Joseph.

— Estou com sede — ele exclamou irritadiço, virando de lado. — A Zillah está sempre indo a Gimmerton quando o papai não está: é horrível! E eu sou obrigado a descer... Eles decidiram não me ouvir quando estou lá em cima.

— O seu pai tem sido atencioso, jovem senhor Heathcliff? — perguntei, percebendo que Catherine era impedida em seus avanços amistosos.

— Atencioso? Ele faz com que *eles* sejam um pouco mais atenciosos pelo menos — ele exclamou. — Esses desgraçados! Sabe, senhorita Linton, o bruto do Hareton ri de mim! Eu o odeio! De fato, odeio todos eles: são seres odiosos.

Cathy foi buscar um pouco d'água; ela pegou um jarro de cima do gaveteiro, encheu um copo, e trouxe. Sugeri que ela misturasse uma colher de vinho de uma garrafa que havia sobre a mesa; e ele, após engolir uma pequena porção, pareceu mais tranquilo, e disse que ela era muito boa.

— E você está contente por me ver? — ela perguntou, reiterando a pergunta anterior, e satisfeita ao detectar um discreto princípio de sorriso no rosto dele.

— Sim, estou. É uma novidade para mim ouvir uma voz como a sua! — ele respondeu. — Mas andei aborrecido, porque você não aparecia. E o papai jurou que era culpa minha: ele me chamou de desprezível, prevaricador, criatura imprestável; e disse que você me desprezava; e que, se ele estivesse no meu lugar, já seria a essa altura mais senhor de Grange do que o seu pai. Mas você não me despreza, não é, senhorita...?

— Queria que você me chamasse de Catherine, ou Cathy — interrompeu minha jovem senhora. — Desprezá-lo? Não! Depois do papai e da Ellen, amo você mais do que qualquer outra pessoa no mundo. Mas não gosto do senhor Heathcliff; e não ousarei vir quando ele estiver: ele ficará fora muitos dias?

— Não muitos — respondeu Linton —; mas ele vai com frequência à charneca, desde que começou a temporada de caça; e você pode passar uma ou duas horas comigo na ausência dele. Por favor, diga que sim. Acho que não devo ser implicante com você: você nunca me provoca e sempre está pronta para me ajudar, não é?

— Sim — disse Catherine, acariciando os cabelos macios dele —, se eu obtivesse o consentimento do papai, passaria metade do meu tempo com você. Belo Linton! Queria que você fosse meu irmão.

— E assim você gostaria de mim tanto quanto do seu pai? — comentou ele, mais animado. — Mas o papai falou que você me amaria mais do que tudo no mundo, se você fosse minha esposa; sendo assim, eu preferia que você se casasse comigo.

— Não, não vou amar ninguém mais do que o papai — ela respondeu gravemente. — E as pessoas odeiam as esposas, às vezes; mas não as irmãs e os irmãos; e se você fosse meu irmão, você moraria conosco, e o papai gostaria tanto de você quanto ele gosta de mim.

Linton negou que os maridos odiassem as esposas; mas Cathy afirmou que odiavam, sim, e em sua sabedoria evocou a aversão que o pai dele tinha pela tia dela. Tentei deter sua língua insensata. Não consegui enquanto ela não revelou tudo o que sabia. O jovem senhor Heathcliff, muito irritado, declarou que isso era mentira da tia dela.

— Foi o papai quem me disse isso; e o papai não mente — ela respondeu atrevidamente.

— O *meu* papai despreza o seu! — exclamou Linton. — Ele o chama de tolo intrometido.

— O seu é um homem cruel — devolveu Catherine —, e é muita insolência sua repetir o que ele diz. Ele deve mesmo ser cruel para a tia Isabella abandoná-lo como ela fez.

— Ela não o abandonou — disse o menino. — Não me contradiga.

— Abandonou, sim — exclamou minha jovem senhora.

— Bem, vou lhe dizer *só* uma coisa! — disse Linton. — A sua mãe odiava o seu pai: pronto, está dito.

— Oh! — exclamou Catherine, furiosa demais para continuar.

— E amava o meu — agregou ele.

— Seu mentiroso! Agora odeio você! — ela arquejou, e seu rosto ficou vermelho de raiva.

— Ela amava! Amava o meu pai! — cantarolou Linton, afundando em sua poltrona, e virando a cabeça para apreciar a agitação da adversária, que continuou parada de pé atrás dele.

— Silêncio, senhor Heathcliff! — eu disse. — Isso é o que o seu pai diz também, suponho.

— Não é, não; e dobre essa língua! — ele respondeu. — Ela o amava, ela o amava, Catherine! Amava, sim!

Cathy, fora de si, empurrou violentamente a poltrona, fazendo com que ele caísse sobre um dos braços. Ele foi imediatamente tomado por uma tosse sufocante que logo pôs fim ao seu triunfo.

A tosse durou tanto tempo que até eu fiquei assustada. Quanto à prima dele, ela chorou com todas as forças, horrorizada com a própria travessura: embora não tenha dito nada.

Depois, ele me empurrou, e abaixou a cabeça em silêncio. Catherine também cessou suas lamentações, sentou-se na outra poltrona, e olhou solenemente para o fogo.

— Como está se sentindo agora, jovem senhor Heathcliff? — indaguei, depois de esperar dez minutos.

— Queria que *ela* se sentisse como eu — ele respondeu —, criatura rancorosa e cruel! Hareton jamais tocou em mim: ele nunca me bateu na vida. E hoje que eu estava melhor: e agora... — a voz dele se apagou em um ganido.

— *Eu* não bati em você! — resmungou Cathy, mordendo o lábio para impedir outro arroubo de emoção.

Ele suspirou e gemeu como alguém em grande sofrimento, e continuou assim por mais quinze minutos; no intuito de afligir a prima, aparentemente, pois, sempre que notava um soluço contido da parte dela, ele manifestava renovada dor e paixão nas inflexões de sua voz.

— Sinto muito por tê-lo machucado, Linton — ela disse por fim, atormentada além do que podia suportar. — Mas *eu* não teria me machucado com um empurrãozinho desses, e não imaginei que você fosse se machucar, tampouco: você nem se machucou muito, não é, Linton? Não deixe que eu volte para casa pensando que lhe fiz mal. Responda! Fale comigo.

— Não consigo falar com você agora — ele murmurou —; você me machucou tanto que vou ficar a noite inteira acordado tossindo. Se você estivesse com uma tosse dessas, você saberia como é; mas *você* estará dormindo confortavelmente enquanto eu estarei agonizando aqui, sem ninguém por perto. Eu me pergunto o que você acharia de passar noites terríveis assim! — E ele começou a gemer em voz alta, por pura pena de si mesmo.

— Já que o senhor está acostumado a passar noites pavorosas — eu disse —, não será a senhorita quem tirará o seu sossego: o senhor passaria igual, mesmo que ela nunca tivesse vindo. No entanto, ela não voltará a perturbá-lo; e talvez o senhor se acalme quando formos embora.

— Devo ir embora? — perguntou Catherine compungida, inclinando-se sobre ele. — Você quer que eu vá embora, Linton?

— Você não pode alterar o que já causou — ele respondeu, presunçosamente, recuando da aproximação dela —, a não ser alterar para pior, me provocando uma febre.

— Bem, então, devo ir embora? — ela repetiu.

— Deixe-me em paz, pelo menos — ele disse. — Não suporto mais ouvir você falando.

Ela quis ficar mais um pouco, e resistiu às minhas tentativas de persuadi-la a partir, insistentemente; mas como ele nem ergueu mais os olhos, nem falou nada, ela enfim fez menção de se encaminhar para a porta, e eu a acompanhei. Fomos chamadas de volta por um berro. Linton havia escorregado da poltrona e caíra na pedra diante da lareira, e ficou ali deitado, a se contorcer, na mera perversidade de um menino mimado e birrento, decidido a ser o mais desagradável e exasperante que podia.

Avaliei sua disposição inteiramente a partir desse comportamento, e logo vi que seria loucura tentar agradá-lo. Não foi o caso da minha companheira: ela voltou correndo, aterrorizada, até ele, ajoelhou-se, e chorou, e tentou acalmá-lo, e suplicou, até que ele foi ficando quieto por pura falta de fôlego: de modo algum compungido por tê-la deixado aflita.

— Vou erguê-lo do chão e deixá-lo no banco — eu disse —, e ele poderá rolar quanto quiser: não podemos ficar aqui para vigiá-lo. Espero que você agora esteja convencida, senhorita Cathy, de que não é *você* quem fará bem a ele; e que a condição de saúde dele não foi ocasionada pelo que ele sente por você. Ora, então, aí está ele! Vamos: assim que ele perceber que ninguém se importa com os absurdos dele, ele acabará sossegando ali deitado.

Ela pôs uma almofada debaixo da cabeça dele, e ofereceu um pouco d'água; ele rejeitou essa, e se agitou incomodado sobre aquela, como se fosse uma pedra ou um bloco de madeira. Ela tentou posicionar a almofada mais confortavelmente.

— Esta não serve para mim — ele disse —; não é alta o suficiente.

Catherine trouxe outra almofada e posicionou sobre a primeira.

— Agora ficou alto *demais* — murmurou a exasperante criatura.

— Como devo deixar afinal? — ela perguntou sem paciência.

Ele se dobrou na direção dela, quando ela estava quase ajoelhada diante do banco, e usou o ombro da prima como apoio.

— Não, assim não dá — eu disse. — O senhor se contentará com a almofada, jovem senhor Heathcliff. A senhorita já perdeu tempo demais com o senhor: não podemos ficar nem mais cinco minutos.

— Sim, podemos, sim! — respondeu Cathy. — Agora ele está gentil e paciente. Está começando a ver que eu sofrerei muito mais do que ele esta noite se pensar que ele ficou pior com a minha visita: e depois não terei coragem de voltar. Diga a verdade, Linton; pois eu não virei mais, se machuquei você de verdade.

— Você precisa vir, para me curar — ele respondeu. — Você tem de vir, porque você me machucou: você sabe que me machucou, extremamente! Eu não estava tão mal quando você chegou quanto estou agora... Estava?

— Mas você mesmo ficou assim de tanto chorar e de tanta agitação. Eu não causei nada disso — disse a prima dele. — Mas seremos amigos agora. E você me quer: você gostaria de me ver às vezes, mesmo?

— Eu já disse que sim! — ele respondeu com impaciência. — Sente-se no banco e deixe-me apoiar a cabeça nos seus joelhos. É como a mamãe costumava fazer, quando passávamos tardes inteiras juntos. Fique sentada sem se mexer e sem falar nada: mas você pode cantar uma canção, se souber cantar; ou você talvez possa recitar uma balada longa e interessante, uma daquelas que você prometeu me ensinar; ou contar uma história. Mas eu preferiria uma balada: pode começar.

Catherine repetiu a balada mais comprida de que conseguiu se lembrar. Isso agradou muito a ambos. Linton quis outra, e, depois dessa, mais outra, não obstante minhas enfáticas objeções; e assim eles ficaram até o relógio dar meio-dia, e ouvimos Hareton no pátio, voltando para almoçar.

— E amanhã, Catherine, você virá amanhã outra vez? — perguntou o jovem Heathcliff, agarrando o vestido dela quando ela se levantou relutantemente.

— Não — respondi —, nem no dia seguinte.

Ela, contudo, deu uma resposta evidentemente diferente, pois o semblante dele se desanuviou quando ela se inclinou e a sussurrou em seu ouvido.

— Senhorita, lembre-se, a senhorita não voltará amanhã! — comecei, quando já estávamos fora da casa. — A senhorita não está nem sonhando com isso, está?

Ela sorriu.

— Oh, vou dar um jeito nisso — continuei —; vou consertar a fechadura, e a senhorita não terá por onde escapar.

— Eu pulo o muro — ela disse, dando risada. — Grange não é uma prisão, Ellen, e você não é minha carcereira. E, além do mais, tenho quase dezessete anos: sou uma mulher. E tenho certeza de que Linton vai se recuperar mais depressa se puder contar comigo para cuidar dele. Sou mais velha que ele, você sabe, e mais prudente: menos infantil, não sou? E logo ele estará agindo conforme a minha orientação, e um pouquinho de persuasão. Ele é um amor de pessoa quando está bem. Se ele fosse meu, eu faria dele um animal de estimação e tanto. Jamais brigaríamos, depois de acostumados um com o outro, não é? Você não gosta dele, Ellen?

— Gostar dele?! — exclamei. — Esse fiapo de gente é a criatura mais geniosa que já chegou à adolescência. Felizmente, como calculou o senhor Heathcliff, ele não chegará aos vinte anos. A bem dizer, duvido até que ele chegue à primavera. E não será uma grande perda para a família quando ele partir. E sorte a nossa que o pai dele o levou consigo: quanto mais ele for bem-tratado, mais enfadonho e egoísta ele ficará. Fico contente por não haver nenhuma possibilidade de ele ser seu marido, senhorita Catherine.

Minha companheira ficou séria ao ouvir essa fala. Ouvir falar da morte dele de modo tão leviano magoou seus sentimentos.

— Ele é mais novo do que eu — ela respondeu, após uma pausa demorada de meditação — e deve viver mais: ele viverá... ele viverá tanto quanto eu. Ele agora está tão forte como quando veio pela primeira vez ao Norte; tenho certeza disso. É apenas um resfriado o que ele apanhou, o mesmo que o papai. Você disse que o papai vai ficar melhor, então por que ele também não ficaria?

— Bem, bem — exclamei —, afinal, não precisamos nos preocupar; pois, escute aqui, senhorita, e não se esqueça de que manterei minha palavra, se a senhorita tentar ir a Wuthering Heights outra vez, comigo ou sozinha, informarei o senhor Linton, e, a não ser que ele permita, a intimidade com seu primo não deve ser reavivada.

— Já foi reavivada — resmungou Cathy, cabisbaixa.

— Então não deve ser continuada — eu disse.

— É o que veremos — foi a resposta dela, e ela partiu a galope, deixando-me a caminhar na retaguarda.

Ambas chegamos em casa ainda a tempo do almoço; meu patrão supôs que estivéssemos passeando pelo parque, e portanto não pediu explicação da nossa ausência. Assim que entrei, corri para trocar os sapatos e as meias ensopados; mas o tempo passado com os pés assim molhados em Heights já causara o dano. Na manhã seguinte, fiquei de cama, e durante três semanas fiquei incapacitada de cumprir meus deveres: uma calamidade jamais experimentada antes disso, e nunca mais, sou grata em dizê-lo, desde então.

Minha jovem senhora se comportou como um anjo ao vir cuidar de mim, e animar minha solidão; o confinamento me deixou extremamente melancólica. É penoso, para um corpo ativo e agitado: porém poucas pessoas têm menos motivos de queixa do que eu tive. No momento em que Catherine saía do quarto do senhor Linton, ela aparecia ao lado da minha cama. Seu dia se dividia entre nós; nenhuma diversão ocupava um minuto dela: ela negligenciou refeições, estudos e lazeres; e ela foi a mais carinhosa enfermeira em suas atenções comigo. Ela devia ter um coração ardoroso, amando como amava o pai, para me conceder tanto afeto.

Eu disse que os dias dela se dividiam entre nós; mas o pai se recolhia mais cedo, e geralmente não precisava de mais nada depois das seis da tarde, de modo que suas noites eram livres.

Pobre criatura! Nunca pensei no que ela fazia depois do chá. E embora amiúde, quando ela vinha me dar boa-noite, eu tenha notado um rubor recente em suas faces e um tom rosado em seus dedos esguios, em vez de imaginar que aquele matiz se devia a uma cavalgada no frio através da charneca, atribuí à intensidade do fogo da lareira da biblioteca.

Capítulo XXIV

— Ao final de três semanas, eu já conseguia sair do quarto e me mover pela casa. E na primeira oportunidade de ficar uma noite até mais tarde acordada, pedi a Catherine que lesse para mim, porque meus olhos estavam cansados. Estávamos na biblioteca, o patrão já havia se recolhido: ela consentiu, um tanto a contragosto, aparentemente; e imaginando que meu tipo de leitura não fosse do seu agrado, pedi que ela escolhesse à vontade um livro que ela mesma tivesse lido.

Ela escolheu um de seus favoritos, e seguiu lendo sem parar por cerca de uma hora; depois disso me perguntou diversas vezes a mesma coisa.

— Ellen, você não está cansada? Não seria melhor você ir se deitar? Você vai ficar doente, acordada até tão tarde, Ellen.

— Não, não, querida, não estou cansada — respondi, reiteradamente.

Percebendo que eu não me movia, ela tentou outro método de mostrar seu desprazer com aquela ocupação. Ela passou a bocejar, e a se espreguiçar, e...

— Ellen, estou cansada.

— Então pare de ler e vamos conversar — respondi.

Isso foi ainda pior: ela ficou agitada e suspirou, e ficou olhando para o relógio até oito da noite, e por fim foi para o quarto, completamente tomada pelo sono; a julgar por sua expressão irritada, carregada, e pelo tanto que esfregava constantemente os olhos.

Na noite seguinte, ela parecia ainda mais impaciente, e na terceira noite desde a minha recuperação, ela se queixou de dor de cabeça, e me deixou sozinha.

Achei estranha essa conduta; e depois de ficar sozinha por um bom tempo, resolvi averiguar se ela estava melhor, e pedir que ela viesse e se deitasse no sofá, em vez de ficar lá em cima no escuro. Não encontrei nem sinal de Catherine no andar de cima, nem embaixo. As criadas afirmaram que não a haviam visto. Aproximei o ouvido da porta do senhor Edgar, estava tudo em silêncio. Voltei aos aposentos dela, apaguei minha vela e me sentei diante da janela.

A lua brilhava; havia neve salpicando o chão, e refleti que ela podia, possivelmente, ter metido na cabeça passear pelo jardim, para se refrescar. Detectei um vulto rastejando rente à cerca interna do parque; mas não era minha jovem senhora: quando o vulto emergiu na luz, reconheci um dos cavalariços.

Ele ficou parado ali por um período considerável, observando a estrada das carruagens que atravessava a propriedade; então partiu a passos rápidos, como se tivesse detectado algo, e reapareceu em seguida, conduzindo o pônei da senhorita; e lá estava ela, recém-desmontada, e caminhando ao lado do animal.

O homem conduziu o pônei furtivamente através da relva em direção ao estábulo. Cathy entrou pela janela da sala de estar, e deslizou silenciosamente até o ponto onde eu a esperava.

Ela encostou delicadamente a porta, tirou os sapatos de neve, desamarrou o chapéu, e estava, inconsciente da minha espionagem, prestes a tirar a capa, quando de repente me levantei e me revelei. A surpresa petrificou-a por um instante: ela proferiu uma exclamação inarticulada, e permaneceu imóvel.

— Minha cara senhorita Catherine — comecei, impressionada demais com sua delicadeza para começar a repreendê-la —, aonde a senhorita foi cavalgar a esta hora? E por que tentou me enganar contando uma mentira? Onde você estava? Diga!

— Fui até os limites do parque — ela gaguejou. — Não contei nenhuma mentira.

— Aonde mais? — exigi.

— Nenhum lugar — foi a resposta balbuciada.

— Oh, Catherine! — exclamei, com tristeza. — A senhorita sabe que errou, ou não se sentiria motivada a dizer uma falsidade dessas para mim. Isso me magoa. Eu preferiria passar três meses doente a ouvir a senhorita inventar essa mentira deliberada.

Ela avançou na minha direção, e, explodindo em lágrimas, lançou os braços ao redor do meu pescoço.

— Bem, Ellen, tenho muito medo de que você fique zangada — ela disse. — Prometa que não vai se zangar, e você saberá toda a verdade: odeio ter de ocultá-la.

Nós nos sentamos no recesso da janela; garanti que não ralharia, qualquer que fosse seu segredo, e eu já imaginava qual seria, evidentemente; de modo que ela começou…

— Fui a Wuthering Heights, Ellen, e não deixei de ir nenhum dia desde que você adoeceu; exceto três vezes antes, e duas depois que você saiu do quarto. Dei livros e gravuras ao Michael para que ele preparasse a Minny todas as noites, e depois a pusesse de volta no estábulo: você não pode se zangar com *ele*, por favor. Eu chegava a Heights por volta das seis e meia, e geralmente ficava até oito e meia, e depois voltava galopando para casa. Não foi para me divertir que fui até lá: eu ficava muitas vezes triste o tempo inteiro. Só de quando em quando ficava feliz: uma vez por semana talvez. A princípio, imaginei que seria muito trabalhoso convencê-la a me deixar manter minha palavra ao Linton: pois eu havia prometido voltar no dia seguinte, quando nos despedimos dele; mas, como você ficou no quarto no dia seguinte, escapei dessa dificuldade. Enquanto Michael foi consertar a fechadura da porta do parque à tarde, eu peguei a chave, e disse a ele que meu primo queria que eu fosse visitá-lo, porque ele estava doente, e não poderia vir a Grange; e expliquei que o papai não permitiria: e então negociei com ele sobre o pônei. Ele gosta de ler, e está pensando em logo largar tudo para se casar; de modo que ele propôs, se eu lhe emprestasse livros da biblioteca, a fazer o que eu queria: mas preferi dar a ele os meus próprios livros, e isso o satisfez ainda mais.

Na minha segunda visita, Linton parecia mais entusiasmado; e Zillah (que é a governanta deles) deixou a sala livre para nós com o fogo aceso, e nos disse que, como Joseph havia saído para seu grupo de oração e Hareton Earnshaw estava fora com os cachorros, roubando faisões dos nossos bosques, como fiquei sabendo depois, podíamos ficar à vontade.

Ela me serviu vinho quente e biscoito de gengibre, e pareceu extremamente bondosa; e Linton ficou na poltrona, e eu na cadeirinha de balanço diante da lareira, e demos risadas e conversamos muito alegremente, e tínhamos muito o que dizer: planejamos aonde iríamos, e o que faríamos no verão. Não preciso repetir tudo, porque você diria que é tolice.

Certa vez, no entanto, quase discutimos. Ele disse que a maneira mais agradável de se passar um dia quente de julho era ficar deitado de manhã até o entardecer em um campo de urzes no meio de uma charneca, com as abelhas zumbindo sonhadoramente em meio às flores, e as cotovias cantando bem lá no alto, e o céu azul e o sol brilhando com sua luz constante no céu sem nuvens. Essa era a ideia mais perfeita de felicidade celestial para ele: para mim, era me embalar em uma árvore de folhas verdes farfalhantes, com o vento oeste soprando, e nuvens brancas voando rapidamente acima de mim; e não apenas cotovias, mas tordos, e melros, e pintarroxos, e cucos despejando música por toda parte, e as charnecas vistas a uma certa distância, interrompidas por vales frescos e sombreados; mas cercados de grandes aclives de relva ondulando na brisa; e bosques e águas rumorejantes, e o mundo inteiro acordado e com alegria selvagem. Ele queria que tudo se deitasse em paz extática; eu queria que tudo cintilasse e dançasse em júbilo glorioso.

Eu disse que o céu dele seria vivo apenas pela metade; e ele disse que o meu seria um céu embriagado: eu disse que acabaria dormindo no céu dele; e ele disse que não conseguiria respirar no meu, e começou a ficar muito agressivo. Por fim, concordamos em experimentar os dois, assim que o tempo certo permitisse; e então nos beijamos e ficamos amigos de novo. Depois de ficarmos sentados imóveis por uma hora, olhei para a sala grande com o assoalho liso e sem tapetes, e pensei que seria divertido brincar ali, se afastássemos a mesa; e pedi que Linton chamasse Zillah para nos ajudar, e poderíamos brincar de cabra-cega; ela tentaria nos pegar: você está acostumada, sabe como é, Ellen. Ele não quis: não havia graça nenhuma naquilo, ele disse; mas ele consentiu em jogar bola comigo. Encontramos duas bolas no armário, entre uma pilha de brinquedos velhos, piões, arcos, raquetes e petecas. Uma das bolas tinha escrito C., e a outra, H.; quis ficar com a bola do C., porque era a inicial de Catherine, e o H. podia ser de Heathcliff, sobrenome dele; mas o H. estava descascado, e Linton não gostou.

Ganhei dele todas as vezes; e ele ficou aborrecido outra vez, e tossiu, e voltou à poltrona. Naquela noite, no entanto, ele logo recobrou o bom humor: ele ficou encantado com duas ou três belas canções... *suas* canções, Ellen; e, quando fui embora, ele implorou e suplicou que eu voltasse na noite seguinte; e eu prometi.

Minny e eu voltamos voando para casa, leves como o ar; e sonhei com Wuthering Heights e meu doce e querido primo, até amanhecer.

Na manhã seguinte, fiquei triste; em parte porque você estava adoentada e em parte porque eu queria que meu pai soubesse, e aprovasse minhas visitas: mas o luar estava tão bonito depois do chá que, conforme eu cavalgava, a escuridão foi clareando.

“Terei outra noite feliz”, pensei comigo mesma; e, o que mais me deliciava, meu belo Linton também teria.

Subi trotando o jardim deles, e estava dando a volta para chegar pelos fundos quando aquele tal Earnshaw me encontrou, segurou meus arreios, e me pediu que entrasse pela frente. Ele fez carinho no pescoço da Minny, e disse que era um belo animal, e parecia que ele queria que eu conversasse com ele. Eu falei apenas para deixar meu cavalo em paz, do contrário Minny acabaria lhe dando um coice.

Ele respondeu com aquele sotaque vulgar:

— Nem ia machucar muito! — E examinou as patas com um sorriso. Fiquei tentada a experimentar; no entanto, ele se afastou para abrir a porta, e, ao abrir o trinco, ele ergueu os olhos para a inscrição da entrada, e disse, com uma estúpida mescla de embaraço e euforia:

— Senhorita Catherine! Agora eu sei ler.

— Que maravilha — exclamei. — Ora, vamos ouvi-lo, então. Você *ficou* inteligente!

— Ele soletrou, e se arrastou ao proferir, sílaba por sílaba, o nome Hareton Earnshaw.

— E os números? — exclamei, para encorajá-lo, notando que ele havia parado subitamente.

— Ainda não sei — ele respondeu.

— Ora, seu burro! — eu disse, rindo alto de seu fiasco.

O tolo ficou me olhando, com um sorriso pairando nos lábios, e uma carranca se formando acima dos olhos, como se não tivesse certeza se devia rir também: se perguntando se aquilo seria uma familiaridade simpática ou, o que era de fato, desprezo.

Resolvi as dúvidas dele retomando subitamente a gravidade, desejando que ele saísse da minha frente, pois eu viera visitar Linton, e não ele.

Ele corou, pude ver ao luar, e tirou a mão do trinco, e se afastou cabisbaixo, a perfeita imagem da vaidade mortificada. Ele se imaginara tão educado quanto Linton, supus, por ser capaz de soletrar o próprio nome; e ficara extraordinariamente desconcertado por eu não pensar o mesmo.

— Pare, senhorita Catherine, minha cara! — interrompi. — Não pretendo repreendê-la agora, mas não estou gostando da sua conduta. Se a senhorita se lembrasse de que Hareton é tão seu primo quanto o jovem senhor Heathcliff, perceberia quão inadequada foi a sua atitude nesse caso. No mínimo, é uma ambição digna da parte dele desejar ser tão educado quanto Linton; e provavelmente ele não aprende apenas para se exibir: a senhorita tinha feito Hareton passar vergonha da própria ignorância anteriormente, não tenho dúvida disso; e ele procurou remediar a situação para agradá-la. Desdenhar da tentativa imperfeita dele foi muita falta de educação da sua parte. Se a senhorita tivesse sido criada nas circunstâncias dele, seria menos rude? Quando criança, ele era tão sagaz e inteligente quanto a senhorita; e me dói que ele seja desprezado agora, porque aquele vil Heathcliff o tratou tão injustamente.

— Bem, Ellen, você não vai chorar por causa disso, vai? — ela exclamou diante da minha candura. — Mas espere um pouco, e você saberá se ele decorou esse ABC para me agradar; e se teria valido a pena ser educada com esse bruto. Entrei; Linton estava deitado no banco, e se endireitou para me cumprimentar.

— Estou doente hoje, Catherine, meu amor — ele disse —; e você terá que falar o tempo inteiro sozinha, e me deixar apenas ouvindo. Venha, e sente-se ao meu lado. Eu tinha certeza de que você não quebraria a sua promessa, e farei você prometer de novo, antes de ir embora.

Eu sabia então que não devia provocá-lo, pois ele estava mal; e falei suavemente e não fiz nenhuma pergunta, e evitei irritá-lo a qualquer custo. Eu havia levado comigo alguns dos meus melhores livros para ele: ele me pediu que lesse um pouco de um deles, e eu estava prestes a aceitar quando Earnshaw escancarou a porta: depois de destilado o veneno da reflexão. Ele avançou diretamente até nós, agarrou Linton pelo braço, erguendo-o para fora do banco.

— Vá para o seu quarto! — ele disse, com uma voz quase inarticulada de tanta paixão; e com o semblante carregado e furioso. — Leva ela para o quarto, se ela veio ver você: vocês não deviam me excluir disso. Fora daqui vocês dois!

Ele nos xingou, e sem dar a Linton tempo de pensar, quase o arremessou para dentro da cozinha; e ele cerrou o punho ao ver que eu ia atrás, parecendo que queria me socar. Fiquei com medo por um momento, e deixei cair um dos livros; ele chutou o livro na minha direção, e nos trancou para fora. Ouvi uma gargalhada maligna, crepitante, diante da lareira, e ao me virar deparei com aquele odioso Joseph parado de pé esfregando as mãos ossudas, e tremendo de frio.

— Eu sabia que ele ia dar uma lição em vocês! Ele é um grande varão! Ele está começando a entender o espírito da coisa! *Ele* sabe..., sim, ele sabe, tão bem quanto eu, quem devia ser o senhor de lá. Rá, rá, rá! Ele fez vocês mudarem de ideia para valer! Rá, rá, rá!

— Aonde iremos? — perguntei ao meu primo, desconsiderando a zombaria do velho desgraçado.

Linton estava branco e trêmulo. Ele não estava bonito nessa hora, Ellen: oh, não! Ele parecia assustador; pois seu rosto magro e seus olhos grandes tinham a expressão de uma fúria frenética e impotente. Ele agarrou a maçaneta da porta, e forçou: estava trancada por dentro.

— Se você não me deixar entrar, vou matá-lo! Se você não me deixar entrar, vou matá-lo! — ele mais berrou do que disse. — Demônio! Demônio! Vou matá-lo. Vou matá-lo!

Joseph soltou sua risada grasnada outra vez.

— Aí está, saiu ao pai! — ele gritou. — Esse é o pai! Nós sempre reunimos os dois lados em nós. Não dê ouvidos, Hareton, meu rapaz, não tenha medo, ele não vai conseguir te pegar!

Segurei as mãos de Linton, e tentei puxá-lo; mas ele soltou um berro tão chocante que não ousei continuar. Por fim, os gritos dele foram sufocados por um assustador acesso de tosse; jorrou sangue de sua boca, e ele caiu no chão.

Corri para o pátio, tonta de terror; e chamei por Zillah, o mais alto que consegui. Ela logo me ouviu: estava ordenhando as vacas em um barracão atrás do celeiro, e, vindo correndo, perguntou o que devíamos fazer?

Eu estava sem fôlego para explicar; puxando-a para dentro, procurei Linton. Earnshaw havia saído para examinar o dano causado, e estava levando a pobre criatura para o quarto lá em cima. Zillah e eu subimos atrás dele; mas ele me deteve no alto da escada, e disse que eu não devia entrar: eu devia ir para casa.

Exclamei que ele havia matado Linton, e que eu iria entrar, *sim*. Joseph trancou a porta, e declarou que eu não faria "nada disso", e perguntou se eu estava "fadada a ser tão louca quanto ele".

Fiquei ali parada chorando até que a governanta voltou. Ela afirmou que ele estaria melhor dali a pouco, mas que eu não poderia continuar gritando e fazendo todo aquele alarde; e ela me segurou e praticamente me carregou para dentro da casa.

Ellen, eu estava quase arrancando os cabelos da minha cabeça! Solucei e chorei tanto que meus olhos quase ficaram cegos; e o canalha por quem você tem tanta simpatia ali parado em oposição: com a audácia de me pedir silêncio de quando em quando, e negando que tivesse sido culpa dele; e, finalmente, assustado com minhas afirmações de que iria contar ao papai, e que ele seria preso e enforcado, ele começou a se debulhar em lágrimas, e correu para esconder covardemente sua agitação.

Ainda assim, não me livrei dele: quando enfim me obrigaram a partir, e eu estava algumas centenas de metros fora da propriedade, ele subitamente saiu da sombra da margem da estrada, e deteve Minny e me agarrou.

— Senhorita Catherine, eu sinto muito — ele começou —, mas isso seria muito ruim...

— Açoitei-o com o meu chicote, pensando que talvez ele fosse me matar. Ele me soltou, berrando um de seus xingamentos medonhos, e voltei galopando para casa, quase perdendo os sentidos.

Não fui lhe dar boa-noite nessa noite; e não fui a Wuthering Heights na seguinte: quis muito ir; mas estava estranhamente excitada, e, ao mesmo tempo, algumas vezes, com pavor de ouvir que Linton tivesse morrido; e outras vezes estremecia diante da ideia de encontrar Hareton.

No terceiro dia, tomei coragem: no mínimo, não podia suportar mais o suspense, escapei outra vez. Saí às cinco, e fui caminhando, imaginando que talvez conseguisse me esgueirar para dentro da casa, e depois subir até o quarto de Linton sem ser vista. No entanto, os cães notaram minha aproximação. Zillah me recebeu, e dizendo que "o rapaz estava se recuperando bem", levou-me a um pequeno apartamento, bem arrumado, atapetado, onde, para minha inexprimível alegria, vi Linton deitado no pequeno sofá, lendo um dos meus livros. Mas ele não falou comigo, nem olhou para mim, durante uma hora inteira, Ellen: ele possui um temperamento muito infeliz. E o que me deixou muito perplexa, quando ele abriu a boca, foi para proferir a mentira de que eu tinha causado todo aquele alvoroço, e que Hareton não tinha nenhuma culpa!

Incapaz de responder, exceto de modo passional, levantei-me e saí do recinto. Ele proferiu um débil "Catherine!". Ele não esperava que eu fosse responder: mas eu não voltaria atrás; e, no dia seguinte, foi a segunda noite em que fiquei em casa, quase decidida a nunca mais visitá-lo.

Mas foi tão triste ir me deitar e levantar, e não saber nada sobre ele, que minha determinação se derreteu no ar antes mesmo de se formar propriamente. Antes me parecera errado *ir*; agora parecia errado ficar. Michael veio perguntar se devia preparar Minny; eu disse "sim", e me senti cumprindo um dever enquanto Minny me conduzia morro acima.

Fui obrigada a passar pelas janelas da frente para chegar ao pátio: não adiantou tentar ocultar minha presença.

— O jovem senhor está em casa — disse Zillah, ao me ver a caminho da saleta.

Entrei; Earnshaw também estava lá, mas deixou o recinto imediatamente. Linton estava sentado na poltrona grande, quase dormindo; ao me aproximar do fogo, comecei, em tom sério, em parte querendo mesmo dizer aquilo…

— Uma vez que você não gosta de mim, Linton, e como você acha que eu venho aqui para lhe fazer mal, e alega que eu faço isso sempre, este é o nosso último encontro: vamos dizer adeus; e diga ao senhor Heathcliff que você não quer mais me ver, e que ele não deve mais inventar mentiras sobre este assunto.

— Sente-se e tire o chapéu, Catherine — ele respondeu. — Você é muito mais feliz do que eu, você devia estar melhor. O papai fala muito sobre os meus defeitos, demonstra desprezo por mim, de modo que é natural que eu duvide de mim mesmo. Eu me pergunto muitas vezes se não sou totalmente imprestável como ele diz; e então fico aborrecido e amargurado, odeio todo mundo! *Sou* de fato imprestável, estou quase sempre mal-humorado, desanimado; e, se você preferir, você *pode* me dizer adeus: você vai se livrar de um incômodo. Apenas, Catherine, seja justa comigo: acredite que, se eu pudesse ser tão doce, tão gentil e tão afável quanto você, eu seria; e de bom grado, e, ainda mais, tão feliz e tão saudável. E acredite que a sua bondade fez com que eu a amasse mais profundamente, como se eu merecesse o seu amor: e embora eu não mereça, e não consiga evitar de mostrar a você minha natureza, eu lamento e me arrependo; e lamentarei e me arrependerei até a morte!

Senti que ele tinha falado a verdade; e que devia perdoá-lo: e, embora fôssemos discutir no momento seguinte, eu deveria perdoá-lo outra vez. Nós nos reconciliamos; mas choramos, ambos, o tempo todo em que fiquei lá: não apenas de tristeza; embora eu lamentasse que Linton tivesse aquela natureza distorcida. Ele jamais deixará seus entes queridos à vontade, e ele mesmo jamais ficará em paz consigo mesmo!

Passei a ir sempre diretamente à saleta dele, desde aquela noite; porque o pai dele voltou no dia seguinte. Cerca de três vezes, creio, fomos alegres e esperançosos, como na primeira noite; o resto foram visitas sombrias e perturbadas: ora por seu egoísmo e seu rancor, ora por seu sofrimento. Mas aprendi a suportar aqueles, com tão pouco ressentimento quanto este.

O senhor Heathcliff deliberadamente me evita: praticamente não o vi. Domingo passado, a bem dizer, chegando mais cedo do que de costume, ouvi o pai tratar cruelmente o pobre Linton por sua conduta na noite anterior. Não sei dizer como ele sabia daquilo, a não ser que estivesse nos ouvindo. Linton certamente havia se comportado de modo provocante: no entanto, aquilo não dizia respeito a ninguém além de mim mesma, e interrompi o sermão do senhor Heathcliff entrando e dizendo isso a ele. Ele desatou a rir, e saiu, dizendo que estava contente por eu ter aquela opinião sobre o assunto. Depois disso, eu disse a Linton que ele deveria apenas sussurrar suas opiniões amargas.

Agora, Ellen, você ouviu a história inteira. Não posso ser impedida de ir a Wuthering Heights sem causar sofrimento a duas pessoas; ao passo que, se você não contar nada ao papai, minhas visitas não perturbarão a tranquilidade de ninguém. Você não vai contar, vai? Seria muita crueldade sua, se você contasse.

— Vou decidir sobre isso amanhã, senhorita Catherine — respondi. — Esse assunto requer reflexão; sendo assim, deixarei a senhorita descansar, e vou pensar melhor no seu caso.

Pensei em voz alta na presença do meu patrão; indo diretamente do quarto dela para o dele, e relatando a história inteira: com exceção das conversas com o primo, e qualquer menção a Hareton.

O senhor Linton ficou preocupado e aflito, mais do que admitiria para mim. Pela manhã, Catherine ficou sabendo da minha traição de sua confiança, e também que suas visitas deveriam terminar.

Em vão, ela chorou e se debateu contra essa interdição, e implorou que o pai tivesse dó de Linton: a única coisa que obteve do pai para seu consolo foi a promessa de que ele escreveria concedendo permissão ao sobrinho para vir a Grange quando quisesse; mas explicando que ele não deveria contar com visitas de Catherine a Wuthering Heights. Eventualmente, conforme a disposição e a saúde do sobrinho, ele julgaria apropriado remover até mesmo essa pequena consolação.

Capítulo XXV

— Essas coisas aconteceram no verão passado, senhor — disse a senhora Dean —; pouco mais de um ano atrás. No inverno passado, eu não imaginaria que, passados mais doze meses, eu estaria entretendo um desconhecido da família com este relato! Mas quem sabe por quanto tempo o senhor será um desconhecido? O senhor é jovem demais para se contentar para sempre em viver sozinho; e de certa forma imagino que ninguém seria capaz de ver Catherine Linton e não se apaixonar por ela. O senhor sorri; mas por que parece tão vivamente interessado quando falo sobre ela? E por que me pediu para pendurar o retrato dela sobre sua lareira? E por quê...?

— Pare, minha boa amiga! — exclamei. — É perfeitamente possível que *eu* me apaixone por ela; mas será que ela se apaixonaria por mim? Não creio nisso a ponto de arriscar minha tranquilidade caindo nessa tentação: e, além do mais, meu lar não é aqui. Pertenço ao mundo agitado, e aos braços do mundo devo voltar. Continue. Catherine obedeceu às ordens do pai?

— Obedeceu — continuou a governanta. — Sua afeição pelo pai era ainda o principal sentimento em seu coração; e ele falara sem raiva: falara com a profunda ternura de alguém prestes a deixar seu tesouro entre perigos e inimigos, onde suas palavras na lembrança seriam a única ajuda que ele poderia dar para orientá-la.

Ele me disse, alguns dias depois:

— Eu gostaria que o meu sobrinho escrevesse, Ellen, ou viesse nos visitar. Diga-me, sinceramente, o que você acha dele: ele mudou para melhor, ou existe a perspectiva de que melhore, quando virar adulto?

— Ele é muito delicado, senhor — respondi —, e dificilmente atingiria a maturidade; mas uma coisa posso lhe dizer, ele não se parece com o pai; e se a senhorita Catherine tivesse o infortúnio de se casar com ele, ele não sairia do controle dela: a não ser que ela seja extremamente, e estupidamente, indulgente. No entanto, patrão, o senhor terá tempo suficiente para conhecê-lo e ver se ele daria um bom marido para ela: faltam quatro anos e pouco para ele atingir a maioridade.

Edgar suspirou; e, caminhando até a janela, olhou na direção do cemitério da igreja de Gimmerton. Fazia uma tarde nevoenta, mas o sol de fevereiro brilhava timidamente, e só conseguíamos avistar os dois abetos do pátio, e as lápides esparsas.

— Rezei muito — ele disse como se falasse sozinho —, pela chegada deste momento; e agora começo a recuar, e temer. Pensei que a lembrança de quando desci noivo daquele vale seria menos doce que a expectativa de, em poucos meses, ou talvez semanas, ser levado vale acima, e sepultado naquele ermo solitário! Ellen, fui muito feliz com minha pequena Cathy: através das noites de inverno e dos dias de verão, ela foi uma esperança viva ao meu lado. Mas tenho sido feliz me imaginando entre aquelas pedras, à sombra da velha igreja; deitado, ao longo das tardes de junho, no monte verde da sepultura da mãe dela, e desejando... ansiando pelo momento de ser enterrado ali. O que posso fazer por Cathy? Como abandoná-la? Não me importo nem um pouco que Linton seja filho de Heathcliff; nem que ele a esteja tirando de mim, se ele fosse capaz de consolá-la pela minha perda. Eu não me importaria que Heathcliff conquistasse seus objetivos, e triunfasse em roubar minha última bênção! Mas se Linton for indigno, uma mera ferramenta nas mãos do pai, não posso abandoná-la aos cuidados dele! E, por duro que seja quebrar o espírito otimista dela, devo persistir em magoá-la enquanto estou vivo, e em deixá-la sozinha quando eu morrer. Minha querida! Eu preferiria entregá-la a Deus, e sepultá-la na terra antes de mim.

— Entregue-a a Deus, então, senhor — respondi —, e, caso venhamos a perder o senhor, Deus nos livre! Para a divina providência, eu continuarei amiga e conselheira dela até o final. A senhorita Catherine é uma boa menina: não receio que ela vá agir mal deliberadamente; e as pessoas que cumprem seus deveres são sempre recompensadas no fim.

A primavera avançou; no entanto, meu patrão não recobrou suas forças efetivamente, embora tenha retomado os passeios pela propriedade com a filha. Segundo o juízo inexperiente dela, isso em si era um sinal da convalescença do pai; e nesses passeios o rosto dele ficava muitas vezes corado, e os olhos brilhavam; ela ficou confiante na recuperação dele. No aniversário dela de dezessete anos, ele não foi visitar o cemitério da igreja: estava chovendo, e comentei:

— O senhor certamente não vai sair esta noite, não?

Ele respondeu:

— Não, vou deixar para um pouco mais tarde, este ano.

Ele escreveu novamente para Linton, expressando seu grande desejo de vê-lo; e, se o inválido estivesse apresentável, sem dúvida o pai teria permitido que ele viesse. Na verdade, sendo instruído para tanto, ele enviou uma resposta, intimando que o senhor Heathcliff fazia objeção a sua visita a Grange; mas a gentil lembrança do tio foi um prazer para ele, e ele esperava encontrá-lo algum dia em seus passeios, e pessoalmente pedir que sua prima e ele não ficassem por mais tempo totalmente separados.

Essa parte da carta era singela, e provavelmente de sua própria lavra. Heathcliff sabia que ele podia, então, suplicar com eloquência pela companhia de Catherine quanto quisesse.

— Não estou pedindo — ele dizia — que ela venha me visitar aqui; mas será que nunca mais a verei? Por que meu pai me proíbe de ir à casa dela, e o senhor a proíbe de vir à minha? Venha, de quando em quando, cavalgar com ela na direção de Heights; e permita que troquemos algumas palavras, na sua presença! Não fizemos nada para merecer essa separação; e o senhor não está zangado comigo: o senhor não tem nenhum motivo para não gostar de mim, o senhor há de admitir. Querido tio, envie-me um bilhete gentil amanhã, e permita que eu me junte ao senhor onde quer que seja, exceto em Thrushcross Grange. Creio que um encontro o convencerá de que não tenho o caráter de meu pai: ela diz que sou mais seu sobrinho do que filho dele; e embora eu tenha defeitos que me tornam indigno de Catherine, ela perdoou esses defeitos, e, pelo bem dela, o senhor também deveria perdoar. O senhor pergunta sobre minha saúde: está melhor; mas enquanto eu permanecer excluído de toda esperança, e condenado à solidão, ou ao convívio com aqueles que nunca gostaram nem jamais gostarão de mim, como posso estar animado e bem?

Edgar, embora se compadecesse do menino, não poderia consentir em satisfazer o pedido dele; porque ele não conseguiria acompanhar Catherine.

Ele disse que no verão talvez eles pudessem se encontrar: nesse meio-tempo, ele queria que o sobrinho continuasse a escrever de quando em quando, e se dispôs a lhe dar todos os conselhos e consolos que pudesse por carta; estando bem ciente da posição difícil do rapaz na família.

Linton concordou; e se ele não tivesse se controlado, provavelmente teria estragado tudo enchendo as epístolas de queixas e lamentações: mas o pai mantinha uma vigilância atenta sobre o filho; e, evidentemente, insistia em verificar cada linha enviada pelo meu patrão; assim, em vez de escrever sobre seus sofrimentos e aflições pessoais e peculiares, os temas que constantemente ocupavam ao máximo seu pensamento, ele discorria sobre a cruel obrigação de se manter afastado de sua amiga e de sua amada; e delicadamente intimava o senhor Linton a permitir um encontro em breve, ou ele temia que o tio estivesse propositadamente o iludindo com promessas vazias.

Cathy era uma poderosa aliada em casa; e entre eles enfim persuadiram meu patrão a aquiescer em cavalgarem ou caminharem juntos cerca de uma vez por semana, sob minha responsabilidade, e nas charnecas mais próximas de Grange: pois junho o encontrou ainda em declínio. Embora ele tivesse reservado anualmente uma porção de seus rendimentos para a fortuna de minha jovem senhora, ele tinha um desejo natural de que ela pudesse conservar, ou ao menos voltar a habitar em breve, a casa de seus ancestrais; e ele considerou que a única perspectiva de fazer isso seria mediante um casamento com o herdeiro dele; ele não fazia ideia de que este vinha decaindo quase tão depressa quanto ele mesmo; nem ninguém fazia, suponho: nenhum médico visitou Heights, e ninguém viu o jovem senhor Heathcliff relatar sua condição entre nós.

Eu, por minha vez, comecei a imaginar que meus pressentimentos eram falsos, e que ele devia na verdade estar se recuperando quando mencionou cavalgadas e passeios pelas charnecas, e pareceu tão sério em perseguir seu objetivo.

Não consigo imaginar um pai tratando um filho moribundo com tamanha tirania e crueldade como depois descobri que Heathcliff havia tratado Linton, para compelir aquela aparente avidez: seus esforços para acelerar seus planos mesquinhos e insensíveis foram ameaçados de derrota pela morte.

Capítulo XXVI

— O verão já havia passado de seu apogeu quando Edgar, relutante, cedeu aos pedidos deles, e Catherine e eu fomos em nossa primeira cavalgada ao encontro do primo dela.

Fazia um dia fechado, úmido; desprovido de sol, mas com um céu manchado e nebuloso demais para ameaçar chover; e nosso ponto de encontro havia sido marcado no marco de pedra, na encruzilhada. Ao chegarmos lá, contudo, um pastorzinho, enviado como mensageiro, disse:

— O jovem senhor Linton está esperando do lado de Heights: e ele agradeceria muito se pudéssemos seguir um pouco mais adiante.

— Então o jovem senhor Linton se esqueceu da primeira ordem de seu tio — comentei. — Ele nos mandou ficar no terreno de Grange, e aqui já estamos fora dos limites.

— Bem, podemos dar meia-volta assim que o encontrarmos — respondeu minha companheira —; e nosso passeio seguirá na direção de nossa casa.

Mas quando o encontramos, e isso foi a menos de quinhentos metros da porta da casa dele, descobrimos que estava sem cavalo; e fomos obrigadas a desmontar, e a deixar os nossos pastando.

Ele ficou deitado nas urzes, esperando nossa aproximação, e não se levantou até chegarmos a poucos metros dele. Então ele caminhou tão debilmente, e parecia tão pálido, que imediatamente exclamei:

— Ora, jovem senhor Heathcliff, o senhor não está apto a desfrutar de um passeio esta manhã. O senhor parece muito doente!

Catherine examinou o primo com tristeza e perplexidade: ela alterou a expressão de alegria em seus lábios para um esgar de preocupação; e a congratulação de seu encontro longamente postergado para um questionamento aflito, para saber se ele estava pior do que de costume.

— Não, estou melhor. Melhor! — ele arquejou, trêmulo, segurando a mão dela como se precisasse de apoio, enquanto seus grandes olhos azuis divagaram timidamente sobre ela; as cavidades das olheiras transformando a expressão lânguida de outrora em selvageria fatigada.

— Mas você parece pior — insistiu a prima —; pior do que da última vez em que nos vimos; você está mais magro, e...

— Estou cansado — ele interrompeu, apressadamente. — Está quente demais para caminhar, vamos descansar aqui. E, pela manhã, geralmente me sinto mal. O papai diz que eu cresci muito depressa.

Muito insatisfeita, Cathy sentou-se, e ele se reclinou ao lado dela.

— Isto parece o seu paraíso — disse ela, fazendo um esforço para animá-lo. — Você se lembra que combinamos de passar dois dias no lugar e da maneira que cada um julgasse mais agradável? Este é praticamente o seu, exceto pelas nuvens; mas elas parecem tão macias e suaves: é até mais bonito do que se houvesse sol. Na semana que vem, se você puder, podemos cavalgar até o parque de Grange, e experimentar o meu paraíso.

Linton não parecia se lembrar do que ela estava falando; e sentia evidentemente grande dificuldade em manter qualquer tipo de conversa. Sua falta de interesse pelos assuntos que ela puxava, e sua igual incapacidade de contribuir para entretê-la, eram tão óbvias que ela não conseguiu esconder sua decepção. Uma alteração indefinida ocorrera em sua pessoa e em seus modos como um todo. A petulância que podia ser afagada até virar carinho dera lugar a uma lânguida apatia; havia menos do temperamento insolente de um menino que se agita e provoca no intuito de ser acalmado e mais da melancolia absorta em si mesma de um inválido irreversível, repelindo consolos, e pronto a considerar a alegria bem-humorada dos outros um insulto.

Catherine percebeu, tão bem quanto eu, que ele considerava um castigo, mais do que uma gratificação, suportar nossa companhia; e ela não hesitou em propor, então, que fôssemos embora.

Essa proposta, inesperadamente, despertou Linton de sua letargia, e o lançou em um estranho estado de agitação. Ele olhou temerosamente para Heights, implorando que ela ficasse mais meia hora, pelo menos.

— Mas acho — disse Cathy — que você ficaria mais confortável em casa do que aqui sentado; e não estou conseguindo diverti-lo hoje, pelo visto, com minhas histórias, canções e conversas: você ficou mais prudente do que eu, nesses seis meses; você não gosta mais tanto das minhas brincadeiras: do contrário, se eu conseguisse agradá-lo, eu ficaria de bom grado.

— Fique para descansar — ele respondeu. — E, Catherine, não pense ou diga que eu estou *muito* mal: é o clima pesado e o calor que me deixam assim entorpecido; e eu já caminhei, antes de você chegar, o bastante para mim. Você pode dizer ao meu tio que minha saúde está razoável?

— Vou dizer que *você* disse isso, Linton. Não posso afirmar que você esteja bem — comentou minha jovem senhora, espantada com a insistente afirmativa de algo que era evidentemente falso.

— E volte na próxima quinta-feira — continuou ele, evitando o olhar intrigado dela. — E agradeça a ele por permitir a sua visita... Muito obrigado, Catherine. E... e, se você encontrar o meu pai, e se ele perguntar sobre mim, não dê a entender que eu fui extremamente silencioso e estúpido: não fique triste e cabisbaixa, como você está agora, ou ele vai ficar com raiva.

— Não me importo com a raiva dele — exclamou Cathy, imaginando que ela seria o objeto dessa raiva.

— Mas eu me importo — disse o primo, estremecendo. — *Não* provoque a raiva dele contra mim, Catherine, pois ele é muito duro comigo.

— Ele tem agido severamente contra o senhor, jovem senhor Heathcliff? — indaguei. — Ele se cansou de ser indulgente e passou a odiá-lo ativamente?

Linton olhou para mim, mas não respondeu; e, depois de ficar sentado ao lado dela por mais dez minutos, durante os quais a cabeça dele pendeu sonolenta sobre o peito, e ele não proferiu nada além de gemidos sufocados de exaustão ou de dor, Cathy começou a procurar consolo em colher mirtilos, e partilhar o produto de sua colheita comigo: ela não ofereceu mirtilos a ele, pois entendeu que prolongar aquela expectativa só traria mais aborrecimento e irritação.

— Já se passou meia hora, Ellen? — ela cochichou no meu ouvido, enfim. — Não vejo por que continuarmos aqui. Ele adormeceu, e o papai já deve estar nos esperando em casa.

— Bem, não devemos deixá-lo aí dormindo — respondi —; espere até que ele acorde, e seja paciente. A senhorita estava tão ansiosa para vir, mas a sua vontade de ver o pobre Linton logo evaporou!

— Por que será que *ele* quis me ver? — devolveu Catherine. — Antes, mesmo nos piores humores dele, eu gostava mais dele do que nesse estado de espírito curioso de agora. É como se isso fosse uma tarefa que ele fosse obrigado a realizar... este encontro... com medo de que o pai se zangue com ele. Mas não darei ao senhor Heathcliff esse prazer; qualquer que seja o motivo dele para mandar Linton cumprir essa penitência. E, embora eu esteja contente porque a saúde dele melhorou, lamento por ele ter ficado muito menos agradável e muito menos afetuoso comigo.

— Então a senhorita acha que a saúde *dele* melhorou? — eu disse.

— Acho — ela respondeu —, porque ele sempre faz um grande alarde sobre o próprio sofrimento, você sabe. Ele não está razoavelmente bem, como ele pediu que eu dissesse ao papai; mas é muito provável que esteja melhor.

— Nisso discordamos, senhorita Cathy — observei. — Eu diria que ele está muito pior.

Linton aqui despertou sobressaltado de seu cochilo, com terror perplexo, e perguntou se alguém tinha chamado por ele.

— Não — disse Catherine. — A não ser em sonho. Não entendo como você consegue cochilar ao relento, pela manhã.

— Pensei ter ouvido meu pai — ele disse ofegante, erguendo os olhos para o rochedo protuberante acima de nós. — Você tem certeza de que ninguém falou nada?

— Certeza absoluta — respondeu a prima. — Apenas Ellen e eu estávamos discutindo a sua saúde. Você está realmente mais forte, Linton, do que quando nos despedimos no inverno? Se está, tenho certeza de que uma coisa não está mais forte, a sua consideração por mim. Diga: está?

As lágrimas jorraram dos olhos de Linton quando ele respondeu:

— Sim, sim, estou!

E, ainda sob o feitiço da voz imaginária, seu olhar divagou para cima e para baixo, tentando detectar o dono da voz.

Cathy levantou-se.

— Precisamos nos despedir, por ora — ela disse. — E não vou esconder de você que fiquei tristemente decepcionada com nosso encontro; embora eu não vá mencionar isso a ninguém além de a você mesmo: não por sentir um temor reverente diante do senhor Heathcliff!

— Silêncio — murmurou Linton. — Pelo amor de Deus, silêncio! Ele está vindo. — E ele se agarrou ao braço de Catherine tentando detê-la; mas, diante desse anúncio, ela rapidamente se desvencilhou dele, e assobiou para Minny, que obedeceu como um cachorro.

— Voltarei na quinta-feira — ela exclamou, saltando na sela. — Adeus. Depressa, Ellen!

E assim o deixamos, quase inconsciente da nossa partida, de tão absorto na própria ansiedade pela aproximação do pai.

Antes de chegarmos em casa, o desprazer de Catherine se atenuou em uma sensação confusa de pena e remorso, bastante mesclada de dúvidas vagas, inquietantes, sobre as circunstâncias reais de Linton, físicas e sociais: das quais eu compartilhava, embora a aconselhasse a não falar muito sobre elas; pois uma segunda visita nos habilitaria a formar juízos melhores.

Meu patrão pediu que o informássemos sobre os últimos acontecimentos. O agradecimento do sobrinho foi devidamente transmitido; a senhorita Cathy tocou delicadamente nos outros assuntos: eu também esclareci um pouco as indagações dele, pois não sabia exatamente o que ocultar e o que revelar.

Capítulo XXVII

— Sete dias se passaram, cada um deles marcando sua trajetória com a rápida alteração da saúde de Edgar Linton. A desgraça que os meses previamente engendraram era agora imitada pelo avanço das horas.

Bem que quisemos tentar iludir Catherine ainda; mas seu espírito sagaz se recusou a se deixar iludir: seu espírito adivinhou em segredo, e ruminou a pavorosa probabilidade, que aos poucos amadureceu em certeza.

Ela não teve coragem de falar em cavalgar, quando chegou a quinta-feira; eu mencionei o assunto por ela, e obtive permissão para sair com ela de casa: pois a biblioteca, onde o pai ficava algum tempo todos os dias, pelo breve período em que ele conseguia ficar sentado, e o quarto dele haviam se tornado o mundo inteiro para a filha. Ela se ressentia de cada momento em que não estava inclinada sobre o travesseiro dele, ou sentada ao seu lado. O semblante dela estava abatido de tanta vigília e tristeza, e meu patrão de bom grado a dispensou para algo que ele julgava que seria uma boa mudança de ares e de convívio; extraindo um consolo da esperança de que agora ela não ficaria totalmente sozinha quando ele morresse.

Ele tinha uma ideia fixa, deduzi a partir de diversas observações que ele deixou escapar, de que, como o sobrinho se parecia fisicamente com ele, seria semelhante em caráter; pois as cartas de Linton quase não continham indicações de seus defeitos. E eu, por uma fraqueza compreensível, evitei corrigir esse equívoco; perguntando-me de que adiantaria perturbá-lo em seus momentos finais com informações que ele não teria capacidade ou oportunidade de aproveitar a seu favor.

Postergamos nosso passeio para a tarde; uma tarde dourada de agosto: de brisas tão cheias de vida pelas colinas que parecia que alguém que respirasse aquele ar, mesmo moribundo, poderia reviver.

O rosto de Catherine estava como a paisagem: sombras e raios de sol flutuando em rápida sucessão. Mas as sombras duravam mais, e o sol era mais transitório; e seu pobre coraçãozinho se repreendia até mesmo por aquele abandono passageiro de suas atenções ao pai.

Avistamos Linton esperando no mesmo local que ele havia escolhido antes. Minha jovem senhora desmontou, e me disse que, como ela estava decidida a ficar pouco tempo, era melhor eu segurar o pônei e permanecer montada em meu cavalo; mas discordei: eu não correria o risco de perder de vista aquela por quem era responsável, nem por um minuto; de modo que subimos juntas a vertente coberta de urzes. O jovem senhor Heathcliff nos recebeu com mais ânimo dessa vez: não a animação de um grande entusiasmo, contudo, nem de uma alegria; parecia mais semelhante ao medo.

— Está tarde! — ele disse, de maneira sucinta e com dificuldade. — O seu pai não está muito doente? Pensei que você não viria mais.

— *Por que* você não é sincero? — exclamou Catherine, engolindo a saudação. — Por que você não diz logo que não me quer? É estranho, Linton, que, pela segunda vez, você me faça vir até aqui, aparentemente, com o propósito de nos afligir, e sem outro motivo!

Linton estremeceu, e olhou de soslaio para ela, entre suplicante e envergonhado; mas a paciência da prima não foi o suficiente para suportar essa atitude enigmática.

— Meu pai *está* muito doente — ela disse. — E por que tive de sair da cabeceira dele? Por que você não me liberou da minha promessa, se não queria que eu a cumprisse? Vamos! Quero uma explicação: brincar e perder tempo são coisas completamente banidas da minha cabeça; e não posso ficar à mercê das suas afetações agora!

— Minhas afetações! — ele murmurou. — Quais são elas? Por tudo que é mais sagrado, Catherine, não me olhe assim zangada! Despreze-me o quanto quiser; não valho nada, sou um covarde desgraçado: sou de fato desprezível; mas sou ruim demais para a sua ira. Odeie o meu pai, deixe-me apenas com o desprezo.

— Que absurdo! — exclamou Catherine em tom passional. — Que menino tolo, ingênuo! E aí está! Agora ele está tremendo, como se eu fosse realmente tocá-lo! Você não precisa invocar o desprezo, Linton: qualquer um sentirá espontaneamente desprezo ao seu serviço. Saia! Preciso voltar para casa: é tolice tentar arrastá-lo da lareira, e fingir... o que queremos fingir? Largue do meu vestido! Se eu sentisse pena de ver você chorando e tão assustado, você acabaria rejeitando a minha compaixão. Ellen, diga a ele como é horrível essa conduta. Levante-se, e não se rebaixe, como um réptil abjeto. *Não faça isso!*

Aos prantos e com expressão de agonia, Linton havia se atirado sem forças no chão: ele parecia convulsionar com um terror extraordinário.

— Oh! — ele soluçou. — Não suporto mais isso! Catherine, Catherine, sou também um traidor, e não tenho coragem de lhe contar! Mas, se você me deixar, vou morrer! *Querida* Catherine, minha vida está em suas mãos: e você disse que me amava, e se você me amasse, isso não lhe faria mal. Você não vai embora, não é, minha gentil, doce e bondosa Catherine?! E talvez você consinta; e ele me deixe morrer com você!

Minha jovem senhora, ao testemunhar a intensa angústia, inclinou-se para erguê-lo do chão. O velho sentimento de ternura indulgente suplantou seu aborrecimento, e ela ficou muito comovida e preocupada.

— Consentir no quê? — ela perguntou. — Em ficar?! Explique-me o significado dessa conversa estranha, e eu consentirei. Você contradiz suas próprias palavras, e me desconcerta! Seja calmo e franco, e confesse de uma vez o que oprime seu coração. Você não me magoaria, não é mesmo, Linton? Você não deixaria nenhum inimigo me ferir, se pudesse impedir, não é? Acredito que você seja covarde consigo mesmo, mas não um traidor covarde de sua melhor amiga.

— Mas meu pai me ameaçou — arquejou o menino, entrelaçando seus dedos enfraquecidos —, e tenho pavor dele. Pavor dele! Não tenho *coragem* de lhe contar!

— Oh, muito bem! — disse Catherine, com desdenhosa compaixão. — Guarde o seu segredo: *eu* não sou covarde. Salve-se a si mesmo: eu não tenho medo!

A atitude magnânima dela provocou lágrimas nele: ele chorou descontroladamente, beijando as mãos dela que o seguravam, e, no entanto, não conseguiu tomar coragem para falar.

Eu estava cogitando qual seria esse mistério, e estava determinada a não permitir que Catherine sofresse em benefício dele ou de mais ninguém, no que dependesse da minha boa vontade; quando, ouvindo um farfalhar nas urzes, ergui os olhos e vi o senhor Heathcliff já quase em cima de nós, descendo de Heights. Ele não olhou em nenhum momento para meus companheiros, embora estivessem suficientemente perto para que os soluços de Linton fossem audíveis; mas me saudando com o tom quase afetuoso que não adotava com mais ninguém além de mim, e uma sinceridade da qual não pude deixar de duvidar, ele disse:

— Que raro vê-la tão perto da minha casa, Nelly. Como vão as coisas em Grange? Vamos ouvir. Há rumores — ele agregou, em tom mais grave — de que Edgar Linton está no leito de morte: talvez tenham exagerado a condição dele...

— Não; meu patrão está morrendo — respondi. — É verdade de fato. Será uma tristeza para todos nós, mas será um bênção para ele!

— Quanto tempo você acha que ele dura? — ele perguntou.

— Não sei — eu disse.

— Porque — ele continuou, olhando para os dois jovens, enquadrados fixamente sob os olhos dele. Linton parecia que não conseguiria arriscar virar ou erguer a cabeça, e Catherine não conseguia se mover, por conta dele. — Porque aquele rapaz parece decidido a morrer antes de mim; e eu agradeceria se o tio dele fosse rápido, e partisse antes dele! Olá! O filhote está fazendo esse jogo há muito tempo? Eu ensinei algumas coisas para ele sobre choramingar. Geralmente ele age com vivacidade na presença da senhorita Linton?

— Vivacidade? Não... Ele tem demonstrado grande aflição — respondi. — Ao vê-lo assim, eu diria que, em vez de passear com a namorada pelas colinas, ele deveria estar de cama, aos cuidados de um médico.

— Ele estará, dentre de um ou dois dias — resmungou Heathcliff. — Mas, primeiro, levante-se, Linton! Levante-se! — ele berrou. — Não fique rastejando no chão: de pé, agora!

Linton havia se prostrado novamente em outro paroxismo de medo impotente, causado pelo olhar do pai em sua direção. Suponho: não havia nada mais para produzir aquela humilhação. Ele fez diversos esforços para obedecer, mas suas poucas forças foram aniquiladas naquele momento, e ele tornou a cair para trás com um gemido.

O senhor Heathcliff avançou, e ergueu-o do chão e encostou-o em uma elevação da turfa.

— Agora — disse ele, com refreada ferocidade —, estou ficando irritado. E se você não controlar esse seu espírito indigno... *desgraçado*! Levante-se já!

— Eu vou, pai — ele disse, ofegante. — Apenas me deixe em paz, ou vou desmaiar. Eu fiz o que o senhor queria, tenho certeza. Catherine irá confirmar que eu... que eu... tenho sido alegre. Ah! Fique comigo, Catherine; me dê sua mão.

— Pegue a minha — disse-lhe o pai —, fique em pé. Aí está; ela pode lhe dar o braço: perfeito, olhe só para *ela*. A senhorita imaginaria que eu sou o próprio diabo, senhorita Linton, para despertar tamanho horror. A senhorita faria a gentileza de acompanhá-lo até em casa, por favor? Ele estremece se eu toco nele.

— Linton, querido! — sussurrou Catherine. — Não posso ir a Wuthering Heights: o papai me proibiu. Ele não lhe fará mal: por que você está com tanto medo?

— Não poderei nunca mais voltar para casa — ele respondeu. — *Não* poderei entrar de novo sem você!

— Pare! — gritou o pai dele. — Vamos respeitar os escrúpulos filiais de Catherine. Nelly, leve-o, e seguirei o seu conselho sobre o médico, sem mais delongas.

— O senhor faz muito bem — respondi. — Mas devo ficar com minha senhora: cuidar do seu filho não é da minha alçada.

— Você é muito rígida — disse Heathcliff —, sei disso; mas assim você me obriga a beliscar o bebê e fazê-lo gritar para comover a sua caridade. Então vamos, meu herói. Quer voltar para casa acompanhado por mim?

Ele se aproximou novamente, e fez como se fosse agarrar a frágil criatura; mas, recuando, Linton se agarrou à prima, e implorou que ela o acompanhasse, com uma impertinência frenética que não admitia recusa.

Por mais que eu desaprovasse, não poderia impedi-la: a bem dizer, como ela mesma poderia se recusar? O que o apavorava, não tínhamos como decifrar; mas lá estava ele, impotente sob as garras desse pavor, em que qualquer acréscimo parecia ser capaz de chocá-lo e levá-lo às raias da idiotia.

Chegamos ao umbral da porta da frente. Catherine entrou, e eu fiquei aguardando do lado de fora, até que ela conduzisse o inválido a uma cadeira, esperando que ela fosse sair no mesmo momento; quando o senhor Heathcliff, empurrando-me para frente, exclamou:

— Minha casa não está tomada pela peste, Nelly; e estou disposto a ser hospitaleiro hoje: sente-se, e permita que eu feche a porta.

Ele fechou, e trancou também. Tive um sobressalto.

— Vocês beberão chá conosco antes de voltarem para casa — ele agregou. — Estou sozinho. Hareton foi levar alguns bois a Lees, e Zillah e Joseph foram viajar a passeio; e, embora eu esteja acostumado a ficar sozinho, preferiria ter uma companhia interessante, se possível. Senhorita Linton, sente-se ao lado *dele*. Dou-lhe o que tenho: o presente não é grande coisa; mas não tenho nada mais a oferecer. É Linton, quero dizer. Veja como ela olha fixamente! É estranho o sentimento selvagem que tenho diante de qualquer um que pareça ter medo de mim! Se eu tivesse nascido onde as leis são menos estritas e os gostos são menos delicados, eu me daria ao luxo de uma lenta vivissecção desses dois, como um passatempo noturno.

Ele respirou fundo, bateu na mesa, e esbravejou consigo mesmo,

— Inferno! Como odeio esses dois!

— Não tenho medo do senhor! — exclamou Catherine, que não conseguiu ouvir a última parte da fala dele.

Ela chegou bem perto dele, com os olhos negros faiscantes de paixão e determinação.

— Dê-me essa chave: vou ficar com ela! — ela disse. — Eu não comeria nem beberia nada aqui nem que estivesse morrendo de fome.

Heathcliff estava com a chave na mão que permaneceu sobre a mesa. Ele ergueu os olhos, talvez surpreso com a ousadia dela; ou, possivelmente, lembrando-se, diante da voz e do olhar dela, da pessoa de quem ela os herdara.

Ela fez menção de apanhar a chave, e quase conseguiu arrancá-la dos dedos afrouxados dele sobre a mesa: mas a ação dela fez com que ele se lembrasse do presente; ele rapidamente recuperou a chave.

— Agora, Catherine Linton — ele disse —, afaste-se, ou eu a derrubarei no chão; e isso deixará a senhora Dean enlouquecida.

Ignorando esse aviso, ela agarrou a mão fechada dele e recuperou a chave.

— Nós *vamos* embora! — ela repetiu, empenhando o máximo esforço para fazer com que os músculos de ferro dele relaxassem; e, vendo que suas unhas não causavam grande efeito, ela recorreu aos dentes bem afiados. Heathcliff olhou para mim com uma expressão que me impediu de interferir por um momento. Catherine estava concentrada demais nos dedos dele para reparar na expressão de seu rosto. Ele abriu a mão subitamente, e entregou o objeto da disputa; porém, antes mesmo que ela se apoderasse da chave, ele a agarrou com a mão livre, e, puxando-a sobre os joelhos, administrou com a outra mão uma série de tapas terríveis dos dois lados da cabeça dela, que foram suficientes para cumprir sua ameaça, se ela estivesse solta para ser derrubada.

Diante dessa violência diabólica, corri furiosamente na direção dele.

— Seu patife! — comecei a gritar. — Seu patife!

Um toque no peito me silenciou: sou corpulenta, e logo fico sem fôlego; e, com isso e a raiva sentida, cambaleei para trás, e me senti prestes a sufocar, ou como se uma veia fosse explodir na minha cabeça.

A cena durou apenas dois minutos; Catherine, quando ele a soltou, levou as mãos às têmporas, e olhou como se não tivesse certeza se as orelhas haviam sido arrancadas ou não. Ela tremia como uma vara, pobre criatura, e se apoiou na mesa totalmente desorientada.

— Como a senhorita viu, eu sei castigar crianças — disse o canalha, sombriamente, ao se inclinar para recuperar a chave, que havia caído no chão. — Vá para junto de Linton agora, como eu mandei; e chore quanto quiser! Amanhã serei seu sogro, o único pai que você terá dentro de poucos dias, e exercerei bastante esse poder. Você é capaz de suportar bastante; você não é fracote: você terá diariamente provas desse poder, se eu perceber esse temperamento diabólico nos seus olhos outra vez!

Cathy correu para mim em vez de correr para Linton, e se ajoelhou e pôs o rosto ardente no meu colo, chorando bem alto. O primo havia se encolhido em um canto do banco, quieto como um camundongo, satisfeito, eu diria, pelo castigo ter recaído sobre outra pessoa e não nele mesmo.

O senhor Heathcliff, notando nosso desconcerto, levantou-se, e rapidamente preparou ele mesmo o chá. As xícaras e os pires já estavam postos na mesa. Ele serviu o chá, e me ofereceu uma xícara.

— Para lavar esse seu rancor — ele disse. — E sirva a sua cachorrinha malcriada e o meu filhote. Não está envenenado, embora eu mesmo tenha preparado. Vou sair para ver os seus cavalos.

Nossa primeira ideia, quando ele se retirou, foi forçar uma saída em outro ponto da casa. Tentamos a porta da cozinha, mas estava trancada por fora; verificamos as janelas: eram estreitas demais até para o corpo miúdo de Cathy.

— Senhor Linton — exclamei, vendo que estávamos praticamente presas —, o senhor sabe o que o seu pai tem em mente, e agora vai nos contar, ou estapearei suas orelhas, como ele fez com sua prima.

— Sim, Linton, você vai nos contar — disse Catherine. — Vim por sua causa; e será uma cruel ingratidão se você se recusar.

— Sirva-me um pouco de chá, estou com sede, e então vou contar — ele respondeu. — Senhora Dean, vá embora. Não estou gostando de ter a senhora aí parada em cima de mim. Agora, Catherine, você está deixando suas lágrimas caírem na minha xícara. Não vou beber dessa. Sirva-me outra.

Catherine serviu outra xicara para ele, e enxugou seu rosto. Senti asco da atitude daquele pequeno condenado, pois ele já não estava mais aterrorizado. A angústia que ele havia demonstrado na charneca passou assim que ele entrou em Wuthering Heights; de modo que deduzi que ele tinha sido alvo de uma pavorosa ameaça da ira dos céus caso não conseguisse nos ludibriar para que entrássemos lá; e, isso feito, ele não tinha mais nenhum receio imediato.

— O papai quer que nos casemos — ele continuou, após bebericar um pouco de chá. — E ele sabe que o seu papai não permitiria que nos casássemos agora; e ele receia que eu morra se esperarmos; de modo que devemos nos casar amanhã de manhã, e você deverá ficar aqui a noite inteira; e, se fizer o que ele deseja, você poderá voltar para casa no dia seguinte, e me levar consigo.

— Levar o senhor com ela, seu coitado enjeitado?! — exclamei. — *Você* se casar com ela? Ora, o rapaz enlouqueceu! Ou pensa que todas nós somos tolas. O senhor imagina essa bela e jovem dama, essa menina saudável, vigorosa, presa a um macaquinho moribundo como o senhor? O senhor tem esperança de que *alguém*, sem falar na senhorita Catherine Linton, queira o senhor para marido? O senhor merecia apanhar de chicote por ter nos trazido até aqui, com esses seus ardis lacrimosos e servis: e não me venha com essa cara de bobo agora! Minha vontade é sacudi-lo com severidade, pela sua desprezível traição, e sua arrogância imbecil.

Dei-lhe um empurrão de leve; mas isso fez com que ele voltasse a tossir, e ele recorreu como sempre aos gemidos e às lágrimas, e Catherine me repreendeu.

— Passar a noite inteira aqui? Não — ela disse, olhando lentamente para os lados. — Ellen, nem que eu tenha que pôr fogo nessa porta, eu vou sair daqui.

E ela teria começado a executar sua ameaça naquele instante, mas Linton se levantou, preocupado apenas consigo mesmo outra vez. Agarrou-a em seus braços fracos, soluçando:

— Você não vai ficar comigo, e me salvar? Nem me deixar ir para Grange? Oh, querida Catherine! Você não pode ir e me deixar aqui, afinal. Você *precisa* obedecer ao meu pai..., você *precisa*!

— Preciso obedecer ao meu — ela respondeu — e aliviá-lo desse cruel suspense. A noite inteira! O que ele pensaria? Ele já deve estar aflito. Vou arrombar essa porta ou pôr fogo para sair desta casa. Cale-se! Você não corre nenhum risco; mas se você tentar me deter... Linton, gosto mais do papai do que de você!

O terror mortal que ele sentia da ira do senhor Heathcliff devolveu ao menino a eloquência dos covardes. Catherine estava quase desesperada: ainda assim, ela insistiu que precisava ir para casa, e tentou implorar também, convencendo-o a conter sua agonia egoísta.

Enquanto eles estavam assim entretidos, nosso carcereiro voltou à cena.

— Seus cavalos foram embora — ele disse — e... ora, Linton! Choramingando outra vez? O que ela fez para você agora? Venha, vamos, já chega, e vá para a cama. Daqui um ou dois meses, meu rapaz, você poderá compensar a atual tirania dela com mão vigorosa. Você está sofrendo por puro amor, não é mesmo? Por mais nada neste mundo: e ela terá você como marido! Pronto, para a cama! Zillah não virá esta noite; você terá que se trocar sozinho. Silêncio! Pare com esse barulho! Assim que você estiver no seu quarto, não me aproximarei mais de você: não precisa ter medo. Por acaso, hoje você se saiu razoavelmente bem. Eu cuidarei do resto.

Ele disse essas palavras, segurando a porta entreaberta para o filho passar, e este saiu exatamente como um *spaniel* que desconfiasse que o dono quisesse lhe dar um beliscão maldoso.

O trinco foi fechado novamente. Heathcliff aproximou-se do fogo, diante do qual minha senhora e eu estávamos de pé em silêncio. Catherine ergueu os olhos, instintivamente levou a mão ao rosto: a proximidade dele reavivou uma sensação dolorosa. Qualquer outra pessoa seria incapaz de tratar aquele ato infantil com austeridade, mas ele ralhou com ela e resmungou:

— Oh! A senhorita não tem medo de mim? A sua coragem está bem disfarçada: a senhorita *parece* terrivelmente assustada!

— Agora *estou* com medo — ela respondeu —, porque, se eu ficar, o papai ficará desesperado: e como posso suportar deixá-lo desesperado... quando ele... quando ele... senhor Heathcliff, *deixe-me* ir para casa! Eu prometo que me casarei com Linton: o papai gostaria que eu me casasse; e eu o amo. Por que o senhor quer me forçar a fazer algo que eu faria de bom grado sozinha?

— Ele que ouse obrigá-la — exclamei. — Existe lei nestas terras, graças a Deus! Sim, existem leis; ainda que estejamos em uma região remota do reino. Eu o denunciaria mesmo que ele fosse meu filho; e isso é um crime sem privilégio de foro!

— Silêncio! — disse o canalha. — Para o inferno com o seu clamor! Não quero ouvir *você* falar. Senhorita Linton, será um notável deleite pensar no seu pai desesperado: nem conseguirei dormir de satisfação. Você não poderia escolher melhor maneira de fixar sua residência sob meu teto pelas próximas vinte e quatro horas do que me informar de que tal coisa aconteceria. Quanto à sua promessa de se casar com Linton, tomarei providências para que você a cumpra; você não sairá daqui até que ela seja cumprida.

— Envie Ellen, então, para o papai saber que estou bem! — exclamou Catherine, chorando amargamente. — Ou case-me agora. Pobre papai! Ellen, ele pensará que nos perdemos. O que vamos fazer?

— Não! Ele pensará que você está cansada de cuidar dele, e escapou para se divertir um pouco — respondeu Heathcliff. — Você não poderá negar que entrou na minha casa por vontade própria, descumprindo as ordens contrárias dele. E é bastante natural que você deseje se divertir na sua idade; e que você tenha se exaurido tratando de um homem doente, e que esse homem é *meramente* seu pai. Catherine, os dias mais felizes da vida dele terminaram quando começaram os seus. Ele a amaldiçoou, ouso dizer, por ter vindo ao mundo (eu a amaldiçoei, pelo menos); e nada mais justo do que *ele* a amaldiçoar quando partir. Eu me juntaria a ele. Eu não gosto de você! Como gostaria? Pode chorar. Pelo visto, será sua principal diversão doravante; a não ser que Linton compense suas outras perdas: e o seu prudente pai parece imaginar que ele é capaz de compensá-la. As cartas de conselho e consolação que ele escreveu me entretiveram imensamente. Na última, ele recomendava que meu precioso filho fosse cuidadoso com a preciosa filha dele; e que fosse bom quando se casasse com ela. Cuidadoso e bondoso... Isso é ser paternal. Mas Linton requer todo o estoque de cuidado e bondade para si mesmo. Linton faz bem o papel de pequeno tirano. Ele é capaz de torturar gatos só para arrancar os dentes e cortar as unhas. Você poderá contar ao tio dele belas histórias sobre a *bondade* do sobrinho quando voltar para casa, eu lhe garanto.

— Nisso o senhor tem razão! — eu disse. — Explique o caráter do seu filho. Mostre a semelhança dele com o senhor: e assim, espero, a senhorita Cathy pensará duas vezes antes de aceitar esse cocatriz![4]

— Não me importo de falar agora das qualidades amáveis dele — ele respondeu —; porque ela deverá aceitá-lo ou permanecer

4. A cocatriz é uma criatura fantástica citada na mitologia grega. Conforme é descrita, seria um tipo de réptil alado com pernas, cabeça e crista de galo, e uma cobra na cauda. Sua aparência é de um dragão bípede. (N.E.)

prisioneira, e você com ela, até seu patrão morrer. Posso detê-las, bem escondidas, aqui. Se você duvida, tente encorajá-la a voltar atrás na palavra dada, e você terá uma oportunidade de julgar!

— Não voltarei atrás na minha palavra — disse Catherine. — Vou me casar com ele agora mesmo, se puder ir a Thrushcross Grange depois. Senhor Heathcliff, o senhor é um homem cruel, mas não é um demônio; e o senhor não vai, por *pura* maldade, destruir irreversivelmente toda a minha felicidade. Se o papai pensar que o abandonei de propósito, e se ele morrer antes de eu voltar, será que suportarei viver? Já desisti de chorar: mas me ajoelharei aqui, aos seus pés; e não me levantarei, e não desviarei o olhar do seu rosto, enquanto o senhor não olhar para mim! Não, não se vire! Olhe para mim! O senhor não verá nada para provocá-lo. Não odeio o senhor. Não estou zangada porque o senhor me bateu. O senhor nunca amou *ninguém* em toda a sua vida, tio? *Nunca?* Ah! O senhor precisa olhar para mim pelo menos uma vez. Estou tão infeliz, o senhor não tem como evitar se lamentar e ter pena de mim.

— Tire esses seus dedos de salamandra de mim; e saia da frente, ou vou chutá-la! — exclamou Heathcliff, repelindo-a brutalmente. — Eu preferiria ser abraçado por uma serpente. Como diabos você pode sonhar em querer me bajular? Eu *detesto* você!

Ele deu de ombros: sacudiu-se, a bem dizer, como se sua carne se arrepiasse de aversão; e empurrou a cadeira para trás; enquanto eu me levantei, e abri minha boca, para começar a despejar uma verdadeira torrente de impropérios. Mas fui calada no meio da primeira frase, por uma ameaça de que eu seria posta em um quarto sozinha se proferisse mais uma sílaba.

Estava escurecendo; ouvimos som de vozes no portão do jardim. Nosso anfitrião saiu correndo no mesmo instante: *ele* estava alerta; *nós,* não. Houve uma conversa de dois ou três minutos, e ele voltou para dentro de casa.

— Pensei que fosse o seu primo Hareton — comentei com Catherine. — Quem dera ele voltasse logo! Quem sabe talvez ficasse do nosso lado.

— Eram três criados enviados de Grange para procurá-las — disse Heathcliff, entreouvindo o que eu disse. — Você devia ter aberto a janela e gritado: mas eu seria capaz de jurar que essa malcriada está contente por você não ter feito isso. Ela está contente de ter sido obrigada a ficar, tenho certeza.

Ao sabermos da oportunidade desperdiçada, ambas demos vazão a nossa tristeza descontroladamente; e ele nos deixou chorando até nove da noite. Depois, ele nos mandou subir, passando pela cozinha, até o quarto de Zillah; e sussurrei para minha companheira obedecer: talvez conseguíssemos sair pela janela de lá, ou entrar em um sótão e escapar pela claraboia.

A janela, contudo, era estreita, como as do andar de baixo, e a lucarna estava protegida contra nossas tentativas; pois nos trancaram por fora como antes.

Nenhuma de nós se deitou: Catherine posicionou-se junto à janela, e ficou vigiando ansiosamente a chegada da manhã; um suspiro profundo sendo a única resposta que obtive às minhas súplicas reiteradas para que ela tentasse descansar.

Sentei-me numa cadeira, e fiquei balançando para frente e para trás, fazendo juízos duros sobre as minhas muitas negligências do dever; das quais, ocorreu-me então, todos os infortúnios dos meus patrões se originaram. Não era o caso, de fato, tenho consciência disso; mas era, sim, na minha imaginação, naquela noite melancólica; e eu pensava que o próprio Heathcliff era menos culpado que eu.

Às sete da manhã, ele veio, e perguntou se a senhorita Linton estava de pé. Ela correu imediatamente para a porta, e respondeu:

— Sim.

— Ah, pronto — ele disse, abrindo, e puxando-a para fora. Levantei-me para acompanhá-la, mas ele tornou a trancar a porta. Pedi para sair.

— Seja paciente — ele respondeu. — Vou mandar servir o seu desjejum daqui a pouco.

Bati nas paredes, e forcei a maçaneta irritadamente; e Catherine perguntou por que eu ainda estava presa. Ele respondeu que eu devia tentar suportar só mais uma hora, e eles se foram.

Suportei duas ou três horas; enfim, ouvi passos: não era Heathcliff.

— Trouxe algo para a senhora comer — disse uma voz. — Abra essa porta!

Obedecendo avidamente, vi Hareton carregando comida suficiente para eu passar o dia inteiro.

— Tome — ele agregou, soltando a bandeja na minha mão.

— Fique um minuto — comecei.

— Não — ele exclamou, e se retirou, ignorando qualquer súplica que eu pudesse fazer para detê-lo.

E ali fiquei trancada o dia inteiro, e a noite seguinte inteira; e mais outra, e mais outra. Cinco noites e quatro dias no total, sem ver ninguém além de Hareton, uma vez a cada manhã; e ele era um modelo de carcereiro: ranzinza, mudo, e surdo a qualquer tentativa de comover seu senso de justiça ou compaixão.

Capítulo XXVIII

— Na quinta manhã, ou na quinta tarde, melhor dizendo, ouvi passos diferentes se aproximando: mais leves e curtos. E, dessa vez, a pessoa entrou no quarto. Era Zillah; vestindo seu xale escarlate, com uma touca preta de seda na cabeça e uma cesta de vime pendurada no braço.

— Oh, minha cara! Senhora Dean! — ela exclamou. — Bem! Estavam falando da senhora em Gimmerton. Nunca achei que a senhora iria se afogar no pântano de Blackhorse, e a senhorita também, até que o patrão me disse que vocês tinham sido encontradas, e que ele hospedou vocês aqui! Como assim!? E vocês certamente devem ter ficado em uma ilha no pântano, não? E quanto tempo a senhora ficou no buraco? O patrão salvou a senhora, senhora Dean? Mas a senhora não está tão magra... a senhora foi maltratada, foi?

— O seu patrão é um verdadeiro canalha! — respondi. — Mas ele pagará por isso. Ele não precisava ter inventado essa história: tudo será posto às claras!

— Como assim? — perguntou Zillah. — Não foi ele que inventou essa história. Todos estão falando isso na vila: que vocês se perderam no charco; e eu falei ao Earnshaw, quando cheguei:

— Ora, que coisas estranhas, senhor Hareton, aconteceram desde que eu saí. É uma pena o que aconteceu com aquela adorável mocinha, e a jovial Nelly Dean. — Ele olhou fixamente. Pensei que ele não tinha escutado, então contei a ele esse boato. O patrão ouviu, e simplesmente sorriu consigo mesmo, e disse:

— Se elas estavam no pântano, agora já saíram, Zillah. Nelly Dean está hospedada, neste exato momento, no seu quarto. Você pode dizer para ela sair, quando você subir; aqui está a chave. Entrou água do pântano na cabeça dela, e ela queria voltar correndo para casa, mas cuidei dela até ela cair em si. Agora você pode mandá-la embora para Grange, se ela se sentir apta, e levar um recado meu de que a jovem senhorita irá a seguir, a tempo de comparecer ao funeral do cavalheiro.

— O senhor Edgar não morreu? — arquejei. — Oh! Zillah, Zillah!

— Não, não; sente-se, boa senhora — ela respondeu —; a senhora ainda está doente. Ele não morreu; o doutor Kenneth acha que ele pode durar mais um dia. Encontrei o doutor na estrada e perguntei.

Em vez de me sentar, apanhei capa e touca para sair, e desci às pressas, pois o caminho estava livre.

Ao entrar na casa, procurei alguém que me informasse sobre Catherine.

O ambiente estava ensolarado, e a porta escancarada; mas não havia ninguém à vista.

Hesitei em partir imediatamente, ou voltar e procurar minha jovem senhora, uma tosse discreta chamou minha atenção para a lareira.

Linton estava deitado no banco, o único ocupante, chupando açúcar-cande, e acompanhando meus movimentos com olhos apáticos.

— Onde está a senhorita Catherine? — indaguei seriamente, supondo que seria capaz de assustá-lo e obrigá-lo a me dizer interpelando-o assim. Ele continuou chupando o açúcar-cande como um inocente.

— Ela já foi? — eu disse.

— Não — ele respondeu —; ela está lá em cima: ela não vai; não vamos deixar.

— Ah, não vai deixar, seu pequeno idiota?! — exclamei. — Leve-me ao quarto dela imediatamente, ou farei você dar um grito bem agudo.

— O papai faria você gritar, se você tentasse entrar lá — ele respondeu. — Ele falou para eu não ser mole com a Catherine: ela é minha esposa, e é uma vergonha que ela queira me abandonar. Ele falou que ela me odeia e quer que eu morra, para ela poder ficar com o meu dinheiro; mas ela não vai conseguir: e ela não vai voltar para casa! Jamais! Ela pode chorar e passar mal o quanto quiser!

Ele retomou sua atividade anterior, fechando os olhos, como se quisesse adormecer.

— Jovem Heathcliff — prossegui —, o senhor já se esqueceu de toda a bondade de Catherine com o senhor no inverno passado, quando o senhor dizia que a amava, e quando ela trouxe livros e cantou canções para o senhor, e veio muitas vezes através do vento e da neve para vê-lo? Ela chorou por não conseguir vir uma noite, porque o senhor ficaria decepcionado; e o senhor achava que ela era cem vezes mais bondosa do que o senhor merecia: e agora o senhor crê nas mentiras do seu pai, mesmo sabendo que ele detesta vocês dois. E o senhor se junta a ele contra ela. Que bela gratidão, não é?

Os cantos da boca de Linton caíram, e ele tirou o açúcar-cande dos lábios.

— Será que ela veio a Wuthering Heights porque o odeia? — continuei. — Pense por si mesmo! Quanto ao seu dinheiro, ela nem sabe que o senhor herdará algum dinheiro. E o senhor disse que ela adoeceu; e, no entanto, o senhor a deixou sozinha, lá em cima, nesta casa estranha! *O senhor*, que sentiu na pele o que é ser negligenciado! O senhor poderia ter compaixão do seu próprio sofrimento; como ela teve do senhor; mas o senhor não terá compaixão do sofrimento dela! Eu estou derramando lágrimas, jovem senhor Heathcliff, como o senhor vê... uma mulher de idade, e meramente uma criada..., e o senhor, depois de fingir tanta afeição, e tendo motivos para quase idolatrá-la, guarda para si cada lágrima que tem, e fica aí deitado à vontade. Ah! Seu menino egoísta e sem coração!

— Não consigo ficar lá com ela — ele respondeu contrariado. — Não vou ficar lá sozinho com ela. Ela chora tanto que eu não suporto. E ela não para, mesmo que eu diga que vou chamar o meu pai. Eu o chamei uma vez, e ele ameaçou estrangulá-la se ela não ficasse quieta; mas ela recomeçou assim que ele saiu do quarto, gemendo e se lamentando a noite inteira, mesmo que eu berrasse, contrariado, por não conseguir dormir.

— O senhor Heathcliff saiu? — indaguei, notando que a desgraçada criatura não tinha capacidade de se compadecer das torturas mentais sofridas pela prima.

— Ele está no pátio — ele respondeu —, conversando com o doutor Kenneth; que falou que o tio está morrendo, de fato, finalmente. Estou contente, porque serei o herdeiro de Grange depois que ele morrer. Catherine sempre falou de lá como a casa *dela*. Não é dela! É minha: o papai falou que tudo que ela tem é meu. Todos aqueles livros lindos dela são meus; ela se ofereceu para me dar esses livros, e os belos passarinhos dela, e a Minny, o pônei dela, se eu pegasse a chave do quarto, e a deixasse sair; mas eu disse que ela não tinha nada para dar, porque tudo aquilo eram coisas minhas. E então ela chorou, e tirou um camafeu do pescoço, e disse que eu devia ficar com aquilo; eram dois retratos em um relicário de ouro, de um lado a mãe dela, e, do outro, o meu tio, quando eram jovens. Isso foi ontem. Eu disse que aquilo *também* era meu; e tentei arrancar dela. A rancorosa criatura não permitiu: ela me empurrou, e me machucou. Dei um berro. Isso a assustou. Ela ouviu o papai se aproximando, e ela quebrou o camafeu, partindo-o em duas metades, e me deu o retrato da mãe; a outra metade ela tentou esconder: mas o papai perguntou qual era o problema, e eu expliquei. Ele pegou a metade que estava comigo, e mandou Catherine entregar a dela para mim; ela se recusou, e ele... ele a derrubou no chão, e arrancou a corrente e esmagou o camafeu com o pé.

— E o senhor gostou de vê-la apanhar? — perguntei, encorajando-o a falar, com segundas intenções.

— Eu fechei os olhos — ele respondeu. — Fecho os olhos quando vejo meu pai bater em um cachorro ou em um cavalo, de tão forte que ele bate. Mas fiquei contente a princípio; ela mereceu esse castigo por ter me empurrado: mas quando o papai saiu, ela me levou para perto da janela e me mostrou a bochecha dela cortada por dentro, na altura dos dentes, e a boca ensanguentada; e depois ela recolheu os pedaços do retrato, e foi se sentar virada para a parede, e ela não falou mais comigo desde então: e às vezes acho que ela não consegue falar de dor. Não gosto de pensar nisso; mas ela é uma criatura insolente por chorar assim sem parar; e ela está tão pálida e desgovernada que estou até com medo dela.

— E você pode ir buscar a chave, se quiser? — eu disse.

— Sim, quando estou lá em cima — ele respondeu —, mas não posso subir agora.

— Onde está essa chave? — perguntei.

— Oh! — ele exclamou. — Não vou contar para você onde está. É um segredo nosso. Ninguém pode saber, nem Hareton, nem Zillah. Pronto! Você já me deixou cansado. Saia daqui, saia! — E ele virou o rosto contra o braço, e fechou os olhos outra vez.

Julguei melhor partir sem encontrar o senhor Heathcliff; e buscar em Grange o socorro para a jovem senhora.

Ao chegar em Grange, a perplexidade de meus colegas ao me ver, e também sua alegria, foi intensa; e quando souberam que a jovem senhora estava viva, duas ou três empregadas quiseram subir correndo e contar a notícia aos brados diante da porta do senhor Edgar: mas fiz questão de fazer eu mesma o anúncio.

Como ele estava mudado quando o encontrei, passados tão poucos dias! Ele estava deitado, a imagem da tristeza e da resignação, esperando a própria morte. Parecia muito mais jovem: embora sua idade real fosse trinta e nove anos, dir-se-ia que era dez anos mais jovem, no mínimo. Ele pensava em Catherine; pois murmurou o nome dela. Toquei a mão dele, e falei.

— Catherine está chegando, querido patrão! — sussurrei. — Ela está viva e passa bem, e estará em casa, espero, hoje à noite.

Estremeci ao notar os primeiros efeitos dessa informação: ele tentou se erguer na cama, olhou avidamente para os lados, e então tornou a se deitar, desmaiado.

Assim que ele se recuperou, contei sobre nossa visita compulsória, e nossa detenção em Heights. Disse que Heathcliff me obrigara a entrar: o que não era exatamente verdade. Falei o mínimo possível contra

Linton; nem descrevi toda a conduta brutal do pai dele... pois minha intenção não era agregar amargor, se pudesse evitar, à xícara já transbordante de sofrimentos dele.

Ele deduziu que um dos propósitos de seu inimigo era garantir que as propriedades pessoais dos Lintons, assim como suas terras, fossem herdadas pelo filho: ou por ele mesmo; mas o motivo de Heathcliff não querer esperar que ele morresse primeiro era o que intrigava meu patrão, por ignorar que ele e o sobrinho deixariam o mundo quase ao mesmo tempo.

No entanto, ele sentiu que seu testamento devia ser alterado: em vez de deixar a fortuna de Catherine à disposição dela mesma, ele decidiu deixá-la nas mãos de administradores para que ela a utilizasse ao longo da vida, e para os filhos dela, se ela tivesse algum, depois que ela morresse. Com esse recurso, a fortuna não ficaria para o senhor Heathcliff quando Linton morresse.

Ao receber essas ordens, mandei um rapaz buscar o advogado, e quatro outros, armados, para resgatar minha jovem senhora das mãos de seu carcereiro. Os dois grupos demoraram muito. O rapaz que foi sozinho voltou primeiro.

Ele disse que o senhor Green, o advogado, não estava quando ele chegou, e ele precisou esperar duas horas até que ele voltasse; e depois o senhor Green disse que tinha negócios na vila que precisava resolver; mas que estaria em Thrushcross Grange antes do amanhecer.

Os quatro enviados também voltaram sozinhos. Trouxeram a notícia de que Catherine estava muito doente: doente demais para sair do quarto; e Heathcliff não permitiu que eles a vissem.

Repreendi os rapazes estúpidos que deram ouvidos a essa história, que eu não transmitiria ao patrão; decidida a levar o bando inteiro até Heights, durante o dia, e atacar literalmente a propriedade, a não ser que a prisioneira nos fosse entregue pacificamente.

O pai *verá* a filha, jurei, e jurei novamente, mesmo que aquele demônio precisasse ser assassinado na porta da própria casa tentando impedir!

Felizmente, fui poupada da viagem e do trabalho.

Desci às três da manhã para buscar um jarro d'água; e estava passando pelo corredor com o jarro na mão quando uma batida aguda na porta da frente me fez sobressaltar.

— Oh! É o advogado Green — eu disse, recomposta —, apenas o Green. — E segui em frente, no intuito de chamar alguém para atender, mas a batida se repetiu; não muito alta, porém insistente.

Depus o jarro no balaústre e me apressei para abrir pessoalmente a porta.

A lua cheia brilhava lá fora. Não era o advogado. Minha querida senhora saltou no meu pescoço soluçante:

— Ellen, Ellen! O papai está vivo?

— Está — exclamei. — Sim, meu anjo, ele está vivo, graças a Deus, e você está a salvo aqui conosco outra vez!

Ela quis subir correndo, ainda ofegante, até o quarto do senhor Linton; mas a obriguei a se sentar em uma cadeira, e fiz com que bebesse água, e lavei seu rosto pálido, esfregando com meu avental, até deixá-la um pouco mais corada. Então eu disse que precisava ir primeiro, e contar sobre sua chegada; implorando que ela dissesse que seria feliz com o jovem Heathcliff. Ela me olhou fixamente, mas logo compreendeu por que eu a aconselhei a mentir, e me garantiu que não se queixaria ao pai.

Não suportei presenciar esse encontro. Fiquei de pé, do lado de fora do quarto, por quinze minutos, e mal me aproximei da cama.

Foi tudo muito contido, contudo. O desespero de Catherine foi silencioso, assim como a alegria do pai. Ela o abraçou com calma, aparentemente; e ele fitou as feições dela, erguendo os olhos que pareciam dilatados de êxtase.

Ele morreu extasiado, senhor Lockwood: ele morreu assim. Beijando o rosto dela, ele murmurou…

— Vou me encontrar com ela; e você, minha criança querida, virá nos encontrar depois! — E nunca mais se mexeu ou falou; mas continuou com aquele olhar arrebatado, radiante, até que seu pulso, imperceptivelmente, parou, e sua alma partiu. Ninguém poderia ter reparado o minuto exato de sua morte, tão inteiramente sem esforço que foi.

Talvez Catherine tivesse gastado todas as lágrimas, talvez a tristeza fosse pesada demais para permitir que chorasse, o fato é que ela ficou ali sentada de olhos secos até o sol nascer: até meio-dia, e teria continuado sentada ali, taciturna, ao lado daquele leito de morte, mas insisti que ela se afastasse e descansasse um pouco.

Foi bom que consegui removê-la, pois na hora do almoço apareceu o advogado, depois de ter passado em Wuthering Heights para obter instruções sobre como agir. Ele havia se vendido ao senhor Heathcliff: esse havia sido o motivo de sua demora em obedecer às ordens do meu patrão. Felizmente, nenhum pensamento sobre assuntos mundanos passou pela cabeça dele, para perturbá-lo, depois da chegada da filha.

O senhor Green se incumbiu de organizar tudo e todos na casa. Ele despediu toda a criadagem, exceto por mim. Ele levaria sua autoridade delegada ao ponto de insistir que Edgar Linton não fosse enterrado ao lado da esposa, mas na capela, com a família dele. Havia, no entanto, o testamento a impedir que isso acontecesse, e meus veementes protestos contra qualquer infração das orientações do documento.

O funeral foi às pressas; deixaram Catherine, desde então senhora Linton Heathcliff, ficar em Grange até o cadáver do pai ser levado da casa.

Ela me contou que sua angústia enfim levou Linton a correr o risco de soltá-la. Ela ouviu os homens que eu enviara discutindo diante da porta, e depreendeu o sentido da resposta de Heathcliff. Isso a deixou desesperada. Linton, que havia sido transferido para a saleta pouco depois da minha partida, ficou aterrorizado e buscou a chave antes que o pai tornasse a subir.

Ele teve a astúcia de abrir e encostar novamente a porta, sem trancá-la; e, quando foi para a cama, ele implorou para dormir com Hareton, e seu pedido foi concedido desta vez.

Catherine escapou furtivamente antes do amanhecer. Ela não arriscou forçar nenhuma porta para que os cachorros não dessem o alarme; ela percorreu os cômodos vazios e examinou as janelas; e, por sorte, subindo no recesso da janela de sua mãe, ela conseguiu facilmente sair, e chegar ao chão, graças ao abeto tão próximo. O cúmplice sofreu por sua participação na fuga, apesar da timidez dessa artimanha.

Capítulo XXIX

— Na noite seguinte ao funeral, minha jovem senhora e eu estávamos sentadas na biblioteca; ora meditando melancolicamente (uma de nós, desesperadamente) sobre nossas perdas, ora arriscando conjecturas sobre o futuro sombrio.

Havíamos acabado de concordar que o melhor destino que aguardaria Catherine seria a permissão de continuar residindo em Grange; ao menos enquanto Linton vivesse: sendo ele autorizado a se juntar a ela em Grange, e eu permaneceria como governanta. Esse pareceu ser um arranjo favorável demais para que tivéssemos esperança; e, no entanto, tive esperança, e comecei a me animar com a perspectiva de conservar meu lar e meu emprego, e, sobretudo, minha amada jovem senhora; quando um empregado, um dos descartados, que ainda não havia ido embora, entrou correndo e disse que "aquele demônio do Heathcliff" estava atravessando o pátio e perguntou se deveria bater a porta na cara dele.

Ainda que fôssemos loucas o bastante para ordenar esse procedimento, não tivemos tempo para tanto. Ele não fez cerimônia batendo na porta e anunciando o próprio nome: ele era o proprietário, e se valia do privilégio de proprietário para entrar sem dizer nada.

O som da voz do nosso informante atraiu Heathcliff para a biblioteca; ele entrou, expulsou o rapaz, e trancou a porta.

Era a mesma sala onde ele havia sido introduzido, como convidado, dezoito anos antes: a mesma lua brilhava na janela; e a mesma paisagem outonal do lado de fora. Ainda não havíamos acendido nenhuma vela, mas o recinto inteiro estava visível, até os retratos na parede: a esplêndida cabeça da senhora Linton, e a graciosa cabeça do marido.

Heathcliff avançou até a lareira. O tempo pouco havia alterado sua aparência. Lá estava o mesmo homem: o semblante escuro, um pouco mais pálido e contido, o corpo talvez cinco ou dez quilos mais pesado, e nenhuma outra diferença.

— Pare! — ele disse, agarrando-a pelo braço. — Basta de fugas! Aonde você iria? Vim buscá-la para levá-la para casa; e espero que você seja uma nora dedicada e não estimule o meu filho a me desobedecer outra vez. Fui constrangido a castigá-lo quando descobri a participação dele na sua fuga: ele é um fracote, que qualquer beliscão aniquilaria; mas você verá pelo olhar dele que ele recebeu o que merecia! Eu mandei

Linton descer uma noite, antes de ontem, e mandei sentar-se numa cadeira, e não toquei mais nele depois disso. Mandei Hareton sair, e ficamos sozinhos na sala. Depois de duas horas, mandei Joseph levá-lo de volta para o quarto; e desde então a minha presença tem um efeito tão potente sobre os nervos dele quanto um fantasma; e imagino que ele me veja a todo instante, mesmo quando não estou por perto. Hareton disse que ele acorda e grita no meio da noite, toda hora, e chama você para vir protegê-lo de mim; e, goste você ou não do seu precioso marido, você precisa vir: ele agora é assunto seu; todo o interesse que eu tinha nele agora é incumbência sua.

— Por que não deixar Catherine continuar aqui — implorei — e trazer o jovem senhor Linton para morar com ela? Como o senhor odeia os dois, não sentiria falta deles: eles seriam *apenas* um tormento diário para o seu coração desumano.

— Estou procurando um inquilino para Grange — ele respondeu —; e, sem dúvida, quero as crianças comigo, essa mocinha me deve e pagará com serviços pelo pão de cada dia. Não vou sustentá-la no luxo e no ócio depois que Linton morrer. Vamos depressa, apronte-se, agora; e não me obrigue a forçá-la.

— Eu vou — disse Catherine. — Só tenho Linton para amar no mundo agora, e embora o senhor tenha feito o que podia para que ele fosse odioso para mim, e eu para ele, o senhor *não é capaz* de fazer com que nos odiemos. E eu o desafio a machucá-lo quando eu estiver por perto, e o desafio a tentar me assustar!

— Você é uma tagarela presunçosa — respondeu Heathcliff —, mas não gosto de você o bastante para machucá-lo: você terá pleno usufruto do tormento, enquanto durar esse tormento. Não serei eu quem o tornará odioso para você, mas o próprio espírito suave dele. Ele está amargo como fel com o seu abandono e as consequências disso: não conte com gratidão por essa nobre devoção. Ouvi Linton dizer a Zillah o que ele faria se fosse forte como eu: a inclinação já está lá, e sua própria fraqueza aguçará sua astúcia para encontrar um substituto para a força.

— Eu sei que ele tem má índole — disse Catherine —; ele é seu filho. Mas ainda bem que eu tenho uma índole melhor, para perdoar isso nele; e sei que ele me ama, e por esse motivo eu também amo Linton. Senhor Heathcliff, *você* não tem *ninguém* para amá-lo; e, por mais infelizes que você nos faça, ainda teremos a vingança de pensar que a sua crueldade se origina da sua infelicidade ainda maior. Você *é* um infeliz, não é?

Solitário, como o diabo, e invejoso como o diabo? *Ninguém* te ama... *ninguém* vai chorar quando você morrer! Eu não queria ser você!

Catherine falou com uma espécie de triunfo lúgubre: ela parecia ter decidido entrar no espírito da futura família, e extrair prazer das aflições dos inimigos.

— Você logo lamentará ser quem é — disse o sogro —, se continuar aí parada mais um minuto. Vamos embora, bruxa, e leve as suas coisas!

Ela se retirou com um ar de desprezo.

Em sua ausência, comecei a implorar para ficar com o posto de Zillah em Heights, propondo trocar de lugar com ela; mas ele não aceitou em nenhuma hipótese. Ele me mandou calar a boca; e então, pela primeira vez, permitiu-se um exame da sala e um olhar mais atento para os retratos. Após observar o retrato da senhora Linton, ele disse:

— Essa casa será minha não porque eu precise dessa casa, mas...

Ele se virou de forma abrupta para o fogo e continuou, exibindo algo que, na falta de melhor palavra, devo chamar de um sorriso.

— Vou lhe contar o que eu fiz ontem! Mandei o coveiro, que estava cavando a cova de Linton, remover a terra de cima da tampa do caixão dela, e eu o abri. Pensei, pelo menos uma vez, eu ficaria bem ali: quando vi o rosto dela outra vez... é o rosto dela ainda! Ele teve dificuldade para me tirar dali; mas ele disse que o rosto dela iria se transformar em contato com o vento, e então eu afrouxei uma das laterais do caixão, e tampei outra vez: não do lado do Linton, maldito seja ele! Por mim, ele teria sido soldado em chumbo. E subornei o coveiro para tirá-lo de lá quando eu for sepultado, e deslocar a lateral do meu caixão também; mandei fazer isso: e aí, quando Linton vier, ele não saberá quem é quem!

— O senhor foi muito cruel, senhor Heathcliff! — exclamei. — O senhor não tem vergonha de perturbar os mortos?

— Eu não perturbei ninguém, Nelly — ele respondeu —, e foi um grande alívio para mim. Agora, ficarei muito mais confortável; e você terá mais chance de me visitar enterrado, quando eu for para lá. Perturbá-la? Não! Ela me perturbou, noite e dia, ao longo de dezoito anos. Incessantemente. Sem remorso. Até ontem à noite; e ontem à noite fiquei tranquilo. Sonhei que estava dormindo o último sono ao lado daquela sonhadora, com meu coração parado e meu rosto congelado colado ao dela.

— E se ela tivesse se dissolvido na terra, ou pior, o que o senhor teria sonhado? — eu disse.

— Sonharia em me dissolver com ela, e seria ainda mais feliz! — ele respondeu. — Você acha que eu temo qualquer transformação desse tipo? Eu esperava esse tipo de transformação ao abrir a tampa, mas fico mais satisfeito que não tenha começado enquanto eu não compartilhar dessa mudança. Além disso, se eu não tivesse recebido uma distinta impressão de suas feições impassíveis, esse sentimento estranho dificilmente teria sido afastado. Começou de forma estranha. Você sabe que fiquei descontrolado depois que ela morreu; e eternamente, de madrugada em madrugada, rezando para ela voltar para mim em espírito! Tenho muita fé em fantasmas: tenho a convicção de que eles podem existir, e existem, entre nós!

No dia em que ela foi enterrada, caiu uma nevasca. À noite, fui ao cemitério da igreja. Soprava um vento desolador como o inverno; tudo em volta em solidão. Não receei que o tolo do marido dela perambularia pelo vale tão tarde da noite; e ninguém mais teria o que fazer ali.

Estando só, e ciente de que aproximadamente dois metros de terra solta eram a única barreira entre nós, eu disse comigo mesmo...

— Eu a terei nos meus braços outra vez! Se ela estiver fria, pensarei que é o vento norte a *me* gelar; e se ela estiver imóvel, será o sono.

Peguei uma pá do barracão de ferramentas, e comecei a cavar com todas as minhas forças. A lâmina raspou o caixão; passei a trabalhar com as mãos; a madeira começou a rachar em volta dos pregos; eu estava prestes a alcançar meu objetivo quando, aparentemente, ouvi um suspiro de alguém acima de mim, perto da margem da sepultura, que se inclinava para baixo.

— Se eu conseguir arrancar isso — murmurei. — Queria que cavassem a terra sobre nós! — E puxei mais desesperadamente ainda.

Houve outro suspiro, perto dos meus ouvidos. Foi como se eu sentisse o hálito quente desse suspiro deslocando o vento carregado de granizo. Eu sabia que nenhuma criatura viva de carne e osso estava ali; mas, tão certamente como se percebe a aproximação de um corpo substancial no escuro, embora não se consiga distingui-lo, com a mesma certeza senti que Cathy estava lá: não embaixo de mim, mas na própria terra.

Uma súbita sensação de alívio fluiu do meu coração percorrendo todos os meus membros. Abandonei meu trabalho agonizante, e me virei totalmente consolado: indizivelmente consolado. A presença dela estava comigo: ela permaneceu comigo enquanto eu enchia a sepultura outra vez, e me conduziu para casa. Você pode rir, se quiser; mas eu tinha certeza de que a veria lá. Eu tive a certeza de que ela estava comigo, não pude evitar conversar com ela.

Assim que cheguei em Heights, corri avidamente para a porta. Estava trancada; e, lembro bem, aquele maldito Earnshaw e minha esposa se opuseram à minha entrada. Lembro-me de chutá-lo até deixá-lo sem fôlego, e depois subi correndo, para o meu quarto, que era o dela também. Olhei impacientemente para os lados... sentia a presença dela comigo. Eu *quase* conseguia vê-la, mas *não conseguia*! Devo ter suado sangue nesse momento, tamanha a angústia dos meus anseios, tamanho o fervor das minhas súplicas por um único vislumbre dela! Mas não tive nenhum vislumbre. Ela se mostrava, como costumava fazer em vida, como um demônio para mim! E, desde então, algumas vezes mais, outras vezes menos, tenho sido objeto dessa tortura insuportável! Infernal! Tortura que mantém meus nervos tão tensos que, se não fossem elásticos como tripas, teriam há muito tempo ficado frouxos como os nervos de Linton.

Quando me sentava dentro de casa com Hareton, parecia que, se eu saísse, acabaria por encontrá-la; quando eu caminhava na charneca, que a encontraria quando entrasse. Quando eu saía de casa, apressava-me para voltar; ela *devia* estar algures em Heights, eu tinha certeza! E quando eu dormia no quarto dela, era expulso de lá no meio da noite. Não conseguia me deitar lá; no momento em que eu fechava os olhos, ou ela estava do lado de fora da janela, ou deslizando por dentro das paredes, ou entrava no quarto, ou descansava sua cabeça adorável no mesmo travesseiro que ela usava na infância; e eu precisava abrir os olhos para ver. E assim eu abria e fechava os olhos cem vezes por noite... e era sempre frustrado! Isso me atormentava! Muitas vezes, eu gemia em voz alta, a ponto de esse velho patife do Joseph sem dúvida pensar que minha consciência estivesse sendo possuída por um demônio dentro de mim.

Agora, desde que a vi, estou pacificado... um pouco. Era uma forma estranha de assassinato: não por centímetros, mas por frações de fios de cabelo, a me seduzir com o espectro de uma esperança ao longo de dezoito anos!

O senhor Heathcliff fez uma pausa e enxugou a testa; o cabelo estava grudado, úmido de suor; os olhos estavam fixos nas brasas vermelhas de fogo, as sobrancelhas não franzidas, mas erguidas, próximas das têmporas; diminuindo o aspecto lúgubre do semblante, mas conferindo uma expressão peculiar de perturbação, e uma dolorosa aparência de tensão mental em torno de um tema absorvente. Ele não estava falando exatamente comigo, e eu me mantive em silêncio. Eu não gostava de ouvir Heathcliff falar!

Após um breve intervalo, ele retomou sua meditação sobre o retrato, tirou-o da parede e o apoiou no sofá para contemplá-lo melhor; e enquanto ele estava assim ocupado, Catherine entrou, anunciando que estava pronta, e que já podiam trazer seu pônei.

— Mande o pônei amanhã — disse Heathcliff para mim; então se virou para ela, e agregou: — Você pode ficar sem seu pônei: está uma bela noite, e você não precisará de pôneis em Wuthering Heights; para os trajetos que você fará, seus próprios pés serão o suficiente. Vamos embora.

— Adeus, Ellen! — sussurrou minha querida senhora. Quando ela me beijou, seus lábios estavam frios como gelo. — Venha me visitar, Ellen; não se esqueça.

— Lembre-se de não fazer nada disso, senhora Dean! — disse o sogro dela. — Quando eu quiser falar com você, eu virei. Não quero saber de você bisbilhotando na minha casa!

Ele fez um sinal para ela sair primeiro, e, lançando para trás um olhar que cortou meu coração, ela obedeceu.

Fiquei olhando para eles, pela janela, desci até o jardim. Heathcliff prendia o braço de Catherine debaixo do braço dele: embora ela resistisse a princípio, evidentemente; e, com passos largos, ele a levou depressa pela aleia, cujas árvores acabaram por ocultá-los.

Capítulo XXX

— Fiz uma visita a Heights, mas não a vi mais desde que ela partiu: Joseph segurou a porta quando fui visitá-la, e não me deixou entrar. Ele disse que a senhora Linton estava "ocupada" e o patrão tinha saído. Zillah me contou um pouco como iam as coisas por lá, do contrário eu nem saberia se alguém tinha morrido e quem ainda vivia.

Ela acha Catherine arrogante, e não gosta dela, pelo que deduzi de sua fala. Minha jovem senhora pediu que ela a ajudasse quando se mudou; mas o senhor Heathcliff mandou ela cuidar da própria vida, e deixar a nora se virar sozinha; e Zillah de bom grado aquiesceu, sendo uma mulher obtusa, egoísta. Catherine demonstrou uma irritação infantil com essa negligência; reagindo com desdém, e assim arregimentando minha informante entre seus inimigos, como se ela tivesse cometido uma grande ofensa.

Tive uma longa conversa com Zillah cerca de seis semanas atrás, um pouco antes de o senhor chegar, um dia em que nos encontramos na charneca; e ela me disse o seguinte:

— A primeira coisa que a senhora Linton fez ao chegar em Heights foi subir correndo para o quarto, sem sequer dar boa-noite para mim ou para o Joseph; ela se trancou no quarto do Linton, e ali ficou até de manhã. Depois, quando o patrão e Earnshaw faziam o desjejum, ela entrou, e perguntou, com temor, se podiam chamar um médico, pois seu primo estava muito doente.

— Nós sabemos disso! — respondeu Heathcliff. — No entanto, a vida dele não vale um centavo, e não gastarei um centavo com ele.

— Mas eu não sei o que fazer — ela disse —; e, se ninguém me ajudar, ele vai morrer!

— Saia do quarto — gritou o patrão —; e não quero mais ouvir nenhuma palavra sobre ele! Ninguém aqui se importa com ele; se você se importa, aja como enfermeira; se não se importa, tranque-o e deixe-o.

Então ela começou a me incomodar, e eu disse que já tinha tido trabalho demais com aquela criatura exigente; cada um já tinha as próprias tarefas, e a dela era cuidar de Linton: o senhor Heathcliff me mandou deixar esse serviço para ela.

Como eles fizeram, não sei. Imagino que ele tenha sofrido um bocado, e gemido sozinho noite e dia; e ela teve raríssimos momentos de repouso: era o que se deduzia do rosto pálido e dos olhos carregados dela. Às vezes, ela vinha para a cozinha totalmente atordoada, e parecia que queria implorar alguma ajuda; mas eu não iria desobedecer ao patrão: nunca ouso desobedecê-lo, senhora Dean; e, embora eu achasse errado não chamar o doutor Kenneth, não era da minha alçada aconselhar ou reclamar, e sempre evitei me intrometer.

Uma ou duas vezes, depois que estávamos na cama, abri por acaso minha porta e a vi sentada chorando no alto da escada; e então logo me tranquei, com receio de ser levada a interferir. Senti pena dela, tenho certeza: mas ainda assim não queria perder meu emprego, a senhora sabe.

Por fim, uma noite ela entrou ousadamente no meu quarto, e me deixou apavorada, dizendo:

— Avise ao senhor Heathcliff que o filho dele está morrendo... Tenho certeza disso, desta vez. Levante-se, agora mesmo, e vá avisá-lo.

Depois de dizer isso, ela tornou a sumir. Fiquei mais quinze minutos deitada, tentando ouvir alguma coisa, e tremendo de medo. Nada se movia... A casa estava em silêncio.

"Ela deve estar enganada", pensei comigo. "Ele já melhorou. Não vou precisar acordar ninguém"; e comecei a cochilar. Mas meu sono foi interrompido uma segunda vez pelo agudo toque da sineta, a única sineta da casa, deixada justamente com Linton; e o patrão me mandou verificar qual era o problema, e informar que ele não queria que aquele som se repetisse.

Transmiti a mensagem de Catherine. Ele praguejou consigo mesmo, e em alguns minutos saiu do quarto com uma vela acesa, e se dirigiu ao quarto do casal. Fui atrás. A senhora Heathcliff estava sentada ao lado da cama, com as mãos nos joelhos. O sogro entrou, aproximou a vela do rosto de Linton, olhou para ele, e tocou no cadáver; depois se virou para ela.

— E agora, Catherine — ele disse —, como você está se sentindo?

Ela ficou muda.

— Como você está, Catherine? — ele repetiu.

— Ele está salvo, e eu estou livre — ela respondeu. — Eu deveria me sentir bem..., mas — ela continuou, com uma amargura que não conseguiu disfarçar — o senhor me deixou tanto tempo lutando sozinha contra a morte que só sinto e só vejo morte! Estou me sentindo morta!

E ela parecia morta de fato! Dei-lhe um pouco de vinho. Hareton e Joseph, que haviam acordado com o toque da sineta e o som de nossos passos, e ouviram nossa conversa do lado de fora, então entraram. Joseph estava disposto, creio, a remover o cadáver; Hareton parecia incomodado com alguma ideia: embora estivesse mais encarando Catherine do que pensando em Linton. Mas o patrão mandou Hareton voltar para a cama: não queríamos a ajuda dele. Depois ele mandou Joseph levar Linton para o quarto dele, e me mandou voltar para o meu, e a senhora Heathcliff ficou sozinha.

Pela manhã, ele me mandou avisar que ela devia descer para o desjejum: ela havia se trocado, e parecia que ia dormir, e disse que não estava se sentindo bem; do que não duvidei. Informei o senhor Heathcliff, e ele respondeu:

— Bem, deixe-a descansar até depois do funeral; e agora suba e leve para ela o que for necessário; e, assim que ela parecer melhor, venha me avisar.

Cathy não desceu mais durante quinze dias, segundo Zillah; que a visitava duas vezes por dia, e que teria sido mais amigável, mas suas tentativas de ser mais gentil foram orgulhosa e prontamente repelidas.

Heathcliff foi visitá-la uma vez, para mostrar o testamento de Linton. Ele havia deixado tudo o que era dele, e que o havia sido dela, bens móveis, para o pai: o pobre rapaz fora ameaçado, ou persuadido, a assinar aquele documento durante a semana em que ela se ausentara, quando o tio dele havia morrido. Quanto às terras, sendo menor de idade, ele não teve como interferir. No entanto, o senhor Heathcliff as reivindicou e as conservou por direito da esposa e dele também: suponho que legalmente; de qualquer forma, Catherine, destituída de dinheiro e parentes, não poderá questionar sua posse.

Ninguém, disse Zillah, jamais se aproximou da porta do quarto dela, exceto daquela vez, além de mim; e ninguém perguntou nada a respeito dela. A primeira ocasião em que ela desceu foi em uma tarde de domingo.

Ela havia exclamado, quando levei seu almoço, que não suportava mais ficar ali no frio; e eu disse a ela que o patrão estava indo a Thrushcross Grange, e Earnshaw e eu não precisávamos impedir que ela descesse; de modo que, assim que ela ouviu o trote do cavalo de Heathcliff se afastando, ela apareceu, toda de preto, e seus cachos dourados penteados para trás das orelhas, simples como uma quacre: ela não conseguiria alisá-los com o pente.

Joseph e eu geralmente vamos à capela aos domingos. ("A igreja", explicou a senhora Dean, "o senhor sabe, está sem ministro agora; e eles chamam o templo dos metodistas ou batistas, não sei dizer exatamente, em Gimmerton, de capela!"). Joseph tinha ido — ela continuou —, mas achei melhor ficar em casa. Os jovens sempre ficam bem sob a supervisão de alguém mais velho; e Hareton, com todo seu acanhamento, não é um modelo de bom comportamento. Eu disse a ele que sua prima provavelmente viria se sentar conosco, e que ela sempre foi acostumada a observar o domingo; de modo que era melhor ele não ficar mexendo em suas armas e outros serviços dentro de casa enquanto ela estivesse ali.

Ele corou diante dessa notícia, e olhou para as mãos e para as roupas. O óleo e a pólvora foram guardados no mesmo minuto. Notei que ele pretendia fazer companhia a ela; e deduzi, pelos modos dele, que ele queria ficar apresentável; então, rindo, como não ousava rir quando o patrão estava perto, ofereci ajuda, se ele quisesse, e zombei de sua perplexidade. Ele ficou sério, e começou a xingar.

— Ora, senhora Dean — Zillah prosseguiu, vendo que não me agradara sua atitude —, a senhora acha que a sua jovem senhora é boa demais para o senhor Hareton; e nisso a senhora tem razão: mas admito que eu adoraria fazer com que o orgulho dela diminuísse um pouco. E de que lhe servem agora toda educação e sofisticação? Ela está tão pobre quanto a senhora ou quanto eu: até mais pobre, tenho certeza. A senhora tem suas economias, e eu vou guardando um pouco ao longo da vida.

Hareton permitiu que Zillah o ajudasse; e ela o elogiou até que ele ficasse de bom humor; de modo que, quando Catherine chegou, esquecendo em parte seus insultos anteriores, ele tentou ser simpático, segundo o relato da governanta.

— A senhora entrou — ela disse —, gélida como um sincelo e altiva como uma princesa. Levantei-me e ofereci a poltrona onde estava. Não, ela desdenhou minha cortesia. Earnshaw se levantou também, e a convidou para se sentar no banco, e ficar mais perto do fogo: ele sabia que ela estava morrendo de fome.

— Tenho passado fome há mais de um mês — ela respondeu, escandindo as palavras com o máximo de desprezo.

E ela puxou uma cadeira, e se posicionou a uma certa distância de nós dois.

Depois de sentada e aquecida, ela começou a olhar para os lados, e viu uma série de livros sobre o armário; ela ficou de pé instantaneamente, esticando-se para alcançá-los: mas os livros estavam muito no alto.

O primo, depois de observar essas tentativas, enfim tomou coragem para ajudá-la; ela esticou a barra do vestido com as mãos, e ele começou a depositar ali os primeiros volumes que ia apanhando.

Isso foi um grande progresso para o rapaz. Ela não lhe agradeceu; ainda assim, ele se sentiu grato por ela ter aceitado sua ajuda, e arriscou ficar de pé atrás dela enquanto ela os examinava, e até se inclinou e apontou para o que lhe chamou atenção em algumas figuras antigas que continham; nem se intimidou pelo modo insolente como ela virava logo as páginas em que ele apontava o dedo: ele se contentou em recuar um pouco e ficar olhando para ela em vez de olhar para o livro.

Ela continuou lendo, ou procurando algo para ler. A atenção dele, aos poucos, foi se concentrando em estudar os grossos e sedosos cachos dos cabelos dela: o rosto ele não conseguia ver, e ela não conseguia vê-lo. E, talvez, não muito consciente do que fazia, mas atraído como um menino por uma vela, enfim ele passou do olhar ao toque; ele estendeu a mão e acariciou um cacho de cabelo, delicadamente, como se fosse um passarinho. Foi como se ele tivesse tentado enfiar uma faca no pescoço dela, tamanho o alvoroço em que ela se virou.

— Afaste-se já! Como você ousa me tocar? Por que você está parado aí? — ela gritou, em tom de desgosto. — Não suporto você! Vou voltar para o meu quarto, se você se aproximar.

O senhor Hareton recuou, com uma expressão de máxima tolice: sentou-se no banco muito calado, e ela continuou folheando seus volumes por mais meia hora; finalmente, Earnshaw veio na minha direção, e sussurrou para mim.

— Você pode pedir para ela ler para nós, Zillah? Estou aqui parado, sem fazer nada; e eu gosto… eu gostaria de ouvi-la! Não diga que eu pedi, mas peça você mesma.

— O senhor Hareton gostaria que a senhora lesse para nós, madame — eu disse, imediatamente. — Ele consideraria muita gentileza sua. Ele ficaria muito grato.

Ela franziu o cenho; e, erguendo os olhos, respondeu:

— Senhor Hareton, e todos vocês, tenham a bondade de entender que rejeito qualquer falsa gentileza que vocês tenham a hipocrisia de oferecer! Desprezo todos vocês, e não tenho nada a dizer a nenhum de vocês! Quando eu teria dado a vida por uma palavra gentil de vocês, até mesmo para ver o rosto de vocês, vocês se mantiveram distantes. Mas não vou me queixar para vocês! Desci por causa do frio; não para entretê-los ou desfrutar da sua companhia.

— O que eu podia ter feito? — começou Earnshaw. — Que culpa tenho eu?

— Oh! Você é uma exceção — respondeu a senhora Heathcliff. — Não senti falta nenhuma da sua preocupação.

— Mas eu me ofereci mais de uma vez, e pedi... — ele disse, inflamado com a insolência dela — pedi ao senhor Heathcliff que me deixasse cuidar de você.

— Silêncio! Vou lá fora, ou a qualquer lugar, para não ter que ouvir a sua voz desagradável! — disse minha senhora.

— Hareton murmurou que, por ele, ela podia ir para o inferno! E, buscando sua arma, não evitou mais suas ocupações dominicais.

Ele começou a falar então, abertamente; e ela achou melhor se recolher à sua solidão: mas a neve havia começado, e, apesar de seu orgulho, ela foi forçada a condescender com a nossa companhia, cada vez mais. No entanto, tomei providências para não haver mais escárnio da minha boa-vontade: desde então, tenho sido rígida como ela; e nenhum de nós gosta dela ou admira: e ela não merece mesmo; pois basta alguém dizer qualquer coisa para ela, e ela vira as costas, sem respeito por ninguém. Ela agride até o patrão, e parece mesmo desafiá-lo a maltratá-la; e quanto mais é maltratada, mais venenosa ela fica.

A princípio, ao ouvir esse relato de Zillah, cogitei deixar meu posto, e me mudar para uma casa no campo, e levar Catherine para morar comigo: mas o senhor Heathcliff não permitiria, assim como não permitiria que Hareton se mudasse para uma casa independente; e não vejo remédio, no momento, a não ser que ela se casasse novamente; e esse tipo de arranjo escapa à minha esfera de ação.

Assim terminou a história da senhora Dean. Não obstante a profecia do médico, estou rapidamente recobrando minhas forças; e embora ainda seja apenas a segunda semana de janeiro, pretendo sair a cavalo dentro de um ou dois dias, e cavalgar até Wuthering Heights, para informar meu senhorio de que passarei os próximos seis meses em Londres; e, se ele quiser, pode procurar outro inquilino para ocupar a casa a partir de outubro. Eu não passaria outro inverno aqui por nada.

Capítulo XXXI

Ontem o dia estava claro, calmo e gelado. Fui até Heights conforme o planejado: minha governanta me pediu que eu levasse um bilhete a sua jovem senhora, e não me recusei, pois a valorosa mulher não tinha consciência de nada estranho em seu pedido.

A porta da frente estava aberta, mas o portão estava prudentemente trancado, como em minha última visita; bati e chamei Earnshaw, que estava trabalhando no jardim; ele abriu o portão, e eu entrei. O sujeito é um camponês bonito como nunca se viu. Reparei particularmente nele dessa vez; mas aparentemente ele faz de tudo para não se valer dos próprios atributos.

Perguntei se o senhor Heathcliff estava em casa. Ele respondeu "não", mas disse que voltaria na hora do almoço. Eram onze da manhã, e anunciei minha intenção de entrar e esperar por ele; ao que ele imediatamente largou as ferramentas e me acompanhou, na qualidade de um cão de guarda, não como substituto do anfitrião.

Entramos juntos; Catherine estava lá, ajudando a preparar vegetais para a refeição que se aproximava; ela parecia mais amuada e menos entusiasmada do que da primeira vez em que a vi. Ela mal ergueu os olhos para me ver, e continuou em seus afazeres com o mesmo desdém pelas formas comuns de polidez; sem retribuir a mesura ou o bom-dia com o mínimo gesto de reconhecimento da minha presença.

"Ela não parece tão amável", pensei, "quanto a senhora Dean quis me levar a crer. Ela é muito bonita, é verdade; mas não é um anjo."

Earnshaw bruscamente a mandou levar suas coisas para a cozinha.

— Leve você — ela disse, afastando-as de si assim que terminou e retirando-se para uma banqueta perto da janela, onde começou a esculpir aves e animais nos nabos em seu colo.

Aproximei-me dela, como se quisesse ter uma vista melhor do jardim; e, como era minha intenção, deixei cair o bilhete da senhora Dean no colo dela, sem que Hareton percebesse..., mas ela perguntou em voz alta:

— O que é isso? — E jogou o bilhete no chão.

— Uma carta de sua velha conhecida, a governanta de Grange — respondi, irritado por ela ter exposto meu gesto generoso, e temeroso de que ela imaginasse se tratar de uma carta minha.

Ela a teria recolhido do chão diante dessa informação, porém Hareton se antecipou; ele apanhou a carta e a guardou no colete, dizendo que o senhor Heathcliff devia ler primeiro.

Com isso, Catherine desviou o rosto, e, muito furtivamente, tirou o lenço e levou aos olhos; e o primo, esforçando-se para conter seus sentimentos mais amenos, tirou a carta do colete e a atirou no chão ao lado dela, do modo mais indelicado possível.

Catherine pegou a carta e leu avidamente; depois me fez algumas perguntas sobre os moradores, racionais e irracionais, de seu antigo lar; e, olhando na direção da serra, murmurou um solilóquio:

— Eu gostaria de montar Minny lá embaixo! Gostaria de estar subindo nas árvores lá embaixo! Oh! Estou cansada... estou *atolada*, Hareton!

E ela inclinou sua bela cabeça e encostou no recesso da janela, com um misto de bocejo e suspiro, e assumiu uma expressão de tristeza abstrata: sem se importar ou saber se estávamos olhando para ela.

— Senhora Heathcliff — eu disse, depois de ficar mudo, sentado, por algum tempo —, a senhora não sabe que eu sou um conhecido seu? Tão íntimo que acho estranho a senhora não vir falar comigo. Minha governanta não cansa de falar sobre a senhora e elogiá-la; e ela ficará muito decepcionada se eu voltar sem notícias suas, além de ter recebido a carta dela e não ter dito nada!

Ela pareceu intrigada com essa fala, e perguntou:

— Ellen gosta de você?

— Sim, muito — respondi, hesitante.

— O senhor deve dizer a ela — ela continuou — que eu responderia sua carta, mas não tenho materiais para escrever; nem mesmo um livro de que pudesse rasgar uma folha.

— Nenhum livro! — exclamei. — Como a senhora consegue viver sem livros? Se eu puder tomar a liberdade de perguntar. Mesmo dispondo de uma grande biblioteca, frequentemente me entedio muito em Grange; se me tirassem os meus livros, eu ficaria desesperado!

— Eu estava sempre lendo, quando tinha livros — disse Catherine. — E o senhor Heathcliff nunca lê nada; de modo que ele resolveu destruir meus livros. Não vi sequer um livro durante semanas. Só uma vez, procurei no armário de Joseph de livros de teologia, o que o deixou muito irritado; e outra vez, Hareton, encontrei um estoque secreto no seu quarto... Um pouco de latim e grego, e contos e poesia: todos meus velhos conhecidos. Eu mesma tinha trazido esses para cá, e você foi acumulando meus livros, como uma gralha-do-campo junta colheres de prata, só pelo prazer de roubar! Eles não têm qualquer serventia para você; ou então você os escondeu com a má-intenção de que, como você não pode desfrutá-los, ninguém mais os desfrutasse. Será que a *sua inveja* aconselhou o senhor Heathcliff a roubar meus tesouros? Mas tenho a maioria desses livros gravados no meu cérebro e impressos no meu coração, e você não pode me privar disso!

Earnshaw enrubesceu quando a prima fez essa revelação de seus acúmulos literários privados, e gaguejou uma negação indignada das acusações dela.

— O senhor Hareton deseja aumentar sua quantidade de conhecimento — eu disse, vindo em seu socorro. — Ele não tem *inveja,* mas quer *imitar* as suas realizações. Ele será um erudito inteligente em poucos anos.

— E enquanto isso ele quer que eu afunde na estupidez — respondeu Catherine. — Sim, eu já o ouvi tentando soletrar e ler sozinho, e todos os erros que ele comete! Queria ver você recitar a *Balada de Chevy Chase* como você fez ontem: foi extremamente engraçado. Eu escutei; e escutei você folheando o dicionário à procura das palavras difíceis, e os xingamentos proferidos por não conseguir ler a explicação dos verbetes!

O rapaz evidentemente achou péssimo ser motivo de risos por sua ignorância, e depois por tentar removê-la. Pensei algo parecido; e, lembrando-me de uma história da senhora Dean sobre a primeira tentativa dele de iluminar as trevas em que havia sido criado, comentei:

— Mas, senhora Heathcliff, todos nós tivemos um começo, e todos nós tropeçamos e hesitamos no caminho; se nossos professores zombassem, em vez de nos ajudar, ainda estaríamos tropeçando e hesitando.

— Oh! — ela respondeu. — Não quero limitar as realizações dele; ainda assim, ele não tem direito de se apropriar do que é meu, e se tornar ridículo aos meus ouvidos com seus erros e pronúncias grosseiras! Esses livros, em prosa e verso, são sagrados para mim, por vários motivos; e odeio que sejam aviltados e profanados pela boca dele! Além disso, de todos eles, ele escolheu minhas obras favoritas, que adoro recitar, como se fosse por deliberada malícia.

O peito de Hareton arquejou em silêncio por um minuto: ele se esforçava com uma severa sensação de mortificação e ira, que não era nada fácil suprimir.

Eu me levantei e, por uma ideia cavalheiresca de aliviar o constrangimento dele, postei-me no umbral da porta, examinando a vista externa.

Ele seguiu meu exemplo, e saiu da sala; mas logo voltou, trazendo meia dúzia de volumes nas mãos, que ele atirou no colo de Catherine, exclamando:

— Tome! Nunca mais quero ouvir, nem ler, nem pensar nesses livros!

— Agora não quero mais — ela respondeu. — Vou sempre associá-los a você, e odiar esses livros.

Ela abriu um que obviamente havia sido várias vezes manuseado, e leu uma parte imitando o tom arrastado de um leitor iniciante; depois riu, e atirou longe o livro.

— Agora escute — ela continuou, provocantemente, começando um verso de uma antiga balada no mesmo estilo.

Mas o amor-próprio de Hareton não suportaria mais tormentos: ouvi, e não desaprovei totalmente, um gesto manual para conter a língua insolente dela. A jovem infeliz fizera o máximo para magoar os sentimentos melindrados embora incultos do primo, e um argumento físico foi o único modo que ele encontrou de compensar a situação, e devolver seus efeitos à perpetradora.

Em seguida, ele recolheu os livros e os atirou no fogo. Li em seu semblante a angústia que era oferecer aquele sacrifício à melancolia. Imaginei que, enquanto os livros eram consumidos pelo fogo, ele pudesse se lembrar do prazer que já haviam transmitido, e o triunfo e o prazer sempre maior que ele havia esperado extrair deles; e imaginei ter adivinhado também a incitação de seus estudos secretos. Ele se contentara com o trabalho diário e rudes prazeres animais, até Catherine cruzar seu caminho. A vergonha do desprezo dela e a esperança de sua aprovação foram para ele os primeiros estímulos para objetivos mais elevados; e em vez de o protegerem de uma coisa e conquistarem a outra, suas tentativas de elevação produziram justamente o efeito contrário.

— Sim, esse é o único bem que um bruto como você pode obter deles! — exclamou Catherine, lambendo o lábio ferido, e observando a conflagração com olhos indignados.

— É *melhor* você controlar sua língua agora — ele respondeu ferozmente.

E a agitação dele impediu outras palavras; ele avançou apressadamente até a entrada, por onde abri caminho para ele passar. Mas antes que ele cruzasse o umbral de pedra, o senhor Heathcliff, que vinha pela passagem, encontrou-o, e, agarrando o ombro dele, perguntou:

— O que você está fazendo, meu rapaz?

— Nada, nada — ele disse; e seguiu em frente para passar sua tristeza e sua raiva na solidão.

Heathcliff observou-o enquanto se afastava, e suspirou.

— Será estranho se eu me detiver agora — ele murmurou, inconsciente de que eu estava atrás dele. — Mas quando procuro o *pai* no rosto dele, encontro *Catherine* cada dia mais! Como diabos ele se parece tanto com ela?! Mal posso suportar olhar para ele.

Ele olhou para o chão, e entrou com passos tristonhos. Havia uma expressão inquieta, ansiosa, em seu semblante, que eu nunca tinha notado; e ele parecia mais frugal pessoalmente. A nora, ao vê-lo pela janela, imediatamente fugiu para a cozinha, de modo que fiquei sozinho.

— Fico contente em vê-lo fora de casa outra vez, senhor Lockwood — ele disse, em resposta à minha saudação —; em parte por motivos egoístas: não creio que eu possa substituir a sua perda nesta desolação tão prontamente. Eu me perguntei mais de uma vez o que teria trazido o senhor para cá.

— Um capricho à toa, receio, senhor — foi minha resposta —; ou talvez um capricho à toa me faça mudar de ideia. Devo partir para Londres semana que vem; e devo avisar ao senhor que não pretendo continuar alugando Thrushcross Grange depois dos doze meses combinados. Creio que não vou mais morar lá.

— Oh, de fato; o senhor se cansou de estar banido do mundo, foi isso? — ele disse. — Mas se o senhor veio pedir para não pagar pelo período em que não ocupará a casa, sua viagem foi em vão. Nunca deixo de cobrar ninguém o que me é devido.

— Não vim pedir nada disso — exclamei, consideravelmente irritado. — Se o senhor preferir, posso acertar isso agora — e saquei a carteira do bolso.

— Não, não — ele respondeu, friamente —; o senhor deixará o suficiente para trás para cobrir suas dívidas, caso não volte mais: não estou com tanta pressa. Sente-se e almoce conosco; um convidado que seguramente não tornará a nos visitar geralmente é bem-vindo. Catherine! Pode servir: onde você está?

Catherine voltou, trazendo uma bandeja com facas e garfos.

— Você pode comer com o Joseph — murmurou Heathcliff, de lado —, e fique na cozinha até que ele vá embora.

Ela obedeceu muito prontamente às ordens dele: talvez não se sentisse tentada a transgredir. Vivendo entre palermas e misantropos, ela provavelmente não saberia apreciar um tipo melhor de companhia quando encontrava.

Com o senhor Heathcliff, taciturno e saturnino, de um lado, e Hareton, absolutamente parvo, do outro, tive um almoço um tanto sem graça, e me despedi cedo. Eu teria saído pelos fundos, para olhar mais uma última vez para Catherine e irritar o velho Joseph; porém Hareton recebeu ordens de conduzir meu cavalo, e meu anfitrião me acompanhou pessoalmente até a porta, de modo que não pude satisfazer meu desejo.

"Que vida entediante nessa casa!", refleti, cavalgando pela estrada. "Seria um feito mais romântico que um conto de fadas para a senhora Linton Heathcliff, se ela e eu tivéssemos uma relação, como sua boa governanta desejava, e nos mudássemos juntos para a agitada atmosfera da cidade grande!"

Capítulo XXXII

1802 — Em setembro, fui convidado a explorar as charnecas da propriedade de um amigo no Norte, e, na viagem até a casa dele, inesperadamente, fui parar a vinte e três quilômetros de Gimmerton. O cavalariço de uma taberna de beira de estrada estava dando um balde d'água para refrescar meus cavalos quando uma carroça de aveias muito verdes, recém-ceifadas, passou, e ele comentou:

— Esse povo de Gimmerton! Estão sempre três semanas atrasados com a safra.

— Gimmerton? — repeti; minha residência naquela região já havia se tornado algo obscuro como um sonho. — Ah! Eu conheço. Qual é a distância daqui?

— Cerca de vinte e três quilômetros subindo a serra; e a estrada é ruim — ele respondeu.

Um súbito impulso me fez querer visitar Thrushcross Grange. Não era nem meio-dia, e decidi que poderia muito bem passar a noite debaixo do meu próprio teto em vez de em uma estalagem. Além disso, eu poderia facilmente dedicar um dia a resolver assuntos com meu senhorio, e assim me poupar o trabalho de invadir novamente a vizinhança.

Depois de descansar um pouco, mandei meu empregado perguntar o caminho até a vila; e, com grande fadiga para nossos cavalos, conseguimos percorrer a distância em cerca de três horas.

Deixei-o na vila, e fui descer o vale sozinho. A igreja cinzenta parecia ainda mais cinza, e o solitário cemitério, ainda mais ermo. Vi um carneiro da charneca mascando a turfa baixa das sepulturas. Fazia um tempo bom, quente; quente demais para viajar; mas o calor não me impediu de desfrutar do delicioso cenário de alto a baixo: se eu tivesse visto a região mais perto de agosto, certamente me sentiria tentado a passar mais um mês naquelas solitudes. No inverno, não havia nada mais soturno, no verão, nada mais divino do que aqueles vales cercados de serras, e aqueles singelos e ousados aclives de urzes.

Cheguei a Grange antes do crepúsculo, e bati na porta para ser recebido; mas a família havia se retirado para os fundos da casa, imaginei, vendo uma fina espiral de fumaça, azulada, subindo pela chaminé da cozinha, e não estavam me ouvindo. Fui até o pátio. No alpendre, uma menina de nove ou dez anos estava tricotando, e uma velha reclinada nos degraus fumava meditativamente um cachimbo.

— A senhora Dean está? — perguntei à senhora.

— Dona Dean? Não! — ela respondeu. — Ela não mora aqui: ela está lá em cima em Heights.

— A senhora então é a governanta? — continuei.

— Sou. Cuido da casa — ela respondeu.

— Bem, eu sou o senhor Lockwood, o patrão. Imagino que haja lugar para mim, não é? Eu gostaria de passar a noite.

— O patrão! — ela exclamou, espantada. — Ora, ninguém sabia que o senhor vinha. O senhor devia ter avisado. Não tem nenhum quarto limpo e respeitável: agora não!

Ela largou o cachimbo e entrou correndo, a menina foi atrás, e eu entrei também; logo notando que seu relato era verdadeiro, e, sobretudo, que eu a deixara fora de si com minha aparição indesejada. Pedi que ela se controlasse.

Eu sairia para caminhar; e, nesse ínterim, ela deveria preparar um canto da sala para as refeições, e um quarto para dormir. Não era preciso varrer ou tirar o pó, apenas um bom fogo aceso e lençóis limpos eram necessários.

Ela parecia disposta a dar o melhor de si; embora tenha enfiado a vassoura dentro da grelha em vez do atiçador, e tenha confundido vários outros utensílios de seu ofício: mas me retirei, contando com sua energia para preparar um lugar de repouso quando eu voltasse. Wuthering Heights era o destino da minha pretendida excursão. Uma reflexão posterior me fez voltar, quando eu já saía do pátio.

— Está tudo bem lá em Heights? — perguntei à mulher.

— Sim, até onde sei! — ela respondeu, entrando correndo com uma panela cheia de brasas.

Eu teria perguntado por que a senhora Dean havia abandonado Grange, mas era impossível interrompê-la naquela crise, de modo que dei meia-volta e saí, passeando sem pressa, com o brilho do sol poente às minhas costas e a pálida glória da lua nascendo à minha frente; um se apagando e a outra se acendendo quando deixei o parque, e subi pela estradinha pedregosa que levava à casa do senhor Heathcliff.

Antes de avistá-la, só restava do dia uma luz ambarina difusa a oeste: mas eu conseguia ver cada seixo do caminho, e cada folha da relva, sob aquele luar esplêndido.

Não precisei escalar o portão, nem bater: ele se abriu sem dificuldade.

Era uma melhoria, pensei. E reparei em outra, graças às minhas narinas; uma fragrância de bois e goivos vagou no ar entre as singelas árvores frutíferas.

As portas e as janelas estavam abertas; e, no entanto, como é geralmente o caso em um distrito carvoeiro, um fogo vermelho iluminava a lareira: o conforto que os olhos extraem disso torna o calor excessivo suportável. Mas a casa de Wuthering Heights é tão grande que os moradores têm bastante espaço para se isolar de sua influência; e assim, naquele momento, estavam todos não muito distantes de uma das janelas. Eu podia vê-los e ouvi-los falando antes mesmo de entrar, e estava olhando para eles e ouvindo o que diziam; sendo levado até lá com uma sensação mista de curiosidade e inveja, que crescia quanto mais eu me demorava ali.

— Con-*trário*! — disse uma voz doce como uma sineta de prata. — Já é a terceira vez, seu burro! Não vou ensinar de novo. Lembre-se, ou vou puxar o seu cabelo!

— Contrário, certo — respondeu outra voz, em tom grave, mas suave. — E agora, um beijo, para eu me lembrar bem.

— Não, leia primeiro corretamente, sem nenhum erro.

A voz masculina começou a ler: era um rapaz, respeitavelmente vestido e sentado diante de uma mesa, com um livro aberto à sua frente. Suas belas feições reluziam de prazer, e seus olhos ficavam impacientemente vagando da página para uma mãozinha branca sobre seu ombro, que o repreendia com um tapinha na bochecha toda vez que a dona da mão detectava sinais de desatenção.

A dona da mão estava atrás dele, de pé; seus cachos claros, lustrosos, mesclando-se, aqui e ali, com os cachos castanhos dele, quando ela se inclinava para supervisionar a lição dele; e o rosto dela...: por sorte ele não podia ver sua face, ou não conseguiria prestar atenção em mais nada. Eu podia vê-la; e mordi o lábio de rancor por ter jogado fora a única oportunidade que poderia ter de fazer algo além de contemplar sua beleza arrasadora.

A lição terminou, não livre de outros erros; mas o aluno exigiu seu prêmio, e recebeu pelo menos cinco beijos, aos quais, por sua vez, generosamente ele retribuiu. Então eles vieram até a porta, e, pela conversa dos dois, deduzi que estavam prestes a sair e passear pelas charnecas. Supus que seria lançado por Hareton Earnshaw, ainda que verbalmente, às regiões mais baixas do inferno se exibisse minha pessoa inoportuna em sua vizinhança naquela hora; e, me sentindo muito cruel e maligno, busquei, cabisbaixo, refúgio na cozinha.

Não houve nenhum obstáculo à minha entrada por ali tampouco; e à porta estava sentada minha velha amiga Nelly Dean, costurando e cantando uma canção; que foi várias vezes interrompida por palavras duras de escárnio e intolerância, proferidas em tons nada musicais.

— Preferia aqueles dois profanando meus ouvidos noite e dia a ter que ouvir você! — disse o ocupante da cozinha, em resposta a uma fala anterior de Nelly. — É uma vergonha, não posso abrir as Escrituras, e você começa essas glórias a satã, e todas essas pavorosas maldades que já nasceram neste mundo! Oh! Você não vale nada; e ela é outra; e esse pobre rapaz vai acabar se perdendo entre vocês duas. Pobre rapaz! — ele agregou, com um gemido —; ele está enfeitiçado: tenho certeza. Ó, Senhor, julgue-os, pois não há lei nem justiça entre nossos governantes!

— Não! Se houvesse, estaríamos sendo queimados na fogueira agora, imagino — respondeu a cantora. — Mas faça silêncio, velho, e leia sua Bíblia como um cristão, e não se incomode comigo. Estou cantando a balada *Fairy Annie's Wedding*, uma linda canção própria para dança.

A senhora Dean estava prestes a recomeçar quando cheguei; e, ao me reconhecer, ficou de pé, exclamando:

— Ora, Deus abençoe, senhor Lockwood! Como pode o senhor voltar assim? Está tudo guardado em Thrushcross Grange. O senhor devia ter nos avisado!

— Já combinei minha acomodação por lá, pelo tempo que eu ficar — respondi. — Torno a partir amanhã. E por que a senhora se mudou para cá, senhora Dean? Explique-me.

— Zillah foi embora, e o senhor Heathcliff quis que eu viesse, logo depois que o senhor foi a Londres, e que eu ficasse aqui até o senhor voltar. Mas entre, por favor! O senhor veio andando de Gimmerton esta tarde?

— Vim de Grange — respondi —; e enquanto preparam meu quarto por lá, quero encerrar meus negócios com o seu patrão; porque não creio que terei outra oportunidade tão cedo.

— Que negócios, senhor? — disse Nelly, conduzindo-me para dentro. — Ele não está no momento, e não volta logo.

— Sobre o aluguel — respondi.

— Oh! Então é com a senhora Heathcliff que o senhor deve tratar — ela comentou —, ou então comigo. Ela ainda não aprendeu a cuidar dos negócios, e tenho assumido esse papel por ela: ela não tem mais ninguém.

Fiquei surpreso.

— Ah! O senhor não soube da morte de Heathcliff, pelo visto — ela continuou.

— Heathcliff morreu?! — exclamei espantado. — Quando foi?

— Há três meses: mas é melhor o senhor se sentar, e deixe-me guardar seu chapéu, e eu vou lhe contar tudo. Espere, o senhor não comeu nada, não é?

— Não quero nada: pedi que fizessem jantar em casa. Sente-se também. Nunca imaginei que ele tivesse morrido! Quero saber como isso aconteceu. A senhora disse que eles não voltarão tão cedo... os jovens?

— Não... tenho que repreendê-los toda noite por esses passeios demorados: mas eles não me dão ouvidos. Pelo menos, beba um pouco da nossa velha cerveja; isso lhe fará bem: o senhor parece exausto.

Ela correu para buscar antes que eu pudesse recusar, e ouvi Joseph perguntando se "não era escandaloso que ela tivesse pretendentes nessa altura da vida? E ainda tirar cerveja do porão do patrão! É uma vergonha que ele aceite e veja isso".

Ela não ficou para responder, mas tornou a entrar dali um minuto, trazendo um jarro de prata cheio, cujo conteúdo elogiei com a devida sinceridade. E depois ela me contou o desfecho da história de Heathcliff. Ele teve um fim "esquisito", tal como ela formulou.

— Fui chamada a Wuthering Heights, quinze dias depois que o senhor partiu, ela disse; e obedeci de bom grado, pelo bem de Catherine.

Meu primeiro encontro com ela me entristeceu e chocou: ela havia mudado muito desde a nossa separação. O senhor Heathcliff não explicou seus motivos para mudar de ideia sobre minha vinda para cá; ele só me disse que me queria aqui, e estava cansado de olhar para Catherine: que eu devia me instalar na saleta, e ficar com ela ali. Era o suficiente para ele ser obrigado a vê-la uma ou duas vezes ao dia.

Ela parecia satisfeita com esse arranjo; e, aos poucos, fui, clandestinamente, trazendo de lá uma grande quantidade de livros, e outros artigos, que costumavam ser seu grande prazer em Grange; e julguei que conseguiríamos viver aqui com razoável conforto.

A ilusão não durou muito. Catherine, contente a princípio, em pouco tempo se tornou irritadiça e inquieta. Primeiro, porque era proibida de ir além do jardim, e ela sofreu tristemente por ser confinada a esses limites estreitos conforme a primavera foi se aproximando; segundo, porque eu, como governanta da casa, era obrigada a abandoná-la muitas vezes, e ela se queixava de solidão: ela preferia discutir com Joseph na cozinha a ficar sentada em paz sozinha.

Não dei importância a essas escaramuças deles: mas Hareton era amiúde obrigado a ficar na cozinha também, quando o patrão queria a casa inteira só para si; e embora a princípio ela saísse quando ele chegava, ou se juntasse em silêncio a mim em minhas ocupações, e evitasse notar ou se dirigir a ele, e embora ele sempre fosse o mais taciturno e calado possível, após algum tempo, ela mudou de atitude, e se tornou incapaz de deixá-lo em paz: conversando com ele; comentando sobre a estupidez e a preguiça dele; expressando seu espanto com a vida que suportava levar ali; como ele era capaz de ficar a noite inteira sentado olhando para o fogo, e cochilando.

— Ele é como um cachorro, não é, Ellen? — ela uma vez observou. — Ou um cavalo de carroça? Ele faz o trabalho dele, come a comida dele, dorme eternamente! Que espírito vazio, sombrio, ele deve ter! Você chega a sonhar, Hareton? E, se você sonha, o que você sonha? Ah, mas você não fala comigo!

Então ela olhou para ele, mas ele nem abriu a boca nem olhou de volta.

— Talvez ele esteja sonhando agora — ela continuou. — Ele mexe o ombro como a Juno mexe o dela. Pergunte para ele, Ellen.

— O senhor Hareton vai pedir ao patrão para mandar a senhora subir, se a senhora não se comportar! — eu disse. Ele não só havia mexido o ombro como cerrado o punho, como se estivesse tentado a usá-lo.

— Eu sei por que o Hareton não fala comigo quando estou na cozinha — ela exclamou, em outra ocasião. — Ele tem medo de que eu ria dele. Ellen, o que você acha? Ele começou a aprender a ler sozinho uma vez; e porque eu dei risada, ele queimou todos os livros, e desistiu: não foi uma tolice?

— A senhora não foi cruel com ele? — eu disse. — Responda-me.

— Talvez tenha sido — ela prosseguiu —, mas eu não esperava que ele fosse tão ingênuo. Hareton, se eu lhe der um livro, você aceita agora? Vou tentar!

Ela pôs na mão dele um livro que ela mesma estava lendo; ele atirou no chão, e resmungou que, se ela não parasse, ele quebraria seu pescoço.

— Bem, vou deixar o livro aqui — ela disse —, na escrivaninha, e vou me deitar.

Então ela me pediu, aos sussurros, que ficasse vigiando para ver se ele pegava o livro, e se retirou. Mas ele não se aproximou do livro; e assim a informei pela manhã, para grande frustração dela. Vi que ela sofria com o enfado e a indolência persistentes de Hareton: a consciência dela a repreendia por havê-lo apavorado e desestimulado quando ele quis melhorar: ela efetivamente tinha feito aquilo.

Mas a engenhosidade dela estava funcionando para remediar o dano: enquanto eu passava roupa, ou fazia alguma outra tarefa estática que não poderia fazer na saleta, ela vinha e trazia um livro bom, e lia em voz alta para mim. Quando Hareton estava lá, ela geralmente parava em um trecho interessante, e deixava o livro aberto: isso ela fez diversas vezes; mas ele era obstinado como uma mula, e, em vez de morder a isca, quando chovia, ele passou a fumar com Joseph; e eles ficavam sentados como autômatos, diante do fogo: o velho felizmente surdo para entender aqueles absurdos perversos que ela lia, como ele dizia; o moço fazendo de tudo para ignorá-la. Nas noites amenas, ele o acompanhava em suas expedições de caça, e Catherine bocejava e suspirava, e me instigava a conversar com ela, e corria para o pátio ou para o jardim no momento em que eu começava; e, como último recurso, ela chorava, e dizia estar cansada de viver: que sua vida era inútil.

O senhor Heathcliff, que foi ficando cada vez mais avesso ao convívio social, havia praticamente banido Earnshaw de seus aposentos. Devido a um acidente no início de março, Hareton ficou por alguns dias restrito à cozinha. Sua arma explodiu quando ele estava na serra sozinho; um estilhaço cortou seu braço, e ele perdeu bastante sangue até conseguir chegar em casa. A consequência foi que, obrigatoriamente, ele foi condenado a ficar diante da lareira, tranquilamente, até conseguir se recuperar.

Foi bom para Catherine que ele ficasse ali: de todo modo, isso fez com que ela odiasse seu quarto no andar de cima mais do que nunca, e ela me obrigaria a arranjar o que fazer no andar de baixo, para que ela pudesse me acompanhar.

Na segunda-feira de Páscoa, Joseph foi levar o gado à feira de Gimmerton; e, à tarde, eu estava ocupada guardando toalhas na cozinha. Earnshaw estava sentado, taciturno como sempre, perto da lareira, e minha jovem senhora matava o tempo ocioso desenhando figuras nas janelas, alternando a diversão com trechos de canções murmuradas, e interjeições sussurradas, e rápidos olhares de irritação e impaciência na direção do primo, que fumava obstinadamente, e olhava para a grelha na lareira.

Ao perceber que eu preferia trabalhar sem que ela interceptasse a luz da janela, ela se aproximou da lareira. Prestei pouca atenção ao que ela fazia, mas, a certa altura, eu a ouvi começar a dizer:

— Descobri, Hareton, que eu quero… que estou contente… que eu gostaria que você fosse meu primo agora, se você não tivesse ficado tão aborrecido comigo, e tão ríspido.

Hareton não respondeu nada.

— Hareton, Hareton, Hareton! Você está me ouvindo? — ela continuou.

— Sai daqui! — ele rosnou, com rispidez inabalável.

— Deixe-me pegar esse cachimbo — ela disse, cuidadosamente aproximando sua mão e retirando-o da boca dele.

Antes que ele conseguisse tentar recuperá-lo, o cachimbo foi quebrado e atirado no fogo. Ele a xingou e apanhou outro cachimbo.

— Espere — ela exclamou —, você precisa me ouvir primeiro; e não consigo falar com aquelas nuvens de fumaça na minha frente.

— Vá para o inferno! — ele exclamou, ferozmente. — E me deixe em paz!

— Não — ela insistiu —, não vou: não sei o que dizer para fazer você falar comigo; e você está decidido a não me entender. Quando lhe chamo de estúpido, não quero dizer nada com isso: não quer dizer que eu o desprezo. Vamos, preste atenção em mim, Hareton: você é meu primo, e me deve isso.

— Não tenho nada a ver com você e com seu orgulho imundo, e os seus malditos truques! — ele respondeu. — Prefiro ir para o inferno, de corpo e alma, antes de olhar de lado para você outra vez. Saia da minha frente agora mesmo!

Catherine franziu o cenho, e voltou para o recesso da janela, mordendo o lábio e cantarolando uma melodia excêntrica, tentando disfarçar uma crescente tendência a soluçar.

— O senhor devia fazer as pazes com a sua prima, senhor Hareton — interrompi —, já que ela se arrependeu da própria insolência. Seria muito bom para o senhor: faria do senhor um outro homem tê-la como companheira.

— Companheira?! — ele exclamou —, se ela me odeia, e não me acha digno de lustrar o sapato dela! Não, nem que eu virasse um rei, não serei desprezado querendo agradá-la nunca mais.

— Não sou eu que odeio você, é você que me odeia! — chorou Cathy, sem disfarçar mais sua aflição. — Você me odeia tanto quanto o senhor Heathcliff, até mais.

— Você é uma maldita mentirosa — começou Earnshaw. — Por que eu o deixei furioso, tomando o seu partido, então, cem vezes? E mesmo com você zombando e me desprezando, e... Continue me provocando, e eu vou entrar lá e dizer que você me atormentou e me fez sair da cozinha!

— Eu não sabia que você tinha tomado meu partido — ela respondeu, enxugando as lágrimas —; e eu estava infeliz e amarga com todo mundo; mas agora eu agradeço a você, e imploro que você me perdoe: o que mais eu posso fazer além disso?

Ela voltou para diante da lareira, e francamente estendeu a mão.

Ele franziu o cenho e esbravejou como uma nuvem de tempestade, e manteve os punhos resolutamente cerrados, e os olhos fixos no chão.

Catherine, instintivamente, deve ter adivinhado que era uma obstinada casmurrice, e não um desgosto, que instigava aquela conduta teimosa; pois, após ficar indecisa por um instante, ela se inclinou e deu um beijo delicado no rosto dele.

A jovem leviana achou que eu não tinha visto e, recuando, assumiu seu antigo posto diante da janela, muito discretamente. Balancei a cabeça em reprovação, e então ela enrubesceu e sussurrou:

— Bem! O que eu devia ter feito, Ellen? Ele não quis me dar a mão, e não olhava para mim: preciso mostrar de algum modo que eu gosto dele..., que eu quero fazer as pazes com ele.

Se o beijo convenceu Hareton, não sei dizer: ele tomou muito cuidado, por alguns minutos, para que seu rosto não fosse visto, e, quando ele levantou a cabeça, ficou tristemente sem saber para onde olhar.

Catherine tratou de embrulhar um belo livro com papel branco, e, amarrando-o com um pedaço de fita, e endereçando-o ao "Senhor Hareton Earnshaw", ela pediu que eu fosse a embaixadora, e entregasse o presente ao destinatário desejado.

— E diga a ele que, se ele aceitar, eu irei ensiná-lo a ler como se deve — ela disse —; e, se ele recusar, vou subir para o meu quarto, nunca mais o provocarei.

Levei o livro, e repeti o recado; ansiosamente vigiada pela minha patroa. Hareton não quis abrir os dedos, de modo que deixei o livro em seu colo. Ele não o atirou longe. Retomei meus afazeres. Catherine inclinou a cabeça e os braços sobre a mesa, até escutar um discreto farfalhar de papel sendo desdobrado; então ela saiu dali, e sentou-se silenciosamente ao lado do primo. Ele tremia, e seu rosto estava radiante: toda a grosseria e aspereza mal-humorada haviam desaparecido: ele não conseguiu tomar coragem, a princípio, para proferir uma sílaba em resposta ao olhar questionador e à murmurada súplica da prima.

— Diga que você me perdoa, Hareton, diga. Você me fará muito feliz dizendo essa palavrinha.

Ele murmurou algo inaudível.

— E você vai ser meu amigo? — agregou Catherine, inquisitiva.

— Não, você terá vergonha de mim para sempre — ele respondeu. — E estará ainda mais envergonhada quanto mais me conhecer. Não posso suportar isso.

— Então você não vai ser meu amigo? — ela disse, com um sorriso doce como mel, e se esgueirando cada vez mais para perto dele.

Não pude entreouvir mais nenhuma frase distintamente, mas, quando olhei de novo, vi, pelos dois semblantes radiantes voltados sobre uma página do livro aceito, que sem dúvida o tratado havia sido ratificado por ambas as partes; e os inimigos seriam doravante leais aliados.

A obra que estudavam era repleta de ricas ilustrações; e essas estampas e a posição em que os dois se encontravam era fascinante o bastante para mantê-los ali imóveis até Joseph voltar para casa. Esse, pobre homem, ficou totalmente horrorizado com o espetáculo de Catherine sentada no mesmo banco com Hareton Earnshaw, apoiando a mão no ombro dele; e confuso ao ver seu favorito suportar a proximidade dela: isso o afetou tão profundamente que ele não disse nada sobre o assunto aquela noite. Sua emoção só seria revelada pelos imensos suspiros que ele soltaria, abrindo solenemente sua grande Bíblia sobre a mesa, e cobrindo-a com cédulas sujas tiradas do bolso, lucro das transações do dia. Enfim ele tirou Hareton do banco.

— Leve esse dinheiro para o patrão, rapaz — ele disse —, e espere lá. Vou para o meu quarto. Esse buraco não é respeitável nem apropriado para nós: vamos embora e procurar outro.

— Venha, Catherine — eu disse —, precisamos ir embora também; terminei de passar roupa. Você está pronta?

— Não são oito horas! — ela respondeu, levantando-se contrariada. — Hareton, vou deixar o livro no dossel da lareira, e amanhã trarei mais alguns.

— Qualquer livro que você deixar, vou levar embora — disse Joseph —, e duvido que você encontrará de novo; de modo que você é quem sabe!

Cathy ameaçou dizendo que a biblioteca dele iria pagar pela dela; e, sorrindo ao passar por Hareton, ela subiu cantarolando para o quarto: com o coração mais leve, ouso dizer, do que jamais teve sob aquele teto; exceto, talvez, durante as primeiras visitas feitas a Linton.

A intimidade assim começada cresceu rapidamente; embora tivesse interrupções temporárias. Earnshaw não seria civilizado por mero desejo, e minha jovem senhora não era nenhuma filósofa, e nem nenhum modelo de paciência; porém ambos os espíritos tendendo ao mesmo ponto: um amando e desejando estimar, e outro amando e desejando ser estimado. Eles conseguiram, enfim, atingi-lo.

Sabe, senhor Lockwood, era fácil conquistar o coração da senhora Heathcliff. Mas agora estou contente que o senhor não tenha tentado. A coroação de todos os meus desejos será a união desses dois. Não terei inveja de ninguém no dia do casamento deles: não haverá mulher mais feliz do que eu em toda a Inglaterra!

Capítulo XXXIII

— Na manhã daquela segunda-feira, estando Earnshaw ainda incapaz de realizar todas as suas tarefas de costume, e portanto permanecendo na casa, rapidamente descobri que seria impraticável levar minha senhora comigo, dali em diante.

Ela desceu antes de mim, e saiu para o jardim, onde havia visto o primo fazendo um trabalho leve; e, quando fui chamá-los para o desjejum, vi que ela o havia convencido a limpar uma faixa grande de terreno de todos os arbustos de groselhas e cassis, e eles estavam ocupados planejando juntos importar plantas de Grange.

Fiquei aterrorizada com essa devastação, que havia sido realizada em menos de meia hora; aqueles cassis eram a menina dos olhos de Joseph, e ela havia acabado de escolher plantar um canteiro de flores bem ali.

— Pronto! O patrão logo ficará sabendo disso — exclamei —, assim que Joseph descobrir. E que desculpa vocês têm para tomar essas liberdades com o jardim? Haverá uma bela comoção por causa disso; vejamos! Senhor Hareton, pelo visto o senhor nem pensou no que fazia e causou essa confusão a pedido dela!

— Eu esqueci que os cassis eram do Joseph — respondeu Earnshaw, um tanto intrigado —, mas vou dizer que fui eu que fiz isso.

Sempre fazíamos nossas refeições com o senhor Heathcliff. Eu assumia o lugar da senhora no preparo do chá e trinchando a carne; de modo que eu era indispensável à mesa. Catherine geralmente se sentava ao meu lado, mas naquele dia ela ficou perto de Hareton; e então percebi que ela não teria mais discrição em sua amizade do que tinha em sua hostilidade.

— Agora, lembre-se de não falar e não olhar demais para o seu primo — foram minhas instruções sussurradas quando entramos na sala. — Isso certamente irritará o senhor Heathcliff, e ele ficará furioso com vocês dois.

— Eu não vou — ela respondeu.

No minuto seguinte, ela se sentou ao lado dele, e estava espetando prímulas no prato de mingau dele.

Ele não ousou falar com ela ali: ele mal ousava olhar para ela; e, no entanto, ela continuou provocando, até que duas vezes ele esteve prestes a soltar uma risada. Franzi o cenho, e então ela olhou de relance para o patrão: cujos pensamentos estavam ocupados com outras coisas além da companhia à mesa, o que seu semblante evidenciava; e ela ficou séria por um instante, examinando-o com profunda gravidade. Depois disso, ela se virou, e retomou suas brincadeiras absurdas; enfim Hareton deu uma risada contida. O senhor Heathcliff se sobressaltou; rapidamente avaliou nossos semblantes. Catherine sustentou o olhar com sua expressão habitual de nervosismo mesclado com desafio que ele detestava.

— Ainda bem que você está longe — ele exclamou. — Que demônio a possuiu para você me encarar de volta, sempre, com esses olhos infernais? Baixe esses olhos! E não me faça lembrar da sua existência outra vez. Achei que a havia curado desses seus risos.

— Fui eu — murmurou Hareton.

— O que você disse? — perguntou o patrão.

Hareton olhou para o prato, e não repetiu a confissão.

O senhor Heathcliff olhou para ele mais um pouco, e então silenciosamente retomou o desjejum e sua meditação interrompida.

Havíamos quase terminado, e os dois jovens prudentemente se separaram mais, de modo que não imaginei que fosse haver mais perturbação enquanto estivéssemos sentados: quando Joseph apareceu na porta, revelando com seus lábios trêmulos e seus olhos furiosos que o ultraje cometido em seus preciosos arbustos havia sido detectado. Ele devia ter visto Cathy e o primo perto do local antes de examiná-lo, pois, com sua mandíbula se movendo como a de um boi ruminando, o que tornava sua fala difícil de entender, ele começou:

— Quero pedir as contas e vou embora! Eu tinha intenção de morrer onde servi por sessenta anos; e achei que ia poder levar meus livros para o sótão, e todas as minhas tralhas; eles ficariam com a cozinha para eles; por ser mais silencioso. Foi duro abrir mão da lareira, mas achei que eu ia conseguir! Mas não, ela tirou meu jardim de mim, e juro, patrão, isso eu não posso aceitar! O senhor pode aceitar esse jugo se quiser... Não estou acostumado, e um velho custa a se acostumar com novos fardos. Prefiro ganhar o pão de cada dia trabalhando de martelo em construção de estrada!

— Ora, ora, seu idiota! — interrompeu Heathcliff. — Vá direto ao assunto! Qual é a sua queixa? Não vou interferir nas disputas entre você e a Nelly. Por mim, ela pode jogá-lo no depósito de carvão.

— Não é a Nelly! — respondeu Joseph. — Eu não iria embora por causa da Nelly, por pior que ela seja. Graças a Deus, ela não é capaz de roubar a alma de ninguém! Ela nunca foi tão bonita, mas essa daí, qualquer um olha para ela e não consegue parar de encarar. É essa menina assustadora, sem piedade, que enfeitiçou nosso varão, com esses olhos ousados e esses modos salientes... a ponto de... Não! Meu coração parece que vai explodir! Ele esqueceu tudo o que eu fiz por ele e ensinei a ele; e ele foi lá e arrancou uma fileira inteira dos maiores arbustos de cassis do jardim! — E aqui ele se lamentou abertamente; abatido por uma sensação de amargas ofensas sofridas, e pela ingratidão e pelo risco da situação de Earnshaw.

— Esse tolo está bêbado? — perguntou o senhor Heathcliff. — Hareton, é de você que ele está reclamando?

— Eu arranquei dois ou três arbustos — respondeu o rapaz —, mas vou plantá-los de volta.

— E por que você os arrancou? — disse o patrão.

Catherine interveio com prudência.

— Queríamos plantar flores ali — ela exclamou. — A culpa é toda minha, por ter pedido a ele que fizesse isso.

— E quem diabos deu a *você* o direito de tocar em uma palha desta casa? — perguntou o sogro, muito surpreso. — E quem mandou *você* obedecê-la? — ele agregou, virando-se para Hareton.

Este ficou mundo; a prima respondeu:

— O senhor não deveria se ressentir por alguns metros de terra para eu usar de ornamento, tendo levado toda a minha terra!

— Sua terra, sua vadia insolente?! Você nunca teve terra nenhuma — disse Heathcliff.

— E o meu dinheiro — ela continuou; devolvendo o olhar furioso dele, e nesse ínterim mordendo um pedaço de casca de pão, que restara do desjejum.

— Silêncio! — ele exclamou. — Termine isso e saia daqui!

— E as terras e o dinheiro de Hareton também — prosseguiu a criatura insensata. Hareton e eu somos amigos agora; e eu contarei a ele tudo sobre o senhor!

O patrão pareceu confuso por um momento: ele ficou pálido, e se levantou, olhando bem para ela todo esse tempo, com uma expressão de ódio mortal.

— Se o senhor me bater, Hareton baterá no senhor — ela disse —; de modo que é melhor o senhor se sentar.

— Se Hareton não a levar para fora da sala, vou bater nele até mandá-lo para o inferno — explodiu Heathcliff. — Bruxa desgraçada! Você ousa tentar instigá-lo contra mim? Tire-a daqui! Você está me ouvindo?

Leve-a para a cozinha! Vou matar essa menina, Ellen Dean, se você deixá-la aparecer na minha frente outra vez!

Hareton tentou, em voz baixa, convencê-la a sair.

— Arraste-a daqui! — ele exclamou, com selvageria. — Você ainda quer falar alguma coisa? — E ele se aproximou para executar sua própria ordem.

— Ele não obedecerá ao senhor, homem cruel — disse Catherine —; e em breve ele odiará o senhor tanto quanto eu o odeio.

— Silêncio! Silêncio! — murmurou o rapaz, em tom de censura. — Não quero mais ouvir você falando assim com ele. Chega.

— Mas você permitirá que ele bata em mim? — ela exclamou.

— Então, vamos — ele sussurrou enfático.

Era tarde demais; Heathcliff a havia agarrado.

— Agora, *você* pode ir! — ele disse a Earnshaw. — Bruxa maldita! Desta vez, ela me provocou quando eu não poderia suportar; e farei com que ela se arrependa eternamente por isso!

Ele estava com a mão nos cabelos dela; Hareton tentou desvencilhar os cachos de Catherine, implorando que ele não a machucasse desta vez. Os olhos negros de Heathcliff cintilaram; ele parecia disposto a destroçá-la, e eu estava excitada a ponto de arriscar ir em seu socorro, quando, de repente, os dedos dele se afrouxaram; ele soltou os cabelos e agarrou o braço dela, e a fitou furiosamente. Então ele levou a mão aos olhos, parou por um momento, aparentemente para se recompor, e virando-se outra vez para Catherine, disse, com fingida calma:

— Você vai aprender a evitar me enfurecer, ou algum dia vou acabar por matá-la de fato! Vá com a senhora Dean, e fique com ela, e limite as suas insolências aos ouvidos dela. Quanto a Hareton Earnshaw, se eu descobrir que ele está dando ouvidos a você, vou mandá-lo embora para ganhar o pão de cada dia em outra parte! O seu amor fará dele um excluído e um mendigo. Nelly, leve-a daqui; e me deixem em paz, todos vocês! Fora daqui!

Levei minha jovem senhora para a cozinha: ela estava contente demais por ter escapado para resistir; os outros nos seguiram, e o senhor Heathcliff ficou sozinho na sala até a hora do almoço. Eu havia aconselhado Catherine a almoçar no quarto; mas, assim que notou a cadeira vazia, ele me mandou subir e chamá-la. Ele não falou com nenhum de nós, comeu muito pouco, e saiu imediatamente depois, avisando que só voltaria no final da tarde.

Os dois novos amigos se estabeleceram na casa durante a ausência dele; onde ouvi Hareton seriamente impedir a prima de oferecer uma revelação sobre a conduta do sogro em relação ao pai dele.

Ele disse que não queria ouvir nem mais uma palavra contra Heathcliff: mesmo que ele fosse o demônio, isso não tinha importância; ele ficaria ao lado dele; e ele preferia que ela voltasse a maltratá-lo, como antes, a começar a maltratar o senhor Heathcliff.

Catherine foi ficando aborrecida com isso; mas ele encontrou um meio de fazê-la controlar sua língua, perguntando o que ela acharia se *ele* começasse a falar mal do pai dela? Então ela compreendeu que Earnshaw considerava a reputação do patrão como sua; e estava ligado por vínculos mais fortes do que a razão conseguiria romper. Grilhões, forjados pelo hábito. Seria cruel tentar afrouxá-los.

Ela demonstrou ter um bom coração, a partir daí, ao evitar queixas e expressões de antipatia em relação a Heathcliff; e me confessou sua tristeza por ter tentado suscitar uma intriga entre ele e Hareton: a bem dizer, não creio que ela tenha proferido nunca mais uma única sílaba, aos ouvidos do primo, contra seu opressor.

Quando essa pequena desavença terminou, eles ficaram amigos de novo, e ocupados, ao máximo possível, em seus diversos afazeres de aluno e professora. Vim me sentar com eles, depois de terminado o trabalho; e me senti tão aliviada e reconfortada ao observá-los que nem percebi o tempo passar. O senhor sabe, ambos pareciam em certa medida meus filhos: por muito tempo me orgulhei de uma; e agora, eu tinha certeza, o outro seria uma fonte de igual satisfação. A natureza honesta, calorosa e inteligente de Hareton rapidamente afastou as nuvens da ignorância e da degradação em que ele havia sido criado; e os elogios sinceros de Catherine agiram como esporas para a dedicação dele. O esclarecimento de seu espírito esclareceu suas feições, e agregou caráter e nobreza a seu aspecto: eu mal podia acreditar que fosse o mesmo indivíduo que vi no dia em que encontrei minha jovem senhora em Wuthering Heights, depois da expedição a Crags.

Enquanto eu admirava e eles trabalhavam, o crepúsculo se aproximou, e com isso voltou o patrão. Ele apareceu inesperadamente onde estávamos, entrando pela porta da frente, e viu o trio inteiro, antes que pudéssemos erguer a cabeça para notar sua presença.

Bem, refleti, aquela era uma cena das mais aprazíveis e inofensivas possíveis; e seria uma vergonha repreendê-los. A luz avermelhada do fogo brilhava naquelas duas belas cabeças, e revelava seus rostos animados com o ávido interesse das crianças; pois, embora ele tivesse vinte e três e ela, dezoito, ambos tinham ainda tanta novidade para sentir e aprender que nenhum deles experimentava ou demonstrava os sentimentos da maturidade sóbria e desencantada.

Eles ergueram juntos os olhos, ao encontrarem Heathcliff: talvez o senhor nunca tenha reparado como os olhos deles são exatamente similares, e são os olhos de Catherine Earnshaw. A atual Catherine não tem nenhuma outra semelhança com ela, exceto a largura da testa e um certo arco das narinas que a faz parecer um tanto arrogante, involuntariamente. Com Hareton, a semelhança é levada mais longe: é notável o tempo todo, *naquele momento* essa semelhança era particularmente impressionante; porque os sentidos dele estavam atentos, e suas faculdades mentais, despertadas por uma atividade incomum.

Suponho que essa semelhança tenha desarmado o senhor Heathcliff: ele caminhou até a lareira com evidente agitação; mas a agitação rapidamente passou quando ele olhou para o rapaz: ou, talvez eu deva dizer, a agitação mudou de caráter; pois ainda estava lá.

Ele tirou o livro da mão dele, e olhou para a página aberta, depois devolveu sem nenhum comentário; meramente gesticulando para Catherine sair; o companheiro foi logo atrás dela, e eu também estava prestes a sair, mas ele me pediu que continuasse ali sentada.

— Que desfecho fraco, não é? — ele comentou, depois de meditar um pouco sobre a cena que havia acabado de testemunhar. — Um término absurdo para meus esforços violentos? Consigo alavancas e picaretas para demolir duas casas, e me preparo para ser capaz de trabalhar como Hércules, e quando tudo está pronto e em meu poder, descubro que a vontade de arrancar as telhas dessas casas desapareceu! Meus velhos inimigos não me derrotaram; agora seria justamente a hora de me vingar de seus representantes: eu poderia fazer isso; e ninguém poderia me deter. Mas de que adiantaria? Estou sem vontade de bater: não consigo me dar ao trabalho de erguer a mão contra eles! Isso pode soar como se eu tivesse me empenhado o tempo inteiro só para demonstrar um belo traço de magnanimidade. Longe disso: perdi a faculdade de desfrutar da destruição deles, e me sinto preguiçoso demais para destruir por destruir.

Nelly, uma estranha transformação se aproxima; estou na sombra dessa transformação neste momento. Tenho tão pouco interesse na minha vida cotidiana que mal me lembro de comer ou beber. Esses dois que acabaram de sair são os únicos objetivos que conservam um distinto aspecto material para mim; e a aparência deles me causa dor, uma dor quase agonizante. Sobre *ela* não direi nada; e não desejo nem pensar; mas sinceramente gostaria que ela fosse invisível: sua presença invoca apenas sensações enlouquecedoras. *Ele* me comove de maneira diferente: e, no entanto, se eu pudesse fazer isso sem parecer louco, eu jamais o veria novamente! Talvez você me ache um tanto inclinado à loucura — ele agregou, fazendo um esforço para sorrir — se eu tentar descrever as mil formas de associações e ideias passadas que ele desperta ou encarna. Mas você não falará com ninguém sobre o que estou lhe dizendo; e minha cabeça está sempre tão isolada em si mesma que é tentador enfim revelar o que se passa dentro dela para outra pessoa.

Cinco minutos atrás, Hareton parecia a personificação da minha juventude, não um ser humano; eu o senti em tamanha variedade de maneiras que teria sido impossível abordá-lo de forma racional.

Em primeiro lugar, a espantosa semelhança com Catherine o conecta assustadoramente com ela. Isso, no entanto, que talvez você suponha ser o mais potente a arrebatar minha imaginação, é na verdade o mais fraco: pois o que *não* está conectado a ela para mim? O que *não* me faz lembrar dela? Não posso olhar para o chão que os traços dela se formam nos ladrilhos! Em cada nuvem, cada árvore, enchendo o ar à noite, e vislumbrados em cada objeto de dia, estou cercado pela imagem dela! Os rostos mais comuns de homens e mulheres, e minhas próprias feições, zombam de mim com alguma semelhança com ela. O mundo inteiro é uma pavorosa coleção de lembranças, me fazendo recordar que ela existiu e que eu a perdi!

Bem, o aspecto de Hareton era o fantasma do meu amor imortal; dos meus loucos empenhos para conquistar meu direito; minha degradação, meu orgulho, minha felicidade, e minha angústia...

Mas é um delírio repetir esses pensamentos agora para você: isso apenas permitirá que você saiba por que, com uma relutância em ficar sempre sozinho, a companhia dele não me beneficia; antes agrava o constante tormento que sofro: e em parte contribui para me deixar indiferente à união dele e da prima. Não posso mais prestar atenção neles.

— Mas o que o senhor quer dizer com uma *transformação*, senhor Heathcliff? — eu disse, preocupada com a atitude dele, embora não estivesse nem correndo o risco de perder os sentidos, ou de morrer, a meu ver: ele estava muito forte e saudável. E, quanto a perder o juízo, desde menino ele sempre gostou de especular sobre coisas obscuras, e entreteve estranhas fantasias. Ele podia ter uma monomania com esse tema do ídolo perdido; mas, sob todos os outros aspectos, seu juízo era tão sólido quanto o meu.

— Eu só saberei quando chegar a hora — ele disse. — Agora, tenho apenas uma consciência parcial dessa transformação.

— O senhor não está se sentindo doente, está? — perguntei.

— Não, Nelly, não estou — ele respondeu.

— Então, o senhor não está com medo de morrer? — insisti.

— Medo? Não! — ele respondeu. — Não tenho medo, nem pressentimento, nem espero morrer tão cedo. Por que teria? Com minha constituição firme e meu modo de vida moderado, e ocupações sem risco, devo, e provavelmente vou, permanecer sobre a terra até não restar um fio de cabelo preto na minha cabeça. E, no entanto, não posso continuar nesta condição! Preciso lembrar até de respirar... Quase preciso lembrar meu coração de bater! E é como resistir a uma mola rígida: é por compulsão que faço cada mínimo gesto estimulado por um único pensamento; e por compulsão que não reparo em nada vivo ou morto que não esteja associado com uma ideia universal. Tenho um único desejo, e todo o meu ser e as minhas faculdades anseiam por alcançá-lo. Ansiaram por isso por tanto tempo, e tão inabalavelmente, que estou convencido de que esse desejo será alcançado, e *em breve*, porque esse desejo devorou minha existência: fui engolido pela ansiedade de sua satisfação. Minha confissão não me aliviou; mas poderá explicar essas oscilações de outro modo inexplicáveis do meu humor. Oh, Deus! Como é longa essa luta; quem dera tivesse terminado!

Ele começou a andar pela sala, resmungando coisas terríveis consigo mesmo, até que me senti inclinada a acreditar, como ele disse que Joseph acreditava, que a consciência havia transformado seu coração em um inferno na Terra. Eu me perguntei muitas vezes como aquilo iria terminar.

Embora raramente antes ele tivesse revelado esse estado de espírito, nem por um olhar, esse era seu humor habitual, sem dúvida: ele mesmo afirmou; mas ninguém, a partir de sua atitude geral, teria cogitado esse fato. O senhor não cogitou quando o viu, senhor Lockwood: e nesse período de que estou falando, ele estava igual; apenas mais afeito ainda à continuada solidão, e talvez ainda mais lacônico quando tinha companhia.

Capítulo XXXIV

— Durante alguns dias, depois dessa noite, o senhor Heathcliff evitou nos encontrar nas refeições; no entanto, ele não consentiria formalmente em excluir Hareton e Cathy. Ele tinha aversão a ceder completamente aos sentimentos, preferindo se ausentar; e comer uma vez a cada vinte e quatro horas parecia suficiente para o seu sustento.

Uma noite, quando a família estava dormindo, escutei passos dele descendo a escada, e saindo pela porta da frente. Não ouvi se ele voltou, e pela manhã descobri que ele ainda estava fora.

Estávamos em abril: o tempo estava ameno e quente, a relva verde graças às chuvas e ao sol, e as duas macieiras anãs perto do muro sul estavam floridas.

Após o desjejum, Catherine insistiu que eu trouxesse uma cadeira e ficasse bordando embaixo dos abetos atrás da casa; e ela convenceu Hareton, que havia se recuperado perfeitamente do acidente com a arma, a cavar e plantar para ela um pequeno jardim, que foi transferido para aquele canto por influência das queixas de Joseph.

Eu estava confortavelmente desfrutando da fragrância da primavera, e do belo azul suave sobre nossas cabeças, quando minha jovem senhora, que descera correndo para perto do portão para procurar raízes de prímulas e contornar o canteiro, voltou com metade da carga, e nos informou que o senhor Heathcliff estava chegando.

— E ele falou comigo — ela acrescentou, com semblante perplexo.

— O que ele disse? — perguntou Hareton.

— Ele me mandou sair da frente dele o mais depressa possível — ela respondeu. — Mas ele estava tão diferente de sua aparência habitual que parei por um momento e fiquei olhando bem para ele.

— Como assim diferente? — ele indagou.

— Ora, quase radiante e alegre. Não, *quase* nada; *muito* excitado, e descontrolado, e contente! — ela respondeu.

— Essas caminhadas noturnas devem agradá-lo — comentei, fingindo uma atitude despreocupada: na realidade, tão surpresa quanto ela, e ansiosa para confirmar a veracidade da declaração dela; pois ver o patrão contente não era um espetáculo cotidiano. Inventei um pretexto para entrar.

Heathcliff estava de pé diante da porta aberta; ele estava pálido, e trêmulo: mas, de fato, tinha um brilho alegre e estranho em seus olhos, que alterava o aspecto de seu rosto como um todo.

— O senhor deseja um desjejum? — eu disse. — O senhor deve estar com fome, depois de perambular a noite inteira!

Eu queria descobrir por onde ele tinha andado, mas não queria perguntar diretamente.

— Não, não estou com fome — ele respondeu, virando a cabeça, e falando com um certo desdém, como se tivesse percebido que eu tentava adivinhar o motivo de seu bom humor.

Eu fiquei atordoada: sem saber se era uma oportunidade propícia para uma repreensão.

— Não creio que seja certo passar a noite ao relento — observei —, em vez de estar na cama: não é prudente, ao menos com tempo chuvoso. Ouso dizer que o senhor apanhará um forte resfriado, ou ficará com febre: o senhor deve ter pegado alguma coisa!

— Nada que eu não possa suportar — ele respondeu —; e com o maior prazer, contanto que você me deixe em paz: entre logo, e não me irrite.

Obedeci: e, ao passar por ele, notei que sua respiração estava acelerada como a de um gato.

"Sim!", refleti comigo mesma, "Adoecerá em breve. Não consigo imaginar o que ele andou fazendo".

Naquela dia, ele se sentou para almoçar conosco, e recebeu das minhas mãos um prato cheio, como se ele pretendesse compensar pelo jejum anterior.

— Não estou resfriado nem com febre, Nelly — ele comentou, aludindo à minha fala pela manhã —; e estou disposto a fazer justiça à comida que você me serviu.

Ele apanhou garfo e faca e estava prestes a começar a comer quando a vontade pareceu extinta de uma hora para outra. Ele depôs os talheres sobre a mesa, olhou avidamente para a janela, então se levantou e saiu.

Vimos Heathcliff caminhar pelo jardim enquanto concluíamos nosso almoço, e Earnshaw disse que iria até lá e perguntaria se ele não queria mais almoçar: pensou que talvez o tivesse ofendido de alguma forma.

— Bem, ele vem? — exclamou Catherine, quando o primo voltou.

— Não — ele respondeu —; mas não está com fome; ele parecia estranhamente satisfeito na verdade; apenas ficou impaciente por eu falar duas vezes com ele; e depois me mandou voltar para você: ele disse que não entendia como eu poderia desejar a companhia de outra pessoa.

Deixei o prato dele aquecido junto ao aparador da lareira; e, depois de uma ou duas horas, ele entrou novamente, quando a sala estava liberada, nem um pouco mais calmo: a mesma aparência pouco natural, até antinatural, de alegria sob as sobrancelhas pretas; a mesma ausência de sangue nas faces, e os dentes visíveis, de quando em quando, em uma espécie de sorriso; o corpo inteiro estremecendo, não como alguém tremendo de frio ou de fraqueza, mas como uma corda tensa vibrando: uma forte vibração, mais do que um tremor.

Vou descobrir o problema, pensei; ou quem deveria fazer isso? E exclamei:

— Recebeu boas notícias, senhor Heathcliff? O senhor parece animado como poucas vezes o vi.

— De onde viriam boas notícias? — ele disse. — Estou animado pela fome; e, aparentemente, não devo comer.

— O seu prato está aqui — respondi. — Por que o senhor não come agora?

— Agora não quero — ele murmurou, apressado. — Vou esperar o jantar. E, Nelly, de uma vez por todas, vou pedir que você avise Hareton e a outra para sumirem da minha frente. Não quero mais ser perturbado por ninguém: quero este lugar só para mim.

— Existe algum novo motivo para essa proibição? — indaguei. — Diga-me por que o senhor está tão esquisito, senhor Heathcliff? Aonde o senhor foi ontem à noite? Não pergunto por pura bisbilhotice, mas...

— Você perguntou por puríssima bisbilhotice — ele interrompeu, dando uma risada. — Mas vou responder. Ontem à noite, estive no limiar do inferno. Hoje, estou a um passo do céu. Já posso ver: menos de um metro me separa de lá! E agora é melhor você ir! Você não verá nem ouvirá nada de assustador se evitar vir bisbilhotar.

Depois de varrer a lareira e passar pano na mesa, saí; mais perplexa do que nunca.

Ele não saiu mais de casa aquela tarde, e ninguém se intrometeu em sua solidão: até às oito, quando julguei apropriado, mesmo sem ter sido chamada, levar uma vela e o jantar para ele.

Heathcliff estava encostado no batente de uma janela aberta, mas não olhando para fora: seu rosto estava voltado para o escuro do lado de dentro. O fogo havia se reduzido a cinzas; o quarto estava repleto de um ar úmido, limpo, da noite nublada; e tão imóvel, que se podia ouvir não só o murmúrio do riacho lá em Gimmerton, mas também as ondas e o borbulhar sobre os seixos, ou através das pedras grandes que a água não cobria.

Soltei uma interjeição de descontentamento ao ver a lareira desolada, e comecei a fechar as janelas, uma depois da outra, até chegar à janela em que ele estava encostado.

— Fecho esta também? — perguntei, para despertá-lo; pois ele não se mexia.

Um lampejo de luz iluminou suas feições enquanto eu falava. Oh, senhor Lockwood, eu não seria capaz de expressar o terrível sobressalto que tive com aquela visão momentânea! Aqueles profundos olhos negros! Aquele sorriso, e a palidez mortiça! Aquilo pareceu para mim não o senhor Heathcliff, mas um *goblin*; e, no terror que senti, deixei a vela encostar na parede, e ficamos no escuro.

— Sim, feche — ele respondeu, com a voz familiar. — Ora, isso é pura inabilidade sua! Por que você deixou a vela deitada? Depressa, traga outra.

Saí às pressas em um estado estúpido de pavor, e disse ao Joseph:

— O patrão pediu que você leve uma vela e acenda outra vez o fogo. — Pois não ousei entrar lá de novo sozinha.

Joseph encheu o balde de brasas com chamas, e foi: mas trouxe o balde de volta imediatamente, com a bandeja do jantar na outra mão, explicando que o senhor Heathcliff estava indo para a cama, e não queria comer mais nada até amanhã. Ouvimos os passos dele subindo a escada; só que ele não se dirigiu ao quarto de sempre, mas virou e entrou no quarto da cama embutida: cuja janela, que mencionei antes, é larga o suficiente para qualquer um passar; e me ocorreu que ele devia estar tramando outra excursão à meia-noite, da qual ele preferia que não desconfiássemos.

"Ele é um demônio ou um vampiro?", conjecturei. Eu havia lido a respeito desses hediondos demônios encarnados. E então me pus a refletir em como eu havia cuidado dele na infância, e observado seu crescimento na juventude, e acompanhado quase toda a sua trajetória; e que bobagem absurda era ceder àquela sensação de horror.

"Mas de onde ele terá vindo, aquela criaturazinha escura, acolhida por um bom homem para seu próprio risco?", murmurou a superstição, enquanto eu cochilava inconscientemente. E comecei, quase sonhando, a me preocupar em imaginar algum parentesco apropriado para ele; e, repetindo minhas meditações acordada, retracei sua existência inteira outra vez, com sombrias variações; por fim, figurando sua morte e seu funeral: do qual, a única coisa que me lembro é que, extremamente aborrecida por ter a tarefa de ditar uma inscrição para sua lápide, e consultando o coveiro a respeito; e, como ele não tinha sobrenome, e não sabíamos dizer sua idade, fomos obrigados a nos contentar com uma única palavra, "Heathcliff". Isso se realizou: foi o que fizemos. Se o senhor entrar no cemitério da igreja, o senhor lerá, na lápide dele, apenas isso, e a data de sua morte.

A alvorada me devolveu o bom senso. Levantei-me, e fui ao jardim, assim que consegui enxergar, para verificar se havia pegadas debaixo da janela dele. Não havia.

"Ele ficou em casa", pensei, "e ele estará bem hoje".

Preparei o desjejum para todos, como de costume, mas disse a Hareton e Catherine que podiam comer antes do patrão, pois ele havia dormido tarde. Eles preferiram fazer o desjejum ao ar livre, embaixo das árvores, e pus uma mesinha para acomodá-los.

Quando voltei, descobri que o senhor Heathcliff já estava lá embaixo na sala. Ele e Joseph estavam conversando sobre algo relativo à fazenda; ele deu ordens claras, minuciosas, sobre a questão discutida, mas falou rapidamente, e virava continuamente a cabeça para os lados, e tinha a mesma expressão excitada, até mais exagerada no rosto.

Quando Joseph saiu, ele se sentou no lugar que geralmente escolhia, e pus uma xícara de café diante dele. Ele aproximou a xícara, e descansou os braços sobre a mesa, e olhou para a parede oposta, segundo supus, examinando um trecho em particular, de cima a baixo, com olhos cintilantes e inquietos, e com um interesse tão ávido que ele parou até de respirar por meio minuto.

— Agora chega — exclamei, colocando um pouco de pão na mão dele —, coma e beba isso enquanto está quente: preparei há quase uma hora.

Ele não prestou atenção em mim, e no entanto estava sorrindo. Eu preferiria que ele estivesse rangendo os dentes a sorrir daquela forma.

— Senhor Heathcliff! Patrão! — exclamei. — Pelo amor de Deus, não fique olhando assim como se estivesse tendo uma visão sobrenatural.

— Pelo amor de Deus, não fale tão alto — ele respondeu. — Olhe para lá, e me diga se estamos sozinhos?

— Claro que sim — foi minha resposta. — Claro que estamos sozinhos.

Ainda assim, involuntariamente obedeci, como se não tivesse certeza.

Com um gesto da mão, ele abriu um espaço vazio na frente dele em meio à louça do desjejum, e se inclinou para observar mais à vontade.

Então percebi que ele não estava olhando para a parede; pois, quando o observei de perto, parecia que ele estava olhando exatamente para algo a menos de dois metros de distância. E o que quer que fosse, aquilo transmitia, aparentemente, tanto prazer quanto dor extremos: ao menos a expressão angustiada, embora arrebatada, de seu semblante sugeria essa ideia.

O objeto imaginado tampouco era fixo: os olhos dele o seguiam com incansável diligência, e, mesmo ao falar comigo, não desistiam de acompanhá-lo.

Em vão, lembrei-o de sua prolongada abstinência de alimento: se ele tentava tocar alguma coisa, atendendo minhas súplicas, se estendia a mão para pegar um pedaço de pão, seus dedos se fechavam antes de alcançar a comida, e permaneciam sobre a mesa, esquecidos de sua intenção.

Fiquei ali sentada, um modelo da paciência, tentando tirar sua atenção absorta daquela cativante especulação; até que ele ficou irritado, e se levantou, perguntando por que eu não o deixava fazer as refeições em seu próprio ritmo? E dizendo que, da próxima vez, eu não precisava esperar: que eu podia servir e sair.

Depois de proferir essas palavras, ele saiu da casa, desceu lentamente o caminho do jardim, e desapareceu pelo portão.

As horas se arrastaram ansiosamente: anoiteceu outra vez. Só me recolhi muito tarde, e, quando me deitei, não consegui dormir. Ele voltou depois da meia-noite, e, em vez de ir para a cama, trancou-se no quarto de baixo. Fiquei escutando, agitada, e enfim me vesti e desci. Foi muito irritante ficar lá deitada, perturbando meu cérebro com mil apreensões inúteis.

Distingui os passos do senhor Heathcliff, inquietos, pisando o assoalho, e amiúde ele interrompia o silêncio com uma respiração profunda, que parecia um gemido. Ele resmungava também palavras isoladas; a única que consegui captar foi o nome de Catherine, acompanhado de algum termo descabido de carinho ou sofrimento; e dito como alguém falaria com uma pessoa presente; em voz baixa e sincera, e extraída das profundezas da alma. Não tive coragem de entrar diretamente no recinto; mas eu queria despertá-lo de seu devaneio, e portanto fui até a lareira da cozinha, aticei o fogo, e comecei a recolher brasas. Isso o atraiu antes do que eu esperava. Ele abriu a porta imediatamente, e disse:

— Nelly, venha cá. Já é de manhã? Traga essa vela.

— São quatro da manhã agora — respondi. — O senhor quer uma vela para levar lá para cima: o senhor pode acender aqui na lareira.

— Não, não quero subir — ele disse. — Venha, e acenda o fogo para mim, e faça o que precisar fazer na sala.

— Primeiro, preciso atiçar essas brasas, depois eu levo — respondi, trazendo uma cadeira e o atiçador.

Ele ficou andando para lá e para cá, nesse ínterim, em um estado próximo da distração; seus suspiros pesados se sucedendo, tão carregados que não davam espaço para respirações normais.

— Quando amanhecer, vou mandar chamar o senhor Green — ele disse. — Quero fazer algumas perguntas jurídicas enquanto consigo me dedicar a esses assuntos, e enquanto consigo agir calmamente. Ainda não redigi meu testamento; e não tenho como determinar a herança das minhas propriedades. Queria poder aniquilar minhas propriedades da face da Terra.

— Eu não falaria assim, senhor Heathcliff — intervim. — O seu testamento pode esperar um pouco: o senhor ainda viverá o bastante para se arrepender de muitas injustiças! Nunca achei que os seus nervos fossem ficar perturbados: mas no momento estão extraordinariamente perturbados; e quase inteiramente por sua própria culpa. O modo como o senhor passou esses três últimos dias derrubaria qualquer Titã. Coma um pouco, e descanse um pouco. Basta o senhor se olhar no espelho para ver que está precisando das duas coisas. As suas faces estão descarnadas, e os seus olhos, muito vermelhos, como uma pessoa morrendo de fome e ficando cega por falta de sono.

— Não é minha culpa eu não conseguir comer ou descansar — ele respondeu. — Garanto que não é intencional. Vou comer e descansar, assim que for possível. Mas seria como pedir que um homem morrendo afogado descansasse a pouca distância da costa! Primeiro, devo chegar à terra firme, e depois descansar. Bem, esqueça o senhor Green: quanto a me arrepender das minhas injustiças, não cometi nenhuma injustiça, e não me arrependo de nada. Estou feliz demais; e, no entanto, não o suficiente. O êxtase da minha alma mata o meu corpo, mas não se satisfaz.

— Feliz, patrão?! — exclamei. — Estranha felicidade! Se o senhor me ouvir sem se aborrecer comigo, posso dar um conselho que o deixaria mais feliz.

— Qual é? — ele perguntou. — Pode dar.

— O senhor sabe, senhor Heathcliff — eu disse —, que desde que o senhor tinha treze anos de idade o senhor tem vivido uma vida egoísta, nada cristã; e provavelmente não abriu uma Bíblia durante todo esse tempo. O senhor deve ter se esquecido do teor do livro, e talvez não tenha condições de se lembrar agora. Seria muito doloroso chamar alguém, algum ministro de qualquer denominação, não importa qual, para explicar esse teor, e mostrar o quanto o senhor se afastou de seus preceitos; e quão inapto o senhor será para seu céu, a não ser que ocorra uma transformação antes que o senhor morra.

— Estou antes agradecido do que aborrecido, Nelly — ele disse —, pois você me lembrou da maneira como desejo ser enterrado. Deve ocorrer no cemitério da igreja ao anoitecer. Você e Hareton podem, se quiserem, me acompanhar: e, lembre-se, particularmente, de verificar se o coveiro obedece às minhas orientações a respeito dos dois caixões! Não há necessidade de nenhum ministro; nem de que nada seja dito diante do meu cadáver. Estou lhe dizendo que quase alcancei o *meu* céu; e que o céu dos outros é totalmente sem valor e indesejado para mim.

— Mas suponhamos que o senhor continue esse jejum obstinado, e morra em decorrência disso, e se eles se recusarem a enterrá-lo no terreno da igreja? — eu disse, chocada com a indiferença pagã dele. — O que o senhor acharia disso?

— Eles não vão fazer isso — ele respondeu; se eles fizerem, você deve fazer com que me removam secretamente; e se você não fizer isso, deverá comprovar, praticamente, que os nossos cadáveres não estejam aniquilados!

Assim que ele ouviu os outros membros da família se movimentando, se retirou para o seu antro, e eu respirei mais aliviada. Mas à tarde, enquanto Joseph e Hareton estavam trabalhando, ele voltou à cozinha, e, com uma expressão selvagem, pediu que eu entrasse e ficasse com ele na sala: ele queria alguém consigo. Recusei; dizendo claramente que aquela conversa e aquela expressão estranha me deixavam assustada, e que eu não tinha nem coragem nem vontade de ficar sozinha com ele.

— Acho que você pensa que eu sou um demônio — ele disse, com um riso melancólico —; algo horrível demais para conviver sob um mesmo teto decente.

Depois disso, ele se virou para Catherine, que estava ali, e que se escondeu atrás de mim quando ele se aproximou, e agregou, com certo escárnio:

— Você vem, meu bem? Não vou lhe fazer mal. Não! Por você eu me tornei pior que o diabo. Bem, ao menos *uma* não vai rejeitar minha companhia! Deus! Como ela é implacável. Oh, dane-se! É indizivelmente demais para um corpo de carne e osso suportar... mesmo o meu.

Ele não solicitou a companhia de ninguém mais. Ao crepúsculo, ele entrou em seu quarto. Ao longo da noite, e madrugada adentro, ouvimos seus gemidos e murmúrios. Hareton quis ansiosamente entrar; mas mandei ele buscar o doutor Kenneth, para examiná-lo.

Quando o médico chegou, pedi para entrar e tentei abrir a porta, que estava trancada por dentro; e Heathcliff nos mandou para o inferno. Ele estava melhor, e queria ficar sozinho; de modo que o médico foi dispensado.

Na noite seguinte choveu muito: a bem dizer, só parou de chover ao amanhecer; e, quando eu estava fazendo minha caminhada matinal em volta da casa, vi que a janela do patrão estava escancarada, e chovia dentro do quarto.

Ele não podia estar na cama, pensei: aquela chuva o teria encharcado. Ele devia estar de pé ou talvez tivesse saído. Mas resolvi não demorar mais, e fui corajosamente verificar.

Conseguindo entrar com outra chave, corri para abrir os painéis da cama embutida, pois o quarto estava vazio; rapidamente afastando as portas, espiei dentro. O senhor Heathcliff estava lá, deitado de costas. Seus olhos encontraram os meus, e estavam tão penetrantes e ferozes que tive um sobressalto; e então ele pareceu sorrir.

Eu não podia conceber que ele estivesse morto: mas seu rosto e seu pescoço estavam molhados de chuva; as roupas de cama pingavam, e ele estava perfeitamente imóvel. A janela, batendo com o vento, havia arranhado uma das mãos dele que ficara sobre o parapeito; não escorria sangue da pele ferida, e quando pus meus dedos ali, não tive mais dúvidas: ele estava morto e rígido!

Fechei a janela; afastei seus longos cabelos negros da testa; tentei fechar seus olhos: extinguir, se possível, aquele olhar fixo, assustador, que parecia vivo, de exultação, antes que alguém mais também o visse assim. Os olhos não se fecharam: pareciam zombar das minhas tentativas; e seus lábios entreabertos e seus dentes brancos afiados também zombavam! Tomada por outro acesso de covardia, gritei chamando Joseph. Joseph subiu arrastando os pés e fazendo barulho, mas decididamente se recusou a mexer no cadáver.

— O diabo levou a alma dele — ele exclamou —, e por mim pode também levar a carcaça! Ai! Que perverso ele parece assim, rindo diante da morte! — E o velho pecador riu com escárnio.

Pensei que ele fosse dançar em volta da cama; mas subitamente ele se recompôs, ajoelhou-se, e ergueu as mãos, e agradeceu porque o legítimo senhor e a antiga estirpe finalmente tinham seus direitos restaurados.

Fiquei atordoada com esse acontecimento medonho; e inevitavelmente me lembrei dos tempos de outrora com uma espécie de tristeza opressiva. Mas o pobre Hareton, o mais injustiçado, foi o único que realmente sofreu muito. Ele ficou sentado ao lado do cadáver a noite inteira, chorando com amarga seriedade. Ele apertou sua mão, e beijou o rosto sarcástico, selvagem, que todos os demais evitavam contemplar; e o pranteou com a forte tristeza que brota naturalmente de um coração generoso, mesmo que duro como aço temperado.

O doutor Kenneth ficou perplexo sem saber declarar de qual distúrbio o patrão morreu. Ocultei o fato de ele não ter comido ou bebido nada durante quatro dias, com receio de que isso pudesse criar mais problemas, e, afinal, estou convencida, ele não se absteve de propósito: o jejum foi uma consequência de sua estranha doença, não a causa.

Nós o enterramos, para escândalo de toda a vizinhança, tal como ele desejara. Earnshaw e eu, o coveiro, e mais seis homens para carregar o caixão, fomos o único público presente.

Os seis homens foram embora depois de depositarem o caixão na sepultura: nós ficamos para vê-lo ser coberto. Hareton, com o rosto banhado em lágrimas, arrancou torrões de relva, e os depositou sobre o montículo de terra marrom: hoje é uma elevação lisa e verdejante como as elevações vizinhas, e espero que seus ocupantes durmam profundamente. Mas o povo da região, se o senhor perguntar, vai jurar sobre a Bíblia que ele *perambula* por aí: há quem diga que já o encontrou perto da igreja, e na charneca, e até mesmo dentro desta casa. Histórias tolas, o senhor dirá, e é o que eu também digo. No entanto, esse velho diante do fogo da cozinha afirma que já viu os dois olhando pela janela do quarto dele, toda noite de chuva desde que ele morreu: e uma coisa estranha me aconteceu há cerca de um mês. Eu estava indo a Grange uma noite, uma noite escura, com ameaça de tempestade, e, na curva de Heights, encontrei um garotinho com uma ovelha e dois cordeirinhos na frente; ele chorava terrivelmente; e imaginei que os cordeirinhos estivessem indóceis, e não se deixavam conduzir.

— O que houve, meu rapazinho? — perguntei.

— É o Heathcliff e uma mulher lá, no pé do morro — ele balbuciou —, e eu não arrisco passar perto deles.

Eu não vi nada; mas nem a ovelha nem o menino seguiram em frente, de modo que eu falei para ele pegar a estrada mais para baixo.

Provavelmente ele criou esses fantasmas de tanto pensar, enquanto atravessava a charneca sozinho, nas bobagens que ouviu os pais e os companheiros repetirem. No entanto, ainda assim, eu não gosto de sair mais depois que escurece; e não gosto de ficar sozinha nesta casa soturna: não consigo evitar; ficarei contente quando eles saírem daqui, e se mudarem para Grange.

— Eles vão se mudar para Grange então? — eu disse.

— Sim — respondeu a senhora Dean —, assim que se casarem, e isso será no dia do Ano-Novo.

— E quem ficará morando aqui, então?

— Ora, Joseph ficará cuidando da casa, e, talvez, um rapaz para fazer companhia. Eles ficarão morando na cozinha, e o resto da casa ficará fechado.

— Para os fantasmas que quiserem morar nela? — comentei.

— Não, senhor Lockwood — disse Nelly, balançando a cabeça. — Creio que os mortos estão em paz: mas não é certo falar deles com leviandade.

Nesse momento, o portão do jardim se abriu; os jovens voltavam do passeio.

— *Esses* não têm medo de nada — resmunguei, observando a aproximação dos dois pela janela. — Juntos, eles desafiariam Satanás e todas as suas legiões.

Quando eles subiam os degraus de pedra da entrada, pararam para olhar mais uma vez para a lua, ou, mais corretamente, olhar um para o outro ao luar, eu me senti irresistivelmente impelido a evitá-los outra vez; e, deixando uma moeda na mão da senhora Dean, e ignorando suas súplicas diante da minha grosseria, saí pela cozinha quando eles abriram a porta da frente; e teria se confirmado a opinião de Joseph sobre as indiscrições levianas de sua colega empregada se ele não tivesse me identificado como uma pessoa respeitável pelo doce som de um soberano lançado aos seus pés.

Minha caminhada de volta para casa foi prolongada por um desvio a caminho da igreja. Quando estava diante de seus muros, notei que a decadência havia feito progresso, em meros sete meses: muitas janelas estavam sem vidro; e as telhas haviam se deslocado, aqui e ali, além da linha reta do telhado, e seriam aos poucos arrancadas nas próximas tempestades de outono.

Procurei, e logo encontrei, as três lápides no aclive próximo à charneca: a do meio cinzenta, e quase coberta de urzes; a de Edgar Linton apenas harmonizada pela turfa e o musgo rastejando aos seus pés; a de Heathcliff ainda nua.

Fiquei ali em volta delas, sob aquele céu benigno: observei as mariposas esvoaçando em meio a urzes e campânulas, escutei a brisa suave soprando através da relva, e me perguntei como alguém poderia imaginar o sono conturbado daqueles que dormiam naquela terra tranquila.

Este livro foi impresso pela Indústria Gráfica Santa Marta
em fonte Arno Pro sobre papel Ivory Bulk 58 g/m²
para a Via Leitura no inverno de 2025.

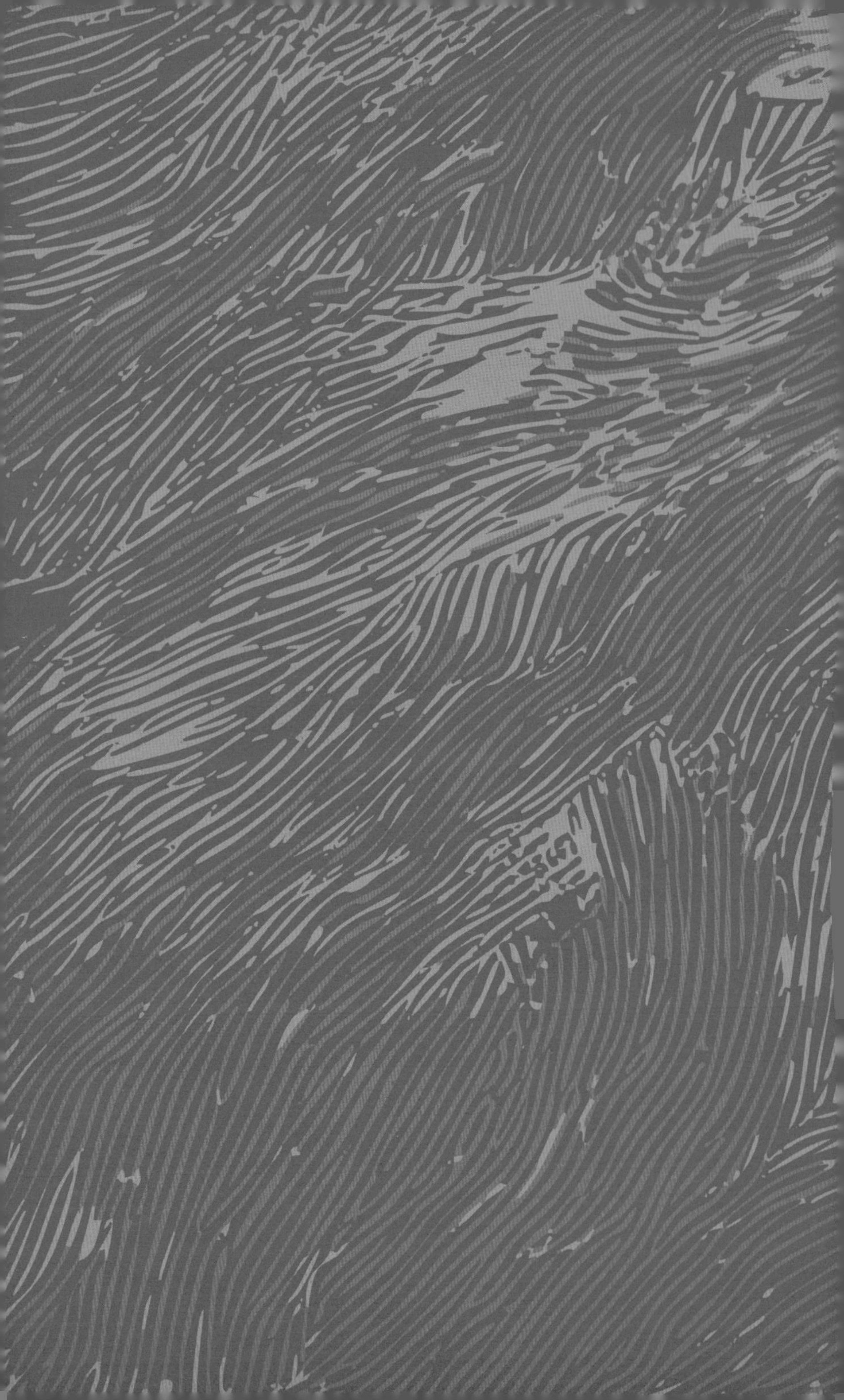